SUITE PORTUGAISE

LA NUIT DES FEMMES QUI CHANTENT

DU MÊME AUTEUR
CHEZ LE MÊME ÉDITEUR

Le Rivage des murmures, 1989

La Journée des prodiges, 1991

La Dernière Femme, 1995

Un jardin sans limites, 1998

La Couverture du soldat, 1999

La Forêt dans le fleuve, 2000

Le Vent qui siffle dans les grues, 2004

Nous combattrons l'ombre, 2008

Lídia JORGE

LA NUIT DES FEMMES QUI CHANTENT

Traduit du portugais
par Geneviève Leibrich

Éditions Métailié
20, rue des Grands Augustins, 75006 Paris
www.editions-metailie.com
2014

Titre original : *A noite das mulheres cantoras*

ISBN : 978-2-86424-967-2
ISSN : 1281-5667

Lídia Jorge est née dans l'Algarve en 1946. Elle est une des voix les plus importantes de la littérature portugaise et européenne. Elle est l'auteur, entre autres, de La Couverture du soldat, *du* Vent qui siffle dans les grues *et de* Nous combattrons l'ombre.

À PROPOS DE CE LIVRE

Les pages parvenues entre mes mains et qui m'ont permis d'écrire ce livre étaient au nombre de trente-quatre, elles n'étaient pas accompagnées d'un titre et certains noms et certains faits étaient différents. Dans cette version plus longue, tout le reste, avec ses imperfections, relève entièrement de ma responsabilité.

Je dois dire aussi qu'une de ces pages comportait une épigraphe tirée d'un livre de Nina Berberova rédigée comme suit: "*Mes mémoires prennent fin ici. Mais mon monologue, que personne n'entend, se poursuit.*" Très approprié, dès lors qu'il s'agit d'une narration à une seule voix. Néanmoins, je me suis permis de ne pas en faire usage. Tout d'abord, parce que l'histoire d'un groupe de musiciens contient toujours l'histoire d'un peuple, ce qui est le cas des pages qui me furent proposées. Ensuite, parce qu'il n'existe pas de vrais monologues. Je m'associe à ceux qui pensent que narrer, quelles qu'en soient les modalités, est toujours une façon de perpétuer l'enfance du monde. Et votre oreille, qu'il ne faut pas confondre avec la seule matière sensible, est assurément infinie.

L.J.

Pendant deux jours de suite, le vent fustigea les arbres de la place des Fleurs, le sol fut jonché de feuilles et de brindilles, et toutes sortes d'objets qui avaient été cachés pour toujours au fond de sacs en plastique se montrèrent une dernière fois, roulant sur les pavés. Mais ce matin-là, l'employée municipale chargée du nettoyage descendit du camion, munie d'un long balai, et fourra tout ce qu'elle trouva devant elle dans une brouette en métal. Au moment où nous nous croisâmes j'entendis le bruit de ses pas qui offrait une explication au monde – Oubli, oubli.

Pourtant, ce n'est pas l'unique loi qui nous gouverne. Il y a environ trois mois, je me trouvais assise dans la salle d'un ciné-théâtre d'où venait d'être transmis un long spectacle estival, quand un homme vêtu de blanc a volé à ma rencontre, bras grands ouverts : "Tu te souviens de moi ?" a-t-il demandé. Nous sommes tombés dans les bras l'un de l'autre. Son corps était si léger que nous dansions sans nous en apercevoir, et cette légèreté était si évidente que les caméras nous ont fixés, posant leur grand œil minuscule sur nos dos, tantôt le mien, tantôt le sien, pendant que nous tournoyions. Comme tout cela avait lieu simultanément, certaines personnes autour de nous criaient : "Regardez, regardez ! Voyez comment João de Lucena danse avec Solange de Matos..." Et croyant ce qu'elles disaient, une fine ligne de lettres défilait sur l'image de nos silhouettes projetée à l'écran. L'homme sans poids a de nouveau demandé : "Tu te souviens de moi ?" Alors, Gisela Batista, l'héroïne de la soirée, est venue jusqu'à nous et s'est exclamée : "Quelle merveille, tous ces gens se souviendront de vous à tout jamais. Vous êtes beaux, vraiment beaux.

N'arrêtez pas, s'il vous plaît. Regardez comme la production fait pleuvoir sur vos têtes une montagne d'étoiles..." Et se retirant du centre de l'histoire de la soirée où elle, et elle seule, devait figurer, Gisela Batista a écarté les bras en prononçant des paroles aimables et admiratives : "Mon Dieu ! Quel beau souvenir nous allons emporter..." Et nombreux étaient ceux qui nous applaudissaient. Mais nous tournoyions, indifférents aux éclats de lumière projetés sur nos vêtements, car nous étions en train de célébrer une rencontre à l'intérieur de l'empire instantané et, en réalité, cela faisait vingt ans que nous ne nous étions pas vus.

Alors que faire de nos souvenirs privés devant cet auditoire ? Où irions-nous reconstituer les jours qui nous avaient séparés ? À ce moment-là, contrairement aux paroles qui couraient autour de nous, nous n'accordions aucune importance à l'aura de solennité que les autres attribuaient à notre rencontre. Nous nous trouvions au centre de l'attention de tous sans que rien ne le justifie. C'était simplement un soir d'été, la scène à laquelle nous avions participé s'insérait dans un programme comme tant d'autres, un concours estival conçu sur l'impact d'une émission en direct, la frénésie de l'imprévu dominant la contingence et, déjà hors de scène, un des participants se bornait à demander à une collaboratrice : "Tu te souviens de moi ?" C'était par hasard que nous étions ces deux-là, Solange de Matos et João de Lucena. Y avait-il une raison particulière pour que l'assistance s'intéresse tellement à nos mouvements ? Comme tant d'autres personnes, nous nous bornions à danser entre la scène et le premier rang.

Ainsi, quand les lumières les plus vives se sont éteintes, nous sommes sortis dans la rue comme les autres, le trottoir large était étroit pour la foule qui s'y pressait, nous avons été séparés tous les deux pendant quelques instants et ce fut pendant ce bref intervalle que Gisela Batista a abandonné son groupe pour s'avancer vers moi. Son inquiétude était sincère, elle me tenait les mains, ses yeux dévoraient mon visage, elle me demandait : "Solange, tu te sens bien ?" Je lui ai assuré que oui, je me sentais bien, mais Gisela n'en croyait rien. Ses yeux continuaient à me dévorer : "Ne mens pas. Tu as vu dans quel état ce type est apparu devant nous. Mais écoute-moi, Solange, je te jure que ce n'est pas moi qui l'ai appelé, c'est la production. Et ce n'est pas pour moi qu'il est venu, c'est pour toi. Tu m'écoutes ? Demande à Fernando Santos..."

"Fernando ! Viens ici, s'il te plaît, raconte ce que te disait Lucena quand tu lui téléphonais à Amsterdam. Raconte-nous un peu ça, mon amour..."

Et le producteur a dit en faisant tinter des clés dans sa poche : "Eh bien, c'est vrai, Gisela, chaque fois que Lucena prenait le téléphone, j'expliquais que c'était Mimi qui concourait, mais lui ne s'intéressait qu'à Solange, il voulait savoir si Solange aurait un rôle dans le spectacle, si elle chantait, si elle dansait, si elle parlait. Bref, je disais toujours que non, que l'invitée c'était Gisela Batista, Mimi, mais il faisait la sourde oreille..." Et cet homme appelé Fernando agitait ses clés et était très pressé de retrouver sa voiture garée dans le sous-sol de l'avenue et il disait : "Une belle soirée, un succès retentissant ! Tu as bien mérité ce triomphe, Gisela, tu l'as vraiment mérité. Ça a été une soirée fabuleuse. Ça faisait longtemps qu'une soirée ne se terminait pas ainsi. Sauf que ta victoire est due aussi au numéro de Lucena. C'est moi qui ai eu l'idée de l'inviter, mais j'avoue que je n'étais au courant de rien. Qui aurait pu deviner dans quel état il est ? Qui l'aurait pu ? Une coïncidence totale, un grand succès..."

Les paroles du producteur surgissaient de façon aussi éclairante que rapide, j'avais l'impression qu'elles se déversaient sur moi à la vitesse de la lumière. Sur le trottoir, Gisela Batista était encore vêtue en Cléopâtre, comme si elle était toujours sur scène. Elle venait de reculer de deux pas, elle s'apprêtait à faire demi-tour et j'attendais qu'elle tire une conclusion, qui serait adéquate comme toujours. Ce fut le cas. Gisela m'a serré la main en murmurant des paroles à voix basse dont je parvenais à saisir le sens, du moins pour certaines : "Ne te l'avais-je pas dit ? Tout s'est passé derrière mon dos. Comment aurais-je pu savoir ? Pour que tu comprennes que je n'ai rien eu à voir avec cette affaire. Il est venu de son plein gré, c'est eux qui ont eu cette idée, pas parce que je lui ai téléphoné…"

Et comme si elle venait de composer, de signer et de dater un document dans lequel elle se déclarait innocente, Gisela Batista, l'ancienne *maestrina*, la numéro un de notre groupe de chanteuses, s'est précipitée vers le rassemblement bruyant qui l'attendait à la porte du ciné-théâtre. Pendant ce temps-là, de l'autre côté de la rue, João de Lucena levait la main pour arrêter un taxi. Il se tenait à côté de deux hommes vêtus de clair-obscur et j'avais l'impression que tous les trois me demandaient en pleine nuit de ce juillet torride comme jamais : "Tu te souviens de moi ?"

J'ai couru vers lui, je suis montée dans le taxi et je me suis lovée sur la banquette arrière à côté de João de Lucena, avec l'idée très juste que, puisque nous étions entrés par inadvertance dans l'empire de l'instantané, nous ferions mieux d'y rester. Sinon, une fois sortis de ce monde en suspens et livrés aux heures naturelles, tout se réduirait ensuite à un lent glissement vers un sol très bas, un glissement parmi des feuilles, des brindilles, des bouts de papier avec des demi-phrases, des écorces d'orange, des photos déchirées, et nous deux dans un taxi, entourés comme toujours d'inconnus, vingt et un ans plus tard.

Mais que faire, maintenant que nous étions entrés dans un taxi ?

À vrai dire, la nuit instantanée avait été longue, elle avait duré deux heures et demie. Elle avait impliqué trente-cinq techniciens, six caméras, un présentateur, cinq chanteuses différentes, une demi-heure d'émission pour chacune, plus la file de leurs accompagnateurs, plus un siège en forme de barque au milieu de la scène et un applaudimètre relié aux lampes rouges de la barque en question où aboutissait le battement des paumes transformé en impulsions chronométrées. J'avais pris place dans la travée latérale, mais j'ignorais que je pourrais être appelée quand Gisela Batista monterait sur la scène, juste au moment où je venais de m'asseoir à côté des sœurs Alcides, comme convenu, sans aucune attente particulière.

Et cela parce que jadis, quand l'empire instantané s'esquissait à peine, à la fin des années 80, Gisela Batista, Maria Luísa et Nani Alcides, Madalena Micaia et moi-même avions formé toutes les cinq un groupe qui chantait et dansait, qui avait même enregistré un disque, et c'était précisément ce souvenir que la *maestrina* évoquait en public, en compétition avec les autres candidates, de façon à transformer la nuit instantanée en une succession de moments chargés de nostalgie. Des moments si concentrés que, même s'ils duraient plus d'une demi-heure, chaque prestation devait sembler n'occuper qu'une seconde dans la perception de l'assistance. L'explication avait été fournie par Gisela elle-même. Comme par le passé, elle nous avait averties deux jours plus tôt : "Ne vous étonnez pas de ce qui pourra arriver. Dans ce milieu, pour être parfait, ce qui est efficace ne pourra être qu'extrêmement rapide. Parfois on parle sans savoir ce qu'on dit…" avait prévenu Gisela Batista, habituée depuis presque deux ans au rythme rigoureux de cet empire où elle se mouvait comme un poisson dans l'eau.

Pour résumer, la demi-heure qui la concernait s'était passée comme suit. Après la prestation des quatre chanteuses précédentes et après un dernier intervalle qui n'avait même pas duré un instant, Gisela avait surgi au milieu de la scène en foulant les planches au son de la chanson *Afortunada,* et le sol autour d'elle avait vibré. Il avait vibré quand elle s'était avancée en ajoutant à la musique enregistrée les paroles qui nous avaient identifiées jadis : "*Ah ! Afortunada, la chanceuse / a fait fortune et ne possède rien…*" A tremblé aussi cette espèce d'aurore boréale sur laquelle, inscrits en jets de lumière, nos anciens noms apparaissaient et disparaissaient, de même que nos visages d'enfant, lisses comme de la porcelaine, vingt et un ans plus tôt. Et exultait surtout le présentateur qui, après s'être colleté avec quatre chanteuses médiocres, était enfin face à une concurrente digne de ce nom. Le moment était favorable. L'animateur était conquis. Gisela Batista ne lui avait pas encore tendu la main que déjà il s'inclinait jusqu'à ses pieds avec une soumission d'esclave. Les mains du public qui remplissait la salle jusqu'aux balcons s'agitaient encore plus frénétiquement. Toutefois, pour nous trois, assises dans la travée latérale, rien de ce qui se passait sur la scène ne constituait une surprise. Connaissant Gisela et son passé, de même que notre contribution, avec laquelle elle concourait, nous étions en paix, persuadées d'assister à quelque chose de plus que prévu. Pourtant, les faits allaient emprunter un chemin différent. Le jeune homme a demandé : "Comment ça se passait, Mimi, comment vous sentiez-vous en votre qualité de capitaine de cette troupe de femmes épatantes ?"

"Oh là là, mon cher, ça a été toute une épopée."

Et Gisela Batista, en cette nuit d'été, au lieu de parler d'elle-même, comme on s'y serait attendu, préféra évoquer, l'un après l'autre, le nom de ses compagnes, nous présentant comme un groupe sans défaut, nous élevant toutes à la catégorie de filles bien, se diluant au sein du groupe en une sorte de modestie orgueilleuse qui plaisait énormément au public. Commodément installée dans le fauteuil en forme de barque, la *maestrina* nous décrivit comme cinq filles magnifiques, avec des histoires et des natures différentes, attirées simultanément depuis plusieurs endroits de l'Afrique par le son d'un piano. Cinq jeunes filles dispersées, nées et élevées dans des régions différentes et néanmoins toutes également fascinées par la même musique. C'était le son d'un beau Yamaha à queue, un instrument oublié dans un garage face au Tage, c'était son clavier qui nous avait convoquées l'une après l'autre, en agitant sans interruption sa denture magique nuit et jour. Un beau spécimen luisant comme une perle noire au milieu de gravats, sans une main qui le touche. Un piano exécutant seul une partition dont les dernières notes ne s'achèveraient que lorsque toutes les cinq, arrivant par des chemins différents, se retrouveraient réunies autour de l'instrument. Au bout de tout ce temps-là, elle se rappelait encore, comme si ça s'était passé le matin même, le moment où la dernière chanteuse, en arrivant dans le garage, s'était appuyée contre le piano et avait dit : "Nous voici. Moi j'ai marché au-dessus de l'océan…"

Avait expliqué Gisela, contre toute attente. Et donc, le public, touché par cette histoire de transcendance, si inattendue et si bien racontée, a souhaité que nous nous identifiions et nous avons soudain émergé toutes les trois de nos fauteuils pour occuper le rectangle de l'écran dans toute sa largeur sans que cela ait été le moins du monde programmé. Ce qui n'était pas désagréable. Présentées par Gisela Batista comme les descendantes des morceaux d'un vieil empire perdu qui faisait encore souffrir ici et là, nous avons dû nous lever afin de remercier pour les applaudissements. Applaudissements qui se répercutaient sur l'applaudimètre, lequel envoyait le message une fois mesuré aux lampes de la barque, qui s'allumaient, s'éteignaient et se rallumaient, rendant justice au savoir-faire de la candidate, l'incandescence des lampes se transformant à son tour en grands chiffres rouges. Un enchaînement extraordinaire. Le présentateur ne savait que dire, il était ébloui. Le présentateur reprenait le sujet : "Un piano qui convoquait nuit et jour cinq jeunes filles éparpillées sur la terre ?"

"Oui, qui les appelait, les unissait, attirées qu'elles étaient par une aria interminable, exécutée par une main invisible…"

"Ravissant !" a déclaré le jeune homme en se déplaçant lui aussi dans les eaux de l'empire instantané avec l'agilité d'un poisson.

Alors, la chanson enregistrée a de nouveau surgi, tout ce volume sonore a quitté la scène et s'en est allé se répercuter sur le fond de la salle : "*La chanceuse a un logis et n'a pas de maison / Elle a un amour et n'a pas d'amant / Elle a du courage et n'a pas de renommée / Voilà pourquoi / Cette chanson te donne tout et n'exige rien…*" Ensuite la réverbération du son s'est détachée du fond de la salle, elle a enflé et empli tout l'espace de la scène. La concurrente ne voulait pas que ce moment prenne fin. Appuyée contre le présentateur, avec qui tous les gestes avaient sûrement été répétés, Gisela Batista a évoqué un nouveau thème. Un sujet connu de notre seul petit groupe, un secret n'appartenant qu'à nous, caché depuis plus de vingt ans et que, pour une raison qui m'échappait totalement, la concurrente était impatiente de révéler en cet instant précis. C'était sûrement l'effet du royaume de l'éphémère, la certitude que l'événement qui se produisait à chaque instant n'aurait pas de conséquence au-delà de cet instant. Gisela Batista n'a pas perdu de temps, elle s'est approchée du bord de la scène, suivie par une caméra, et elle a crié dans ma direction : "Je ne peux dire la vérité que maintenant. C'est elle..." Gisela m'a désignée de la main. "C'est Solange de Matos, assise là-bas, qui a écrit toutes les paroles de la chanson *Afortunada.* Toutes, mais toutes, de la première à la dernière, sauf que nous ne pouvons le révéler qu'au bout de tout ce temps-là..."

"Mon Dieu !"

Le présentateur s'est montré sidéré.

Ainsi donc, Solange de Matos avait composé les paroles et s'était servie de quatre hétéronymes ? Quatre noms pour une seule personne ? "Comment était-ce possible ?" a demandé le jeune homme, comme s'il était surpris par une révélation aussi tardive, devant toute cette assistance. Mais le moins qu'on pouvait dire de ce public c'est qu'il était constitué de personnes sensibles, habituées à faire face à la représentation des débris de l'âme, car en entendant la phrase relative à l'hétéronymie, la salle a été prise de folie. L'œil d'une des caméras s'est précipité sur notre rangée, les sœurs Alcides ont été interviewées et contrairement à ce qui avait été prévu j'ai dû monter sur la scène et, l'espace d'un instant, Solange de Matos a été tenue pour une parolière parmi les grandes parolières. Dans la conversation qui s'est ensuivie, des noms célèbres ont été mentionnés. Même des noms légendaires, liés à des moments non moins légendaires, comme ceux de Michel Vaucaire, Ray Evans et Vinicius, le grand Vinicius de Moraes, mêlés à celui de Solange de Matos. Alors, Solange, la parolière, devenue l'auxiliaire de la chanteuse qui concourait, a dû reproduire l'intégralité des paroles d'*Afortunada*, puis de *La Maisonnette à New York,* et ce secret de notre vie, préservé pendant de si longues années, a donné lieu à une minute d'épiphanie. Je ne savais comment réagir, heureuse de cette révélation et en même temps angoissée par la façon dont elle avait lieu, mais pour être franche je n'ai même pas eu le temps de faire la part de la joie et de l'embarras. Car j'étais encore en train de confirmer devant ce public-là qu'en effet c'était vrai, que j'avais écrit moi-même la plupart de ces paroles, quand déjà la musique de *Où irons-nous habiter* s'abattait sur la salle, comme si elle était une illustration de tout ce qui n'avait pas été dit. Ou, plutôt, je ne m'étais pas encore remise de cette espèce d'attaque contre mon écheveau gardé secret depuis deux décennies, que déjà la voix enregistrée de Madalena Micaia allait frapper les murs de la grande salle, les incurvant par son intensité, surtout quand elle entonnait les derniers mots de l'interrogation *Où irons-nous habiter / Dans la passion ou dans la mer,* et que le rythme atteignait le balancement parfumé d'un *blues.* Un grand mal à la tête. Ou, pour m'exprimer différemment, un des moments intimes de ma vie venait d'être exposé en public, sans que soient précisées la raison d'être ni la conséquence, et deux secondes plus tard je me dirigeais déjà vers ma place dans la salle, entendant une autre mélodie exploser dans mon dos. Je me sentais agressée. Pourtant, je n'avais aucune raison de me plaindre.

Des quelques secondes dont était faite cette demi-heure consacrée à Gisela Batista, trois lui avaient servi à s'acquitter d'une dette qui me concernait exclusivement. Je ne pouvais donc que remercier Gisela d'avoir mentionné ces faits passés, car les avoir évoqués ne lui était d'aucune utilité. C'était de la générosité pure de sa part. Gisela n'avait pas besoin de parler de mon histoire pour que les lampes s'allument, comme elles le faisaient en cet instant, ajoutant des incandescences qui se transformaient en des chiffres qui se multipliaient par centaines. N'importe quel autre épisode aurait abouti au même résultat. Il faut rendre à César ce qui est à César. La sensation d'avoir été attaquée dans un endroit inaccessible de mon âme était réelle et atteignait douloureusement et de façon diffuse tout mon corps, mais ce n'était pas justifié. Je venais finalement d'être dédommagée d'une dette ancienne. La preuve c'est que les sœurs Alcides, à côté de moi, me regardaient et même elles se sentaient réconfortées. Je les entendais rire et chuchoter de satisfaction. "Ça s'est bien passé, non ?" demandait Maria Luísa d'une voix étouffée. Une seconde plus tôt, j'aurais répondu – "Ça a été horrible". Maintenant que j'avais réfléchi et laissé s'écouler cette seconde interminable, je ne pouvais que dire : "Ça s'est passé admirablement, c'est sûr."

Cela étant, que pouvais-je désirer de plus ?

Mais peut-être cela n'avait pas été le moment le plus surprenant de la soirée. Car, lorsque la voix enregistrée de Madalena Micaia, notre voix la plus grave, la voix vraiment puissante, a terminé la dernière phrase du refrain, accompagnée par le chantonnement de Gisela Batista et par le chœur du public, aussi bien moi que les sœurs Alcides avons compris que nous étions entrées sur le territoire de l'empire instantané dont nous ne pourrions plus jamais nous échapper. Ça s'est passé de la façon suivante : Gisela Batista, appelée ici Mimi, enjointe par le présentateur d'expliquer l'absence de l'interprète de ce magnifique solo, a commencé par dire que Madalena Micaia, la voix du groupe, *notre voix*, ne se trouvait pas présente tout simplement parce qu'elle était retournée sur son continent d'origine. Gisela a même fini par dire : "L'appel du pays est très puissant. Vous le savez, n'est-ce pas ?"

Et elle a dit encore autre chose.

Elle a dit que la propriétaire de cette belle voix *jazzistique* vivait maintenant dans les alentours d'une petite ville africaine, dans un endroit dépourvu d'eau, de lumière, sans téléphone, sans électricité, sans antibiotiques, sans alimentation digne de ce nom, sans rien de cette vie-ci, avec des maladies anciennes et modernes pullulant partout, et que c'était pour cette simple raison qu'elle ne se trouvait pas sur cette scène. Elle vivait dans un pays distant, loin de tout. Alors, comment l'appeler ? Comment lui dire viens, saute dans un avion, nous t'attendons ? Viens, tu ne le regretteras pas ? Une salle de mille places souhaite t'applaudir ? Comment faire ? Oui, comment lui annoncer cette soirée où elle était attendue ? Puisque le téléphone ne fonctionnait pas d'ici à là-bas ? A expliqué Gisela Batista, illustrant l'impossibilité pour *la voix* d'être ici en cet instant, dans ce lieu où elle aurait dû se trouver. Le temps filait. Et le jeune présentateur, fort attristé, a demandé instamment que l'absente, entourée par la peste et le sida, là-bas dans une lointaine petite ville obscure, faite de tôles, de carton et d'écorces d'arbre, soit applaudie.

Sa tristesse augmentait : "Des applaudissements, donc, pour Madalena Micaia, qui vit dans une masure en Afrique au milieu de la peste et du sida. Des applaudissements pour elle. Peut-être même qu'elle nous entend et nous voit, si par hasard une coïncidence heureuse fait qu'elle est à proximité d'un téléviseur, car nous sommes en train d'émettre pour le monde entier."

"Pour le monde entier", a dit Gisela Batista.

Et la *maestrina* a fait signe aux caméras, elle s'adressait à Madalena Micaia puisque le monde était un espace illimité incluant la terre ronde où en un endroit quelconque de sa surface se trouvait la jeune fille à la voix magnifique qui vivait obscurément. La vie des gens était ainsi. Madalena Micaia était sûrement là-bas. Mais comme je savais que Madalena Micaia ne se trouvait pas sur la surface terrestre, qu'elle ne s'y trouverait plus jamais – nous le savions toutes les quatre –, je me demandais pourquoi Gisela Batista s'était engagée sur cette voie-là, vingt et un ans plus tard. Où voulait-elle en arriver ? Cette question nous clouait sur nos sièges.

Assises comme moi dans la salle, les sopranos ne bougeaient pas non plus, elles étaient paralysées. Mais inutile d'être sidérées. Tout se passait devant nous comme si nous n'étions pas présentes. La barque avec ses lampes, vers qui était émise l'impulsion synchrone de l'applaudimètre, s'était muée en un brasier incendié de rouge. Le courant de solidarité avec l'Afrique, déclenché par l'évocation de la figure absente de Madalena Micaia, exigeait ça. En arrivant là, tous savaient déjà que Gisela Batista, la plus connue d'entre les concurrentes, la mieux équipée, celle qui avait à son actif un disque sentimental sorti en 1988, celle qui était capable de métamorphoser l'heure de la nostalgie en un tourbillon d'allégresse et de triomphe, celle qui savait se débrouiller sur le territoire de l'empire instantané comme s'il était depuis toujours sa chambre à coucher, avait dépassé la somme cumulée des chanteuses précédentes et je m'inclinais totalement devant son talent. Le premier choc passé, mon admiration pour notre ancienne *maestrina* était aussi profonde que celle du présentateur et du public. Et Maria Luísa, muette et paralysée, devait éprouver le même sentiment. Ce qui n'était pas exactement le cas de Nani Alcides.

Assise à côté de moi, Nani ne s'était pas départie de son irrévérence. Incroyable comme la plus jeune des sœurs Alcides n'avait absolument pas changé. Elle était restée silencieuse jusqu'alors, mais maintenant, comme autrefois, elle avait l'intention d'intervenir, elle voulait susciter une réaction, provoquer un mouvement, un cri, une interruption quelconque. L'envie qu'éprouvent certaines personnes d'entraîner la suspension de ce qui ne peut pas être arrêté. Je savais ce qu'il en était. Elle était en train de calculer et aboutissait à la conclusion que l'enfant de Madalena Micaia devait avoir maintenant vingt ans et pendant que Gisela parlait, elle le voyait sortir par la porte de la masure en tôle avec une mitraillette à la ceinture, deux ailes sombres dans le dos, elle le voyait voler par-dessus les continents et raser plusieurs villes depuis le ciel nuageux. C'est pourquoi, Nani, si proche de la travée, parlait plus haut qu'il n'aurait fallu. Exaltée, elle demandait : "Et si nous grimpions sur la scène et si nous disions la vérité ? Si nous racontions comment tout s'est passé ? Si nous en finissions une bonne fois pour toutes avec cette hypocrisie ?" Nani m'a serré la main droite jusqu'à me faire mal. La soprano s'est même levée, elle a créé un certain brouhaha autour de nous, plusieurs têtes se sont retournées pour nous regarder, les caméras nous ont tourné le dos, l'opérateur a signalé qu'il avait détecté un problème dans l'assistance et un garçon a commencé à descendre dans notre direction, mais ça n'exigeait aucune mesure particulière. Je connaissais le tempérament de Nani Alcides depuis plus de vingt ans, je connaissais donc ses impulsions et ses reculades, je savais qu'elle ne risquait pas d'aller au-delà des limites permises. Nani était comme ça. Elle le confirmait une fois de plus. Tout comme Nani s'était levée et avait gesticulé, menaçant de perturber la sérénité du moment, de même Nani s'était rassise et avait repris sa place.

C'était normal.

À bien réfléchir, contrairement à ce que la soprano bredouillait à côté de moi, Gisela ne mentait pas, c'était le passé qui était imparfait, et pour que ce qui s'y était produit s'adapte à la compréhension du présent, il fallait que le récit qu'on en ferait soit modifié. C'était tout. On ne pouvait même pas parler d'imagination. Non, il ne s'agissait pas d'imagination. Il s'agissait simplement d'une vérité différente. Finalement, le récit de Gisela était une vérité différente qui donnait au présent la cohérence qui lui manquait, renvoyant vers le futur l'espoir qui autrement pourrait ne pas exister. Et si ce récit s'adaptait parfaitement à ce qui était nécessaire, pourquoi irions-nous déterrer du fin fond de l'oubli la version authentique ? L'évocation des faits tels qu'ils avaient eu lieu pourrait transformer le passé en menace. Tenter de reproduire le passé serait de la folie. La raison issue de la réflexion est une créature puissante. Après avoir entendu les paroles que Gisela Batista venait de proférer, il était si clair qu'il en était bien ainsi que même Nani Alcides pensait sûrement la même chose que moi en cet instant précis. À savoir que Gisela n'était pas une femme mais une magicienne. Et donc Nani s'est calmée, elle s'est apaisée et, comme vingt et un ans plus tôt, nous sommes restées tranquillement à nos places, main dans la main, mains serrées, pendant que des images folles nous passaient par la tête, des fragments de souvenir s'ajustaient, s'adaptaient à la nouvelle réalité et accédaient peu à peu à une zone de stabilité et de repos. Il n'y a pas d'intelligence qui ne conduise à l'exercice du repos. La prudence elle-même est déjà une de ces instances. Les morts ne le racontent pas mais ils le savent. D'ailleurs, c'est exactement ce que j'ai conclu, ou quelque chose de très semblable, tout de suite après, lorsque l'animateur a présenté le dernier tableau de la soirée. Il a pirouetté sur ses talons et l'a annoncé devant les grands yeux minuscules des caméras : "Le voici ! Et maintenant, mesdames et messieurs, que va-t-il arriver ?" a-t-il demandé. Nous savions très bien ce qui allait arriver. Les concurrentes étaient différentes, mais leurs chances étaient égales. Le jeune homme a désigné la partie supérieure de la scène et nous avons compris que l'instant du personnage mystérieux était arrivé.

Car il y avait un personnage mystérieux.

Ça n'a pas encore été dit, mais les dernières marches d'un escalier aboutissaient au milieu de la scène. Les marches supérieures étaient cachées ou du moins elles étaient restées invisibles jusqu'au moment où le personnage imprévu est descendu, mais une fois éclairé de haut en bas l'escalier était en colimaçon comme au temps des comédies musicales de George Cukor et de Robert Wise, une incurvation stratégique propice aux spectacles grandioses. Il s'agissait de l'épisode final. Soudain l'escalier spectaculaire est apparu dans la lumière, s'offrant entièrement à la concurrente Gisela Batista. Pendant ce temps, sur le devant de la scène, plusieurs petites jeunes filles chantaient des paroles écrites jadis par moi : "*N'a pas qui veut, mais qui peut / Une maisonnette portugaise à New York...*"

C'était des jeunes filles très minces, presque nues, qui chantaient avec des tressautements inédits la chanson que nous avions chantée, puis qui ont disparu au pas de gymnastique, mais à ce moment-là un échange de paroles suffisant avait eu lieu entre Gisela Batista et le présentateur pour que je sache qui allait descendre les marches de l'escalier mystérieux. Un nom résultait de cet échange : João de Lucena.

Cela ne faisait aucun doute, j'avais la certitude qu'au son des derniers accords de *La Maisonnette à New York,* prolongés à présent en version instrumentale, la silhouette de João de Lucena, l'homme qui avait été jadis le chorégraphe de notre groupe, commencerait à descendre. Je le savais, c'était si clair, si prévisible. Le voilà qui arrivait en personne, glissant devant la musique : "*Elle existe, elle existe / Tu as emporté là-bas la maison portugaise/ Là où tu vis, là où tu dors / Là où tu pratiques ton art, où tu ressuscites, où tu meurs / Tous les jours...*" Le voilà qui arrivait. Certains ne l'ont pas reconnu. Gisela Batista, si près de l'escalier, bras tendus dans l'attente de la révélation du personnage mystérieux, ne l'a pas reconnu. Les sœurs Alcides ne l'ont pas reconnu. Moi, je l'ai reconnu. J'ai aperçu ses chaussures pointues, ses vêtements larges, trop larges, dansant autour de son corps, lequel dansait à son tour, je voyais sa veste trop longue. Qui avait acheté une tenue semblable à João de Lucena ? Qui donc ? Me demandais-je. C'était mon tour de vouloir me lever de ma place, mais je n'ai pas bougé. Très surprises, les sœurs Alcides ne bougeaient pas non plus, ce qu'elles voyaient sur la scène les concernait. Finalement, tous se sont levés en même temps. Mes compagnes aussi ont réussi à quitter leur place. Je suis restée assise. Inutile de faire quoi que ce soit. Autour de moi la fête battait son plein, l'applaudimètre attribuait une victoire écrasante à Gisela Batista et une gaieté estivale réunissait vaincus et vainqueurs, tantôt sur la scène, tantôt en débandade le long des couloirs. Les caméras se précipitaient au-delà des espaces classiques sur les talons des spectateurs, elles trottaient à reculons devant Gisela Batista, et soudain, comme je l'ai déjà dit, cet envol de João de Lucena dans ma direction : "Tu te souviens encore de moi ?" Et notre étreinte, notre tournoiement, notre évolution dansante jusqu'à la porte et la pluie de scintillements et de lettres projetés défilant sur le dos de nos vêtements, et le cri des spectateurs : "Regardez João de Lucena qui danse avec Solange de Matos ! Regardez ça !"

Ensuite Gisela est venue, et moi je ne trouvais pas mes mots, et les sœurs Alcides ne trouvaient pas leurs mots. Les lois venaient d'être promulguées dans l'empire de l'instantané et nous ne les connaissions pas encore, nous étions encore analphabètes dans ce domaine. Désorientées, nous nous sommes séparées, chacune allant de son côté une fois arrivées sur le trottoir de l'avenue de la Liberté.

"Solange, tu te sens bien ? Ne mens pas…"

L'inquiétude de Gisela Batista était réelle. Je l'ai déjà dit. Je ne peux pas me plaindre. Ensuite elle a rejoint définitivement son groupe, ayant préalablement daté et signé les limites de son absence de responsabilité en ce qui concernait cette affaire. Gisela n'avait pas appelé João de Lucena. Ce n'était pas elle qui avait téléphoné d'innombrables fois au Het Muziektheater jusqu'à le trouver au bout du fil. La responsabilité en incombait à la production. Elle le jurait, la main sur le cœur, et, ce faisant, sa jambe gauche sortait par la fente de sa robe longue. Elle jurait qu'elle n'aurait jamais imaginé que ce serait le chorégraphe qui allait descendre par l'escalier mystérieux. Ça ne lui était jamais passé par la tête. Elle le jurait, absolument. Gisela disait au revoir avec tristesse, douleur, dans l'agitation, avec des larmes dans les yeux, avec l'émotion propre aux vainqueurs qui savent qu'ils perdront quelque chose s'ils s'attardent deux minutes de plus pour dire un mot aux vaincus. Ils ne doivent pas le faire, Gisela ne le faisait pas. Mon admiration pour elle demeurait intacte. Elle augmentait d'ailleurs à mesure que je la voyais s'éloigner sur le trottoir en direction de son groupe plutôt bavard. Tous pouvaient partir en paix. Cette soirée ne faisait pas partie du jour, elle était une gare à l'heure de l'arrivée. Des taxis s'entassaient devant le *Tivoli*, ils arrivaient et ne repartaient pas, car personne ne découvrait le restaurant où un souper digne de ce nom puisse être servi aussi tard. Provenant d'une rue latérale, voilà que surgissait par miracle un taxi libre. Deux hommes vêtus de blanc et d'un blazer noir réussirent à l'arrêter. J'aperçus un bras qui me faisait signe. Quand j'eus repris mes esprits, je me retrouvai sur la banquette arrière. Je me sentais bien. Une joie extraordinaire régnait dans le taxi. L'hôtel était en face, mais les occupants n'avaient aucune envie d'y entrer, ils avaient l'intention de traverser Lisbonne, si possible en poussant des vivats dans l'air. L'un d'eux, le plus jeune, parlait portugais avec un accent sud-américain et il voulait que le chauffeur de taxi roule en klaxonnant, comme le faisaient les voitures emmenant la suite de Gisela Batista qui allait dîner : "Klaxonne, mon frère, tu ne le regretteras pas !" Et il a posé une poignée d'euros sur le tableau de bord.

Je ne me souviens plus si le chauffeur a klaxonné ou non. Où que nous allions, la nuit instantanée nous poursuivait, nous nous trouvions toujours dedans. Si nous en sortions, la nuit des jours, des mois, des années commencerait. La nuit imparfaite des siècles commencerait. Je me souviens qu'à l'aube nous sommes arrivés sur la place des Fleurs, nous sommes descendus du taxi, les hommes ne voulaient pas retourner dans leur hôtel et moi je ne désirais pas rentrer à la maison. Nous étions devant les tilleuls, les platanes, le magnolia d'un vert intense sous la lumière de l'éclairage public. Le moment d'hésitation était si décisif que l'Anglais, un chirurgien, a dit dans sa langue : "Il y a des moments comme ça, où dans l'indécision nous restons entre la vie et la mort. Il n'y a pas de lame qui puisse les séparer..."

Alignés, les immeubles nous regardaient, attendant que nous décidions comment sortir de l'impasse.

"J'aimerais jeter un coup d'œil sur ton appartement, l'occuper, même contre ta volonté et l'opposition de la police..." a déclaré João de Lucena, qui n'avait pas perdu son humour d'antan.

Ainsi en fut-il, mais quand nous sommes entrés au rez-de-chaussée, nous étions encore à l'intérieur de la nuit instantanée. Peu de gens pourront se vanter d'avoir vécu un moment pareil. Où que nous portions nos regards, tout n'était que perfection et harmonie autour de nous.

Le récit de Solange
Lisbonne, 16 novembre 2009

1

La fenêtre peut rester ouverte, la table doit être débarrassée, la musique pourra traverser le plancher, la rame de papier devra être disponible à côté de la machine qui l'utilise. Entre-temps, trois mois ont passé depuis cette nuit inexplicable et, lorsque je reprends mes esprits, j'oublie la cohérence de son récit et je retourne vingt et un ans en arrière. Je ne le voudrais pas, car comme je l'ai déjà dit, après la première bourrasque, la femme chargée du nettoyage municipal a poussé les balayures dans la brouette en métal et le calme est revenu. Finalement, l'automne n'avait pas encore envoyé son commandement définitif d'adieu aux arbres, les poissons nageaient encore dans le petit bassin au milieu de la place et l'occupant du rez-de-chaussée, sorti de bon matin, n'était pas encore rentré chez lui. Tout est à sa place. Je devrais m'en tenir là.

Mais en réalité je pense aux différentes étapes de notre vie supposée, telles que Gisela Batista les a décrites, je pense au piano évoqué pendant cette soirée fantastique, à l'artifice de ses touches bougeant toutes seules, à la vigueur de leur timbre d'argent convoquant cinq jeunes filles et, au lieu de m'en tenir à ce récit enchanté, où tout fut tellement vrai, je retourne à l'époque où j'étais une étudiante à l'université louant une chambre dans le quartier du Campo Pequeno et revenant tout juste de mes vacances d'été à Sobradinho. Je ne peux pas le nier. Au lieu de m'en tenir à ce beau souvenir, où tous les événements sont si clos, si définitifs, si prêts à être utilisés par le futur, je retourne aux insignifiances du passé et je m'enferme dans leur utilisation. Des insignifiances, comme ce matin de fin d'octobre où j'avais reçu une lettre de mon père me demandant d'aller dans un certain restaurant pour y rencontrer certaines personnes. Je repense malgré moi à cette lettre, une lettre comme tant d'autres, un restaurant ordinaire, une mission sans importance. Rien n'annonçant quoi que ce soit. C'est à cela que je reviens. Je l'avoue. Je me surprends à oublier l'harmonie de cette nuit magnifique créée par Gisela Batista pour retourner à ce jour-là, au dernier trimestre de 1987. C'était une autre époque.

Je ne me souviens plus de ce temps-là.

J'imagine qu'à l'époque la chronologie s'imprégnait des faits qui allaient bientôt provoquer une accélération de l'Histoire, ces prémisses se faisaient sûrement déjà sentir dans les rues et dans les voix du débat public, mais j'étais une fille de la campagne qui vivait dans une chambre de location, j'avais à peine dix-neuf ans et je ne me rendais compte de rien. Je vivais sur l'épiderme du monde. Je pensais que n'importe quel paysage humain était une extension de la famille et le narrateur de ma vie était encore mon père. Ma mère jouait le rôle d'admonitrice. À l'époque, à deux cents kilomètres au nord de Lisbonne, mes parents vivaient comme des ruraux qu'ils n'étaient pas vraiment, il n'y a rien d'autre à en dire. Nous ne parlions jamais de nous. D'ailleurs, j'avais reçu de leur exemple l'idée que le destin est un cadeau fait par le présent au futur, et non pas le contraire. Mais maintenant, vingt et un ans plus tard, comme je l'ai déjà dit, au lieu de penser à cette nuit merveilleuse qui nous avait réunies devant une scène, avec l'éclat des lumières qui défilaient sur notre dos, je retourne à la chambre louée dans une pension, au jour où j'avais découvert la lettre sur le plancher, et je ne sors plus de là. Murilo Cardoso, un des locataires de la pension, m'avait dit dans l'entrée : "Tu as reçu une lettre, elle est de ton père, je crois. Je l'ai glissée sous ta porte. Que peut-il bien te dire ?"

Dans ces années-là on s'écrivait encore des lettres.

Ma mère les expédiait le vendredi pour que je les reçoive le lundi, afin que je commence la semaine emmitouflée dans ses conseils : Ma fille, aie de la vergogne, aie du bon sens, ne gaspille pas ton temps, dis-toi bien que les années ne reviennent pas en arrière, les bons à rien pour qui tu écris des vers ne me plaisent guère, ne perds pas ton temps à fréquenter les cafés, sois très prudente en traversant cette avenue de la République où les voitures filent comme l'éclair. Comme je regrette le temps où tu étais petite. Ton père a promis de t'écrire quelques lignes, mais il dort encore. Adieu, ma fille. La lettre se terminait ainsi. Les lettres de ma mère n'étaient pas des lettres, elles étaient des conjurations. S'il y avait une question urgente ou importante à traiter, mes parents téléphonaient et ces appels téléphoniques ne duraient même pas une minute. Tous deux se postaient devant le téléphone, l'un parlait, l'autre écoutait : C'est juste pour te dire que nous allons bien, que tu viennes, que tu apportes. Ça va, toi ? Adieu, n'oublie pas le plus important, ma fille. Mais ce jour-là il s'agissait d'une lettre de mon père.

Ou plutôt d'un message. Au milieu d'une feuille non quadrillée, il me demandait d'aller inscrire son nom et celui de ma mère au bas d'une pétition concernant la participation à un dîner dans un certain restaurant, situé dans une certaine rue, à un certain numéro, qui aurait lieu le samedi suivant. Il s'agissait d'une protestation contre l'État. Il ne croyait ni aux protestations ni à l'État, mais il faisait confiance à certaines personnes quand d'aventure elles agissaient et, lorsque c'était le cas, même si ça n'avait aucun effet, il estimait qu'il n'était pas honorable de les laisser agir seules. Ce serait trop triste. La façon dont la lettre se terminait définissait la personnalité de mon père : "Ce serait trop triste, ma fille, de laisser M. Botelho se démener tout seul. Même si ça ne donne rien. Va là-bas et signe pour nous. Inscris nos noms, un nom sur chaque ligne, et indique entre parenthèses que tu es notre fille et que tu es mandatée pour ce faire." Je connaissais mon père. Dans sa façon de ne pas croire, laquelle semblait totale, résidait sa façon de croire. Croire que chacun devait puiser dans ses propres forces l'unique réponse pour affronter les obstacles. Pareil stoïcisme engendre d'habitude des cyniques ou des esprits totalitaires. Ce n'était pas le cas de mon père.

J'évoque sa personne au bout de tout ce temps et je n'ai pas besoin de gommer le caractère épique de sa disparition quand celle-ci me revient en mémoire. Je n'ai pas besoin non plus de mettre dans la bouche d'autrui l'idée précieuse que le destin est un don que seul le présent fait à l'avenir. Je répète. C'était lui qui l'affirmait et cette vérité ne siérait à personne d'autre. Notre passé en était l'illustration. Il suffira de dire qu'après un long voyage de retour d'Afrique, nous avions reconstruit notre vie en prenant pour levier cinq têtes de bétail. Il fut un temps où nous trois, mon père, ma mère et moi, possédions seulement quelques valises que nous ouvrions le soir et refermions le matin dans un étroit couloir d'hôtel où nous avons logé pendant six mois. Au terme de ce parcours semé d'épreuves, nous n'avions plus de moyens de subsistance d'aucune sorte, tout juste assez d'argent pour prendre un train, acheter cinq vaches étiques et louer une étable faite de branchages dans un champ qui ne nous appartenait pas.

C'était tout ce qui nous restait d'une terrible erreur de calcul, d'un attachement intempestif de mon père à une fabrique de thé dans la campagne de Gurué. Une erreur inexplicable. Cette circonstance m'avait collé au corps de façon aussi tenace que la présence physique d'un membre ou d'un viscère. Je ne parlais pas de cette histoire, mais cette traversée vivait en moi du matin au soir, elle imprégnait mon rythme et ma croyance, elle peignait de couleurs impressionnantes ma réserve et ma brutalité juvénile. L'étudiante que j'étais, assise sur les bancs de l'université, ne se nourrissait pas de théories ou d'idées vagues sur les cycles fermés des empires. Bien au contraire. Là où auraient dû s'aligner des abstractions scolaires, au lieu des paroles prophétiques de Spengler et de Toynbee, logeaient des cueilleurs de thé concrets courbés sous leurs hottes, le parfum des feuilles se dissipant sous l'effet du séchage, suivis du ruminement des vaches et des taches noires et blanches sur leurs flancs gras, ces coussins ambulants qui donnaient du lait, comme je les avais décrites dans une rédaction quand j'étais enfant. S'était aussi installée en moi une sorte de prudence, de lenteur, la leçon trop précoce selon laquelle la vie est conduite par deux chars dont l'un n'est pas dirigé par nous. Un cocher enveloppé d'une capote mène une moitié de notre vie où bon lui semble. Je l'avais appris trop tôt. Cette réserve me partageait en deux, une moitié surveillant l'autre, pendant qu'elle était entraînée par deux cochers ennemis. L'un d'eux m'interdisait de parler de ce passé. Ce même conducteur me poussait à dire à Murilo Cardoso que cette lettre ne contenait rien de particulier. L'étudiant en sociologie allait et venait à grands pas dans le corridor pendant que je relisais la correspondance de mon père : "Alors, les nouvelles sont bonnes ?" Je répondais : "Très bonnes, oui. Il viendra bientôt à l'improviste pour voir comment je me conduis ici. Mon père..."

Murilo avait l'habitude de parler des demi-heures d'affilée à côté de moi sans que j'entende la moitié de ce qu'il disait. À la fin, le cocher vigilant disait pour moi : "Au revoir, Murilo."

Ce fut ce qui arriva ce jour-là. Je dis au revoir à Murilo, je poussai la porte jusqu'à ce que le loquet se referme, pendant qu'il continuait à arpenter le couloir. Mais Gisela Batista, vingt et un ans plus tard, avait simplement raconté au monde, en simplifiant, qu'un piano nous avait appelées nuit et jour et que nous avions obéi à sa voix inexorable.

C'est à cet appel que j'aurais dû penser.

J'aurais dû penser uniquement à cette marche, à ce parcours effectué sans vagues ni souffrances, une lévitation de fées au-dessus de l'océan Atlantique, selon l'invention magistrale de Gisela, mais au lieu de cette légèreté magique, je me souviens de la mission assommante dont mon père m'avait chargé. C'était sa lettre qui m'avait menée un samedi d'octobre 1987 jusqu'à un restaurant où était rassemblée une centaine de personnes, et deux d'entre elles m'avaient conduite jusqu'au piano près duquel allait se dérouler un épisode décisif qui serait vécu par nous avec la conscience légère d'un jeu d'enfant. Dans tout ça la lettre de mon père ne fut pas à proprement parler une cause, mais simplement une condition.

Il est vrai que parfois la contiguïté se confond avec la cause. Car que faire quand les objets s'alignent dans l'espace et que nous ne disposons pas d'une autre interprétation que celle provenant de cette proximité ? Au bout de toutes ces années, la lettre est une sorte de tir de départ pour la course des cent mètres dans laquelle j'allais me lancer seule. Une chose privée, rapide, familiale, n'appartenant qu'à moi. Tout comme le souvenir que j'en gardais. On dit que le souvenir est la mère de l'Histoire. C'est faux, seul l'enregistrement est le père de l'Histoire et il en est aussi le fils. D'ailleurs, le souvenir reste le souvenir, il se perpétue et habite avec nous, rien de plus. Il est aussi long et aussi bref que notre vie. Notre vie, si elle a été bien vécue, n'est pas celle de l'Histoire, elle est celle de sa signification. Murilo allait et venait dans le couloir, comme à son habitude, et je pensais : C'est bien, c'est même très bien. Je n'ai pas le choix, samedi soir j'irai là-bas et j'inscrirai vos noms pour des prunes. Aucun de nous ne croit à l'État ni à la protestation. Mais nous nous mobilisons parce que nous croyons en ceux qui protestent. Nous irons là-bas.

J'y suis allée. La salle du restaurant donnait sur un patio couvert décoré de plantes grimpantes. Il s'appelait *Ritornello* dehors, mais dedans la représentation d'un gnou grandeur nature s'étalait sur le mur du fond ainsi que celle d'un chasseur furtif visant son flanc, pendant que les petits de la bête se dispersaient vers les bords du tableau. Le gnou jetait indéniablement un regard humain vers le milieu de la salle. D'ailleurs, toute l'atmosphère était extraordinaire. Les tables étaient entièrement occupées par des personnes d'âges divers, mais pour moi ça ressemblait à une assemblée de vieillards revenus d'un temps sans retour possible. Certains des présents arboraient des bagues voyantes de leur université, de lourdes pierres rouges et jaunes qui leur couvraient les doigts, et bien qu'il fît nuit, deux dames portaient des robes blanches et de grandes capelines, comme si elles allaient assister à des courses de chevaux. Des personnes pauvrement vêtues étaient aussi assises autour des tables, mais même elles semblaient avoir fait un effort pour se placer hors du temps. Plusieurs hommes avaient glissé des pochettes colorées de la taille d'un chou au revers de leur veste élimée. J'avais pour habitude de regarder vite, mais de me décider lentement, et je ne savais où m'asseoir. M. Botelho estima que je devais rester près de lui. Il était clair que l'assistance pensait que je me trouvais là pour mon père. Je remarquai seulement plus tard la blancheur des nappes.

M. Botelho déclara : “Ce sont les nappes de la nostalgie.”

Et le dîner fut servi. Pendant ce temps, je constatai que la nostalgie se muait en douleur, surtout quand M. Botelho se mit à lire une liste de noms de personnes décédées à la suite de leur retour forcé et le silence figea tous les mouvements. Le patron du *Ritornello* énuméra la longue liste des absents entre le dessert et le café et, après chaque nom, il explicita la raison de l'absence définitive. Décès dû à une dépression, à un suicide, à une tumeur non bénigne. Disait-il, se refusant à prononcer le mot exact. Quand arriva le tour du nom de sa propre femme, il se produisit une minute d'un silence recueilli. Tumeur. Puis le café arriva, les nappes se transformèrent en toiles de haine. Les noms visés par la haine volaient entre les tables et tous ceux qui en étaient la cause étaient encore bien vivants, tous menaient une vie bien tranquille et, à ce qu'on sache, aucun n'avait perdu un seul membre de sa famille par suicide, dépression ou cancer. Pourtant, parmi ceux qui étaient revenus, il y avait eu des cas d'accidents sur les routes que seul pouvait expliquer l'état de dépression dans lequel vivaient les conducteurs. Ceux qui étaient revenus. M. Botelho ne souhaitait pas réclamer d'indemnisation pour les décès, M. Botelho était un homme raisonnable, lucide, mais, se fondant sur les présupposés de ces décès, il voulait seulement que l'État assume ses responsabilités et verse d'urgence ce qui était dû. Qu'il indemnise ces gens pour les biens matériels qu'ils avaient abandonnés là-bas, car pour les disparus il n'y avait pas de retour possible. "Mes amis, inscrivez votre nom ici…" dit le veuf, et la pétition commença à circuler.

Le langage des couleurs est très simplifié. Rien qu'à elle seule la couleur blanche présente un arc-en-ciel infini. À mesure que la pétition se remplissait, les nappes de haine se métamorphosaient en nappes d'espérance. Le plus curieux de tout était qu'en signant, beaucoup étaient conscients de le faire sans espoir et donc les nappes se transformaient en manteaux d'ironie et de sarcasme. Parfois même d'humour. Et de rire. Si les présents ne riaient pas plus, c'était uniquement à cause du visage triste de M. Botelho, vêtu de noir de pied en cap, qui dirigeait les signatures. M. Botelho, si solennel, si solennel, qu'à un certain moment nous fûmes invités à passer dans l'enceinte du restaurant où l'on pourrait entendre deux sopranos, les filles de M. et Mme Alcides, disparus peu d'années auparavant, sur une route toute droite, alors qu'ils se rendaient dans leur ancienne ville en Afrique. Nous passâmes dans la salle à la queue leu leu pour écouter les sopranos et je compris seulement alors qu'il s'agissait des sœurs Alcides, deux personnes que je connaissais des couloirs de l'Université nouvelle et des bancs de l'amphi numéro un, deux filles avec qui j'entretenais un lien souterrain, privé. Un lien invisible, unilatéral, comme souvent entre un artiste et son public. Elles étaient là en personne, devant les invités. On sentait que M. Botelho leur avait commandé une aria triste à en mourir. Ce qu'elles chantèrent. Les sœurs Alcides étaient deux brunes assez maigres, l'une davantage que l'autre, et plus grande aussi, ce en quoi elle était accompagnée par le registre et l'aigu de sa voix, un soprano aérien, tout en filigrane. Toutefois, ce samedi-là, ce fut la plus corpulente qui chanta une aria dans une intonation d'une tristesse à mourir, en la traînant au ras du sol. On entendit soudain : *O Dio, vorrei morire!* Et le son s'éteignit. Les commensaux semblaient figés, ils ne bougeaient pas. Puis, s'excusant auprès de M. Botelho et défiant la croyance selon laquelle la vie ne cesserait jamais, les deux sœurs voulurent dissiper l'obscurité dans laquelle la salle était plongée et nombreux furent ceux qui apprécièrent cette intention.

Si longtemps après, je serais incapable de dire ce que les sœurs Alcides avaient interprété, je sais que je les entends entonner un air frisant le comique ou le ludique, je dirais qu'elles auront tenté d'interpréter une Papagena/Papageno en duo, ou quelque chose d'approchant. À la fin il y avait des gens très tristes, mais aussi d'autres de fort bonne humeur. Les dames en capeline hochaient la tête et riaient. Elles portaient des colliers blancs qui faisaient penser à des dents et leurs dents évoquaient des perles. Aussi bien elles que la plupart des gens, tristes et pas tristes, semblaient être venus de l'autre monde juste pour signer le document de M. Botelho et repartir. Entre-temps, dans le patio déserté, deux employés retiraient les nappes. Les taches du dîner et la nostalgie, la douleur, la haine, la vengeance, l'espoir, la désillusion, l'ironie et le rire étaient enfouis dans les balluchons en quoi se transformaient ces toiles blanches. Des sentiments suffisants pour déclencher une bataille d'Austerlitz. Mais ils n'étaient déjà plus présents. Ils s'étaient mués d'avance dans le sentiment pacifique de la défaite qui unissait tous les participants dans de longues accolades. La silhouette émouvante du veuf, tout de noir vêtu jusqu'au col, se détachait au milieu de cette effusion paisible. Il avait la certitude qu'un coupable avait été identifié et qu'une réponse aux questions essentielles avait été apportée par les voix harmonieuses des sœurs Alcides. Le dîner s'était terminé ainsi.

Mais la soirée n'était pas finie, du moins pas pour moi. Car, à la fin du deuxième chant, les sœurs Alcides passèrent devant moi, s'arrêtèrent un instant et dirent qu'elles étaient contentes de m'avoir rencontrée comme ça en cet endroit et que si j'étais d'accord nous nous verrions sûrement le lundi suivant dans la cour de l'université, près du banc sur le côté, vers onze heures du matin. Il fallait qu'elles me parlent. Sans faute. Le rendez-vous fixé, les sœurs se dirigèrent vers l'automobile des dames aux colliers et en capeline, qu'elles appelèrent tantes. Elles montèrent dans la voiture venue les chercher et m'adressèrent encore un signe d'adieu familier, une reconfirmation du rendez-vous. C'était la surprise de la soirée. Ainsi, deux jours plus tard, je retrouverais les sœurs Alcides.

2

Les sœurs Alcides ne m'étaient pas indifférentes. Je n'aurais pas eu besoin de les entendre dans le restaurant de M. Botelho pour que nous ayons une histoire en commun. Je ne les connaissais pas, elles ne me connaissaient pas, mais nous nous étions trouvées dans un même lieu et, sans qu'elles le sachent, j'avais suivi leur trajectoire plus qu'elles n'auraient pu l'imaginer. Ça s'était passé l'année précédente. J'avais assisté à un concert où toutes deux avaient chanté à l'invitation de l'Association des étudiants et déjà à l'époque le bruit courait qu'on commençait à remarquer dans leurs voix les effets accablants de leurs expériences avec des groupes de jazz. D'ailleurs cette séance de chant s'était mal passée. Mon histoire unilatérale et invisible avec les sœurs Alcides avait commencé là.

Jusqu'alors, j'avais seulement vu les sœurs Alcides passer dans les couloirs et je trouvais qu'elles n'étaient pas des filles comme les autres. Contrairement à la majorité, elles marchaient toutes les deux droites, cou étiré et épaules basses, apparemment dans une sorte d'état d'alerte visant une entité invisible à laquelle elles étaient toujours en train de sourire. En général, elles parlaient à voix basse, clignant souvent des yeux comme les enfants, le bruit courait qu'elles s'entraînaient trois heures par jour et qu'elles ne buvaient jamais d'eau froide et ne mangeaient jamais de glaces. Une sorte de légende les entourait et on entendait prononcer à leur propos, avec une exagération notoire, les noms de Callas et de Caballé. Je m'en souviens comme si ça se passait aujourd'hui. L'annonce qu'elles allaient chanter des airs d'opéra dans l'amphi numéro un avait excité l'imagination des étudiants et, à l'heure indiquée, beaucoup étaient accourus mais, face à la foule rebelle qui avait occupé les sièges en se bousculant, elles avaient eu du mal à montrer ce dont leurs voix étaient capables. Engoncées dans des robes classiques avec de fines bretelles et des chaussures dont le bout était en forme de bec d'oiseau, leurs personnages avaient l'air si déplacés dans cette atmosphère qu'à la deuxième vocalise, de ridicules elles étaient devenues touchantes. Elles furent interrompues à deux reprises pendant qu'elles chantaient. À la fin, des applaudissements et des trépignements grossiers retentirent, mais on s'était surtout suffisamment moqué d'elles pour que le lendemain elles soient désignées sous le nom de *sœurs oh oh* et fassent l'objet de graffitis sordides sur les murs. Leur chant, devant cette population juvénile privée de musique, avait déclenché le processus de création des légendes noires. Pendant une quinzaine de jours on raconta des épisodes innommables à propos de leur famille, revenue en 1976, y compris un accident de voiture sur une route où plusieurs sacs de pierres précieuses s'étaient éparpillés au milieu de pneus, de corps et d'un capot de voiture retourné. Déjà pendant le concert, un étudiant avait retiré sa casquette et braillé à pleins poumons : "Allez donc chanter dans le Huambo. C'est là-bas qu'est votre place, au milieu des chercheurs de diamants…"

"Allez-vous-en, fichez le camp d'ici !"

L'incompréhension était impressionnante. Bien qu'à l'époque je n'aie pas voulu le reconnaître, j'avais été prise d'une émotion étrange quand, à la fin de leur dernière tentative de mener le récital à bonne fin, je les avais vues descendre de l'estrade, très droites, très solennelles, regardant devant elles en direction d'un point invisible qui devait être la dignité. Ce n'était pas mon habitude. En général, j'étais très sûre de moi, je me suffisais à moi-même, moqueuse juste ce qu'il fallait, mais en cet instant-là, appuyée dans un coin contre le mur, tournant le dos à mon groupe, je m'étais mise à pleurer en cachette derrière un mouchoir. Jusqu'à ce que mes épaules, qui pleuraient elles aussi, me trahissent. Je pleurais probablement sur moi en elles, comme il arrive en pareil cas.

Pourtant, je crois que je pleurais de honte pour nous tous en la personne des sopranos, même si je refusais de reconnaître la part d'apitoiement qu'il y avait dans tout ça. Et l'admiration que j'éprouvais pour les sœurs devint si grande que leurs personnes se mirent à occuper le vide destiné aux êtres inaccessibles, ce piédestal que nous préparons toujours pour y placer la beauté, alors que nous rencontrons rarement des objets à la hauteur de pareil culte. Je plaçais pendant quelques jours l'élégance et le courage des sœurs Alcides dans ce lieu secret. Et elles y restèrent pendant un certain temps. C'était là l'épisode qui nous liait à leur insu. Pourquoi auraient-elles dû le savoir ? Les sœurs étaient plus âgées que moi, ou du moins suffisamment pour être en dernière année. Elles étaient apparemment de mauvaises élèves qui redoublaient toutes les deux et, à vrai dire, depuis le jour où j'avais assisté au chahut, je ne les avais plus revues de près. Je les voyais passer au loin, l'œil rivé sur le fameux point qui devait être la dignité, et elles disparaissaient très vite, notre contact restant unilatéral et anonyme. Il aurait pu rester ainsi éternellement si nous ne nous étions pas rencontrées dans le restaurant de M. Botelho. Mais nous nous y étions retrouvées et nous avions pris rendez-vous. Voilà pourquoi, au lieu de penser à la Nuit parfaite, à cette soirée où tout s'était passé à toute vitesse comme dans un rêve, la nuit de l'empire instantané, je retourne en arrière, au temps de l'imperfection, et comme si ça se passait aujourd'hui, je me revois assise sur un banc, dans la cour de l'Université nouvelle, en train d'attendre les sœurs Alcides.

Il est onze heures du matin.

Comme convenu, elles s'approchent, s'assoient, m'encadrant, elles se mettent à parler et, au milieu de ce qu'elles disent, je perçois que le mot-clé est *lyrics*. En se référant au dîner, elles disent qu'en ce qui les concerne rien ne s'était passé comme M. Botelho l'avait raconté, mais peu leur importait que le patron du restaurant eût altéré la réalité. À leur avis, finalement, tout revenait au même. Elles disent aussi qu'elles détestent les yeux du gnou et cette atmosphère morbide, et qu'elles vont seulement au restaurant assister à ces dîners parce qu'elles aiment bien M. Botelho. Une des sœurs finit par expliquer: "Heureusement que cette fois-là nous y sommes allées. Ça nous a permis de nous rencontrer. Nous savions qui tu étais, nous te voyions passer ici, mais nous ne nous étions pas encore décidées. Et tout à coup tu étais là. Tu étais une des nôtres. Nous avons une proposition à te faire..."

"*Lyrics*", disaient-elles, en anglais.

Au bout de tout ce temps-là, je me souviens de nuages blancs dans le ciel, de nos ombres sur le sol, de nous trois en train de nous défendre contre la luminosité en ajustant nos lunettes de soleil, je me souviens surtout que les sœurs Alcides me faisaient une proposition sérieuse, comme si nous traitions entre adultes, et je me souviens aussi d'avoir pensé qu'il me fallait rester prudente. Je n'étais qu'une débutante, une étudiante studieuse qui n'aimait pas prendre des notes et qui savait par expérience de vie sage que pour faire preuve de courage il fallait d'abord évaluer les risques. La question était justifiée. Comment pourrais-je écrire des *lyrics* pour les sœurs Alcides? Moi, qui n'écrivais que des phrases isolées pour des gratteurs d'instruments qui les chantaient en se trémoussant, les répétant comme des refrains jusqu'à ce que leurs muscles se fatiguent? Je ne pouvais pas accepter ni m'engager, ce serait d'un ridicule achevé. J'allais me lever. Mais les sœurs Alcides m'avaient réservé de nouveaux arguments. Maria Luísa, l'aînée, m'a dit: "Assieds-toi, ce n'est pas ce que tu penses..."

Et Nani, la cadette, la plus mince des deux sœurs, m'a demandé si j'avais déjà entendu parler d'une certaine personne, me montrant un nom imprimé, et toutes les deux ont été très étonnées que je leur dise non. Pendant ce temps, l'autre sœur me tendait deux *singles,* deux carrés en carton, certes fort joliment conçus, l'un comportant le visage d'une femme de face et de profil, mais je continuais à ne reconnaître ni le visage ni le nom. Qui était-ce? Alors, Nani Alcides a expliqué que la personne qui chantait sur ces 45 tours avait apprécié des paroles que j'avais écrites et qui lui étaient tombées entre les mains, des paroles qui disaient : "*Toi dans le lit et moi dans la boue / Qu'avons-nous donc fait ?*" Et la soprano, aérienne, en filigrane, a entonné ces vers, les répétant avec le même acharnement que les gratteurs d'instruments qui me demandaient ces simulacres de paroles pour chansons, mais elle ne le faisait pas comme une soprano. Nani a levé les bras, les a étendus, les a raidis, et à l'endroit même où nous nous trouvions, elle a répété ces paroles, son visage aux traits figés donnant l'impression de vouloir se lever pour aller frapper quelqu'un. Pendant un moment les deux sœurs se sont balancées sur le banc comme si elles avaient déjà répété ce râle chanté et dansé. J'avais envie de sauter en arrière, mais au lieu de faire le moindre mouvement je suis restée immobile, incapable de bouger ou de penser. Les deux filles entre lesquelles j'étais assise étaient-elles vraiment les sœurs Alcides ?

Que penser de cette rencontre ?

Assises à côté de moi, toutes deux parlaient, parlaient, et plus elles parlaient, moins elles ressemblaient aux chanteuses que j'avais entendues interpréter Puccini stoïquement dans l'amphi numéro un. Les sopranos voulaient que je réponde et je me sentais incapable de leur dire quoi que ce soit. J'étais paralysée. Comme cela arrivait souvent, l'image des champs boueux de mon père se présentait devant moi, me figeant sur place, ses ruminants m'inspiraient la prudence, le temps se dilatait devant moi dans toutes les directions et je pensais à plusieurs données simultanément et, m'étant préparée à répondre, je ne prononçais que des mots vagues, pendant qu'elles insistaient pour que je leur récite d'autres textes, ne serait-ce que quelques vers. Car elles ne connaissaient que ces phrases de ma composition, cette espèce de petit refrain que les deux chanteuses lyriques prétendaient apprécier sans réserve. Elles appréciaient aussi ceux qui les chantaient, les Bijavos, elles aimaient même le nom du groupe, une appellation comme beaucoup d'autres à l'époque qui toutes semblaient sortir d'un asile de fous. Elles parlaient toutes les deux très vite, je n'aurais jamais imaginé qu'elles puissent avoir un débit pareil, expliquant qu'elles chantaient depuis peu dans un groupe de quatre éléments dont la figure principale était la personne qui interprétait les deux 45 tours, en utilisant maintenant son vrai nom, Gisela Batista. Une femme extraordinaire. Elles l'admiraient sans réserve. Gisela ne connaissait pas la difficulté, il lui suffisait de lever un bras et la vie lui obéissait. Elles l'appelaient donc la *maestrina* et ça lui était égal, elle ne le prenait pas pour de l'ironie. Une personne fantastique, une personne incroyable, disaient-elles. Et réchauffées par cette admiration, elles se sont mises à résumer leurs propres trajectoires avec des mots qui me surprenaient.

Sans que je le leur demande, elles ont expliqué qu'elles étaient sopranos, l'une d'elle mezzo, plus grave et plus souple, l'autre plus subtile, plus aiguë et plus rigide, mais chez toutes deux les registres étaient suffisamment amples pour pouvoir interpréter des compositeurs comme Vivaldi et Puccini. Elles avaient consacré près de dix ans de leur vie à lutter sans relâche avec leur voix, en vue d'une carrière lyrique. Maintenant elles regrettaient cette abnégation et avaient décidé de s'engager sur une voie différente. "Elles regrettaient beaucoup..." a dit la plus maigre et la plus grande.

Dernièrement, elles se sentaient en train de s'étioler, jour après jour, à psalmodier des histoires anciennes, des drames qui n'avaient rien à voir avec les mœurs contemporaines, écoutés par des personnes sinistres, en extase devant des histoires et des intrigues d'un autre âge. Ça n'avait rien à voir avec un problème de chant. Elles s'imaginaient juste enchaînées à un monde passé, or elles voulaient être de ce monde-ci, du monde de la vie actuelle. Elles voulaient se servir d'un langage compris par tous, sans effort de déchiffrage. Elles souhaitaient se produire devant des publics plus vastes, des gens qui n'auraient pas honte de danser sur leur siège si une bonne secousse sonore les y poussait. Elles savaient très bien comment ça se passait. Dans certaines situations, il suffisait de deux ou trois battements, de deux ou trois explosions, pour faire bouger une mer de gens, un océan de spectateurs. Elles voulaient partir vers ce nouveau monde. Le monde tel qu'il se présentait aujourd'hui, chaque fois plus léger, chaque fois plus rapide, moins exigeant, moins pointilleux. Surtout beaucoup plus rapide, disaient-elles toutes les deux, s'agitant sur le banc comme si elles étaient pressées de partir pour cet autre lieu où des amplis de la taille d'immeubles donnaient une vie nouvelle à la musique, pendant qu'elles, chantant au milieu de scènes désertes, se sentaient comme de pauvres cigales fanées. Disaient-elles.

"Tu comprends?" a demandé Nani.

Déçue, j'étais collée au banc et je ne parvenais pas à saisir pourquoi les sœurs Alcides me racontaient leurs intentions, mettant à nu devant une inconnue une partie aussi significative de leurs aspirations. Jusqu'à ce que l'une d'elles éclaircisse la situation. Nani a déclaré: "Nous aimerions te demander de nous écrire une histoire à la fois très forte et légère. Tu comprends? De grandes paroles qui inspirent une grande musique. Une chose spontanée, libre, une chose fantastique, comme les textes de Donna Summer. Une chose très différente de la médiocrité qui nous entoure. Invente une histoire forte qui nous fasse courir, voler, exploser au milieu d'une scène, comme un pneu éclatant en pleine course. Un impact qui secouera le public. Une chose à en mourir. Paf! Tu comprends? Nous voulons un texte contemporain, écrit pour le monde d'aujourd'hui. Rien de pareil ou ressemblant à hier, nous sommes fatiguées des amours sinistres, nous en avons ras le bol. Nous voulons chanter pour le public d'aujourd'hui, les personnes vivantes que nous croisons dans les rues tous les jours. Des personnes normales, comme moi, comme toi, comme nous. Tu comprends?" Et toutes deux me regardaient avec une insistance qui n'avait rien à voir avec ce que j'étais.

Il était visible que l'incompréhension entre nous était profonde.

Quel dommage. Je venais de perdre les sœurs Alcides qui m'avaient tellement émue. De leur côté, elles attendaient de moi une sorte de prouesse dont j'ignorais encore la portée et pourtant je savais parfaitement que je ne pouvais pas y répondre ni même y prétendre. Je désirais seulement que ce bouleversement cesse, que toutes les deux se taisent et quittent la cour sans laisser de traces. Et que, moi, je ne laisse pas de traces en elles. Je n'avais rien fait qui justifiât pareille attente de leur part. Une demi-douzaine de mots rimés que mes camarades prononçaient au son de la castagne qu'ils infligeaient à leurs instruments sur des scènes presque scolaires avait rempli ces deux filles d'illusions. J'avais seulement envie que notre rencontre prenne vite fin, que les sœurs quittent mon banc sans y laisser de traces. Mais ce n'est pas ce qui est arrivé, car au même moment de grands pas approchaient. Ceux de Murilo Cardoso.

Comme si ça se passait aujourd'hui, je vois encore l'étudiant de sociologie, en cette matinée d'octobre, approcher avec un cartable qui l'obligeait à se pencher. Je vois encore Murilo observer les deux *singles*, examiner l'un d'eux, le retourner, retirer le rond en vinyle de sa pochette, le lire à voix haute en feignant de déchiffrer ce qu'il lisait et souligner en silence, doigt pointé, le titre et l'auteur : *EmCantos*, par la chanteuse Mimi Batista. Je vois Murilo rendre les petits disques à Nina Alcides avec répugnance, comme s'il lançait une bête morte sur un tas d'ordures. Et il ne s'en est pas tenu là. Murilo a reconnu dans les deux filles les chanteuses qui interprétaient Vivaldi et Puccini, et il n'a pas caché sa déception de les voir s'occuper d'une artiste de troisième catégorie comme l'était probablement cette Mimi Batista. A dit Murilo explicitement. Je le vois encore pointer les petits albums du doigt et je l'entends dénigrer celle qui prêtait son nom et son visage à ces pochettes, me regardant ainsi que les deux sopranos d'un air de dégoût, comme s'il nous avait surprises en train de nous acheminer vers quelque chose de scandaleux. Mais les sœurs Alcides devaient avoir une habitude bien enracinée de la difficulté. Comme si le nouveau venu ne comptait pas, Maria Luísa m'a demandé, à la fin, si je voulais ou non composer pour Gisela Batista. Des *lyrics*, ont-elles dit.

Alors, qu'est-ce que tu décides ?

À une distance de vingt et un ans, je pense que si Murilo n'avait pas été présent et si sa réaction n'avait pas été aussi vive, j'aurais rejeté ce qui m'était proposé et j'aurais attendu calmement que les sopranos disparaissent de la cour. Mais Murilo avait surgi, distillant une fois de plus sa sécheresse, et il avait voulu décider pour moi. Je n'allais pas le lui permettre. Murilo et son ombre découpée sur le sol renforçaient mon désir de contradiction. Sous l'effet de son attitude exagérée, j'ai entrepris de mettre un bémol à ma mauvaise volonté. Finalement, que s'était-il passé ? Rien de dramatique, rien de définitif. Je n'étais pas montée vers l'univers des sœurs Alcides, c'était elles qui étaient descendues vers le mien et qui m'affirmaient que j'étais indispensable. Il m'aurait suffi alors de démonter le piédestal d'admiration qui nous séparait et d'adopter la proximité qui unit les égaux. Elles étaient là, debout devant moi, souriant toutes les deux, si concrètes, si ordinaires, si aimables, que tout à coup leur proposition me paraissait crédible et cette cour me semblait être un décor agréable, inondé de soleil et parsemé d'arbres.

“Mais pourquoi ? Tu peux me le dire, Murilo ?”

Défiant l'étudiant en sociologie, j'ai répondu que j'acceptais, que cette invitation me faisait plaisir, que j'inventerais quelques phrases pour cette personne qui s'appelait Gisela Batista. Pourquoi pas ? Qui étais-je pour refuser pareil défi ? Je me souviens d'avoir quitté les sœurs Alcides sur des promesses, d'aller, de faire, d'écrire. “C'est entendu”, disions-nous toutes les trois, bras en l'air. Murilo s'était laissé tomber sur le banc. Moi aussi. Je vois encore aujourd'hui les deux sœurs sortir par la grande porte de l'université et se retourner, riant de nous, de Murilo et de moi qui restions assis, chacun à une extrémité du banc, séparés par ma décision. C'est ce moment que j'évoque.

Oui, je devrais m'en tenir au récit parfait de cette soirée spectaculaire, mais au lieu de penser à l'enfilade d'ampoules rouges et aux effets numériques de l'applaudimètre, je pense à des réalités plus simples. Je pense à la cour de l'université, à Murilo Cardoso et à son cartable, je pense aussi à la ligne bleue du mont Namuli, aux terres verdoyantes de Gurué avec ses célèbres fabriques de thé et leur labeur calme et leurs portes ouvertes donnant sur des routes. Mon père travaillait dans une de ces fabriques. L'épisode qui m'accompagnait pendant que Murilo me suivait à distance en revenant à la pension du Campo Pequeno, après que je lui ai affirmé que je rencontrerais Gisela Batista, avait eu lieu en 1972. Il venait tout juste d'avoir lieu. En cet instant, je suis devant la fenêtre ouverte donnant sur la place des Fleurs, la musique du rez-de-chaussée traverse la cloison et s'installe ici, les arbres paraissent immobiles, et je retourne là-bas, au fond de notre temps, à ce qui semblait n'avoir été qu'un petit accident sans conséquence.

Je retourne à l'accident de chasse.

Au début, rien d'important. Ensuite, mon père boita pendant six mois et ne voulut plus jamais s'enfoncer dans la forêt. Tous étaient au courant. Matos n'aimait pas tirer, sa main avait des ratés au moment de viser et il ne tenait nullement à avoir des photos avec un pied chaussé d'une botte posé sur le cadavre d'un animal sauvage. Cependant, il avait trop de temps à sa disposition. Alors, ma mère et lui accrochèrent une ardoise au mur de la cour et décidèrent d'apprendre à lire aux cueilleurs de thé. J'imagine qu'ils avaient davantage de bonne volonté que de méthode. Ils le faisaient pendant leurs heures libres et pas toujours avec beaucoup de succès. J'avais quatre ans et je me souviens vaguement d'une rangée d'une demi-douzaine d'hommes en short, assis par terre dans la cour, paupières baissées sur des pages. Une mélodie de lecture en chœur comme s'ils récitaient une litanie. En tout cas, à un certain moment, une sorte de hiérarchie s'était établie parmi les apprentis et mon père y avait découvert son élève préféré. Un dimanche matin, un des cueilleurs de thé avait surgi entre les portes, un feuillet imprimé à la main, demandant qu'on lui apprenne à lire le *x*. L'élève avait la poche de sa chemise bien gonflée et tenait le papier à la main. Mon père l'avait fait avancer jusqu'à sa table. C'était son élève préféré.

L'élève préféré ne venait pas seul, il apportait un problème avec lui. L'élève lisait toutes les lettres, il lisait même le *h*. Il comprenait même pourquoi le *h* ne se prononçait pas dans certains mots et que, dans certains cas, il s'associait à d'autres lettres pour créer un son particulier, mais il était incapable de déchiffrer la valeur du *x*. Il montra la feuille où une certaine phrase était écrite : *Nous les expulserons jusqu'à effacer leur dernière empreinte.* Et le cueilleur de thé avait commencé à lire à rebours, faisant montre d'une habilité inusitée : *empreinte, dernière, son, à, jusqu'*... Mais que dire de *Nous les expulserons* ? Mon père lut en silence, puis il déchiffra à voix haute, syllabe après syllabe, soulignant le *ex*. Et le jeune homme répéta : *Nous les expulserons.* Le jeune homme relut plusieurs fois avec succès la phrase et à la fin, pour dédommager son maître il vida sur la table sa poche bourrée de noix de cajou grillées. *Nous les expulserons*, répétait l'élève préféré, très reconnaissant. Les pics bleus du mont Namuli se dressaient au loin, défiant les limites de la beauté du ciel. Alors, comme ça, *Nous les expulserons*, répétait mon père : "Alors comme ça..."

Ce même jour, mon père se drapa de solennité pour dire à ma mère qu'il était impossible de s'opposer à une vague d'expulsions aussi déterminée. Ils s'entretinrent pendant des heures sur la terrasse de la maison et furent enfin d'accord sur le fait que le mieux serait de commencer à envisager un retour urgent. Mon père était régisseur d'exploitation, il comprenait ce qui se passait, il était pressé. *Nous les expulserons.* Mais cette hâte ne correspondait pas à son urgence. Prétexte après prétexte, nous restâmes, repoussant le délai jusqu'au dernier moment. Nous empruntâmes la route de Johannesburg bien après les derniers contingents. J'avais six ans quand nous revînmes. À la fin, nous retournâmes sur la terre de Sobradinho, où on nous vendit cinq vaches tachetées et où on nous loua un champ de boue rouge. Je l'ai déjà dit. Ça n'avait aucun rapport, mais ce jour-là, dans la cour de l'université, je me souvenais des mugissements, de la traite manuelle, des petits veaux tombant par terre à l'aube, et aussi des rations, du fumier, des nettoyages faits par mon père et ma mère, au début avec le tuyau d'arrosage, plus tard avec un jet mécanique. J'avais assisté à l'achat du terrain prêté, à la construction d'une maison, et j'étais présente l'après-midi où mon père et ma mère l'ont inaugurée et ont décidé de danser sur la terrasse. À l'époque, j'avais déjà douze ans. Je me suis aperçue alors qu'ils devaient avoir connu un monde coloré avant mon arrivée. Adaptant une mélodie de Milva, ma mère disait à mon père, la tête sur son épaule : "*J'étais pauvre et je suis devenue riche / À force de t'écouter tout le temps / Ces champs ne sont pas des champs / Ils sont la demeure du cultivateur de thé.*" Il n'y a rien de plus embarrassant que de surprendre une histoire d'amour qui nous a donné naissance. Une histoire de ce genre doit flotter sur les lieux comme une apparition, sans que jamais on y fasse allusion. Leur fille ne s'est jamais permis d'être émue en écoutant cette *Ballade du cultivateur de thé,* comme ils l'appelaient. Cela faisait partie d'un secret qui n'appartenait qu'à eux. Il suffisait à Solange de Matos, leur fille de dix-neuf ans, de penser au passage de cinq vaches à deux cent cinquante en quatre ans pour se dire qu'il est possible d'inverser le cours du destin sans avoir besoin d'en expliquer la contradiction. Mais il me faut faire état d'ores et déjà d'une autre information. Ce qui s'était passé à l'ombre du mont Namuli s'était beaucoup estompé, mais tout n'avait pas disparu.

Le chemin entre notre maison et la fabrique s'était estompé, l'image de la fabrique s'était estompée, je ne me souviens plus du nom en langue locale des hottes que les cueilleurs portaient sur les épaules, je ne me souviens presque plus des cours d'alphabétisation donnés par mon père ni de sa façon de boiter, bien que je sache qu'il traînait la jambe en 1975. Mais je me souviens de notre fuite sur la route de Gurué et du camion ouvert sur lequel nous transportions nos valises couvertes par une bâche verte. Je me souviens qu'à la sortie de Gurué mon père avait découvert que nous ne nous enfuyions pas seuls, que l'élève préféré s'était installé entre la bâche et les valises. Je me souviens d'avoir vu mon père sauter de la cabine, se diriger vers la carrosserie pour en chasser l'élève qui ne savait pas lire le *x*. Je me souviens que nous avons repris la route et que nous avons vu deux mains continuer à s'accrocher aux ridelles à l'arrière. Je me souviens que mon père avait écrasé avec ses bottes les doigts de l'élève préféré, que les mains de l'élève avaient résisté à l'impact des semelles, que mon père était rentré dans la cabine pour prendre la machette que nous avions placée sous le siège, prêt à trancher les mains de l'élève préféré cramponnées aux ridelles, et après je me souviens seulement d'avoir vu à travers l'ouverture circulaire un homme courant au milieu de la route derrière notre camion, et que sa silhouette allait rapetissant jusqu'à une courbe où homme et route avaient disparu complètement. Mais je suis incapable de rien conclure à propos de cette scène sauf à dire qu'elle s'était intégrée à mon être, qu'elle était restée accrochée à mon corps, retenue par des nerfs et des ligaments, comme une jambe, un bras, un organe. Je l'ai transportée avec moi quand je suis allée à l'école, puis à l'université, elle a passé avec moi toutes les épreuves et les examens finaux, elle a voyagé avec moi où que j'aille et elle se trouvait avec moi au moment où Murilo plaçait un des 45 tours de Mimi Batista sur l'engin précaire qui le faisait tourner dans la pension du Campo Pequeno, en brandissant la menace d'un danger: "Ne fréquente pas ces gens-là. C'est de la racaille..."

Ah! Comme je me moquais de Murilo Cardoso.

Je pensais que Murilo ne parlait ainsi que parce qu'il ne disposait pas des mêmes éléments que moi. Sinon, il se serait comporté différemment. Comment aurait-il relativisé les faits s'il avançait comme moi, en transportant deux images contradictoires. Sur l'une d'elles, mes parents enlacés tournoyaient, et c'était de pure jubilation, sur l'autre ils s'apprêtaient à couper les mains d'un homme, et c'était tragique. Cela prouve qu'il est impossible de gérer aussi bien l'amour que la haine, quand on les considère dans l'absolu. Et, ce qui est étrange, c'est qu'on ne peut pas faire grand-chose de ce savoir. Comment aurais-je pu expliquer ça à une personne aussi imbue de certitudes que Murilo Cardoso ?

3

Et maintenant, au lieu de penser à la Nuit parfaite, surtout à ce passage de son récit magnifique où chacune d'entre nous, selon les paroles de la candidate au concours, s'approchait du piano, au lieu de tout cela et seulement de cela, je retourne aux jours où Murilo s'asseyait à côté de moi dans la salle à manger de la pension pour dénigrer Gisela Batista.

Je retourne à ces jours-là et je pense que Murilo Cardoso est responsable de l'attente qui s'était installée autour de la personne de Gisela Batista. Ce n'était pas en vain qu'il en faisait une débauchée, la dépeignant sous les traits d'une chanteuse de cabaret calculatrice, capable d'aller dénicher de jeunes sopranos dans les salles du conservatoire pour essayer de purifier son propre parcours et d'acquérir une respectabilité qu'elle ne méritait pas. Connaissant Murilo comme je le connaissais j'apportais mes propres retouches à ce tableau, néanmoins lorsque je suis descendue du bus 49 et que j'ai commencé à gravir la côte menant à l'avenue du Restelo, accompagnée par les sœurs Alcides, je m'imaginais allant à la rencontre d'une personne irresponsable, avec des yeux cernés et une haleine avinée. De la drogue, peut-être une pincée de drogue, peut-être une odeur de prostitution et de lit. Une saleté mystérieuse que, dans ma maigre expérience de dix-neuf ans, je savais exister mais que j'étais incapable de définir. Je supposais une quelconque activité obscure, sans discipline ni règle, un dévergondage. Et, dans la meilleure des hypothèses, j'imaginais une Billie Holiday portugaise, née dans un bordel, une chanteuse destinée à devenir un mythe qui ne s'était pas encore révélé par pure injustice.

Voilà ce que je pensais et pourtant toutes les indications fournies par les sœurs allaient en sens contraire. Non seulement les sœurs Alcides l'admiraient, mais elles déposaient en elle un espoir illimité. Quand nous nous sommes approchées du local, une des sopranos a évoqué une particularité de son comportement qui montrait à quel point c'était une personne chaste. Nani a dit : "Gisela a un seul problème. De temps en temps elle sort une cigarette et la fume devant n'importe qui. Elle ne devrait pas le faire..." Et quand nous avons traversé le jardin menant au garage de la Casa Paralelo, les sœurs ont même manifesté une sorte de vénération qui m'a paru teintée de peur. J'ai même remarqué que Nani mettait le doigt sur la sonnette et le retirait vite, comme si elle craignait que l'impulsion ne se prolonge indûment. Ce qui voulait dire que je disposais de deux types d'information différents, ou même contradictoires, et au moment où la porte du garage a commencé à se déplacer sans que personne ne l'ouvre, j'ai compris que j'étais venue à la rencontre d'un personnage pour le moins déconcertant ou même mystérieux.

Au bout de tout ce temps, je retourne à ce moment comme s'il avait eu lieu ce matin même. La porte du garage glissait toute seule devant nous. La personne qui avait déclenché le mécanisme avait disparu ou du moins n'était pas visible en ce premier instant, mais lorsque nous avons avancé dans ce local et que nos yeux se sont accoutumés à cet espace, je me suis rendu compte que quelqu'un nous tournant le dos était assis à un piano. La personne en question s'est retournée, un bras appuyé sur le rebord de l'instrument, visiblement elle nous attendait. Nous nous tenions immobiles à quelques pas de distance. La lumière venue de petites fenêtres tombait sur elle. La personne qui inspirait cette crainte révérencielle était vêtue d'un survêtement blanc cassé et à cette heure déjà avancée de la matinée elle avait gardé la fermeture éclair remontée et la capuche sur la tête comme si elle venait de finir ses exercices de gymnastique. Elle m'a fait signe d'approcher. J'ai obtempéré. Je me suis avancée, laissant les sœurs derrière moi. Elle ne s'est pas levée et ne m'a pas demandé non plus de m'asseoir. Elle a parlé avec hauteur, me soumettant à cet état classique d'infériorité du subalterne face à un supérieur. Sans se départir d'un millimètre de sa posture raide, celle que les sœurs qualifiaient de *maestrina* m'a demandé : "C'est toi Solange ? Il paraît que tu écris des chansons. En as-tu composé une pour moi ?"

Tout allait trop vite, mais j'avais entrevu qu'il pourrait s'agir d'un procédé conçu pour me déstabiliser et non d'un simple hasard. Toutefois, si c'était pour me mettre à l'épreuve, par rapport à cette espèce de commande qui m'avait été transmise, le procédé ne me prenait pas à proprement parler au dépourvu. Je m'étais préparée et n'allais pas m'octroyer de repos face à cette personne que j'imaginais étourdie et qui me recevait enrobée d'une cloche de glace. Sans lui laisser le temps de m'intimider, je me suis mise à réciter de façon rythmée, insistant sur les voyelles, les ouvrant, les secouant, m'efforçant de faire passer ce que je souhaitais dire. J'avais appris à le faire. J'ai récité en agitant le poing, tout en débitant les phrases : "*Une petite aumône, une petite aumône / Mes chers parents / Faites que quelqu'un soit à la maison / Quand je rentrerai de l'école*..." Et j'ai continué. Quand j'ai terminé, Gisela Batista s'est écartée du piano et a montré ostensiblement son déplaisir. "Ah ! Tu as lu les trucs de Roger Waters. Tu les as lus, c'est sûr. Ce que tu as écrit pour ces garçons est bien plus intéressant. Plus intime, plus fort, plus provocateur. C'est une histoire différente. Tu veux répéter ce que tu as dit ?"

Je n'allais pas me taire. J'ai demandé : "Plus provocateur, comment ?"

"Répète", a-t-elle dit.

J'ai obéi. Gisela voulait connaître le texte en entier et je l'ai répété. Quand je suis arrivée au refrain, elle a conclu : "Oui, tu les as lus. Tu as lu ses trucs à lui, et je ne vois pas comment on pourra faire quoi que ce soit avec ça." Puis elle a ajouté : "Sauf que chacun est comme il est." Et sans retirer sa capuche, comme si elle était transie de froid, elle a attaqué le piano et a fait tan tan tan ! Tan, tan, tan ! Elle a martelé les touches avec vigueur comme si elle tapait sur une enclume. Elle a recommencé. Quand elle s'est retournée, elle m'a regardée en face pour la première fois et j'ai constaté que je me trouvais devant une femme plus âgée que nous, de grande taille, sûre d'elle, mais je ne sais pas si elle avait un beau visage, on ne l'aurait pas dit en cet instant. Elle ne ressemblait pas non plus à l'image qui avait été reproduite sur la pochette des disques. Des lèvres trop dessinées surgissaient de dessous la capuche et il y avait quelque chose d'inusité dans son regard. Elle m'a demandé si j'avais besoin d'entendre de nouveau le tan tan du piano. "Tu as étudié la musique?" a-t-elle demandé. "Alors, assieds-toi ici, sur ce banc, et essaie d'écrire quelque chose..."

Je me suis assise. Des moments extraordinaires ont suivi.

Elle était assise au piano et déclenchait de temps en temps ce tan tan tan! pour me guider, pendant que les deux sœurs restaient debout, en retrait, appuyées contre un placard. Pareil procédé était-il une méthode? Qu'était-ce donc, alors? J'avais besoin d'échapper à cette pression. J'ai balayé le garage du regard. Le local avait très peu d'un garage. Au-delà de l'estrade pour le piano, toute la pièce semblait avoir été parquetée récemment avec du bois laminé. Les pans d'une tenture retombaient de part et d'autre de la porte d'entrée, un projecteur était fixé au plafond lisse, des chaises éparses se dressaient autour de l'estrade sur laquelle nous nous trouvions. Un rideau gris pendait au fond et une cafetière électrique avec tous ses accessoires était installée sur une petite table. Un téléphone avec un grand socle noir était posé directement par terre et son fil enroulé provenait d'une prise distante dans un coin. Sur le mur latéral, une photo de famille au grain assez médiocre, agrandie au moins cent fois, représentait une enfant devant ce qui paraissait être une maison dans un climat chaud. L'enfant semblait courir vers le photographe et une touffe de palmiers très inclinés se dressait derrière une maison de plain-pied, au-dessus d'un toit en forme de chapeau. Ça ne faisait aucun doute, elle était cette enfant et elle était venue de loin pour arriver ici. Moi aussi. Les sœurs Alcides de même. Il y avait donc un maillon fait de distance qui nous unissait. C'était la seule chose qui nous unissait, ai-je pensé. Ensuite, j'ai pensé en rimes. Un obsédé des rimes vit avec des milliers de combinaisons dans la tête. Il a des listes de mots dans le cerveau, il passe sa vie à faire rimer des mots, la fonction la plus élémentaire de la poésie, la fonction la plus secondaire de la musique. Avait dit le professeur Castilho. Écrire des mots pour la musique est la vocation des serviteurs, des imbéciles. La tête d'un poète en dessous des poètes, celui qu'on appelle un parolier. Solange, une aspirante-parolière, une imbécile, selon le professeur, et c'était ainsi que je me sentais dans ce décor que je passais au scalpel à toute vitesse, pendant que trois personnes, une assise et deux debout, m'attendaient. Et maintenant ? Maintenant, j'avais gardé plusieurs rimes en réserve, mais aucune rime utile ne me venait à l'esprit. J'étais une élève, rien de plus. Si je n'avais pas été simplement une élève, je ne serais pas ici, comme une enfant, avec une maîtresse assise au piano, m'attendant. Oui, car Gisela attendait, et moi j'attendais je ne sais quoi. Et les sopranos attendaient elles aussi. Je me suis souvenue de mon père. Quand je le regardais, j'avais l'habitude de dire : "*Il était un port, il était une gare...*" Le processus de la grande création ne s'explique pas. Celui de la petite non plus. La pâte est la même, seule diffère la vitesse à laquelle elle lève. J'ai ajouté : "*N'attends pas celui qui va partir / Attends celui qui va arriver.*" Rien d'important, c'était juste une solution qui me sauvait de l'humiliation. Je me suis approchée avec cette solution écrite sur du papier et je la lui ai tendue. Gisela Batista l'a reçue avec l'indifférence d'un bureaucrate jetant un coup d'œil sur un certificat. La capuche sur la tête. De nouveau elle a fait tan tan tan ! Maintenant plus doucement, et elle essayé d'incorporer les paroles à ce rythme circulaire. Ça collait. "Il y a autre chose ?" a-t-elle demandé de sous cette capuche. "Comment tu développes l'histoire ? Qu'est-ce que tu répètes ? Qu'est-ce qui fait avancer ?" Je me souviens. Elle-même semblait chercher une façon de continuer mon texte et de l'adapter à son rythme. Elle m'a demandé d'être légère, de sauter sur mes pieds, de cracher sur le bout de mes chaussures, d'écraser quelque chose par terre. J'ai dit : "*Je veux que le ver / De la nostalgie / Ait une mort heureuse / Hou, hou...*" Et ainsi de suite, m'efforçant de répondre à son attente. Ce n'était ni bon ni mauvais, c'était tout ce que je pouvais faire, mais elle enfonçait les paroles dans le tan tan produit par le piano. Elle a réussi à y enfoncer les différentes phrases. Et seulement alors Gisela a retiré sa capuche. Ses cheveux se sont décomprimés et ont commencé à se répandre autour de sa tête. Elle a reculé et a secoué sa grande crinière libérée. Crêpelée. Elle a fait volte-face sur la banquette du piano, genoux relevés sous le menton, et m'a demandé : "Tu chantes ?" J'ai répondu non. Mais elle a insisté : "Tu chantes, ne mens pas."

Pourquoi aurais-je menti ?

Je ne savais que répondre, mais je comprenais que cet épisode n'était pas terminé. Je venais à peine de survivre à une humiliation que je tombais dans le piège suivant. "Chante quelque chose..." répétait Gisela Batista. "Allons, allons ! Que sais-tu par cœur ?" C'était vraiment humiliant de ne pas être capable de tourner le dos à cette femme vêtue d'un survêtement blanc et d'un halo de froideur. Sans me regarder, Gisela Batista insistait : "Chante n'importe quoi. Chante une chanson portugaise, une chanson irlandaise, tu peux même chanter une chanson de Françoise Hardy, si tu veux. Ou *Yellow Submarine*, par exemple. Tu peux aussi chanter de la musique d'église. C'est juste pour entendre ton timbre..."

Gisela Batista se moquait sûrement de moi, j'étais une élève, elle était le bourreau. Je me suis retournée et j'ai aperçu les deux sœurs toujours debout, à côté du placard, pas le moindre signe d'une aide quelconque ne venait d'elles. Elles restaient impassibles. Je me disais à moi-même : Libère-toi de cette situation, Solange, et que ça te serve de leçon. Car j'allais sûrement me libérer. J'allais faire quelque chose qui me permettrait de sortir de cet endroit, définitivement, pour toujours. Tout ce que je désirais en cet instant, c'était retourner dans ma chambre, à l'abri de cette insistance et de son auteur. Mais pourquoi cette femme assise sur une banquette de piano, dans un vêtement aseptique, exerçait-elle un pouvoir aussi extraordinaire? Pourquoi une force de séduction aussi impérieuse, aussi inexplicable, émanait-elle d'elle? Les phrases les plus improbables me venaient à l'esprit. Le mot salut m'a traversé l'esprit. La personne devant moi devait détester les chants aigus d'église. C'était le salut. Me suis-je dit. J'ai jeté un coup d'œil sur le côté et j'ai entonné en sourdine, comme dans le chœur dont ma mère faisait partie, dans la chapelle à Sobradinho: "*Exalte le Seigneur et mon esprit s'en réjouira...*" Et j'ai continué dans la même veine, luttant avec ma voix, louant Dieu et ses bienfaits, me disant que je la dégoûtais, que je frisais le ridicule à ses yeux. Mais elle m'a écoutée en silence et m'a demandé de répéter. Je l'ai fait, m'attendant à ce que d'un moment à l'autre elle me fasse signe de me taire et me renvoie chez moi, et de nouveau elle m'a laissée dérouler ma cantilène jusqu'au bout et, quand le silence s'est interposé entre nous, Gisela m'a demandé: "Qu'est-ce que, toi, tu attends de la vie?"

J'ai de nouveau regardé derrière moi et j'ai constaté que les sœurs Alcides, appuyées jusqu'alors contre un placard, étaient assises maintenant sur un long banc. Elles étaient graves et probablement que ce dans quoi je me trouvais impliquée était une audition, sauf que je n'avais jamais assisté et encore moins jamais participé à une quelconque audition, or sans le vouloir j'étais devenue candidate à quelque chose dont j'ignorais tout. Peut-être que personne ici ne se moquait de moi. Ou alors toute cette opération était une moquerie mutuelle et réciproque, et dans ce cas nous étions toutes sur le même plan, quatre femmes, très sérieuses, très solennelles, qui se moquaient les unes des autres. De toute façon, j'étais incapable de répondre à la question. Gisela Batista m'a de nouveau demandé: "Oui, Qu'est-ce que, toi, tu attends de la vie?"

J'ai bredouillé quelques mots: "Rien, c'est-à-dire, je crois très peu, je pense que presque rien."

“Je n’ai pas très bien compris. Tu as dit rien ou presque rien ? Définis donc ce *presque*, ça m’intéresse. À moins que ce *presque* ne soit déjà quelque chose et que ce que tu désires réellement, si je comprends bien, c’est rien…”

Désorientée, j’ai répondu oui et j’ai attendu, mais quand je pensais que Gisela me prenait pour un ver de terre sans défense, se contentant d’un peu de poussière et de boue, elle m’a dit : “Tu es ambitieuse, celui qui ne veut rien veut tout. Tu veux quelque chose qui n’est pas de ce monde, n’est-ce pas ? Je comprends. Eh bien, nous, elles et moi…” Et elle a désigné les sœurs. “Nous savons ce que nous voulons et il s’agit de quelque chose de tout à fait concret, de tout à fait identifiable, de parfaitement de ce monde. Tu sais ce que nous voulons ?” La vestale me regardait dans les yeux. “Nous voulons enchanter. Nous voulons vaincre en enchantant, en séduisant. C’est aussi simple que ça, nous ne te le cachons pas. Nous voulons enchanter les gens, des milliers, des millions de personnes. Nous voulons être plus grandes que chacune d’elles et que toutes ensemble, nous voulons maîtriser un talent qu’elles ne possèdent pas. Nous voulons entrer en elles par les oreilles, par les yeux, par les nerfs, par le corps tout entier. Tu comprends ? C’est pourquoi elles seront pétrifiées par l’attente, et nous face à elles, nous les séduirons, nous les clouerons à leur siège, nous les hypnotiserons, nous les hallucinerons avec notre talent. Des théâtres, des salles entières remplies de gens soumis à notre musique comme par enchantement. Nous voulons le monde. Nous voulons faire l’amour avec l’univers, lui offrir notre musique et recevoir en échange tout ce qu’il a à nous donner. Rien que ça. Nous n’avons pas peur des mots. La musique sert à ça. C’est ça que nous voulons, celui qui ne le comprend pas est incapable d’assumer cette fonction. Alors, je te pose la question : veux-tu sortir de cet endroit absurde où tu te caches comme une petite bête muette pour te montrer et nous rejoindre ? Pour te rallier à notre combat et enchanter le monde ? Réponds.”

Il se peut que les mots n’aient pas été exactement ceux-ci, mais s’ils n’étaient pas identiques, ils s’équivalaient et produisaient sur moi l'effet que Gisela annonçait vouloir exercer sur le public. J'étais paralysée et je devais lui présenter l'image d'un être complètement désorienté, d'une fille plongée dans le silence et la stupeur, car soudain la *maestrina* a semblé renoncer au raisonnement rocambolesque dans lequel elle m'entraînait et où je m'égarais, et à la troisième tentative de m'arracher une réponse elle a renoncé. Elle a changé de ton. Elle s'est redressée sur la banquette, m'a regardée de bas en haut et a fait un geste circulaire avec la main : "Fais un tour."

Je continuais à être perplexe, ne comprenant pas quel genre de tour elle souhaitait me voir faire.

"Tourne sur toi-même, pour que je te voie mieux."

J'ai tourné, une fois, deux fois, comme elle me l'ordonnait, pendant qu'elle commentait : "Cul maigre, poitrine large, ligne androgyne. Déplace-toi vers là-bas, marche en direction de la porte. Reviens… Mettez-vous toutes les trois sur une ligne…" Les sœurs Alcides paraissaient surprises elles aussi, elles ne m'avaient sûrement pas emmenée jusqu'au garage de la Casa Paralelo pour m'entendre chanter, encore moins pour assister à un défilé de ma part d'un mur à un autre, y compris une promenade autour du piano. Mais les sopranos se sont avancées et se sont placées à côté de moi. Gisela nous a demandé de nous montrer de profil, de dos, de nous prendre par la main et de nous balancer. Clac, clac. Elle a frappé dans ses mains sur un simple rythme binaire et nous avons marqué la cadence avec la tête. J'oscillais entre les sœurs, incapable de me soustraire à cette vague de mouvement, incapable de comprendre vers quel lieu extravagant me menait cette scène inattendue de coordination, mais le commandement était facile à suivre. Poussée par le son, j'obéissais sans effort, si bien que les sœurs Alcides me souriaient et, où que ce mouvement d'ensemble me menât, il se trouvait sûrement là un dragon enroulé dans un arbre qui m'attendait. J'irais jusqu'à lui. Je savais que Gisela n'était pas le dragon. Le dragon était un destinataire, ou même un destin caché à notre vue. Un destin que j'étais en train de créer sous mes pas. Nous avons passé un bon quart d'heure à déambuler ainsi, pendant lequel j'entendais : "Très bien, très bien !" Puis Gisela a décrété : "Ok, ça suffit. Ma chère…" Et elle semblait satisfaite.

Oui, je voulais aller voir le dragon dont l'approche m'était facilitée par Gisela Batista. En voyant les yeux de cette puissante *maestrina*, à présent pacifiés, se poser sur moi, je comprenais enfin que j'étais choisie par une souveraine, je me sentais honorée et j'étais heureuse. Emmène-moi, emmène-moi avec toi, disait chacun de mes sens. En fait, elle était en train de marcher dans le garage et elle était plus grande que nous, plus âgée, plus agile, plus sage. Ses cheveux avaient enflé, pris du volume, ils étaient crêpelés et rebelles, ils lui frôlaient les épaules, ses traits se redessinaient dans leur encadrement naturel et prenaient tout leur sens. Elle avait un léger strabisme. Était-elle belle ? Je ne parvenais pas à me décider. D'ailleurs, rien de ce qui arrivait n'était censé être entièrement compris car la *maestrina* était en train de dire aux sœurs sopranos que j'allais devenir le cinquième élément de son groupe, l'élément qui lui manquait. Moi, le cinquième élément. C'était surprenant. J'avais entendu dire qu'il pouvait y avoir des moments semblables dans la vie, qu'il était possible d'entrer chauve-souris et de ressortir ange, mais je n'aurais jamais pensé que pareille métamorphose puisse m'arriver. J'avais bien entendu ? Qu'est-ce que cela signifiait, être le cinquième élément ? Gisela s'était rassise sur la banquette du piano, un quart de queue Yamaha, si neuf que sa surface polie pouvait servir de miroir.

Un piano miroitant.

Gisela Batista l'a fermé, s'y est appuyée comme si le couvercle était le dessus de son bureau et elle s'est mise à me poser des questions d'ordre personnel et à réunir des renseignements concrets sur ma vie. Comme elle parlait posément, j'ai compris qu'elle les inscrivait dans les archives de sa mémoire. Un registre biographique qu'elle ne couchait pas noir sur blanc, qu'elle mémorisait. Et elle a paru heureuse quand je lui ai dit que je mettrais près d'une heure et quart pour rentrer chez moi. Il y a vingt et un ans, c'était une durée raisonnable. À l'époque, les transports publics étaient comme un rocher de Sisyphe très lourd, poussé quotidiennement, matin et soir, par la population de la ville. La condamnation individuelle se mesurait à la longueur des files d'attente obscènes que chacun devait affronter à l'heure de rentrer chez soi. Gisela a dit encore : "Ce n'est pas si loin. Et puis, il se peut que de temps en temps, les jours de pluie, quelqu'un nous aide un peu. Tu comprends ? Nous ne disposons pas d'une flotte…"

Je comprenais.

Ma vie allait s'engager dans une voie que je n'avais pas rêvée. Les sœurs Alcides elles-mêmes partageaient mon étonnement. En partant de là nous nous sommes dirigées vers un café d'où on voyait monter l'humidité du fleuve, laquelle avançait avec l'obstination silencieuse d'un soldat en armes. De la sciure était répandue sur le sol. Malgré la présence de cette réalité, nous ne prêtions attention qu'à nos propres affaires. Nani elle aussi était surprise par la décision de Gisela, peut-être même scandalisée, on voyait cependant que les sœurs acceptaient tout ce qui pouvait venir de cet être dont l'ascendant était incontestable. En attendant l'arrivée des autobus, les sœurs ont couvert Gisela de toutes sortes de louanges. Elle était la *maestrina,* la reine, un mentor, la maîtresse, la capitaine de notre bateau, la primitive du groupe. Celle qui savait les yeux fermés où nous allions arriver. Les sœurs Alcides voulaient un horizon dégagé, vivant, contemporain, des foules de plus en plus nombreuses avançant en criant, bras levés, vers le golfe démesuré qui s'était ouvert dans leur poitrine. Les noms des grandes salles de Paris, de Berlin et de Tokyo surgissaient dans ce golfe et, plus concrètement, les noms de lieux magiques comme le stade de Wembley ou la Frankfurt Arena. Ou peut-être l'Olympia. Elles rêvaient à voix haute. La réalité était devenue une donnée secondaire pour les sœurs Alcides.

J'ai repris mes cours à l'université avec la tête plus froide, et l'âme elle aussi refroidie. Mon visage serait-il enflammé ? Ma peau brillerait-elle ?

Murilo Cardoso a compris que quelque chose de très particulier s'était passé. À peine nous sommes-nous croisés dans le restaurant qu'il m'a bombardée de son ironie : "Je sais que tu es allée voir les dépravées, ce qui m'étonne c'est que tu sois revenue. Je suis allé jeter un coup d'œil dans ta chambre pour voir si tes affaires étaient encore là…" Puis il est passé aux avertissements : "N'oublie pas, Solange, que le bonheur arrive à petits pas, mais quand il s'en va, il le fait à grandes enjambées. Le malheur emprunte le chemin opposé. Si j'étais toi, je ferais attention…" Toutefois, quand il m'a rencontrée le soir dans le couloir de la pension, l'étudiant en sociologie a tenté de me faire raconter spontanément ce qui s'était passé, puis il a essayé de m'intimider. Il m'a attrapée par les poignets, il m'a entraînée près de l'applique où deux ampoules vissées sur des cous d'oiseaux éclairaient le corridor, il m'a inspectée, m'a regardée dans les yeux, puis m'a lâchée sans mot dire. Murilo Cardoso n'avait pas le droit de m'intimider.

Tout bien considéré, nous étions simplement les hôtes d'une même maison, nous partagions le petit salon à l'entrée, le couloir, le téléphone et le reste se passait sur le chemin menant à l'université. D'habitude, il m'attendait près de la porte et nous sortions tous les deux dans la rue jusqu'à l'avenue de Berne, nous passions près des kiosques à journaux où il s'arrêtait toujours pour lire les titres et les commenter à voix haute, voulant que je commente ses commentaires. Ce genre d'exercice ne me plaisait pas, je me bornais à écouter et à marquer mon accord, souvent distraite et prêtant peu d'attention à ce qu'il disait. Alors, il s'irritait. Le cartable qu'il portait était toujours lourd, Murilo s'inclinait dans le sens opposé et sa longue silhouette ressemblait à un arbre. J'aimais chez lui la virgule dessinée par son corps, provoquée par le poids du cartable. D'ailleurs, j'avais horreur qu'il se fâche. Ses yeux bleus devenaient rouges et sa peau très blanche, transparente, rougissait elle aussi, surtout à la racine des cheveux. Même quand nous étions dans la rue, il me demandait: "Que regardes-tu donc, alors que je te parle de choses sérieuses? Ma coiffure?"

Je lui répondais non et je recommençais à écouter ce qu'il avait à me dire, et de nouveau j'étais distraite. En 1987 Murilo passait tout son temps à écrire une thèse dont il m'avait décrit le sujet d'innombrables fois, un sujet qui était aussi son titre: *Le grand mensonge de l'Occident.* Quand il précisait, il disait que c'était des éléments destinés à une reformulation de la théorie du mensonge. Si je demandais de quel mensonge il s'agissait, il répondait: "Je parle du grand mensonge qu'un certain Anglais a fait courir, mais que personne n'a plus jamais réussi à arrêter. À savoir que chaque nuit un certain ours viendra surveiller ton dîner et s'introduira dans ton lit. Un Anglais qui s'est chopé une balle pendant la guerre civile en Espagne et qui parle depuis d'une voix fluette comme une femme. Cette distorsion l'a sans doute inspiré et poussé à inventer des fables et à accuser les autres de mensonge. Et la fable est en train de prendre. Jusqu'au jour où le mensonge deviendra un divertissement et où tout le monde voudra s'amuser, alors le mensonge deviendra l'unique règle du jeu et le monde explosera..." disait Murilo.

Nous passions parfois par la rue du 5 octobre, nous nous dirigions vers le kiosque et nous nous plantions devant la presse pour que l'étudiant en sociologie puisse passer les titres au scalpel. Murilo avait un peu d'argent qu'il gagnait sans me dire comment. Il achetait deux ou trois journaux et les soulignait en poussant des cris de joie, en démontrant les stratagèmes de propagande des pays se prétendant libres. À son avis, même le mot liberté, dans son implication stellaire d'irradiation illimitée, comportait un mensonge. Si j'étais attentive, tous les titres, toutes les manchettes n'étaient que des mensonges grossiers. Comme il connaissait très bien le vendeur de journaux, il lui parlait, il l'interrogeait, et toujours dans le même sens. Tous deux étaient d'accord, et tout ce que l'homme des journaux vendait était empoisonné. Nous passions donc devant le kiosque pour voir les mensonges en colonnes et en encadrés. Puis Murilo se fatiguait et nous allions au Galeto manger des glaces. Quand les coupes étaient à moitié vides, il se mettait d'habitude à m'interroger : "Et toi, qu'est-ce que tu veux faire de ta vie ?"

Mais maintenant que je connaissais le garage de la Casa Paralelo, quand nous étions déjà au milieu de notre coupe de *Capricciosa*, Murilo a posé sa cuiller et a demandé : "Je me rends compte que tu as déjà parlé à ces femmes. Qu'est-ce que tu as décidé ? Ne me dis pas que tu t'es lancée dans l'aventure et que tu vas écrire des paroles pour cette femme…" Et sans que je lui aie demandé conseil et sans qu'il possède suffisamment d'éléments pour étayer l'opinion qu'il désirait imposer, il a eu recours à l'insulte gratuite – "Méfie-toi de cette prostituée qu'est Mimi Batista. Fais attention. Auprès de ces gens-là, n'importe quelle personne solide court le risque de se désagréger en poussière. Pourquoi tu ne t'assieds pas dans ta chambre pour écrire uniquement pour toi, comme tout le monde ? Pourquoi tu t'es mis dans la tête d'écrire des textes pour d'autres ? Je comprends, tu veux entendre tes vers, tu veux qu'ils fassent du bruit, tu veux les annoncer à coups de tambour. Mais ce n'est pas bon pour toi. Tu devrais être plus discrète…"

Très fruste, Murilo.

Puisqu'il m'insulte, il faut que je lui dise de me laisser libre, de me laisser vivre ma vie, que je serai l'unique destinataire du bien et du mal que je suis susceptible de faire, mais il ne sait rien de moi, je ne lui raconte rien et lui ne me demande rien. Tout ce qui intéresse Murilo, c'est qu'on interprète le monde selon sa logique à lui et il voit des dangers apocalyptiques si un certain changement, qui s'annonce à la façon d'une épidémie transportée par l'air, s'installe définitivement dans les esprits. Murilo esquisse deux scénarios possibles pendant que nous dégustons nos glaces : ou bien les hommes deviennent frères et l'humanité sera sauvée, ou bien l'inégalité l'emportera, le mensonge vaincra et la terre commencera à se désintégrer, les calottes glaciaires fondront et les océans envahiront la terre ferme, les icebergs dériveront, les oiseaux seront perdus, les animaux périront et d'autres bêtes tellement étranges surgiront qu'elles engloutiront les derniers hommes. Nous sommes en octobre 1987. Nous sommes assis au comptoir du Galeto et je ne réussis pas à racler le fond de la coupe où fondent les parfums, où les fruits ramollissent, où le miel coule jusqu'en bas et où la chantilly se désintègre. Une heure s'est déjà écoulée, la moitié de la glace a atteint un point de désintégration tel que j'ai l'impression qu'elle a le goût que pourraient avoir des matières fécales pourries. Murilo imagine tout à coup qu'on lui dérobé le cartable qu'il a placé entre ses pieds, il fait un bond sur son banc, le découvre couché par terre, le repêche et me le montre, rouge d'une peur déjà sans objet. Il agite le cartable : "J'ai eu une de ces peurs ! J'ai là-dedans cent pages que j'ai écrites sur le grand mensonge de l'Occident..." Une fois sur l'avenue, il ne demande pas, il décrète : "Tu ne vas plus retourner là-bas, maintenant que tu sais que cette Mimi est une moins que rien." Je dois expliquer une fois de plus que la dame en question ne s'appellera pas Mimi. Elle assume désormais son vrai nom, Gisela Batista. Elle va enregistrer un Long Playing et je suis à ses côtés : "Excuse-moi, Murilo..."

Murilo figé, penché d'un côté, une épaule plus haute que l'autre : "Tu vas faire ça ?"

"Oui, Murilo, je vais le faire. Après-demain, je rencontrerai de nouveau Gisela Batista."

Nous rentrons à la pension. Je marche devant, Murilo, derrière. Écoute bien, Murilo. J'irai parce que Gisela Batista et les sœurs Alcides m'attendent. Je dors dans la chambre du fond, Murilo occupe celle à côté du téléphone. Il ne dort pas parce qu'il est en train de taper sur une machine bruyante qui fait clap clap toute la nuit. Je ne dors pas parce que Gisela Batista va faire de moi le cinquième membre de son groupe. Nous nous rencontrons dans la cuisine autour du réfrigérateur, il est quatre heures du matin et nous ne nous parlons même pas. Tout est clair. Nous habitons dans la même maison, mais chacun vit dans son univers.

4

Je pense au couloir de la pension sur le Campo Pequeno, au bruit de la machine à écrire de Murilo Cardoso, à l'impossibilité de trouver le sommeil, et je me rends compte combien ma carte géographique avait changé dernièrement. J'avais maintenant avec moi les numéros de téléphone des sœurs Alcides que je pouvais désormais appeler quand je voudrais, l'autobus portait le numéro 49 et le local vers lequel je me dirigeais était situé en haut de l'avenue de la Tour de Belém. J'avais inscrit dans mon agenda mental qu'il fallait dix minutes pour descendre en bavardant avec animation du garage jusqu'à la pâtisserie Restelo. Dans le sens de la montée la grimpette ne prendrait pas plus de quinze minutes entre l'autobus et la porte du garage. Ce serait là ma route de navigation pendant des mois.

Mais le jour de la première répétition, ce minutage n'avait pas fonctionné.

Le lien que j'entretenais avec les espaces ouverts aurait fort bien pu me forger une relation languide avec le temps, ce déphasage commun entre l'heure mécanique et l'heure solaire, si spécifique aux paysans. Et pourtant, ce n'était pas mon cas. Contrairement à cette relation lâche avec la montre, la mienne était tendue. J'avais l'habitude d'arriver ponctuellement partout où une heure précise m'avait été fixée et en ce début d'après-midi de novembre j'ai exagéré. Je suis arrivée avec trois quarts d'heure d'avance, ce n'était pas de la ponctualité, c'était de la dilapidation. Un désir angoissé d'anticiper qui n'était sûrement rien d'autre que la manifestation d'un vestige d'imprécision infantile. Quoi qu'il en soit, je n'allais pas rester devant la porte d'entrée, à regarder la façade de la maison en attendant d'être surprise dans mes excès de ponctualité. J'ai décidé de faire un tour dans les rues avoisinantes en marchant d'un bon pas, mais à mesure que je m'éloignais du garage et que je reproduisais dans ma tête la façade de la maison avec la porte du garage en relief, c'était comme si une partie de ce qui restait derrière moi devenait plus clair devant moi.

Je pense à cette villa, qui se dresse encore aujourd'hui devant moi avec la netteté d'un paysage filmé.

La Casa Paralelo était une solide construction des années 50, la seule dans cette rangée semi-circulaire dont les fenêtres étaient barricadées. La peinture s'écaillait et la cage où peut-être, plusieurs décennies plus tôt, des oiseaux éclatants avaient jacassé, n'était plus qu'une silhouette en fil de fer rouillé appuyée contre une pergola. Il y avait longtemps que la grande demeure construite face au Tage devait attendre d'être restaurée ou même démolie et, au milieu de cet abandon, seul le garage avait été réhabilité et modernisé. C'était ça la raison qui me faisait m'arrêter sur le trottoir. Pour moi, il était parfaitement évident que des réparations avaient été entreprises, précisément pour pouvoir accueillir le piano et les répétitions. La porte verte, repeinte de frais, le trottoir refait, l'odeur de peinture, tout indiquait qu'il en était bien ainsi. La cour devenue un jardin où s'élevaient un cèdre, un tilleul et un grand platane, pour signaler que la vie continuait, avait aussi été entretenue récemment. On apercevait encore dans l'herbe poussée spontanément l'empreinte dentelée de la faux et plusieurs tas de feuilles mortes comportaient des branches coupées provenant de ces mêmes arbres. Pendant que je marchais dans les rues voisines et que je recueillais ces informations, quelqu'un s'esquissait devant moi à grands traits. Des traits de plus en plus nets. Indubitablement, l'occupation du garage était sûrement l'œuvre et le fruit des relations et de l'ingéniosité de Gisela Batista. J'ai sonné à trois heures tapantes, la porte du garage s'est ouverte. J'avais déjà la certitude à ce moment-là que cette villa serait une des demeures importantes de ma vie.

La femme qu'on appelait la *maestrina*, vêtue de blanc comme le jour où j'avais fait sa connaissance, se détachait sur le fond du vaste garage. Les sœurs Alcides se tenaient devant elle. Le local se remplissait de vocalises et l'attention que chacune de ces trois femmes prêtait à ses propres sons suscitait une atmosphère de concentration frisant la solennité. J'ai compris qu'elles aussi étaient arrivées avant l'heure, qu'elles aussi éprouvaient la même excitation que moi et je me suis sentie en famille, si bien que je n'ai pas eu l'impression d'être négligée quand il m'a fallu attendre dix longues minutes et assister à l'entraînement des trois chanteuses, comme si je n'existais pas. Mais j'existais, évidemment. Soudain, Gisela a consulté sa montre et m'a demandé d'ôter mon manteau.

"Mets-le là", a-t-elle dit, économisant les mots.

Les deux sœurs se sont assises et ont regardé des papiers en prononçant des diphtongues et des voyelles très ouvertes. J'ai été conduite jusqu'au fond, près d'une table, j'ai fait les exercices qu'on faisait d'habitude dans le chœur de l'église, puis Gisela, l'œil toujours fixé sur sa montre, a allumé une bougie, m'a placée devant et m'a demandé d'expirer de façon à faire baisser la flamme jusqu'à l'horizontale, tout en veillant à ne pas l'éteindre. Elle comptait jusqu'à dix à chaque expiration. Totalement concentrée sur la direction de la flamme, Gisela m'a dit que l'air devait descendre jusqu'au fond du thorax et en ressortir de façon contrôlée, elle m'a donné d'autres indications du même genre. Elle m'a dit que dorénavant je devrais exécuter seule ces exercices et que je pourrais arriver plus tôt dans ce but, si je le souhaitais. Gisela était devenue affable. Cette impression qu'il y avait quelque chose de brutal chez elle se dissipait devant l'image solide de son efficacité. Elle a de nouveau regardé sa montre et a dit en se référant à quelqu'un d'absent : "Vous allez voir, un de ces jours elle arrivera tellement en retard qu'elle n'arrivera plus jamais..."

Au même instant la sonnette a retenti. Nani s'est précipitée pour appuyer sur la commande et dans le vide laissé par la porte qui glissait lentement sur son rail plusieurs sacs en plastique ont surgi l'un après l'autre. Derrière eux, la personne qui les posait par terre gardait la tête baissée et parlait toute seule. Quand elle s'est redressée, elle s'est montrée et c'était une jeune fille noire. Elle a levé la tête dans notre direction et a dit : "Salut, la compagnie ! Je suis là !"

Puis la nouvelle venue a traversé le garage, a rangé ses sacs derrière le rideau gris, s'est essuyé le visage avec un mouchoir et s'est dirigée vers l'estrade où le Yamaha d'un noir profond reposait sur trois pieds. Les deux sœurs avaient terminé leurs exercices, Gisela pouvait parler bas, on l'entendait partout dans ce local. La jeune Noire s'est plantée devant elle : "Madalena Micaia", a dit la *maestrina* d'une voix bien articulée, comme si elle s'adressait à une sourde ou à un enfant en bas âge : "Dis-moi, s'il te plaît, pourquoi on t'appelle *The African Lady* là-bas, dans le restaurant où tu travailles ? Ce n'est pas un compliment, n'est-ce pas ? Ou c'en est un ?" La nouvelle venue ne semblait pas intimidée et elle a répondu qu'elle savait très bien que ce n'était pas un compliment, qu'on l'appelait comme ça parce qu'elle était toujours en retard.

Gisela a insisté : "Et pour quelle raison arrives-tu toujours en retard ?"

La jeune fille a haussé les épaules, elle semblait amusée. Tellement indifférente et amusée que j'ai eu l'impression d'assister à un rituel conçu exprès pour punir les gens qui arrivaient en retard, une espèce d'interrogatoire puéril et vain. Gisela Batista insistait pendant que la fille qu'elle appelait Madalena Micaia expliquait qu'elle avait chez elle un tas de membres de sa famille, que l'un avait mal aux dents, l'autre des problèmes avec sa rate. Il y avait toujours chez elle quelqu'un qui avait mal quelque part. Et elle a fini par dire : "Ah, Mimi, c'est la faute de ce maudit tsunami qui a emporté leur maison, sur cette maudite côte là-bas. Ils ont voulu changer de pays, venir au bord de cette mer-ci, et ça n'a pas été un très grand changement. Maudite soit l'heure où ils ont déménagé..."

Gisela était exaspérée. "Et tu ne peux pas oublier tout ça quand tu viens nous rejoindre ici?" La *maestrina* continuait à parler sur l'estrade, pendant que la jeune fille se déshabillait devant elle. "Pourquoi tu ne laisses pas tes soucis dehors? La porte d'ici franchie, il n'y a plus de soucis, les soucis doivent rester de l'autre côté, à l'extérieur..."

Son interlocutrice n'a pas répondu, elle a fermé les yeux et a produit un son grave, un son harmonieux qui montait et descendait sans intervalle sur la gamme, faisant preuve d'une extension extraordinaire, d'une puissance vocale presque intimidante, presque de stentor. Quand la jeune fille a terminé, elle riait: "Figure-toi qu'on ne m'appelle pas seulement *The African Lady*, Mimi. Là-bas, les sœurs Alcides me donnent encore d'autres vilains noms, là-bas elles me traitent même de Mahalia Jackson d'Amadora, mais ça ne me gêne pas. Pas vrai? Regarde-moi de près, vois comme je lui ressemble." Et elle s'est frappée le visage avec les mains.

Gisela ne regardait même pas, ce genre de dispute était sûrement habituel, car la nouvelle venue se déplaçait avec désinvolture, parlait d'un air satisfait, riait devant l'estrade, cette gaieté mobilisant tout son corps. Sa jupe était de travers et maintenant elle tentait de se reboutonner. Mais Gisela n'avait pas encore terminé. "Et combien ton patron te paie pour chanter dans le bar? Je parie qu'il ne te donne même pas cent escudos par soirée. Mais tout ça va devoir finir. Tu dois te montrer responsable, tu dois choisir entre nous et eux, et tu n'as pas beaucoup de temps pour le faire, comme tu le sais très bien. Tu ne le sais que trop bien. Et maintenant, va, va occuper ta place, et dépêche-toi de décider..."

La fille a obéi. Elle s'est approchée du mur, a fermé les yeux, a bougé son corps, a claqué des doigts et chanté pour elle-même – *Alléluiahh! Alléluiahh!* Elle a descendu la gamme, l'a remontée, a fait réverbérer sa voix, a défait la réverbération, a recommencé l'exercice plusieurs fois et, à la fin, quand elle a rouvert les yeux, elle a fait face à Gisela Batista: "Alors, on commence par quoi ? Lis ton papier, s'il te plaît, pour qu'on sache comment ça va se passer…"

C'est ainsi qu'a commencé la première répétition.

Je revois cette première répétition à laquelle je prenais part et je me taisais craintivement. Je me taisais avec raison. À mesure que je participais aux différents épisodes de ce début d'après-midi, la conviction que ce groupe n'avait pas besoin de moi se renforçait. Je me sentais totalement inutile dans ce jeu-là. On pouvait dire tout au plus de ma voix peu exercée qu'elle était dotée d'un timbre raisonnable et d'une tessiture satinée. Quant au reste, elle n'avait ni grande amplitude ni l'épaisseur voulue et sa projection était réduite. Pourquoi m'avait-on fait venir ? À vrai dire, au moment où nous nous sommes trouvées côte à côte pour la première fois, je ne chantais pas, je murmurais juste des sons à côté des autres filles. Je penchais vers le point de convergence des différentes voix, mais tandis qu'elles commençaient à chanter à la hauteur voulue, j'émettais de légers susurrements, qui devenaient parfois aigus. À quelle fin je me trouvais là ? Me demandais-je.

Je réfléchissais et ne comprenais pas pourquoi Gisela Batista m'avait fait venir. Pourquoi avais-je été intégrée en qualité de cinquième élément dans ce groupe, alors que je m'étais seulement préparée à écrire des paroles ? Sur le plan de la voix, les sœurs Alcides, un soprano léger et un mezzo au beau timbre argenté, s'efforçaient de démanteler l'idéal de précision auquel elles avaient travaillé pendant douze ans de leur vie, sortant d'un lit minutieusement construit, simplifiant les registres, essayant de retrouver un ton naturel, de se rapprocher d'un chant relâché d'amatrices de musique, alors que l'amatrice que j'étais faisait de son mieux pour trouver une place un peu digne en suivant l'ondulation et la tonalité de leur voix. Mais c'était Madalena Micaia qui retenait le plus mon attention. Elle, assurément, avait une belle voix, chaude et profonde, veloutée, dramatique, une voix qu'on avait envie d'isoler et de laisser s'envoler, d'entendre en solo, une voix qui planait au-dessus de nous quand elle prenait son envol et étouffait complètement le flux lyrique des sœurs Alcides, transformant tout le reste en pur bruit de fond. "Du calme, Madalena Micaia", disait Gisela en agitant la feuille de musique devant elle et en lui imposant une page rayée à laquelle la jeune Africaine ne prêtait aucune attention. "Du calme. On revient en arrière, mais ne sors pas de notre atmosphère, on a besoin de toi ici et pas plus loin..." Et elle indiquait le haut de la feuille et le milieu.

"Tu n'arrives pas à te contrôler, c'est ça ?"

Je continuais à émettre des sons, sans que quiconque fasse de commentaire, encore que le sens de mon inclusion qui au début m'avait semblé être un mystère finisse par être déchiffré au fil de cette première répétition. Il concernait directement Gisela Batista elle-même, notre leader, la *maestrina* dont tout et toutes dépendaient et avait un rapport avec sa propre voix. Je l'ai découvert non sans émotion.

Au bout d'une heure de répétition, j'avais déjà compris que sa voix avait un timbre acceptable. Si elle chantait pour endormir des enfants, c'était parfait, si elle se contentait de murmurer des mots, elle enchanterait sûrement certaines personnes, mais en réalité sa voix ne couvrait pas un registre étendu, elle avait peu d'éclat, sa vibration était faible. Gisela Batista ne parvenait pas à élever la voix au-dessus d'un chantonnement normal. À partir d'une certaine hauteur elle ressemblait à une émission vocale aqueuse, entremêlée d'un petit fil de soie, sans plus. Il était vrai qu'elle avait enregistré deux 45 tours, mais elle avait été soutenue par de bons chœurs et d'autres aides, car Gisela ne chanterait jamais seule sans le secours d'un solide renfort. Son chant était naturel, mais il n'était pas accompagné par l'instrument qu'était la poitrine. Quand elle parlait, sa voix était puissante et persuasive. Quand elle chantait, les vibrations ne passaient pas par les espaces corporels avoisinants, leurs tissus ne semblaient pas être d'une substance charnelle, ils servaient d'éponge recevant les sons, mais ils ne les multipliaient pas. Ils les amortissaient plutôt. La voix qu'elle idéalisait mentalement était une chose, la voix qu'elle émettait une autre. Je pouvais le dire car la voix de Gisela ressemblait à une autre que je connaissais bien. Sa voix était semblable à la mienne. Quand Madalena Micaia se taisait et que nous restions seules toutes les quatre, cette similitude devenait évidente. C'était au moment où nos deux voix se rapprochaient et s'unissaient que nous créions toutes les deux un fond terne et continu, une sorte de chœur sourd sur lequel les autres voix se dessinaient, donnant du volume, menant l'ensemble à un niveau d'expression acceptable.

Je dirais que ma voix et celle de Gisela formaient ensemble un flux décoloré dont la seule consistance venait de leur multiplication par deux. Une sorte de chœur liquide. Difficile. Nous répétions debout un thème appelé *Check-in* et, pour souligner le mouvement de départ et d'arrivée à un comptoir d'aéroport, il fallait contrôler Madalena Micaia, lâcher la bride aux sœurs Alcides et tapisser leurs voix avec notre ruban double, frêle mais uni. Et ce jeu, si long à cerner, je l'avais compris au bout d'une heure. Sans paroles. Ce jour-là, celui de notre répétition inaugurale, les révélations étaient si nombreuses que l'émotion m'avait rendue muette. La principale était la découverte que Gisela Batista ne serait jamais Billie Holiday, ni Edith Piaf, ni même une Gloria Gaynor ou une Donna Summer quelconque. Comment cette idée m'était-elle venue ? D'ailleurs, je comprenais maintenant pourquoi Gisela ne désirait pas être soliste, elle voulait juste faire surgir du néant un groupe de femmes chanteuses comme il y en avait tant d'autres et elle déployait dans ce but un effort de dépassement d'elle-même et de ses compagnes qui était tout à fait visible. Cet effort méthodique m'émouvait. Je ne disais rien. Si j'avais prononcé le moindre mot en dehors de mon susurrement étranglé, j'aurais fondu en larmes. Des larmes d'émotion pour avoir trouvé dans ce garage des gens de ma race, des gens qui s'efforçaient d'atteindre concrètement ce qu'ils désiraient abstraitement, même si pour ce faire il leur fallait brutaliser leur corps et leur âme. Toutefois, l'objectif visé pouvait ne jamais être atteint. Je le savais. Mais je ne le disais pas. Cet après-midi-là, les épisodes de la traversée à partir de l'Afrique m'étaient venus plusieurs fois à l'esprit, depuis le *Nous les expulserons* jusqu'au camion conduit par mon père avec un homme courant derrière sans possibilité de nous rejoindre. Depuis les bruits des bêtes dans l'étable jusqu'aux poèmes de ma mère. Ce mélange m'éloignait, me remettait à ma place. L'après-midi s'est passé ainsi. Gisela m'a seulement présentée à Madalena Micaia à la fin, comme parolière: "Si tu ne fais pas attention, un de ces jours elle écrira des strophes rien que pour toi, tu verras, *African Lady*, tu verras..."

"Formidable!" a dit la fille, sans m'accorder la moindre attention. Et nous nous sommes quittées.

Je pensais uniquement à la traversée.

Mais il était encore arrivé une chose très particulière, ce premier jour, qui, à l'époque, avait retenu mon attention. Après la répétition Gisela avait allumé une cigarette et l'avait fumée tout en parlant au téléphone. Pendant qu'elle composait les numéros, ceux-ci faisaient un bruit excessif. Dans le silence où le garage était plongé, chaque numéro tournant sur le disque semblait reproduire le roulement d'une voiture. Notre capitaine fumait et parlait à voix basse, la bouche contre le combiné. Elle souriait de temps en temps. Elle éparpillait de la cendre autour d'elle. Alors, les trois filles sont sorties du garage sans dire au revoir et je les ai imitées. Je suis sortie sur la pointe des pieds, j'ai franchi la porte à peine entrouverte sans prononcer un seul mot. Je n'étais qu'une apprentie spectatrice, pas une camarade de plein droit, je me rendais compte que je ne connaissais pas encore les liens qui unissaient ce groupe.

5

À toutes ces années de distance, j'imagine que je ne m'étais pas aperçue de bien d'autres détails encore lors de cette première séance, mais je pense qu'elle fut tellement impressionnante que tout ce qui allait se passer par la suite s'est concentré autour de cet après-midi inaugural. Nos répétitions allaient se prolonger pendant les mois de novembre et de décembre, et cette période serait comme une sorte de préambule, une amplification de cet après-midi-là. Dans mon souvenir, ces deux mois se présentent comme la suite d'une seule séance continue, quand rien encore n'était déterminant, quand tout était en préparation. Ces mois sont comme des tableaux fixes.

Je me souviens du magnétophone et de ses deux bobines qui tournent devant nous, deux écheveaux qui s'enroulent et se déroulent sous nos yeux, nous offrant la musique des répétitions, pendant que les premières pluies d'automne s'abattaient sur Lisbonne. Je me souviens de la maquette du 33 tours, qu'elles appelaient toujours le Long Playing, posée sur le couvercle du piano, et de la discussion à propos des noms. Le nom du groupe, le nom de l'album, le nom de la grande salle de spectacle où aurait lieu ce que nous appelions notre consécration absolue. Durant ces jours, qui me semblent n'en avoir été qu'un seul, j'avais l'impression que quelque chose d'extraordinaire se construisait autour de cette femme admirable qu'était Gisela Batista, quelque chose de grandiose, sans nom, et j'avais la chance de faire partie de ce mouvement impossible à arrêter. Je me souviens de la force de sa conviction quand elle a eu l'idée d'appeler le groupe *ApósCalipso*. Profitant du retard de Madalena Micaia, Gisela nous avait réunies autour d'elle et avait expliqué pourquoi c'était le nom qui nous convenait et qu'il ne pouvait pas être différent. Si on réfléchissait bien, il évoquait la libération d'Ulysse et son retour dans la demeure de Pénélope, tout en suscitant des résonances par rapport au texte de saint Jean de Patmos. Le mot déclenchait donc deux effets distincts. Celui qui se bornerait à l'écouter, entendrait *Apocalypse*, un jeu qui tournerait en notre faveur, évoquant une atmosphère de terreur, proche du religieux. En un second temps, toutefois, ce premier sens s'évaporait, la solennité s'effilochait, la convention s'effritait en mille miettes. Car, quand on le déchiffrait syllabe après syllabe, il ne subsistait plus qu'un nom, calypso, une danse, un rythme. Ainsi, le mot avec lequel Gisela nous nommait n'avait pas deux sens, mais trois. Entre-temps, Madalena Micaia était arrivée en traînant des sacs mouillés et Gisela répétait les deux mots, assise au piano, sans l'ouvrir, se contentant de s'y appuyer comme s'il était son abri et sa source d'inspiration. *ApósCalipso.* Selon notre *maestrina*, ce nom à sens multiple nous distinguerait, nous mènerait loin. C'était un ordre qui ferait exploser tout ce qui nous entraverait sur notre route. Le nom finirait par être différent, passablement différent, mais la discussion sur l'éventuel *ApósCalipso* fut si révélatrice qu'intimement ce nom-là et non l'autre resterait pour nous le mot-clé, celui auquel nous associerions une idée de triomphe et de joie. D'ailleurs, tout au long de ces deux mois, chaque fois que Gisela parlait, l'avenir se transformait en une salle illuminée que nous avions l'intention de prendre d'assaut, quand bien même nous devrions laisser une partie de notre corps coincée entre les portes que nous franchirions. Lors d'une des dernières séances de novembre, dans un climat d'euphorie totale, déjà certains de mes textes étaient dans la bouche de toutes les cinq. Les mots destinés à une certaine plage avaient été remplacés par *Il était un port, il était une gare*, vers qui plaisait maintenant à Gisela. Elle appréciait en particulier les lignes qui démolissaient la nostalgie : "*Je veux que le ver / De la nostalgie / Ait une mort heureuse / Hou, hou.*" Nous chantions contre cet animal avec une telle conviction que les derniers accords nous laissaient épuisées. Au contraire, quand nous travaillions le thème *Mon âme*, Gisela levait les yeux au ciel et répétait à voix haute le texte composé par le compositeur de la musique lui-même : "*Chante, chante, mon âme / Donne-moi la fièvre et donne-moi le calme*", et il ne lui plaisait pas. La *maestrina* détestait ces paroles et me demandait de les modifier. Puis, elle revoyait la maquette, téléphonait au compositeur, le maestro Francisco Capilé, un homme avec des cheveux longs dans le dos qui jouait de cinq instruments, parmi lesquels le piano, et elle lui demandait d'adapter la structure mélodique en fonction des changements apportés aux paroles.

"C'est pour hier", disait-elle au téléphone.

D'autres fois, elle prenait des bouts de phrases que je lui apportais et exigeait une nouvelle composition. Le maestro surgissait à la porte, tendait sa gabardine et son parapluie dégoulinants, une de nous courait les prendre, et toutes les cinq, pleines d'espoir, émues, nous l'écoutions, le regardions. Pour se mettre à l'ouvrage, le musicien avait besoin d'un moment pour se concentrer. Il finissait par se pencher sur le piano et après avoir martelé les touches pendant un instant et avoir trouvé des solutions qui nous paraissaient acceptables, il prévenait que rien de ce qu'il faisait n'était gratuit. Le doigt qui appuyait sur les touches savait aussi claquer dans l'air pour signifier le son de l'argent. Il se tournait uniquement vers Gisela, comme si nous n'étions pas là. "Mon amie", disait-il. "Tout ça a un prix et ce prix est loin d'être bas !" Et il avait encore un avertissement à donner concernant la question financière. "N'oubliez pas non plus que pendant le mois de janvier les répétitions devront avoir lieu dans le studio Nepomuceno. Ça aussi coûte de l'argent..." avertissait le doigt qui jouait de cinq instruments et les mains se levaient du lit denté du piano. Alors, Gisela avançait vers Capilé, le questionnait, demandait s'il se sentait lésé, demandait si quelqu'un lui devait le moindre escudo. M. Simon n'avait-il pas fait les comptes avec lui jusqu'au dernier sou ? Gisela se révoltait, lui tendait sa gabardine et son parapluie, insistait : "Dis-moi,

Francisco, mon père te doit-il quelque chose ? Alors, s'il ne te doit rien, pourquoi es-tu en train de nous faire peur, de nous retirer ta confiance ? Tu peux me le dire ?"

"Je te préviens, c'est tout."

Ensuite le maestro s'en allait et nous reprenions les exercices d'échauffement, nous retournions à la flamme de la bougie, aux entraînements de contrôle sur les voyelles et nous nous lancions dans la répétition des treize chansons de l'album qui serait enregistré au début de l'année nouvelle. Non sans qu'au préalable Nani ait vérifié que le vautour était parti. Nous restions toutes les quatre autour du piano et elle grimpait sur un banc pour vérifier par une des petites fenêtres latérales que le compositeur était effectivement parti. La soprano criait : "Le vautour est parti, grâce soit rendue au ciel ! Ce qui est positif chez lui est resté ici, ce qui ne vaut rien est parti avec lui…"

Et moi, qu'étais-je pour Gisela ?

Tout au long de ce premier temps qui me semble toujours n'avoir duré qu'un seul après-midi, ma relation avec Gisela Batista continuait à être singulière. Ou, du moins, impossible à qualifier. Une fois les exercices préliminaires terminés, la *maestrina* nous plaçait en rang, baissait les yeux si d'aventure elle s'adressait à moi et jamais ne me souriait. Mais de temps en temps nous nous regardions et j'étais convaincue que nous nous comprenions. Elle m'appelait pour que je modifie des paroles, que je remplace les cœurs enflammés dans les textes du maestro, textes qu'elle qualifiait de couplets quand elle ne les prenait pas au sérieux ou qu'ils lui déplaisaient. Parfois elle trouvait elle-même ce qu'elle cherchait, mais elle semblait plus assurée si elle m'avait devant elle. Une structure archaïque sur laquelle la nature avait fabriqué deux personnes distinctes, avec dix années de différence, nous unissait dans le souterrain de ces deux premiers mois. Sans que nous en parlions, il s'ébauchait entre nous une sorte d'exaltation qui nous dispensait de paroles. Je m'efforçais de ne pas m'approcher d'elle, je me plaçais derrière les sœurs

Alcides, derrière Madalena Micaia, derrière le piano ou quoi que ce soit qui me permette de prendre de la distance. Mais elles savaient toutes que j'avais conquis une place spéciale dans la vie de Gisela Batista. Elle s'asseyait au piano pendant les pauses et disait des phrases du genre : "Mes chéries, nous avons trouvé ici deux ou trois thèmes importants. Je suis persuadée que l'un d'eux pourra devenir notre chanson emblématique. Car je sais, je suis convaincue qu'il y a ici parmi nous une de ces chansons qui une fois entendue devient inoubliable. Sans elle on ne peut plus vivre en paix. Nous allons trouver ici notre *Waterloo*, notre *Staying Alive*, notre *Don't cry for me, Argentina*, ou quelque chose d'analogue…" Et elle ne me regardait même pas.

J'imaginais la même chose et je me disais qu'une de ces chansons pourrait contenir des paroles que j'aurais écrites. Une ambition semblable à celle de Gisela Batista s'était emparée de moi.

D'ailleurs, une ambition d'une dimension inexplicable s'était emparée de nous toutes également. La preuve est que les sœurs Alcides n'étaient pas seulement des voix sûres et des personnes fiables, mais qu'elles continuaient à être les plus enthousiastes du groupe. Elles ne s'écartaient pas d'un poil des objectifs qu'elles avaient annoncés, assises dans la cour de l'université. Elles n'étaient jamais absentes, elles n'arrivaient jamais en retard, elles ne s'indignaient jamais, elles ne protestaient jamais contre les répétitions, elles s'appliquaient car elles étaient pressées de brûler les étapes, elles voulaient être capables de se faire exploser sur la scène, le moment venu, comme des pneus de voiture roulant à grande vitesse. Elles voulaient se donner corps et âme pour atteindre le but visé.

Deux heures avaient à peine sonné qu'elles étaient déjà sur l'estrade. Les deux filles brunes, presque identiques, si bien entraînées, si bien formées que parfois elles ne savaient que faire de leur formation musicale. Comment la déconstruire, comment la subvertir. Et toutes deux avaient un amoureux, mais elles disaient toutes deux qu'elles ne permettraient jamais à l'amour de se mettre en travers du but de leur vie. Quand six heures de l'après-midi approchaient, un bruit de voiture avançant au ralenti signalait que quelqu'un attendait les sœurs Alcides. Maria Luísa demandait : "Ils sont déjà là ? Eh bien, ils n'ont qu'à attendre assis..." Les deux sopranos continuaient, impassibles. "Qu'ils fument, qu'ils continuent à fumer..." Et en face du jardin on apercevait deux hommes sous la pluie qui ne s'adressaient pas la parole, chacun fumant de son côté, appuyé contre sa voiture. Parfois, une Kawasaki montée par un blouson noir passait en tonitruant et Nani suspendait son exercice.

Gisela s'inquiétait : "Tout ça en face ne devrait-il pas cesser ?"

Maria Luísa répondait : "Excuse-moi, Mimi, mais nous nous sommes ici et eux sont là-bas, dehors. S'ils ont envie d'attendre, qu'ils attendent, s'ils n'en ont pas envie, qu'ils s'en aillent par le même chemin qu'ils ont pris pour venir..." Et toutes deux continuaient comme si de rien n'était.

Madalena Micaia, elle non plus, *The African Lady*, comme on l'appelait au restaurant, n'était jamais absente. Elle arrivait en retard, chargée de sacs qu'elle rangeait aussitôt derrière la tenture grise et était fin prête en un clin d'œil. D'ailleurs, nous étions toutes fin prêtes. Tout comme le Yamaha, le magnétophone, le téléphone noir posé par terre, les bancs, la cafetière, le petit miroir au-dessus de la table. La photo au fond, suspendue au-dessus du temps, elle aussi paraissait fin prête. Les murs eux aussi. Tous les matériaux qui nous entouraient, tous les êtres humains et non humains, se trouvaient dans l'attente de quelque chose qui devait arriver. Quand les exercices étaient terminés, les sœurs partaient dans la voiture de leur amoureux. Madalena Micaia courait en direction de son moyen de transport et moi je descendais prendre le bus qui me mènerait au Campo Pequeno. Gisela était la seule à rester. Gisela attendait dans le garage la voiture envoyée par son père.

Mais un samedi matin la réalité a débarqué.

Décembre tirait à sa fin. Nous étions en pleine répétition quand trois hommes se sont présentés à la porte, parapluie sous le bras. Nous ne les attendions pas. Trois hommes, trois noms. Capilé, Julião et Saldanha. Le moment était important, c'était la première fois que la production avait accès au matériel proprement dit et elle arrivait à l'improviste. Pourquoi à l'improviste ? Gisela n'a pas apprécié, mais elle a fini par accepter. Finalement, sur les treize chansons qui composeraient le Long Playing, nous étions en mesure d'en chanter huit. Nous nous sommes placées au milieu de l'estrade et nous les avons chantées. Ça a pris quarante minutes. Pendant tout ce temps-là les hommes sont restés impassibles. Trois hommes à l'aspect très différent. Si différents d'apparence que leur âme elle aussi devait différer. Ce jour-là, le maestro Capilé était particulièrement graisseux. Vue de profil, sa queue de cheval attachée par un ruban ressemblait à la queue d'un chaton souffreteux. Julião, fort, grand, rondouillard, vêtu de noir et de rouge, avait un air légèrement méphistophélique. Saldanha, en costume-cravate classique, avec un porte-documents et un pardessus, semblait venir d'une autre planète pour prendre des notes sur ce qui se passait sur celle-ci. Tous les trois, assis sur le long banc, étaient restés imperturbables pendant toute l'audition, mais à la fin ils se sont approchés du piano et n'ont pas lésiné sur les compliments. Ils nous ont félicitées. Ils ont déclaré qu'une nouvelle poésie saupoudrait les paroles, qu'il y avait de nouvelles solutions harmoniques, qu'ils voyaient une grande amélioration dans le spectacle, une grande avancée dans la conception, une surprise dans l'interprétation. Julião et Saldanha se sont déclarés émerveillés. C'était effectivement une belle performance. Capilé, naturellement, était plus avare de compliments, car il était intervenu lui-même, les nouvelles harmonisations étaient de sa composition et d'autre part les paroles qui avaient été remplacées lui appartenaient aussi. L'homme doublement en cause se taisait. “Maintenant, oui, nous avons une œuvre !” a dit Julião. “Toutefois…”

Toutefois, il y avait un problème avec la *réalisation*.

Les trois hommes ont commencé à tourner autour de l'estrade et à regarder du côté des petites fenêtres. Et le problème était qu'en dépit de toutes ces améliorations, leurs conclusions étaient différentes sur le plan pratique. Saldanha fut le premier à s'exprimer de vive voix. Posant son porte-documents sur le piano, il a conclu qu'il nous faudrait travailler beaucoup plus dur car, étant donné que la composition avait été modifiée, deux thèmes uniquement étaient prêts à passer en studio, alors qu'il y en avait treize en tout. Une question de temps. Mais pour Julião le problème était différent et bien plus grave. Il s'agissait d'un problème de fond.

Selon Julião, nous avions besoin de mouvement, de gaieté, il n'y avait pas de danse dans nos interprétations, nous ne pouvions pas nous contenter de secouer les épaules et de balancer nos fesses comme des autruches dans le désert, rivées au même endroit, une hanche de-ci, une hanche de-là, sans aucune coordination. Nous devions frétiller du popotin en cadence. Le secouer ensemble comme s'il n'y en avait qu'un seul. Le monde avait changé et ce qu'il nous proposait était plus antique que le French Cancan, lequel devrait nous infuser quelques notions de l'art d'occuper une scène. Bien qu'adapté à la nouvelle réalité, le principe était le même. De la musique rendue visible. De la musique pour impressionner, sentir et entendre, une sensation d'ensemble qui n'avait rien ou presque rien à voir avec la justesse du ton, mais avec l'expressivité. Il ne nous demandait pas exactement de nous mettre à poil avec une fleur à l'oreille et un petit sac à la main, mais il estimait que nous devrions trouver une autre histoire, que cinq femmes sur une scène devaient faire l'effet d'un joli troupeau, la musique devait exploser en un beau boucan, avec un rythme profond, une couche épaisse de son, et l'impression générale devrait s'apparenter à une euphorie ressemblant bien plus à l'effet d'une beuverie qu'à toute autre chose. Or, que venait-il de voir ici ? Il avait vu les Alcides immobiles, pieds collés au sol comme si elles étaient des Turandot en exil. L'*African Lady* se secouer comme si elle touillait une marmite. Le corps, le beau corps de Gisela Batista n'était encore apparu dans aucun cadre qui le mette en valeur. Du gaspillage. Que voulions-nous donc faire dans la vie ? Il fallait quelque chose de plus, une composante permettant au lancement du 33 tours de s'accompagner d'un bon spectacle dans une bonne salle, dans des tas de salles, des salles en veux-tu en voilà, des salles partout. Lui, Julião, n'était pas l'homme des finances, il était l'homme de l'art, et la personne chargée de l'art ne peut pas hésiter. Elle doit être un oracle, elle doit dire la vérité, même quand elle se trompe. L'art est avant tout vérité, et on atteint un bon niveau seulement en affrontant la vérité. Pour résumer, a conclu Julião, de plus en plus vêtu de noir et de rouge, il fallait davantage de temps, davantage d'abnégation, davantage de dévouement, davantage de dépenses. Il fallait un chorégraphe qui nous prenne en main et secoue violemment les corps amorphes qu'il voyait devant lui. Nous ne pouvions pas oublier qu'au même moment trente ou quarante groupes portugais étaient en train de répéter comme nous, chacun dans son garage et tous avec la même ambition. Sans même parler du reste du monde. Dans chaque recoin de la terre, il y avait un garage avec de la musique et des gens en train de sautiller à l'intérieur. Il fallait comprendre le paysage. Celui qui était immobile et celui qui bougeait autour de nous, et cette circonférence s'élargissait tous les jours. Alors Saldanha a empoigné son porte-documents et prononcé une courte phrase : "Comme ça, c'est comme tirer à l'aveuglette..."

Julião a prononcé une longue phrase à l'intention de Saldanha : "À mon avis, elles ne seront prêtes que vers la fin du printemps, avec l'enregistrement fin avril et le spectacle en mai..." Ils continuaient à parler entre eux.

Saldanha a dit encore, mais à l'adresse de Gisela : "Téléphone-moi, mon amour. J'ai besoin de savoir sur quoi nous pourrons compter. Si c'est oui, ou non."

Capilé n'a même pas ouvert la bouche. Il s'est contenté de claquer des doigts, en roulant des yeux et en annonçant la grosse somme d'argent en jeu.

Alors les trois hommes ont allumé des cigarettes et ont commencé à quitter les lieux tout en continuant à parler de nous sans nous inclure, comme si personne là-dedans n'était qui que ce soit en dehors d'eux. Nous avions l'impression d'avoir été visitées par trois caricatures de vices lâchés en liberté dans l'éther et qui se seraient incarnés dans ces corps l'espace d'un moment. Madalena a fait le geste de cracher par terre et de gratter avec le pied, comme si elle écrasait un glaviot. "Excuse-moi, Gisela, mais c'est vraiment trop..." Et elle a recommencé à gratter. "Mais qu'est-ce qu'ils attendent de nous ?"

Quand les trois hommes eurent complètement disparu, parapluie sous le bras, nous nous sommes regardées, atterrées. Gisela se trouvait au cœur de la question, tout dépendait d'elle, mais la question nous concernait toutes. Elle, cependant, dans son survêtement blanc, une écharpe de la même couleur autour du cou, allait et venait, réfléchissant. Il avait plu bêtement et il faisait froid à l'intérieur. Et elle continuait à réfléchir. Elle n'arrêtait pas de réfléchir. Cette visite avait produit l'effet d'un éclair, elle avait été intense, éclairante, elle avait pris fin. Maintenant nous ne savions pas si nous allions continuer la répétition ou déguerpir et aller réfléchir chacune chez soi. Gisela tressait et détressait ses cheveux en réfléchissant. Maria Luísa a fini par se manifester : "Qu'est-ce qu'on va faire ? Il faut plus de temps ? Plus d'argent ? Plus de retard ? C'était pas bien comme on était ? On ne respectait pas la grille qui avait été fixée ? On était..." Gisela réfléchissait. Elle n'arrêtait pas de tourner autour du piano et revenait toujours au même endroit, devant le téléphone noir. Elle s'est penchée vers le téléphone qui était toujours par terre, elle a composé un numéro et on a entendu le flux d'une voix qu'elle entendait sûrement à la perfection, mais qui pour nous ressemblait à une question venue de l'au-delà : "Tu es là ? Tu es là ?"

Alors Gisela, la grande Gisela, la belle Gisela, la forte, la connaisseuse, celle qui nous unissait avec la force de sa détermination et la cohérence de son projet, celle qui avait prôné l'idée que le groupe s'appelle *ApósCalipso,* celle qui n'avait jamais hésité et qui voulait remplir les stades de spectateurs qu'elle souhaitait annihiler par enchantement, comme une équipe de football écrase une nation tout entière par la trajectoire d'un but magique, Gisela s'est mise à sangloter au téléphone. À l'autre bout quelqu'un devait continuer à parler, car elle interrompait ses sanglots pour secouer la tête comme un enfant à qui on a volé quelque chose de précieux, et au bout d'un certain temps de pleurs, entrecoupé de brefs silences, la *maestrina* a prononcé d'une voix altérée les seules paroles qu'elle ait proférées pendant cet appel téléphonique: "Tu viens me chercher?... Aujourd'hui, oui, je te remercie. J'attends un instant..." Gisela a raccroché le téléphone, toujours en pleurs. Les sœurs Alcides sont sorties dès que les voitures de leurs amoureux se sont ébrouées en face du garage, puis Madalena Micaia est partie chargée de sacs en plastique et j'allais m'en aller moi aussi quand Gisela m'a appelée par mon nom.

"Solange?"

"Oui, c'est moi, je suis encore là", ai-je répondu, et en répondant je me suis aperçu de la solennité inappropriée de ces quatre mots, *je suis encore là*. Mais Gisela Batista pleurait à chaudes larmes et peut-être que la solennité était de mise. Je me suis approchée, elle me faisait peur et je ressentais de la considération pour elle, cette scène muette au téléphone m'avait poussée à l'imaginer plus riche, plus mystérieuse, plus puissante et plus magnanime que je ne l'avais supposé. Comme dans les moments importants, les plantations de thé me venaient à l'esprit et de hautes montagnes s'élevaient à mon horizon, des mots sortaient des cimes et du bas des terres et, s'ils avaient des terminaisons parallèles, je les assemblais dans des phrases qui, si elles avaient été prononcées dans des situations ordinaires, auraient paru dictées par des fous. Elle est venue vers moi et m'a tendu les mains. Elle m'a serrée dans ses bras. J'ai entendu Gisela dire dans mon dos: "Tout ça simplement parce que tu es apparue avec ces textes et nous avons vraiment progressé et avancé et maintenant nous sommes sur le bon chemin. Parfois la voie qui mène au succès est très sinueuse. Si tant est qu'on sache jamais comment atteindre le succès. Tu entends, Solange ?"

Nous n'avons pas eu le temps de poursuivre.

Dehors une voiture klaxonnait. Je suis sortie en même temps. J'ai encore vu la grande automobile grise, avec la petite étoile de la marque allemande qui brillait à l'avant du capot, et ensuite la même petite étoile à l'arrière. Gisela s'est assise sur le siège avant et un homme coiffé d'un chapeau, chose alors assez inusitée chez nous, conduisait la voiture lentement, avec la solennité majestueuse des voitures de l'État ou des millionnaires quand ils ne dissimulent pas leur richesse. En l'occurrence, la grande voiture était conduite par un homme coiffé d'un chapeau à bords bien larges. Cet homme était son père. Et j'ai eu l'impression d'avoir pénétré le mystère de Gisela Batista et, en même temps, que celui-ci s'était épaissi derrière un nuage dense.

6

Les jours se sont alors précipités vers Noël, avec tout le cortège des actes préparatoires que cette date entraînait, mais je ne me suis pas aperçue de ces signes. Je me souviens seulement que les rues de Lisbonne étaient décorées d'ampoules et que la table à Sobradinho était éclairée par deux candélabres à la lumière desquels mon père et ma mère me tendaient des paquets enveloppés de papier brillant, et j'ai à peine remarqué l'étable. Je l'ai visitée comme toujours, mais au lieu de rester un moment au milieu des bêtes tachetées, je les ai tout juste regardées de loin et dans leur ensemble. Rien n'avait changé. La ration était toujours la même et surgissait à l'heure voulue sous leur museau. Les routines respectaient les horaires. La campagne me semblait être une distance plutôt qu'un paysage. Ce qui revient à dire que je suis allée à l'étable uniquement par devoir et que je suis vite revenue, dès le 29 décembre, parce qu'une répétition m'attendait dans le garage du Restelo.

J'avais voyagé le matin.

Mes sacs à peine déposés dans ma chambre à la pension, je me suis précipitée là-bas. Il était trois heures de l'après-midi. La porte a glissé sur le rail. Je suis entrée. Gisela attendait nos camarades, mais en vain, car en dehors de Solange de Matos, le cinquième élément, personne d'autre ne se présenterait pour la répétition. Tant les sœurs Alcides que Madalena Micaia finiraient par prévenir qu'elles ne viendraient pas. Elles ont expliqué qu'elles n'avaient pas réussi à s'extraire de l'agitation propre à la saison et que c'était pour cette raison qu'elles téléphonaient au dernier moment. Les justifications furent longues, de même que la promesse de Gisela qui s'offrait à les faire chercher en voiture, mais le résultat fut nul. Horriblement déçue, Gisela s'est assise devant le piano fermé : "Voilà les faibles dans toute leur splendeur. Je veux parler surtout de ces femmes faibles, toujours de service dans les banquets et autres enfantillages imposés par les autres. Et toi, tu peux t'en aller, Solange."

Mais ensuite elle a réfléchi : "Attends, ne t'en vas pas encore. Viens ici. Regarde comment, en échange d'une jolie avance, ce vénal de Capilé a composé ça pour moi..."

Et, au lieu de nous dire au revoir, Gisela a branché le magnétophone, l'enregistrement du son a jailli très fort, a rugi et finalement la plage utile a commencé à se faire entendre et l'appareil a diffusé un mouvement entre tango et fanfare qui a incendié l'espace, un rythme syncopé qui faisait vibrer les oreilles et engendrait une sorte de réverbération contre les murs, un son si prenant que Gisela Batista a laissé son corps se livrer à une sorte d'agitation compulsive. Elle semblait ensorcelée. Le défilement de cette plage où trois instruments se superposaient lui inspirait des pirouettes rapides, des balancements de tête vers l'arrière et vers l'avant, des mouvements saccadés comme je ne lui en avais encore jamais vu. Soudain la *maestrina* s'est approchée du piano, a plaqué plusieurs accords et l'accélération du phrasé a pris une tournure différente. "Ça vous a une autre lumière comme ça, tu ne trouves pas ?" a-t-elle demandé.

Effectivement, une fois sortie des entrailles de cet appareil la composition acquérait une toute autre impulsion. La fanfare disparaissait pour céder la place à un rythme dynamique, une mesure rapide alternée, un enchaînement de *swing* bien cadencé, bien conçu. Gisela s'est alors assise sur la banquette et m'a demandé d'imaginer des vers parlant d'un voyage jusqu'au bout du monde. Elle-même avait une idée et l'exposait. Elle imaginait une sorte de parcours vers la lune qui serait un voyage vers l'amour. Lune, lune, ultime lune, hôtel de mes rêves, *flash* de clair de lune. Disait-elle, et je notais. Un peu plus tard, j'avais de nouveau griffonné sur une feuille blanche plusieurs lignes rimées, quelques idées fades que Gisela déchiffrait à voix haute, projetant les voyelles et esquissant des mouvements de danse. Elle s'attachait à danser ces paroles tout en s'inspectant dans la petite glace suspendue à côté de la machine à café, dès que la phrase syncopée débutait. Poussée par le rythme entre ralentissement et accélération, la *maestrina* gesticulait devant la machine. Quand les vers quittaient les impulsions dissyllabiques et abordaient la partie languide, elle s'étendait par terre et ses cheveux se répandaient sur le parquet, étalés en éventail comme la queue d'un paon. Alors Gisela m'a demandé : "S'il te plaît, tu pourrais aller chercher l'autre miroir ?"

Bien sûr que je pouvais aller chercher le miroir, j'étais prête à absolument tout. Tout était dans ce même état autour de nous. En outre, je commençais à me rendre compte qu'un lien de confiance et de complicité s'était établi entre nous et qu'il était si fort ou si aveugle que Gisela pouvait faire comme si je n'étais pas présente ou comme si j'étais moi-même un prolongement de sa personne. La raison était difficile à comprendre, mais cet après-midi-là Gisela confiait à une parolière ce qu'on peut confier de plus intime à quelqu'un, l'expression profonde de son imagination. J'étais émue qu'elle m'offre ainsi son rêve, lequel en principe aurait dû rester secret. J'ai décroché le miroir du lavabo et je l'ai transporté près du piano. Là, Gisela m'a demandé de le tenir par sa base et de l'élever à sa hauteur à elle, ce que j'ai fait, l'effort faisant trembler mes mains, et elle a recommencé à interpréter devant lui la chanson intitulée *Jusqu'au bout du monde*, en agitant bras et chevelure, et chaque fois qu'elle le pouvait elle s'efforçait de regarder son reflet. Dehors, le soir était tombé. Les arbres de la cour tendaient dans la pénombre des branches nues dont les feuilles s'étaient envolées. Mais peu importait ce signal. Il était déjà près de six heures lorsqu'elle a abandonné cet exercice et la journée était encore loin d'être finie. La *maestrina* s'est baissée vers le téléphone, a composé les six chiffres comme si elle tirait simultanément six carrioles et elle a parlé comme si je n'étais pas présente. Elle a dit à voix haute : "Oui, c'est moi. Qui veux-tu que ce soit ? Finalement, personne n'est venu..."

Puis, un silence. “Comment aurais-je pu le deviner ? Nous sommes seulement toutes les deux. Nous avons travaillé le nouveau thème du maestro Capilé. Oui, ça remplacera…”

À l’autre bout du fil, quelqu’un posait sûrement une question car elle répondait – “Non, ce n’est pas ça que je voulais dire. Il faudrait aussi un miroir.” Le silence à l’autre bout fut bref.

“Oui, un miroir…”

Silence encore plus bref.

“Oui, un miroir de trois mètres de largeur et d’un mètre et demi de hauteur, au minimum. Si possible d’un seul tenant, pour ne pas couper l’image. Tu sais bien que nous sommes cinq. Et comment ? Tu peux me le dire ? Mais est-ce que je peux te donner les mesures ? Les mesures définitives ? Tu les veux tout de suite ?”

Gisela a raccroché. Quand elle s’est retournée, son visage reflétait un enthousiasme modéré, mais tandis que son regard balayait le mur en face, son visage se nimbait du halo d’un espoir rêveur. Ses joues devenaient plus blanches, sa bouche plus rouge. Gisela parlait tout haut, comme si je n’étais pas là. Elle glissait devant le mur. Elle disait que ce serait peut-être commode d’avoir un miroir là, un miroir tout le long de l’espace des répétitions. Elle rêvait tout haut. Oui, un de ces jours il y aurait peut-être là un immense miroir, un miroir de studio, comme ça, de cette largeur. Nous étions seules. Elle écartait les bras contre le mur et les étendait sur la surface susceptible d’être couverte par ce verre imaginaire. Un miroir, un grand miroir. Ah ! S’il y avait ici un beau miroir, comme tout serait différent.

Et ce fut le cas. Entre ce que Gisela désirait et la satisfaction de ce désir il n’y avait aucune distance. Au bout de vingt et un ans, je me souviens de l’installation du miroir comme s’il avait été fixé ce matin même sur ce mur.

Comment ne pas m’en souvenir ?

C'était le dernier jour de l'année 1987. Dehors, le monde se dissolvait dans des discours de chefs d'État débités devant des cheminées, avec des chiens de race endormis à leurs pieds. Partout, on dressait le bilan de rêves collectifs, de libérations, de drapeaux, et d'assassinats, d'emprisonnements, de tumultes, mais pour l'apprentie parolière, mise en avant par le projet musical, rien n'avait d'intérêt en dehors de l'image d'un miroir et du visage radieux de Gisela Batista qui de nouveau l'attendait, quand elle a traversé les arbres du jardin et a pénétré dans le garage. Je me souviens surtout du ton de commandement de Gisela. Je me souviens de sa façon de gérer les six hommes qui venaient de fixer au mur un miroir immense. Six ouvriers commandés par un artisan portugais, crayon derrière l'oreille, langue caressant la commissure de ses lèvres, vêtu d'un bleu de travail, s'occupant des derniers détails. Une facture au nom de Simon&Associés contenant le décompte était posée sur le piano. Se trouvaient là, écrits à la main, les chiffres du vitrier. Gisela me laissait pénétrer dans l'intimité de ces chiffres, dans la séquence de l'intimité de ses gestes secrets. Un chiffre terrible pour l'époque, soixante-dix mille escudos pour un miroir, figurait sur le papier. Un miroir découpé, transporté et fixé au mur en moins de deux jours, entre la Noël et le nouvel an. La rapidité de l'exécution et la nature de l'époque justifiaient un coût pareil. Soixante-dix mille escudos. Quand les employés furent partis, elle a déclaré : "C'est un cadeau de mon père, de M. Simon. Que penses-tu d'un présent de ce montant, Solange ? M. Simon est si aimable…"

Mais Gisela a regardé sa montre et a semblé oublier le miroir pendant quelques instants. Appelée par une réalité différente, la *maestrina* s'est précipitée sur le téléphone. Elle a composé un numéro, puis un autre, et ce faisant elle s'énervait. Elle regardait autour d'elle. Et les autres ? Où étaient les trois autres ? Nani, Maria Luísa et Madalena Micaia ? C'était la deuxième fois qu'elles manquaient entre Noël et le nouvel an. Et pourquoi ? Pourquoi étaient-elles absentes ? N'étaient-elles donc pas conscientes du caractère délicat de la situation ici? Agrippant le téléphone avec les deux mains. Gisela appelait d'une voix forte: "Maria Luísa? Nani?" Puisque personne ne prenait le téléphone, il ne pouvait y avoir de réponse à l'autre bout du fil. Mais la *maestrina* interpellait les sœurs comme si celles-ci pouvaient l'entendre: "Pourquoi ne venez-vous pas?" Elle a fini par renoncer. Nous nous trouvions maintenant devant le miroir qui agrandissait tout. Il agrandissait l'espace, il nous agrandissait en nous reflétant, il agrandissait le dessin des grilles aux petites fenêtres, l'ombre des branches du platane ondulant doucement, la cafetière, les chaises et le magnétophone aux deux bobines. Il agrandissait le piano car désormais il y avait là deux pianos Yamaha. Et il agrandissait aussi le drame de Gisela Batista parce que personne ne répondait, ni les sœurs Alcides ni Madalena Micaia. Aucune des trois. Il était incroyable que, dans le restaurant où l'Africaine travaillait, quelqu'un réponde qu'elle trimait à l'office et que personne ne l'appelle au téléphone. Et, donc, l'absence terrible de trois éléments sur cinq pour la deuxième fois s'agrandissait aussi devant le miroir. Et la fumée de la cigarette de Gisela Batista qui pendait de sa main en se balançant au bout de deux doigts mus par la déception s'agrandissait aussi. La fumée de ma propre cigarette s'agrandissait aussi. Gisela m'en avait tendu une, déjà allumée. Gisela a fait un tour sur elle-même, multiplié à présent par deux, et a décidé: "Ça ne fait rien. Nous allons donc en profiter pour revoir toute la séquence. Allez, on y va!" Nous avons passé l'après-midi penchées sur les partitions et les textes, entre le magnétophone et le piano.

On y va!

Et donc, projetées par l'extension que le miroir conférait à l'espace, nous avons extrait des vers de leur place, nous en avons modifié d'autres, nous avons trouvé des mots qui avaient perdu leur sens, désespérées nous avons cherché des substituts à des mots comme *grandeur* qui ne riment ni avec *horreur* ni avec *malheur*. En fin de journée, le dernier jour de l'année, nous avons trouvé *valeur*, mais nous avions déjà changé trois lignes et le sens était différent. Mes bêtes herbivores déambulaient par là, elles arrivaient lentement, elles repartaient lentement, elles m'aidaient en me montrant avec leurs quatre pattes plantées dans le sol et leur tête baissée comment exercer une patience infinie entre des mots. Des mots et des mots. Et soudain un tourbillon de mots, et d'un lieu impossible à désigner surgissait le terme que sur le moment je jugeais juste. Car j'étais alors si ignorante que je pensais que le mot découvert serait non seulement définitif mais prédestiné à occuper une place qui lui avait été réservée dans un univers de mots préalablement associés auquel j'avais accès. Mais je ne parlais de mes cheminements à personne, surtout pas à Gisela Batista, assise devant l'immense miroir dans lequel notre image se perdait maintenant à cause de l'éclairage défectueux de ce local à mesure que le jour déclinait. "Nous avons terminé ?" a demandé Gisela, alors qu'il était déjà sept heures passées.

Oui, nous avions pratiquement terminé, mais Gisela allait encore s'adresser au téléphone noir. À l'intérieur de ce garage il y avait maintenant deux téléphones noirs, deux pianos et deux Gisela Batista penchées sur l'appareil, toutes deux parlant du miroir. Une grande joie, une grande satisfaction, elle ne savait comment remercier. Disaient les deux Gisela. Elles et moi, moi aussi dédoublée, sans nous regarder, nous nous apprêtions à mettre fin à notre journée de répétition. Mais soudain quelqu'un a secoué la porte, en l'ouvrant de l'extérieur. Quelqu'un possédait une commande permettant à la porte de glisser à partir du dehors. La porte glissait sans bruit et quelqu'un que Gisela n'attendait pas a surgi sur le seuil.

M. Simon ?

Je reverrai M. Simon, mais jamais comme cette fois-là. C'était les dernières heures de l'année, et ces sentiments de fin et de début de cycles ont une grande force. Le père de

Gisela Batista était un homme corpulent. Il s'est avancé dans le garage, a placé la main sur le piano et a regardé le miroir. Une image puissante. Je compte garder cette image en vie longtemps, du moins aussi longtemps qu'existera l'éternité feinte d'une page. Certaines images restent toujours présentes. Ainsi, l'homme en question examine la façon dont le miroir a été fixé au mur, il a gardé son chapeau sur la tête, il regarde attentivement autour de lui, il plie la facture de façon à en réduire la taille et la glisse dans la poche de sa veste large, déformée par la courbure prononcée de son dos, il palpe l'endroit où il a rangé la facture, comme si elle n'était pas une facture mais une preuve, et il se met à examiner les huisseries, le parquet, les enduits, l'installation électrique à laquelle il trouve probablement des défauts, il dévisse des ampoules, il en retire certaines, il en fourre une dans sa poche. Tout cela sans mot dire. Je suis fascinée. Je suis assise sur un banc et j'aimerais être ailleurs en cet instant. L'autorité du père de Gisela s'impose d'une façon si écrasante que j'ai du mal à respirer. Gisela, elle, est assise sur la banquette du piano. Elle se bornera à dire : "Il fait sombre, monsieur Simon. Vous ne trouvez pas ?" Le père ne répondra pas. Il reste encore quelques secondes devant le miroir, bras dans le dos comme les patrons et les contremaîtres, puis il sortira en silence comme il était entré. Beaucoup d'images défileront dans ce lieu, mais sa silhouette restera collée à ce miroir et à ce jour. Nous nous sommes dit ensuite au revoir sèchement.

Mais Gisela allait encore se manifester ce soir-là. Il devait être neuf heures quand elle m'a téléphoné à la pension.

M. Simon.

Je l'ai déjà dit. Dans ma chambre sur le Campo Pequeno il n'y a pas de téléphone. Il y en a seulement deux dans la grande bâtisse au couloir étroit transformée en pension de famille. L'un d'eux se trouve sur la table de chevet de la propriétaire de la maison, l'autre sur une petite table demi-lune près de la porte d'entrée. Si près de la porte que j'ai l'impression que toute la rue se réveille quand le téléphone sonne. Pourtant, quelquefois, je ne l'entends pas de ma chambre. Et c'est Murilo qui m'appelle d'habitude. Ce fut aussi le cas ce soir-là. Bien entendu, Murilo est très étonné que je me trouve dans la pension à pareille date. On peut comprendre qu'il soit resté pour travailler à sa thèse sur le grand mensonge communicationnel de l'Occident. En revanche, le fait que je sois revenue de Sobradinho trois jours plus tôt est incompréhensible. Je suis la preuve pour lui que la déraison règne et ne choisit ni l'âge ni le sexe. "Si ça continue tu vas tomber dans un piège qui te réduira en poussière…" m'avait-il prévenue la veille, quand il m'avait croisée à l'improviste dans ce couloir. La méfiance avait succédé à un bref moment de joie où ses yeux bleus avaient brillé avec l'intensité sereine de la douceur. "Qu'est-ce que tu es venue faire à Lisbonne ? Qu'est-ce qui se passe dans ta tête ? Pourquoi tu ne me parles pas, Solange ? Tu es revenue et tu ne m'as rien dit ?" Mais en cet instant – il est neuf heures du soir de ce côté-ci du monde – l'année n'a plus que trois heures à sa disposition et cela impressionne une partie de l'humanité, Murilo tient le combiné à la main et me le tend en détournant la tête : "C'est de nouveau cette personne. Tu ne devrais pas répondre et, moi, je ne devrais pas t'appeler. Je suis un imbécile. Tiens, prends…" Et il m'a tendu l'appareil avec la même répugnance que s'il remettait un sachet de drogue à un membre de sa famille.

J'ai pris le téléphone. Murilo Cardoso avait raison, c'était la voix de Gisela Batista. Elle a toussé à l'autre bout du fil, a de nouveau toussé, puis s'est bornée à dire : "C'est juste pour te rappeler que mardi il y a répétition. J'appelle tout le monde pour que personne ne manque. Il y a eu trop d'absents, n'est-ce pas ? Nous, les faibles, nous sommes comme ça…"

Mais le fil de la conversation restait en suspens, Gisela ne parlait ni ne disait au revoir. Je pensais qu'elle voulait encore ajouter quelque chose, des mots du genre : "Tu as vu M. Simon ? Comme M. Simon, mon père, est bon. Il nous a envoyé ce miroir et maintenant il va éclairer convenablement le garage de la Casa Paralelo, pour que nous puissions poursuivre notre projet. Tout ce local sera éclairé comme il se doit…” Et pourtant elle ne disait rien. Il était visible que Gisela voulait parler et en même temps y renonçait. J’espérais qu’elle continuerait sur le même sujet, qu’elle parlerait au moins des améliorations apportées au garage, mais même sur ce sujet neutre elle ne disait pas un mot. Je savais aussi que tout ce qu’elle ne disait pas en cet instant, elle ne le dirait jamais. Nous ne serions plus jamais seules pendant deux séances, je n’assisterais plus jamais à l’installation d’un miroir, je ne verrais plus jamais le personnage majestueux qu’était M. Simon pénétrer dans le garage pour plier une facture entre ses doigts, entrer et sortir en silence de ce local avec une commande qui ouvrait la porte de l’intérieur et de l’extérieur. Plus jamais. Et ce fut le cas.

En me quittant, elle s’est contentée de dire : “N’oublie pas, mardi prochain. Nous nous verrons à ce moment-là et, en attendant, bonne année !”

7

Je devrais maintenant penser de nouveau à la Nuit parfaite, à son atmosphère de fête, à ses applaudissements, au présentateur qui disait *Ravissant !*, à sa stupéfaction que je sois une parolière, que le disque *Canção Afortunada* soit historique et que mon nom se mêle subitement à celui de Vinicius, de Michel Vaucaire, de Tim Rice et d'autres. Comment était-ce possible ?

D'ailleurs, pour être cohérente, je devrais penser au récit complet de Gisela Batista, à sa texture incomparable, à la rencontre parfaite qui eut lieu à la fin de l'enregistrement, à l'annonce que des milliers d'étoiles passaient sur mon vêtement, mais au lieu de penser à ce moment inoubliable, je reviens au couloir de la pension, à la dernière nuit de 1987, et je revois Murilo Cardoso avec une bouteille et deux verres à la main, attendant que je pose le téléphone. Je ne pouvais pas refuser son offre. Nous nous sommes assis dans la salle commune et nous y avons attendu tous les deux l'heure fatidique. Bizarrement, elle finirait par être un moment de trêve entre nous.

Je me souviens que cette nuit-là les autres pensionnaires se baladaient dans les rues, nous étions les seuls à être restés devant un téléviseur que nous ne regardions même pas, mais d'où provenaient des messages à propos de villes en fête et d'événements extravagants que Murilo commentait sans grandes déclamations, instaurant une pause dans notre conflit et voilà peut-être pourquoi ce fut un moment révélateur. Je dirais que c'est la première fois que j'ai compris qui était Murilo Cardoso, la noblesse de son caractère et le genre de rôle qu'il s'apprêtait à jouer. Cette révélation n'a pas surgi subitement, elle s'est dévoilée au fil de la nuit, pendant que la bouteille se vidait et qu'il devenait gai, que nous devenions gais tous les deux, je découvrais que Murilo n'était pas seulement un étudiant en sociologie, Murilo Cardoso était une sorte de facteur dans le monde.

Comment ne l'avais-je jamais compris ?

En cette nuit de fin d'année, Murilo était un jeune homme qui me tendait du mousseux accompagné d'aliments solides, comme n'importe qui, alors qu'en vérité il était une toute autre personne, qui traitait les continents et les différentes régions du globe comme s'il s'agissait des rues et des places du quartier où il faisait habituellement sa tournée et où il avait des lettres à distribuer à toutes ces destinations. Et il avait des correspondances de toutes espèces. Au continent africain il remettait des télégrammes de condoléances, à l'Amérique latine diverses lettres d'incitation à résister à la subornation du Nord, à l'Europe occidentale, l'habituelle vieille Messaline, répugnante et ridée, il destinait des enveloppes cachetées de cire avec avis de réception, contenant des menaces graves, toutes à propos d'un effondrement imminent, et ainsi de suite. Un facteur fatigué. Mais pas en cette nuit de trêve. Cette nuit-là, Murilo Cardoso était plus qu'affable, il faisait une pause pendant son service de distribution, il avait laissé le cartable studieux des mensonges dans sa chambre fermée à clé, et maintenant, à près de minuit, nous étions tous les deux à la fenêtre en train d'écouter les détonations dans la rue et il ne distribuait aucune lettre. Cette pause était due à notre entente momentanée. Murilo fut si généreux qu'il se borna à dire, tandis que minuit approchait : “Si nous ne mourons pas d'ici là, nous verrons bien ce qui se passera. Le mariage entre Reagan et Thatcher a donné un enfant particulièrement hideux qui ne montrera ses griffes que vers l'an 2000. Même Polanski ne serait pas capable d'imaginer un rejeton semblable, avec une tronche pareille…” Et il a bu aussitôt une gorgée de mousseux, a toussoté, s'est servi de mon mouchoir, m'a souhaité bonne chance dans mes études et a ajouté: "Et pour commencer souhaitons que cette bande de rigolos que nous appelons les Européens fassent preuve d'un peu de jugeote…"

C'était Murilo se déplaçant dans sa vaste maison. Déambulant dans le monde devenu sa demeure. Une fraction de seconde, je me suis dit que ce genre de maison immense et abstraite était un lieu agréable où vivre. J'ai pensé qu'un jour ce territoire suspendu pourrait aussi être ma demeure. Dans un avenir très lointain, mais pas maintenant. Maintenant, ma vie était prise par un espace qui ne figurerait jamais sur aucune carte. Mon univers avait pour adresse la porte d'un garage. Murilo lui-même le savait. Notre relation s'était resserrée avec mon éloignement et sa façon de me courtiser était devenue plus délicate. Nous nous entendions sans paroles, sans rhétorique, et donc chacun s'en est allé dormir dans sa chambre vers cinq heures du matin. Mais à huit heures il y avait encore des groupes dans la rue qui célébraient l'année nouvelle et des restes de beuverie quand Murilo m'a appelée en brandissant le téléphone qu'il m'a tendu sans commentaires. Une admonestation muette transparaissait dans son regard fuyant. Nous avions définitivement grandi, voilà. Lui, en direction des grands espaces, moi des tout petits. Je pensais par-devers moi: Distribue tes lettres, Murilo, combats les grands mensonges, moi je reste ici. Effectivement, à l'autre bout du fil, la voix inimitable de la *maestrina* a surgi, fixant l'ordre du jour, comme s'il s'agissait d'un matin quelconque: "Solange? Mardi prochain, apporte une robe *floue*, dans un tissu léger qui n'entrave pas tes mouvements, qui ne te couvre pas trop. Et viens très tôt car nous attendons une personne très importante dans notre studio. Une personne qui vient de New York."

"Oui, Gisela", ai-je répondu. À huit heures du matin le premier jour de l'année. Qu'est-ce que c'était que cette histoire de vêtement dans un tissu *flou*? Je savais que le facteur du monde se trouvait de l'autre côté de la porte. Peut-être écoutait-il. J'étais gênée qu'il entende mes questions. J'ai posé le micro contre ma bouche et prononcé un minimum de mots.

“*Flou?*”

Dire que je suis restée dans l’expectative est peu dire. Pendant quatre longs jours je suis devenue l’incarnation de l’expectative. J’ai imaginé des scènes précises dans un cadre vague. Car ce serait le premier jour où nous répéterions devant un miroir et où nous aurions la visite de quelqu’un qui avait besoin de nous voir dans une robe en tissu *flou*. La façon dont mes compagnes allaient réagir en apercevant le miroir me turlupinait aussi. Mais rien n’allait se passer comme je l’imaginais. La réalité engendrait son propre programme parallèlement aux attentes. Je savais ça depuis longtemps. Je savais aussi que ce qui nous déçoit peut parfois être compensé par ce qui nous surprend. J’ai traversé le jardin de la Casa Paralelo en ce premier mardi de l’année avec une heure et quart d’avance. Gisela était déjà sur place. La porte du garage s’est ouverte et j’ai pu constater qu’elle portait un *jersey* de soie, un tissu mou qui lui allait mal. Elle avait aux pieds de grosses bottes lourdes. J’observais ça sans le vouloir. C’était mon habitude. La *maestrina,* cependant, ne m’a prêté aucune attention.

Ça n’avait rien d’étonnant.

Il y avait du brouillard, dans la rue, des fumerolles blanches retombaient au-dessus du Tage, une humidité terne s’élevait dans l’ombre des bâtiments, tandis qu’à l’intérieur il y avait de la lumière partout. Gisela essayait de nouvelles lampes éparpillées dans les différents angles du local, suspendues ici et là à des bras métalliques. Il y avait aussi de nouveaux radiateurs près des murs. Le téléphone était posé sur une table et son fil avait été raccourci. Tout ça était très récent. C’était sûrement M. Simon qui avait envoyé les nouveaux appareils, peut-être le matin même. Et le miroir, le grand miroir était là – deux pianos, deux Gisela, deux cafetières électriques. Comme prévu, Gisela n’était pas loquace, mais ça ne me faisait rien, j'attendais, je savais déjà que la complicité pouvait aussi passer par le silence et la mise à l'écart. Nous avions encore une heure d'avance.

Alors, la journée a commencé à se tisser d'une façon inattendue.

Pas à cause de Madalena Micaia. *The African Lady* est entrée, a posé ses sacs par terre, a ouvert les bras, s'est dirigée vers le miroir et a dansé devant lui : "*Alleluiahh ! Alleluiahh ! I zee God !*" Quand elle a cessé de chanter son exercice d'échauffement, elle est allée ranger son barda, mais elle n'arrêtait pas de faire des commentaires : "Tout ce luxe n'a qu'un seul inconvénient. Il met en évidence mes misères. Regardez-moi tous ces bourrelets de kapok..." Et Madalena Micaia, radieuse, se contemplait dans le miroir. La jeune fille se tordait encore de rire en se voyant reflétée, vêtue d'une robe en tissu léger qui moulait ses formes, quand Nani a surgi à la porte. Elle était seule. Pourquoi venait-elle seule ? Nani avait de la peine à se contenir : "Gisela, c'est la catastrophe !" Et la plus jeune des sœurs Alcides, assez bouleversée, s'est assise au bord de l'estrade et a raconté comment elle avait perdu sa sœur en chemin.

Elle avait du mal à parler : "C'est ce salaud..."

Et la soprano a expliqué qu'elles se dirigeaient toutes les deux à pied dans le brouillard vers le garage, quand elles avaient été rattrapées par l'amoureux de sa sœur. Alors, ce salaud d'Eugénio, ce crocodile empaillé, en la voyant habillée différemment, était sorti de sa voiture, l'avait secouée plusieurs fois en lui agrippant le poignet, puis sa sœur était montée dans la voiture et la dernière fois qu'elle avait aperçu son visage à travers la vitre, celui-ci portait la marque de cinq doigts imprimée sur une joue. De sorte que sa sœur ne viendrait probablement pas à la répétition, elle n'imaginait même pas où celle-ci pouvait se trouver en cet instant. Ils étaient en train de se battre dans l'automobile ? Demandait Nani. Et elle racontait que deux ans plus tôt, lors d'un remplacement d'urgence, Maria Luísa avait chanté Bizet dans un récital au Trindade où la mezzo-soprano italienne n'avait pas pu venir, sa sœur avait été plus que superbe dans "*L'amour est un oiseau rebelle...*", et Eugénio était allé la voir et l'entendre. Il lui avait même offert des roses. Eh bien maintenant, elle, Nani Alcides, avait envie de retourner dans la rue pour tuer ce don José de théâtre, ce don José de *mierda* qui ne la laissait aller nulle part. "Une bombe dans sa bagnole, c'est tout ce qu'il mérite", a dit la soprano. Mais, démentant les prévisions alarmistes de Nani Alcides, la sonnette a retenti, la porte a glissé sur son rail et Maria Luísa est entrée. Elle était imperturbable.

Le côté droit de son visage s'ornait d'une grosse marque rouge qu'elle ne cherchait pas à dissimuler, et en même temps elle faisait preuve d'une grande présence d'esprit car ce fut elle et non sa sœur qui remarqua le grand miroir où se trouvait reflété l'univers du garage. C'était une professionnelle. Elle s'est excusée de son retard et a juste demandé : "Y aurait-il par hasard un cube de glace ici que je puisse mettre sur ma joue ?" Et, se plantant devant le miroir, elle n'arrêtait pas d'en louer l'éclat, les belles dimensions : "Il est très beau, il est magnifique. Quelle bonne surprise ! Comme c'est agréable..."

Il était probable que le comportement de Maria Luísa lui venait de la force des grandes héroïnes tragiques dont elle avait chanté des arias tout au long de sa formation. Ou était-ce juste un prolongement de ses nerfs ? Quoi qu'il en soit, en ce jour où nous attendions quelqu'un, cet exemple de sérénité renforçait la conviction qu'un destin commençait là, dans le garage de la Casa Paralelo. C'était une excellente chose qu'il en soit ainsi. Le troupeau était réuni. Il n'était pas encore trois heures lorsque Maria Luísa a pu tenir une compresse glacée sur son visage. Alors, Gisela nous a demandé de nous asseoir sur un banc très bas.

Je me souviens de ce moment.

Maria Luísa continuait à ne pas vouloir parler de la rossée dont sa figure portait la preuve vivante, mais Gisela n'a pas permis que l'incident reste ignoré. Non seulement notre *maestrina* a parlé de ce qui venait de se produire, mais en outre elle s'est réjouie que ce soit arrivé ce jour-là et pas un autre. "Heureusement!" a dit Gisela. "Regardez Maria Luísa. Vous voyez?" Elle a désigné du doigt le visage à moitié recouvert par le sac de glaçons. "J'en profite pour annoncer que le moment est venu de mettre de côté tout ce qui est superflu..."

Et Gisela a dit que la relation que certaines personnes entretenaient avec d'autres ne pouvait pas être jugée à partir d'un acte isolé, mais cette relation devait être évitée dans la mesure où elle empêchait la réalisation de soi-même. À son avis, il existait des gens qui nous aimaient tellement qu'ils nous empêchaient d'être nous-mêmes. Il fallait éviter ce genre de personnes pour se concentrer exclusivement sur ce qui était essentiel. Or, justement, ce qui allait se passer dans à peine une demi-heure était absolument essentiel. Nous attendions quelqu'un qui allait franchir la porte et marquer la différence entre un avant et un après, séparés par cette rencontre. Gisela s'efforçait d'alléger l'atmosphère, mais elle n'y parvenait pas. Ses paroles semblaient enflammer des allumettes inextinguibles: "Vous ne sentez pas un vent coulis? Un mouvement dans l'air?"

Comme d'habitude, nous gardions le silence et écoutions notre mentor parler de ses attentes. En attendant l'arrivée de la personne en question, Gisela faisait circuler des feuilles blanches où étaient inscrites les paroles et la musique de *Jusqu'au bout du monde*. Ce thème remplacerait *Check-in,* une petite danse sautillante, animée, mais dépourvue de feu. Bien qu'elle ait continué à en chercher un autre, un troisième, un thème spécial, capable de ressusciter les vivants et d'enterrer définitivement les morts, un *Que sera sera*, un *La vie en rose*, un *Staying Alive.* Un de ces thèmes qui surgissent tous les vingt ans sur un siècle entier. Un de ces airs inexplicables qui continuent à vibrer partout dans le monde, indépendamment de qui les a lancés, avec leur trajectoire propre, comme la vie d'une planète ou l'éclat d'une étoile. Un bon texte de chanson est un trait de civilisation plus important qu'un gros traité de philosophie. Nous avons lu les vers à haute voix. Puis nous nous sommes dispersées dans le local et nous avons commencé les vocalises. Un brouillard épais régnait toujours à l'extérieur. Quand on regardait dehors, on ne voyait rien. Soudain, nous avons entendu quelqu'un approcher. "Il y a des gens à la porte!" a dit Nani. Gisela est allée ouvrir et a laissé passer un groupe de quatre personnes. Julião et Capilé, parmi les personnes connues. Et parmi les inconnus, un homme et une femme.

Mais une seule personne nous intéressait.

La personne dont parlait Gisela était évidemment l'homme que nous ne connaissions pas. Julião a désigné de son bras tendu l'inconnu et l'a annoncé avec une fausse simplicité: "Voici João de Lucena. Il a travaillé dans la compagnie de Martha Graham. À présent il ne s'occupe que de chorégraphie. Il fera un excellent travail avec vous..."

"Le voici."

L'homme encore jeune a baissé la tête sur sa poitrine et l'a relevée. On reconnaissait d'emblée dans ce geste son rapport intime avec les planches des scènes. Puis Julião a indiqué la jeune femme et on sentait qu'il ne savait comment la désigner. Mais elle se désignait elle-même. Elle a sorti une cigarette, s'est mise à la tapoter sur l'ongle du pouce, l'a allumée en tordant la bouche vers la flamme de l'allumette et a craché la fumée sur le côté. Elle avait des cheveux coupés très court, presque à ras, de grandes oreilles sans bijoux, et elle riait entre les bouffées de fumée. Elle n'avait pas demandé la permission de fumer, même si presque tout le monde fumait là-dedans, mais je pensais, en voyant sa façon de rire en fermant les yeux, que cette femme devait être cynique et snob. Ou vulnérable. Pendant ce temps, tous parlaient du report à plus tard, de l'enregistrement en avril et d'un spectacle fin mai, le début d'une saison sans limites. Tout ce que Capilé et Julião disaient était définitif, sérieux et important, mais je m'étais consacrée à deviner ce qui se cachait derrière les apparences. J'avais déjà dévêtu et rhabillé la snob. Maintenant, la victime était l'homme.

J'ai remarqué qu'il était plus petit que Julião et Capilé, or je ne devais pas comparer, ça ne rimait à rien, mais je ne pouvais m'empêcher de constater que son cou, lui, était fort. Les cheveux, en brosse raide, d'un châtain portugais. Et la bouche ? La bouche était garnie de dents saillantes, bien alignées, qu'il montrait dès qu'il riait. Comme si toute la dentition était massée sur le devant. Je connaissais l'origine de mon vice de l'observation, une certaine cruauté que j'avais ramenée du fin fond de la campagne, des temps immémoriaux de la méfiance provoquée par l'apparition d'étrangers frappant à la porte sans prévenir. Et je pouvais bien me montrer cruelle en notant tous ces détails dans mon carnet personnel, car en cet instant la personne sur laquelle je les recueillais me payait bien, elle était même à côté de moi et me mesurait du regard, m'ordonnait de tourner le dos, inspectait mes mollets, le creux de ma taille. D'ailleurs, nous étions alignées toutes les cinq devant lui, dans des robes en étoffe *floue*, il nous faisait bouger, nous étudiait, cherchant un ordre dans lequel nous placer. À coup sûr une mesure précise, une conjonction de données concrètes qu'il introduirait certainement dans une équation mathématique. Un tableau quelconque dans lequel il nous rangerait. Ne serait-ce que parce que Julião, avec sa finesse bien connue, était en train de dire, suffisamment haut pour être entendu dans le vaste espace du garage : "De belles dindes ! Ah ! Cinq bons rôtis de Noël…" Ensuite Capilé et lui ont parlé à voix basse. Ce qui n'a pas empêché d'entendre Julião répéter la phrase qu'il avait déjà dite à Capilé : "C'est comme tirer à l'aveuglette !"

Mais ce garçon, ou cet homme – il avait plutôt l'air de quelqu'un se situant entre un garçon et un homme – devait être en train de se colleter avec des réalités numériques. Il a dit à mi-voix : "Trois, quatre, zéro, cinq, un…" Et il a souri à Julião. “Quelle exagération! Finalement, il s’agit seulement d’une douzaine de kilos de beurre qu’elles devront perdre. Rien de très grave…” Et il s’est mis à les distribuer. “Rien de grave, rien de très grave, bien que seule celle-ci ait le bon gabarit”, a-t-il dit en séparant Nani des autres. Qu’est-ce que ça signifiait?

Ça signifiait que la seule qui pouvait rester telle quelle était la cadette des sœurs Alcides. Moi je devais perdre un kilo, Gisela trois, Maria Luísa avec encore sa marque rouge sur le visage, quatre, et Madalena Micaia cinq. Nani seule, zéro. Mais João de Lucena ne s’en tiendrait pas là. Il a fait un geste et nous nous sommes mises immédiatement sur nos gardes. Il a fait un second tour et nous l’avons imité. Nous étions toutes dans une robe *floue*. Il a dit: “Vous devrez commencer à marcher à cinq centimètres du sol. Vous n’allez pas vouloir marcher sur ce qui est par terre. Maintenant nous allons monter, monter, marcher, marcher, nous devrons apprendre à marcher au-dessus du sol afin de pouvoir nous déplacer aisément. Moins de corps, moins de corps. Allez, marchez, marchez. Vous n’avez pas de poids, vous n’avez pas de corps, vous n’avez rien en dessous du cœur. Et maintenant de la présence, montrez-vous, avancez, vous avez un corps, offrez-le à qui se trouve devant vous…” Et il marquait le rythme avec ses paumes, un, deux, trois, quatre. Un, deux, trois, quatre. Au bout de quelques minutes, il nous a arrêtées au milieu de ce local où trois personnes goguenardes nous lorgnaient, notamment la femme inconnue, et j’ai senti qu’en réalité nous vivions peut-être un moment décisif. Nous avions la preuve que l’allié de Julião Machado était arrivé. C’était lui ce *quelqu’un*. João de Lucena s’était déchaussé et nous ne nous en étions pas aperçues. Nous aussi. Je l’ai seulement remarqué quand il a frappé dans ses mains et a dit, en signe de victoire: “Oui, mes chéries, on pourra faire quelque chose pour vous!” Et j’ai vu sa rangée de dents blanches entièrement exposées dans un grand rire.

Alors, Gisela s’est dirigée vers le téléphone et a parlé en sourdine.

Elle a parlé à genoux. Nous faisions semblant de ne pas savoir de quoi il s'agissait, mais nous savions. Nous étions assises toutes les quatre sur l'estrade et nous savions très bien que tout dépendrait de la mine de Gisela lorsqu'elle se relèverait. Elle s'est levée du téléphone et son visage était plus lumineux et ses lèvres plus vermeilles. Elle s'est dirigée vers les trois hommes et leur a parlé. À la fin, ils ont échangé des papiers et se sont serré la main. Il était inutile d'ajouter le moindre mot. Nous savions que M. Simon se trouvait à l'autre bout. Nous comprenions qu'il était d'accord jusqu'au point où il était indispensable qu'il soit d'accord. À un certain moment Capilé avait frotté le pouce contre l'index avec une grande force d'expression.

Maintenant, oui, nous allions commencer. Jusqu'à cet instant, il n'y avait eu que des préliminaires. João de Lucena venait d'entrer dans notre vie. "Enfin..." disait Maria Luísa, le visage fripé par la glace. "Enfin, oui..."

Le brouillard s'est épaissi et l'après-midi s'est approché de la nuit. Nous avions du mal à quitter le garage. "Mon Dieu!" Il était ridicule de parler avec autant de solennité de quelqu'un dont nous venions tout juste de faire la connaissance. Les jours suivants, nous avons essayé plusieurs fois de démolir le climat d'admiration que ce premier contact avait déclenché. Mais nous réussissions tout juste à déguiser notre enthousiasme à l'aide d'expressions courantes. Mieux valait encore ne rien savoir de lui. Ni qui il était, ni d'où il venait, ni où il allait. Et nous placions même une certaine émotion dans ce renoncement à savoir.

8

Mais une semaine ne s'était pas encore écoulée que déjà les sœurs Alcides s'étaient informées sur le passé de João de Lucena. Elles savaient quel avait été son genre de formation, où il avait étudié, avec qui il avait dansé, quels rôles il avait interprétés. Elles pouvaient confirmer qu'il avait fréquenté la Juilliard School et la compagnie de Martha Graham, et que c'était là ses meilleures lettres de créance, bien qu'il y en eût beaucoup d'autres. Il était avéré qu'il avait dansé avec Barychnikov lui-même. Avec Misha Barychnikov en personne? Nous avons été stupéfaites. Ah, oui, c'était bien possible, mais rien de cela ne nous intéressait. La personnalité de João de Lucena et son ascendant suffisaient à provoquer une révélation qui nous dispensait de fouiller dans les tiroirs du passé. Le présent était tellement fort qu'à lui seul il suffisait à combler l'espace créé par notre curiosité. À la fin de la première journée de répétition, João de Lucena s'était assis dans notre vie pour ne plus jamais en sortir. *Quelqu'un* était effectivement arrivé. J'avais compris alors que le charisme pouvait être un flux qui aveugle et séduit en même temps. Qui provoque des oublis et des arrêts dans le temps, des hiatus irrécupérables, comme on le raconte des apparitions bienfaisantes. Ça s'était produit dès la première répétition.

Je revois ce premier jour de répétition avec João de Lucena.

João de Lucena avait ôté son pull-over, s'était assis par terre et nous avait demandé d'interpréter les thèmes, les uns après les autres, en suivant la maquette du 33 tours, pendant qu'il prendrait des notes sur son carnet. Debout devant lui, nous nous sommes jetées dans les chansons, nous avons chanté de notre mieux et nous nous sommes déhanchées autant que cela nous était possible. Treize thèmes à la file, dont certains étaient encore mal structurés. Cependant, pour João de Lucena nous étions dans une forme relativement acceptable. La partie vocale était agréable, la conception musicale de l'album bonne, simple, légère, un pop *swing* assez novateur. Quant à lui, pour l'instant, il nous conseillerait seulement de nous occuper de notre corps. Quelques petits efforts, presque rien. Nous décontracter, libérer nos mouvements. Nani, par exemple, n'avait même pas besoin de perdre du poids, elle devait simplement acquérir une plus grande plasticité. Car Nani était élégante et pourtant elle semblait balayer des feuilles sur un trottoir lorsqu'elle chantait *Il était un port, il était une gare*. Nous avions toutes encore une vingtaine d'années, il y en avait même une qui ne les avait pas, c'était si facile pour un corps jeune de devenir agile. Le chorégraphe trouvait que nous avions un squelette aussi rigide que du contreplaqué. Il suffisait de libérer nos squelettes avec un peu de bonne volonté. Si on le voulait. Et nous nous en sommes remis à João de Lucena.

De ces premiers jours de janvier 1988 j'ai gardé le souvenir d'un homme aux prises avec cinq femmes, insistant pour qu'elles se servent de leur corps, tantôt pour voler, tantôt pour se déplacer en écrasant le sol. Je m'en souviens comme si c'était aujourd'hui. Il a dit qu'après seulement, il y aurait une deuxième étape pendant laquelle nous devrions voler et marcher en même temps, et une troisième où nous ajouterions le chant au mouvement. Et il montre comment on peut voler et se poser. Remuer son corps, triturer le terrain. Il donne de la langueur à l'impact sur le sol. Nous sommes assises par terre. L'objectif de cet homme, qui bondit comme un faune et nous mène où nous ne pensions pas être capables d'aller, est extraordinaire. Il nous certifie que, si nous nous abandonnons à l'impulsion de quitter le sol, toutes ensemble, et si nous écoutons le commandement intérieur du mouvement, à la vingtième séance notre synchronie sera si parfaite que si l'une de nous se déplace jusqu'au fond de la salle elle obligera les autres à faire de même, où qu'elles se trouvent. J'entends la voix de João de Lucena: "Vous verrez. C'est exactement comme un vol d'oiseaux. Vous n'avez jamais observé un vol d'oiseaux? Et un troupeau? Un banc de poissons? La règle est la suivante. Garder la distance avec la bête la plus proche équivaut à garder la vision de l'ensemble de la bande. Si nous respectons ce principe, nous saurons toujours où nous nous trouvons. Être une pièce animale d'un ensemble c'est être le groupe lui-même..." Parfois il disait – "*Jusqu'au bout du monde* ne vous fera jamais voyager si vous n'allez pas vous-mêmes jusque là-bas, jusqu'au bout du monde. Alors, allons jusque là-bas..."

Nous l'écoutions en silence, prisonnières de ses grands gestes. Nous suivions comme des automates le bout de ses doigts noueux jusqu'à l'endroit qu'il nous désignait: "Vous voyez là-bas le couvercle du piano? Regardez toutes dans cette direction. Au-dessus de l'extrémité du couvercle. La lune est dans cette direction. C'est là que vous devez regarder. Et vous savez que vous devez l'atteindre. En dansant..." Pendant que Lucena parlait, ce rythme entre tango et fanfare prenait un sens corporel et cette découverte nous remplissait d'une grande émotion. "Vous voyagez! Un peu d'allégresse, les filles!" disait-il. "Vous êtes très joyeuses, vous allez jusqu'au bout du monde, où quelqu'un vous attend pour vous aimer, et votre corps frissonne rien qu'à cette pensée. Vous devez frissonner. Vous vous dirigez vers ce lieu, mais vous ne marchez pas, vous volez, et vous volez avec tout votre corps, même quand il est immobile, et vous frissonnez. Maintenant, offrez votre corps..."

João de Lucena illustrait tout avec son propre corps, et un champ d'ordre, d'attraction et de pouvoir se dessinait autour de cet homme, son ascendant sur chacune d'entre nous s'exerçait comme un fouet de force et de grâce. Nous comprenions que Gisela l'ait annoncé comme *quelqu'un* et qu'elle nous ait demandé, encore avant que nous l'ayons vu, si nous ne sentions pas une agitation dans l'air. C'était un maître. Où avait-il reçu cet enseignement? Était-il né ainsi? Nous buvions toutes les cinq ses paroles. Nous aimions plus particulièrement le moment où il faisait chaud dans le garage et où il retirait son T-shirt. Un faune. João de Lucena disait: "Maintenant vous devez vous consacrer au travail, vous devez vous occuper de ces corps sans musique. En fait, vous avez seulement de la musique dans vos cordes vocales, dans la trachée, dans le diaphragme, alors que vous devriez avoir de la musique dans le corps tout entier et même dans le corps qui est autour du corps, dans l'âme. Quand ça se produira, vous ne sentirez même plus que vous interprétez de la musique, vous serez la musique..."

La leçon durait deux minutes et nous nous livrions immédiatement à ces déplacements fantastiques. Nous passions devant le miroir et nous apercevions cinq personnes étranges, des métamorphoses de nous-mêmes, en train de courir, de gesticuler et de sauter. Madalena Micaia, plus lourde, restait parfois en arrière, elle s'asseyait même par terre, les jambes écartées, complètement épuisée. Maria Luísa aussi s'étendait par terre, vannée. Le cœur battant à se rompre. En sueur, hors d'haleine. Mais, puisque c'était nécessaire, il n'y avait rien à faire sinon continuer.

"Et maintenant, comment doit-on procéder?" demandait Gisela.

Il lui déléguait le travail. "Maintenant, vous savez très bien ce qui vous attend. Vous avez des objectifs qui sont vos propres objectifs, ce ne sont pas les miens. En principe, des objectifs qualitatifs, pas quantitatifs. La quantité dans ce domaine est juste un bon indice, mais pas un indice décisif. Rien de plus palpable, rien de moins mesurable. Pensez à vos objectifs. Amusez-vous avec ça jusqu'à jeudi prochain." En face du jardin, sur la chaussée en courbe, deux voitures attendaient déjà João de Lucena. Il enfilait alors son T-shirt, nouait son pull autour de la taille et s'en allait.

Quand João de Lucena partait, emportant avec lui la nouvelle de ce nouveau monde, laissant nos corps fourbus, mais notre âme légère, volant vers un spectacle auquel assisteraient au minimum mille cinq cents personnes et où l'immensité des visages vibrant à notre rythme produirait le fracas d'un océan, nous attaquions alors la partie vocale. "Il s'en va!" disait Nani. Nous étions prises d'un enthousiasme nouveau, dont le souvenir s'avérerait inoubliable, comme l'avenir l'a montré. Mais tout ce qui est inoubliable ne doit pas forcément être décrit. La majeure partie de notre expérience inoubliable peut rester à tout jamais indicible.

Ainsi, quand j'imagine ces journées du mois de janvier, je pense à l'invisibilité des choses.

Je me demande parfois s'il avait plu. Il avait sûrement plu, mais je ne m'en souviens pas. Avait-il fait froid? Il avait sûrement fait le froid piquant de janvier qui balaie l'avenue de la République et l'avenue de la Liberté, surtout quand les autobus passaient en formant des convois qui ne s'arrêtaient pas. Rien de cela n'a d'importance, je ne m'en souviens plus. Y avait-il des files de gens chargés de sacs renversés sur les trottoirs, pendant des heures d'affilée, attendant de rentrer chez eux? Oui, il y en avait, et les trajets effectués quotidiennement dans la fumée et les rues sinueuses devaient porter la marque d'un châtiment ancien. Bien que j'aie été un de ces passagers, je ne m'en souviens plus. Je pense au mois de janvier de cette année-là et j'en retire les rues de Lisbonne des années 80, j'en efface les passants engoncés dans des vêtements minables, j'oublie la couleur locale des façades décrépites et du temps qui a passé, et j'en soustrais aussi la silhouette de la pension. Je pense à la pension et son intérieur se réduit à un couloir, un téléphone et une chambre. Je rentrais à la maison vers dix heures du soir, transie de froid. Murilo apparaissait sur le seuil de sa chambre et me conduisait jusqu'à la mienne. Murilo pensait que je pouvais me désagréger en poussière, mais ça ne se produirait pas pendant que je rentrais chez moi à la fin de la journée, transpercée par la pluie et le froid. Murilo m'attendait: "Tu es revenue seule? Personne ne t'a raccompagnée? Et tu vas là-bas pour chanter ou pour composer des paroles ?" Tout ça est vrai, mais en réalité je ne m'en souviens plus. Exactement comme alors, je pense seulement au garage où nous allions les mardis, les jeudis et les samedis, en attendant de nous rendre dans le studio Nepomuceno. Je pense au piano, à son couvercle noir, à sa barre verticale de soutien et à la pile de feuilles de musique. Quatorze thèmes, car aucune décision n'avait encore été prise à propos du remplacement de *Check-in*. Je pense au miroir et au garage, qui nous attendaient jour et nuit. Cela, oui, je le revois bien. Comment dire ?

Dans le garage le miroir est grand, comme est grande Gisela Batista et grand son père. La voiture qui l'emmène à la fin des répétitions est grande, même quand ce n'est pas M. Simon qui la conduit. C'est le chauffeur de l'entreprise. Ces jours-là, elle s'assoit derrière. Quoi qu'il en soit, Gisela ne tourne jamais la tête pour dire au revoir. J'avais appris, encore que je ne sache pas très bien quand, à éviter cette situation. Quand la répétition est finie, je dévale rapidement le trottoir avant qu'elle ne sorte, je me dirige vers le 49 et sa file d'attente dans le vent glacial. Je ne me souviens plus du vent glacial. J'entre et sors du garage comme les anges dans l'église. Dans mon souvenir, j'entre par des portes fermées et je sors par le toit de l'immeuble sans que personne ne me voie. Il n'y a ni jour ni nuit. C'est curieux. Le temps a passé et nous sommes toujours là, toutes les cinq, devant le miroir. Ce n'est pas étonnant. Ce chorégraphe était venu nous apporter un message. Nous sommes convaincues que très bientôt nous en connaîtrons la teneur, mais nous ne la connaissons pas encore. Deux fois par semaine, vers quinze heures trente, on entend un roulement de voitures, une caravane bruyante, et João de Lucena sort d'une de ces automobiles.

C'est vraiment curieux.

Au bout de toutes ces années, je me souviens seulement de ce dont je me souvenais alors. Une euphorie me séparait d'un monde, me rattachait à un autre et dans cet état, elle introduisait des mots entre la réalité et sa compréhension. Je ne dormais pas. En arrivant là-bas, je me disais : "Du calme, il vaut mieux que tu gardes tes rimes pour écrire des paroles quand on te le demandera, Solange de Matos. Des *lyrics*, disent les sœurs Alcides..." Quand je quittais la pension, Murilo Cardoso me demandait : "Qu'est-ce qui t'arrive ? Toi non plus, tu n'as pas dormi ?"

"Non, moi non plus", répondais-je.

9

Je pense au climat d'enthousiasme extravagant qui s'était installé dans ce garage et je continue à ne pas trouver de mots s'ajustant à l'intensité de sa rumeur. À l'époque, je n'étais qu'une vulgaire étudiante ayant l'habitude inusitée de feuilleter des dictionnaires. Dans l'intention d'y puiser une désignation exacte de ce genre de réalité. J'avais d'abord pensé à *église* et j'ai rejeté ce mot. Puis j'ai pensé à *harem*. Le sens originel du mot, entre caché et sacré, s'appliquait en l'occurrence, mais la dérive de sa signification habituelle finissait par friser le concubinage et la débauche. Le mot n'avait rien à voir avec ce qui se passait là-bas. Je l'ai rejeté. Je n'ai pas trouvé les mots. Au bout de toutes ces années, je les remplace avantageusement par l'enchaînement des actes. João de Lucena apparaissait généralement vers trois heures et demie de l'après-midi, Nani le guettait et criait : "Le voilà qui arrive !"

Parfois, il ne venait pas seul.

Il emmenait avec lui la fumeuse du premier jour, qu'on appelait Foggy et, étroitement enlacé à elle, venait José Alexandre, un brun qui se disait l'ami de João de Lucena. Ils accompagnaient le chorégraphe jusqu'au garage, ils entraient parfois et si d'aventure il ne pleuvait pas, ils attendaient dehors, adossés au mur du jardin, fumant, pendant que nous cinq évoluions au rythme des battements de mains de Lucena et de la musique enregistrée. Dans ces cas-là, nous ne chantions pas, nous nous contentions de glisser en ligne droite ou alors nous tournions autour d'axes imaginaires, colonnes, portes, êtres aimés, objets abstraits transférés des histoires racontées par les paroles des chansons à des points physiques de l'espace. Nous devions porter nos regards là, vers *ce* point concret-là. Lucena le désignait avec une élégance d'oiseau et une détermination militaire : "Plus de corps, plus de corps ! Maintenant glissez, volez dans cette direction ! Essayez d'attraper l'être aimé, maintenant il s'enfuit au loin, vous le suivez en volant. Maintenant arrêtez-vous, restez en suspens, soyez surprises…" Mais voler était le mot que nous entendions le plus souvent. Même quand nous ne volions pas et que nous tournions simplement sur nous-mêmes, nous nous sentions en train de voler. De voler, de glisser, de nous déplacer toutes ensemble, sous le commandement du faune. Le faune. En ce temps-là, c'était ainsi que je me représentais João de Lucena. Un être mi-charnel mi-divin bondissant au milieu de femmes disponibles. Jusqu'où irions-nous ? J'observais, je notais. Je me sentais suffisamment libre pour traquer les intrigues d'autrui. Je comprenais qu'une toile se tissait, s'étendait et en même temps se refermait sur elle-même. Je ne me sentais pas impliquée, je me plaçais en marge, dans le lieu de celui qui épie, j'avais la curiosité propre au *voyeur* enfantin. J'étais une spectatrice aussi avide que patiente. J'arrivais très tôt pour observer, je partais suffisamment tard pour être en mesure de voir.

Et Gisela ?

Je me rendais compte que le comportement de Gisela avait changé avec l'arrivée du chorégraphe. Je le voyais à la façon anxieuse dont la *maestrina* se soumettait au moindre de ses gestes. D'une certaine façon, elle me décevait. Je m'étais habituée à la voir décider et commander, sans admettre ni contradiction ni conseils, mais elle était soumise face à João de Lucena, comme si elle était aveuglée par quelque chose émanant de lui, et quand il était absent, elle se transformait en un prolongement de ses actes. Elle allait jusqu'à répéter ses paroles. Lucena avait dit : "Nous pouvons ce que nous pouvons. Entre le ciel et la terre, la seule distance c'est nous." Le lendemain, elle disait la même chose, peut-être avec d'autres mots. Parfois, elle avait les mêmes emportements didactiques que lui : "Les filles, si nous nous élevons de la terre, nous ne lui appartiendrons plus, si nous rampons sur elle, sans le savoir nous serons déjà de la boue avant l'heure." Elle répétait la phrase à la première occasion, comme si elle l'avait trouvée écrite dans le sanctuaire de Delphes. Et elle restait à parler avec lui d'un air entendu, à l'écart, quand la répétition était finie, donnant l'impression d'un certain compagnonnage ou même d'une certaine intimité avec lui.

Nani criant en direction de la porte : "Le voilà qui arrive !" était plus transparente, elle s'abandonnait les yeux fermés aux mains de Lucena quand il corrigeait ses mouvements, lui attrapait les bras ou la prenait par la taille. Nani le regardait, éblouie. Maria Luísa, pour sa part, comparait en permanence la personnalité brutale de son amoureux avec la délicatesse de l'homme qui nous faisait répéter et les seuls cris qu'on entendait de sa bouche avaient pour but de souligner des battements de mains, des rythmes, des mouvements. Nani criait : "Le voilà qui arrive !" Mais Maria Luísa chantonnait tout bas : "*Hum, hum… que nul ne peut apprivoiser…*" Madalena, à l'écart, disait à voix haute : "Cette créature est venue mettre le monde sens dessus dessous. On dirait que cet homme nous a ensorcelées…" "Le voilà qui arrive !" criait Nani en courant se mettre à sa place. Je me trouvais parfois près d'elle. Dans les formations où un couple devait apparaître très explicitement, nos corps étaient de même stature et nous nous retrouvions presque toujours ensemble. Même en plein mouvement, Nani me prévenait : "Le voilà qui vient !" La soprano faisait exprès de prendre une position erronée. Et João de Lucena lui passait les mains sur le corps. Cheveux coupés en brosse, cou élancé, visage légèrement creusé, dents saillantes et blanches, regard inexplicable. Madalena disait : "Il a un regard d'aigle. Vous n'avez jamais vu d'aigle ? Moi, j'en ai déjà vu un de très près. Là-bas, dans le restaurant, des supporters du Benfica avaient apporté un aigle avec eux pour dîner, il était resté perché sur une chaise comme une femme…" Nani, très impressionnée : "Ne me dis pas que cet oiseau de proie avait les yeux de Lucena…" Madalena tentait d'expliquer : "Pas la couleur de l'œil ni la taille de l'œil, mais la forme de l'arcade sourcilière, l'allure de l'œil. Le regard qu'il a…" Nani était révoltée. "Tu es trop stupide, quand même, *African Lady*!" L'espace devenait électrique. Et la troisième semaine de janvier une balance a surgi au milieu de toute cette excitation.

Sa fonction était curieuse.

À première vue, la balance était un instrument de pesée destiné à occuper une place discrète au milieu de nos manœuvres, mais ce ne fut pas là son rôle. Placé sous la grande photo de Gisela, l'instrument de pesée occuperait la première courbe d'un sentier en spirale que nous allions commencer à parcourir jour après jour, sans nous en apercevoir. Notre jeu d'enfants allait se construire à partir de l'engrenage d'une Krups blanche. Un instrument de surveillance dépassant les limites du corps.

Nous avons appris par la suite que l'idée n'était pas venue de João de Lucena, mais de Gisela elle-même, sur inspiration directe de Julião Machado. Et nous avons appris encore autre chose. Nous avons appris que notre mentor, depuis la réunion de décembre, avait commencé à absorber des notions que nous n'avions entendues que de sa bouche à lui. Du jour au lendemain, avant les exercices d'échauffement, elle nous appelait à côté du piano et nous disait, nous nommant l'une après l'autre, comme si nous étions des écolières de dix ans : "Mettez-vous bien ça dans la tête, nous allons interpréter de la musique censée être vue." Les sopranos étaient prises d'un soubresaut : "Alors tu penses, Mimi, qu'une chanson n'est pas faite pour être entendue ?" Gisela répondait, patiemment : "Nani, je pense qu'elle est faite pour être vue et sentie. Il faut comprendre le sens des termes que nous utilisons. Entendre c'est ressentir." Il n'y avait aucun doute, Gisela avait adhéré à la conception prônée par Julião lors de ce malheureux après-midi de décembre. Mais Nani se livrait à des associations ironiques : "Excellent ! Ça nous plaît beaucoup. Tout doit être détourné de sa fonction. De la musique censée être vue, de la peinture censée être entendue, de la nourriture censée être lue, des vêtements censés être humés, de la danse censée être rongée. Ce n'est pas ça, Mimi ? Un jour le monde explosera..."

Indiscutablement, la longue main de Julião Machado se faisait sentir là. On comprenait que Gisela ait installé l'instrument de pesée au milieu du décor et que l'image de l'aiguille de la balance, ce petit objet insignifiant, nous poursuive partout, du lever au coucher. L'obsession incluait des virées dans les pharmacies ainsi que le déchiffrement à l'intention de Madalena Micaia des notices accompagnant les diurétiques qui désormais faisaient partie de notre vie. L'objectif visé était de voir l'aiguille tourner vers la gauche, toujours plus vers la gauche. Au début de chaque répétition, Gisela était là, la balance à ses pieds et une feuille quadrillée à la main. Notre nom était inscrit sur une ligne, de même que notre poids. Notre taille aussi. Allions-nous être ou non un corps de ballet agile ? Chanter et danser ensemble ? Ce serait le cas. Tous recherchaient la même chose, partout dans le monde. Gisela a posé la balance devant le miroir et nous a fait avancer l'une après l'autre, y compris Nani, car Nani, se sentant une exception, pourrait exagérer. "As-tu exagéré, Nani ?" Nani sautait sur la balance, savourant d'avance son triomphe. Absolument pas, Nani demeurait irréprochable. La tragédie se produisait à côté de Nani. Nous nous sommes approchées pour regarder. Gisela avait du mal à le croire. Trois semaines s'étaient écoulées depuis le verdict et ce que proclamait la balance c'était qu'aucune d'entre nous, à l'exception de Gisela, n'avait perdu un seul gramme. Nous avions le même poids, nous étions plus lourdes, avec une culpabilité aggravée pour l'*African Lady.* Nous trois, debout, alignées par ordre décroissant, Madalena Micaia, Maria Luísa et moi-même pour le vérifier. La déception de Gisela Batista était sans borne. Et pourtant, à nous voir, elle aurait juré que nous avions maigri. Mais non, la balance était là, pleine de chiffres, de flèches et de rouages secrets pour attester le contraire. Nous ne pouvions donc pas nous faire d'illusions. Ce que la machine infaillible annonçait, plus qu'un poids, c'était un caractère. La balance disait que nous étions des tricheuses, des êtres faibles, des personnes avec des rêves, mais sans idéal.

Gisela, en cet après-midi de fin janvier, nous a regardées dans les yeux et a déclaré qu'elle n'était pas étonnée qu'il en soit ainsi. Elle a dit que finalement la plupart des gens étaient des êtres dépourvus d'idéaux, et que parmi ce nombre immense d'êtres vivants qui erraient çà et là, sans plan ni projet, il y avait surtout des femmes, et que si par hasard nous pensions que cette tendance était sur le point de s'inverser, elle pour sa part ne nourrissait aucune illusion. Elle observait la réalité avec des yeux grand ouverts et elle constatait que tout semblait indiquer le contraire. En ce qui concernait les femmes, on observait une stagnation et même un recul, mais la responsabilité ne tombait pas du ciel et la cause n'était pas non plus une entité abstraite. La faute incombait à chaque femme en particulier et à toutes collectivement. La cause résidait dans notre aboulie. Nous n'avions aucun sens de la parole donnée, aucun sens de la responsabilité, aucune force, aucun courage, car les femmes n'avaient d'autre objectif que de livrer leur corps afin que s'accomplisse le cycle de la reproduction et elles s'en contentaient, bien que beaucoup feignent le contraire. Ah, ça prendrait encore beaucoup de temps, c'était sûr ! Nous en étions la preuve toutes les trois, plantées là, avec douze kilos de trop toutes ensemble. Gisela était indignée : "Dites-moi ce que vous voulez faire de votre vie, dites-le-moi avant que je ne ruine mon père pour rien. Dépêchez-vous de me le dire..."

Je gardais le silence, je comprenais parfaitement la position de la *maestrina* et Madalena Micaia la comprenait elle aussi, mais la mezzo-soprano s'est mise à protester. À son avis, sa sœur Nani avait parfaitement raison, toute la musique était faite pour être écoutée. Elle ne s'écartait nullement de ce qui était de notre compétence, mais elle se révoltait contre João de Lucena, venu prêter main-forte à Julião Machado. Sans bouger de sa place, l'aînée des sœurs Alcides demandait : "Pour qui se prend-il ? Pour un Diaghilev ? Un Balanchine ?

Un Béjart ? Qu'il retourne donc à la Juilliard et qu'il lui fasse un moutard..."

Et Maria Luísa Alcides, qui avait chanté Vivaldi et Puccini, ainsi que Bizet en doublure, a lancé des invectives contre cet homme qu'elle-même avait l'habitude de couvrir d'éloges par comparaison implicite. Gisela était vexée. À l'exception de Maria Luísa, nous gardions toutes les yeux baissées. Moi aussi je fixais le sol. Le moment était tendu. Mais Gisela, qui conservait une complicité avec moi en tant que faiseuse de vers, ou avec quelque chose d'autre qui demeurait indéfini, m'a demandé : "Et toi, Solange ? Tu ne dis rien ?"

Non, je n'avais rien à dire. Je pensais aux animaux paisibles de Sobradinho et je pensais à l'ombre violette des montagnes de Gurué. Seul me venait à l'esprit ce que mon père avait coutume de dire : "Si je suis en paix avec moi-même, je suis en paix avec les montagnes." Car la cause de toute cette agressivité provenait de quelques grammes de graisse que nous n'avions pas perdus, et cette disproportion entre l'insignifiance du motif et la solennité de l'algarade aurait rendu le moment grotesque dans toute autre situation. Mais ce n'était pas ainsi que nous le ressentions. J'ai répondu : "Je n'ai rien à dire, Gisela..." Et j'ai ajouté la phrase de mon père. Gisela est allée au piano, elle en est revenue, puis elle nous a regardées comme si elle était sur le point de nous lancer un dernier avertissement.

La *maestrina* a dit : "Je comprends Solange, c'est exactement comme elle dit. Celui qui est en paix avec soi-même est en paix avec les montagnes, aussi hautes soient-elles. Mon Dieu ! Ça fait longtemps, bien longtemps, que je n'ai pas entendu une vérité semblable. En paix avec les montagnes. Eh bien, la porte est ouverte. Que celle qui n'est pas capable de tenir bon s'en aille et ne revienne plus jamais ici..."

Et Gisela s'est dirigée vers la porte du garage et l'a fait glisser sur le rail. J'ai senti que tout pourrait se désagréger à l'instant même. Le temps était immobile. Les trois arbres le long du trottoir semblaient vouloir pénétrer à l'intérieur, un froid s'est avancé jusqu'à nos jambières de laine et en a retiré la chaleur, il a mordu nos chevilles et tourmenté la plante de nos pieds, je croyais penser pour toutes. Comme à mon habitude, ma triste habitude, les mots perdaient leur sens et s'attachaient à me leurrer. La porte était toujours ouverte, je voyais la faux, qui égratignait l'herbe en notre absence, entraîner nos rêves vers le bas de l'avenue. Tout cela pendant que Gisela s'était assise en nous tournant le dos afin que nous nous sentions libres de franchir la porte du garage en direction des racines et des troncs. Car que nous resterait-il, puisque nous avions vingt ans et que nous étions incapables de relever le simple défi qu'était la perte d'un kilo? Je réfléchissais. Puisque nous étions incapables de franchir le premier obstacle, il ne nous restait plus qu'à nous laisser engloutir par la terre, vers un néant anticipé. J'avais le cœur qui battait dans les tempes. J'ai senti ensuite que Madalena Micaia s'était assise sur le banc, mais qu'elle ne quittait pas les lieux, bien que son visage sombre eût pâli. Elle ne partait pas. Pas plus que Nani et Maria Luísa. Aucune de nous ne s'en allait. Au contraire, Maria Luísa s'excusait. Elle demandait même pardon à Gisela Batista, qui n'était pas responsable des catastrophes personnelles qui lui arrivaient, à elle plus particulièrement. Nous sommes restées ainsi immobiles, toutes les cinq, chacune à sa place dans le garage, le dos tourné à la porte qui entre-temps s'était refermée. Nos images étaient dupliquées dans le grand miroir. Le monde autour de nous avait cessé d'exister. La balance n'était qu'un symbole, mais il fallait le respecter si nous voulions penser aux grandes scènes qui nous attendaient. Le sujet n'était pas noble, mais il impliquait des montagnes.

Oui, le sujet n'était pas noble.

Inutile de parler des pesées auxquelles nous procédions en arrivant dans le garage pendant ce mois de février, de la scène scabreuse consistant à voir cinq filles monter sur une balance, compter des kilos et des grammes, prendre des notes sur des papiers ressemblant à des feuilles de route. Ou de la vigilance exercée par Gisela Batista sur Madalena Micaia, des fouilles de ses sacs, des conseils, des ordres, des potions, des additifs qui nous rendaient euphoriques. Quand João de Lucena arrivait nous étions capables de nous livrer au plus grand effort comme à toutes les débandades. Au fond, nous étions une bande de cinq femmes amatrices s'efforçant d'occuper un espace qui n'était pas de leur ressort. Des femmes obéissantes. Gisela elle-même traversait le garage en se lançant dans des fugues et des sauts, faisant vibrer le parquet et parfois même l'estrade où le piano était installé, sans que ce soit nécessaire. Nous avons toutes fini par vivre un moment mi-religieux mi-barbare, un mélange de délices et de torture, avec un objectif inaccessible. C'était exactement cela. Si par hasard plusieurs minutes s'écoulaient après trois heures et demie, nous étions prises d'inquiétude. “Se peut-il qu'il ne vienne pas ? Et il n'a rien dit ?” demandait Gisela à voix haute, le regard fixé sur le téléphone noir. Nani criait : “Le voilà qui arrive !”

Au bout de trois semaines et demie, j'avais perdu bien plus qu'un kilo et Nani, qui n'avait pas besoin d'en perdre, en avait perdu un elle aussi. Gisela était sur le point d'atteindre l'objectif qui lui avait été imposé. Plus lentes, Maria Luísa et Madalena Micaia étaient encore à mi-chemin du but. Madalena, surtout, se sentait mal. Elle était parfois sans force, au bord de l'évanouissement. Gisela ne lui donnait même pas un peu de sucre, elle ne voulait pas que le remède œuvre dans le sens opposé à l'effet souhaité. Il était visible que l'*African Lady* avait besoin d'un peu plus de temps, elle se sentait très souvent défaillir. Gisela attrapait Madalena et lui faisait mettre la tête en bas. La Mahalia Jackson d'Amadora, la femme à la voix de bronze et de velours, avait les cheveux qui frôlaient le sol, mais elle reprenait très vite haleine. Ensuite João de Lucena arrivait : “Le voilà qui vient !” criait Nani. Quand la porte glissait, le magnétophone émettait déjà la musique qui nous faisait bondir, tournoyer, gesticuler. Nous courions d'un coin à l'autre, avec une exagération que Lucena avait du mal à contenir. Nous ajoutions enfin la voix. On entendait des voitures dehors. Lucena repartait.

Alors, un samedi, Maria Luísa Alcides n'est pas arrivée à l'heure de la pesée et, quand elle est entrée, son bras droit pendait et était contusionné comme si elle avait été sévèrement rossée. La mezzo-soprano s'est approchée lentement, d'une démarche déjetée, comme un poisson d'aquarium sur le point de crever, son bras ressemblait à une nageoire détachée, mais il ne lui faisait pas mal. Elle voulait répéter comme si de rien n'était. C'était la faute d'Eugénio, cette fois elle l'avouait. Cet homme avait voulu l'emprisonner dans la voiture, il lui avait refermé la portière sur le bras et elle avait réussi à se libérer, mais maintenant elle ne pouvait ni lever la main ni bouger le poignet. Et, pourtant, elle n'avait mal nulle part. Elle ne pensait qu'à l'enregistrement en avril, qu'au spectacle en mai. Elle ne voulait pas nuire à la répétition. Ne serait-ce que parce qu'elle n'avait mal nulle part. Quand Lucena est arrivé, Maria Luísa a voulu lever le bras et n'a pas pu, mais elle était prête quand même à répéter, elle n'avait mal nulle part.

"Comment se fait-il que tu n'aies mal nulle part ?"

Lucena a étendu la mezzo-soprano sur le banc, il a examiné le bras qui ne semblait pas cassé, juste luxé, mais la vérité était qu'il ne bougeait pas. Penché sur la chanteuse malmenée, le chorégraphe administrait des petits pinçons le long du bras et même sous cette compression destinée à provoquer la douleur elle ne ressentait rien. Nous aussi étions penchées toutes les quatre sur la sinistrée, unies autour de cet effondrement qui nous sortait du cours normal de la répétition. Maria Luísa n'avait donc mal nulle part ? Madalena Micaia s'est accroupie et s'est mise à pleurer dans son mouchoir. Gisela, dans son survêtement blanc, soufflait sur le bras étendu. J'avais l'impression d'assister à la scène confuse d'une Genèse. Surtout quand les sœurs Alcides ont commencé à expliquer à João de Lucena la cause de l'accident, c'était l'amoureux Eugénio, le don José de *mierda* qui tourmentait méchamment sa sœur, comme disait Nani dans son parler d'opéra. Même dans cet état, Maria Luísa était prête à répéter, elle n'avait mal nulle part. La soprano s'est relevée, son bras gauche fonctionnait. Mais

João de Lucena a fait demi-tour et est sorti. Il a dit en quittant le garage : "Extraordinaire, extraordinaire..." La réaction de Lucena avait été si rapide et si inattendue que chacune d'entre nous avait entendu des paroles différentes. J'avais l'impression de l'avoir entendu dire : "Pas de répétition aujourd'hui", mais Madalena Micaia avait entendu João de Lucena déclarer : "Cette affaire relève de la police." Les sœurs avaient seulement entendu : "Extraordinaire", et Gisela Batista, pour sa part, avait eu l'impression que le chorégraphe avait dit : "Je ne remets plus les pieds ici..."

La vérité était que les voitures qui avaient amené João de Lucena étaient encore dehors, avec des passagers qui fumaient adossés aux portières et maintenant elles pouvaient repartir avec le chorégraphe de Gisela Batista.

Maria Luísa a dit tout bas : "Tout ça est de ma faute. Et pourtant je n'ai mal nulle part..."

Il s'était fait un silence de mort. Gisela s'est assise, a sorti une cigarette et l'a allumée. Elle s'est concentrée. Oui, ce jour-là il n'y aurait plus de répétition, et heureusement. Nous devions faire une pause et réfléchir. Peut-être qu'au fond nous étions folles sans en avoir conscience. Quoi que Lucena dise, il aurait toujours raison. Nous devions lui paraître répugnantes. Nous l'avions bien mérité. Lui, un homme passé par la Juilliard School et la compagnie de Martha Graham, habitué à des milieux où on donnait tout, le corps, l'âme, la vie, parfois même l'honneur, sans parler de la famille, qui venait là deux fois par semaine pour perdre son temps avec un troupeau de femmes s'amourachant du premier venu qui leur ouvrait la portière d'une automobile. Gisela ne savait pas ce que chacune de nous pensait, mais elle concluait d'ores et déjà qu'il fallait mettre un terme aux emportements émotionnels dans ce garage. Tous, et de quelque nature qu'ils soient. Et peut-être même plus encore. Peut-être faudrait-il mettre définitivement un terme à toutes les histoires d'amour, aussi bien dans le garage qu'à l'extérieur.

Elle parlait contre elle-même. Elle a écrasé sa cigarette dans le cendrier, soufflé une dernière bouffée de fumée : "Mes amies, mes sœurs chéries. Les histoires à l'extérieur ne sont jamais seulement des histoires du dehors, elles finissent toujours par pénétrer à l'intérieur. Il faut en finir une bonne fois pour toutes..." À un moment donné elle nous a même dit que pour nous il n'y aurait plus d'amourettes, plus de bagarres, plus de coucheries, plus de rêves. Elle a insisté. Plus de rêves. Elle a dit que tous nos rêves devraient êtres inscrits sur le papier à musique posé sur le couvercle du piano. Nos rêves devaient sortir de ces feuilles et y retourner. Finies les hésitations. Nous devions être radicales, une bonne fois pour toutes. Et elle ne s'en est pas tenue là. Elle a dit qu'elle n'était ni aveugle ni sourde, qu'elle avait très bien compris ce qui se passait dernièrement dans ce local. Un délire autour de João de Lucena. Une bande de femmes délirantes, roucoulant à droite et à gauche comme des tourterelles. Mais dorénavant, dans cet espace, il n'y aurait plus d'amours, ni de départs, ni d'arrivées, ni de fâcheries, ni de réconciliations. Seul existerait l'enthousiasme venant de la musique écrite sur ces feuillets. En dehors de la vie provenant de là, il n'y aurait pas d'autre vie. Notre vie devait se concentrer exclusivement sur le point vers lequel elle se dirigeait à présent. Et Gisela s'est levée et a agité les feuilles blanches, les papiers de Capilé, plusieurs autres feuillets dont nous ignorions la provenance et aussi mes griffonnages. Elle les a agités. Elle ne criait pas, elle se bornait à parler plus fort et sur un ton plus haut et plus aigu que si elle criait : "Il n'y a pas d'autre solution. C'est ou tout ou rien, il n'y a pas de moyen terme possible. Je vous le dis. Finissez-en avec la tiédeur, faites-vous ce cadeau à vous-mêmes..." disait Gisela, mais l'objet qu'elle poursuivait dans ses paroles n'était pas encore suffisamment précis.

J'avais l'habitude de chercher les mots exacts et je savais aussi que la réalité, une fois traduite en mots, pâlit et s'estompe. Gisela devait avoir cherché dans ses catégories abyssales la plus abyssale de toutes pour nous impressionner et nous convaincre, mais elle n'y parviendrait pas, le lieu qu'elle visait n'avait pas de désignation, pas de mot. Elle a eu recours à un geste. Elle a passé sa main en guise de lame devant son cou pour séparer explicitement son corps de sa propre tête. Gisela a dit ce qu'elle ne disait pas. Elle s'est contentée de déclarer : "Le genre de la divinité m'indiffère..." Comme Nani montrait des signes de grande agitation, Gisela a changé de sujet : "Savez-vous combien on vend d'entrées dans un stade comme celui de Wembley ? Cent mille, cent mille personnes, cent mille têtes, deux cent mille mains. Une mer, un océan de gens..." Et Gisela a laissé tomber le cendrier par terre, la cendre s'est éparpillée, et elle n'y a pas prêté attention. Madalena Micaia a tenté de le ramasser, mais Gisela ne l'a pas laissé faire. La *maestrina* s'est assise devant nous, empoignant la liasse de feuillets, énumérant les grands théâtres et parlant de leur capacité, de leurs débordements. Mais nous continuions à être absorbées par le sujet précédent. Nani s'agitait.

"Tu nous fais peur. Tu n'en as pas le droit", disait Nani.

Gisela m'a regardée : "Et toi, Solange, tu as peur ?"

"Non, je n'ai pas peur. Pas peur du tout."

"Jure-le."

C'était la vérité pure, je pouvais le jurer, je n'avais pas peur. Peur de quoi ? De qui ? Nous étions mortelles, nous pouvions offrir notre vie à qui nous voulions. La peur, c'était pour les sœurs Alcides. Moi, je n'avais pas peur, Madalena non plus. Aucune de nous deux n'avait peur. Madalena Micaia a même dit à propos des deux peureuses : "Vous n'avez pas besoin de vous lamenter, nous comprenons. Vous avez appris à avoir peur dans votre conservatoire. Oh mon Dieu, le temps qu'on perd avec tout ça..." Je n'avais pas besoin d'ajouter quoi que ce soit d'autre. Pour moi, ce que disait Gisela était si logique. Si logique, si clair. J'étais assise par terre et je buvais ses paroles, je trouvais qu'elles auraient pu être les miennes si par hasard je les avais prononcées. Nani s'est souvenue d'une histoire qu'elle connaissait de ses cours de composition, elle a même essayé de changer de sujet en disant que Gisela voulait faire de nous des espèces de Galaad femelles qui auraient troqué la cotte de maille pour le survêtement de gymnastique. Elle a même tenté de démolir l'architecture sur laquelle reposait ce projet de renoncement. Mais Gisela se moquait bien que son exigence évoque pour Nani Alcides tel ou tel personnage. Sa détermination était inébranlable. La propriétaire de ce garage, propriétaire de ce piano et de ce miroir, la fille de M. Simon, n'a pas modifié d'un iota son degré de fermeté, même si son ton s'était radouci. Elle a répondu à Nani ce que moi-même j'aurais répondu dans ces circonstances. Le soir venu, je suis rentrée chez moi, coincée dans le tumulte de l'autobus, sans voir la ville qui défilait, et j'entendais les paroles de Gisela comme si c'était les miennes : "Je te l'ai déjà dit, Nani. Maintenant, il est impossible de revenir en arrière. La porte n'est plus ouverte, nous nous trouvons toutes les cinq à l'intérieur, de l'autre côté, avec des frais tellement énormes au-dessus de nos têtes qu'ils pourraient bien nous faire sombrer jusqu'à ce que nous soyons des petites vieilles. Ça, si par hasard nous reculions. Mais nous ne reculerons pas."

10

Je ne sais plus combien de jours ont passé, je sais seulement que Gisela nous attendait, assise sur la chaise où nous l'avions laissée.

Elle semblait ne pas avoir quitté le garage. Il faisait si froid au fond du local qu'il a fallu installer les quatre radiateurs près de la balance. Nous nous sommes déshabillées. Elle nous a pesées elle-même, a rempli des graphiques, puis nous a demandé de nous placer autour du piano. J'ai pressenti soudain ce qui allait arriver. J'étais complètement inféodée à sa structure mentale, j'aimais ce qu'elle aimait et détestais ce qu'elle détestait, mais j'ai prévu ce qui allait se passer et ça m'a paru excessif. Pour la première fois j'ai senti rôder un danger dont je ne distinguais pas le visage, mais dont les yeux nous fixaient, je le savais, d'un coin quelconque de cette salle. Un doute m'a assaillie : comment se pouvait-il que la musique soit tellement libératrice, tellement intimement liée au désir de liberté que musique et liberté se confondaient, alors que chez nous musique, chant et danse étaient devenus la cause d'une tension presque insupportable ? Oui, comment était-ce possible ? J'ai voulu poser la question, dire quelque chose, mais nous étions déjà en rang, silencieuses, comme si nous savions toutes ce qui allait se passer et que nous nous y étions préparées. L'après-midi continuait à être sombre. Gisela n'avait pas allumé la lumière et un halo de pénombre projetait un cône d'indéfinition sur nous, autour du piano. J'avais l'impression que la voix n'émanait pas de Gisela tellement elle était basse. Gisela ne regardait pas celle qu'elle interpellait. Je crois même que je n'ai pas compris ses premières phrases, j'ai juste entendu distinctement la question qu'elle posait à

Maria Luísa : "Mais tu le jures ?" J'ai entendu la réponse de l'interrogée, qui a juré. Gisela de nouveau : "Tu le jures sur ta vie, sur le succès de ta vie ? Tu le jures sur l'intégrité de ton corps ? Tu le jures ?" Gisela a attendu. "Je le jure, Gisela, je le jure..." a de nouveau répondu Maria Luísa, complètement soumise à la logique de la *maestrina*. Et à mesure que Gisela énonçait les objets de notre renoncement, je comprenais la pertinence de cet acte et je trouvais le procédé raisonnable. Je me rangeais moi aussi de son côté, je me soumettais moi aussi à l'argument sous-tendant cet interrogatoire. C'était mon tour. Gisela m'a posé les mêmes questions et, quand elle est arrivée au bout, je ne savais pas comment j'avais pu avoir la moindre parcelle de réticence, quelques minutes plus tôt, quand l'interrogatoire avait commencé. "Tu le jures, Solange ?" m'a-t-elle demandé. "Je le jure", ai-je répondu, au ras de la logique de Gisela, proche d'elle, comme l'inscription de la pierre. "Je le jure, Gisela, je le jure", a dit aussi Nani. "Tu jures, Nani, que tu as renvoyé le type de la moto ? Et le piéton ? Tu as envoyé au diable le sinistre piéton ?" Nani, empourprée, a affirmé : "Je le jure, Gisela, je le jure. Tu peux venir voir à la sortie comme je rentre à pied chez moi. Je rentre seule, Gisela, tu peux venir épier, si tu veux. Depuis avant-hier je n'ai plus personne dans ma vie, en dehors de ma sœur et de mes tantes. J'ai compris ce que tu as voulu me dire..." Gisela s'est tournée vers Madalena Micaia : "Et toi ?"

Madalena avait abandonné ses mains dans son giron. "Et toi, Madalena, tu jures sur ta famille que tu ne fréquentes personne ?" Madalena s'est couvert le visage de ses mains et s'est mise à rire. Puis elle a compris que ce n'était pas le moment. "Par Jésus, par le saint nom de Jésus, Gisela, je le jure, oui." "C'est bien, Madalena, c'est très bien..."

La première à avoir été interrogée était Maria Luísa. C'est elle qui avait déclenché l'épisode dont les effets nous avaient menées là. L'aînée des sœurs Alcides continuait à avoir le bras raide, qui pendait comme une aile brisée. Quand elle le plaçait sur une attelle, il semblait mort. Gisela a désigné ce bras pour nous annoncer que João de Lucena avait dit qu'il ne viendrait plus aux répétitions tant qu'il y aurait des filles avec un bras en écharpe. Ce n'était pas à cause du bras en écharpe, mais à cause de l'accident, qu'il trouvait répugnant. Pour lui cet épisode était purement du ressort de la police.

Et ce n'était pas tout.

Parlant à présent d'une voix forte, Gisela nous a annoncé que João de Lucena avait affirmé qu'il suffirait qu'encore un amoureux s'avise de coincer un autre bras dans la portière d'une voiture pour que lui-même n'assure ni le premier spectacle, ni les suivants, ni tous ceux qui étaient dans l'esprit et dans l'agenda de Julião Machado. Indigné par ce qui s'était passé, il attendrait d'avoir des nouvelles. Dans le garage il faisait un froid que les quatre radiateurs à gaz fonctionnant à la puissance maximale ne parvenaient pas à atténuer. Nous étions en train de prendre le thé. Assise sur la banquette du piano, Gisela ne buvait pas le sien. Elle semblait avoir reçu les résultats d'une analyse médicale susceptible de confirmer l'imminence d'une maladie grave et se féliciter d'y échapper. Maintenant il y avait même de la joie dans son regard. Et elle disait : "Je le savais. Je n'ai jamais douté que ce que j'avais à vous demander ne soit juste. Mais l'opinion du chorégraphe m'aide beaucoup. C'est indéniable…"

Notre *maestrina* était absolument sûre de ce qu'elle disait et ce miroir prodigieux, omniprésent et muet, qui tapissait le mur du garage, renforçait cette certitude. Face au miroir, la certitude se muait en foi. Je revois cinq jeunes femmes assises au milieu d'un garage, en train d'évaluer les résultats d'une analyse. Et je réentends, comme si ça se passait aujourd'hui même, le cri de Gisela Batista, qui changeait de ton. Elle nous appelait, nous posions nos tasses : "Et maintenant, au travail ! On attaque par la chanson de Capilé ?"

"Oui, par celle-là !"

Une des chansons de Capilé disait : "*Pluie / Je suis ici / Près de moi / Le désert / / Et je suis si près / Près de moi / Et moi de toi / Je suis ici.*" Et ainsi de suite. Madalena Micaia chantait les basses, nous avancions, nous nous trémoussions, nous faisions de notre mieux et, une demi-heure plus tard, le moment du renoncement semblait avoir eu lieu un siècle plus tôt. Musique et paroles glissaient, la chanson de Capilé devenait fluide. Des étoiles de première grandeur déchiraient un monde obscur. À la fin, il fallait sortir dans la rue et affronter la réalité.

Ce n'était pas toujours facile.

En rentrant à la maison, je m'étais déjà trompée de bus deux fois et ce soir-là j'avais laissé passer deux arrêts sans descendre. Quand je m'en aperçus, j'étais sur le Campo Grande. J'avais dû revenir à pied jusqu'au Campo Pequeno pour retourner à ma pension. En traversant la zone des platanes, j'ai senti quelqu'un approcher à grands pas. Murilo Cardoso m'a tapé sur l'épaule et m'a demandé : "Qu'est-ce qui se passe ? Je t'ai vue à la porte du bus et tu n'es pas descendue. Pourquoi ?"

Je ne pouvais évidemment pas dire la vérité. Je n'allais pas lui raconter que je marchais maintenant à trente centimètres au-dessus du sol et que ça provoquait chez moi un manque d'adhérence aux objets, une distance par rapport à la surface des choses. Mais ce n'était pas désagréable du tout de rencontrer Murilo à neuf heures du soir, après une journée aussi intense. Il a continué : "Et pourquoi tu sèches les cours maintenant ? Pourquoi tu n'as pas assisté à l'examen d'agrégation du professeur Castilho ? Dis-moi ce qui se passe. Tu es amoureuse ? C'est ça ?" La première hypothèse qu'on avance quand une fille n'assiste pas à l'épreuve d'agrégation de son professeur ni à une demi-douzaine de cours est aussitôt associée à l'image inévitable de l'amour. Il avait raison de me poser la question, j'avais un amour, mais il n'était pas classique. Je ne pouvais pas expliquer mon amour à Murilo. Il a demandé : "Et tu n'as pas faim ?" Bonne question à laquelle il y avait une bonne réponse : "Si, Murilo, bien sûr que j'ai faim. J'allais justement entrer là-bas en face pour prendre un *snack*. Et toi ?" "Moi aussi, je t'attendais pour aller manger un morceau avec toi." Murilo était incorrigible ou alors c'était son amour qui l'était. Sa voix avait un timbre chantant quand il a dit : "Moi aussi…"

Alors, nous sommes entrés dans le bar et j'ai voulu lui expliquer pourquoi dernièrement je n'étais pas allée aux cours. Je m'étais mise à écrire des vers épars, des mots qui rimaient les uns avec les autres, des bouts d'histoires qui n'avaient ni commencement ni fin, des scènes, juste des scènes, toutes sans queue ni tête si on les résumait avec des mots solennels. Et pourtant elles vivaient en moi naturellement et me sortaient des doigts avec la simplicité de la salive sortant de la bouche, la bile du foie. C'était une sécrétion biologique, une substance charnelle. Maintenant je n'allais pas aux cours car j'avais honte de confronter cette fonction primitive de mes textes avec la science pointue des cours, sans compter que même si j'interrompais les cercles de Dante ou l'oiseau de Poe pour parler de mon expérience, j'en étais incapable, ce que je vivais n'était ni explicable ni transmissible. Je me suis évidemment contentée de dire à Murilo : "Tu sais, Murilo, je suis complètement prise par la composition du L.P. du groupe. Tu sais comment c'est…" Murilo m'a pris les mains, les a levées vers son visage et les a posées sur lui. "Je pense seulement, seulement à ça", ai-je souligné.

Il a serré fortement mes mains entre les siennes et je sentais ses genoux effleurer ma jupe. "Solange, chère Solange, pense à moi. S'il te plaît, si tu penses à moi, tu ne penseras jamais seulement à moi…" Ses yeux ont fait le tour de mon visage, ils ont dessiné un cercle pour m'englober dans ma totalité : "Chère Solange, si tu penses à moi, tu penseras aussi au monde et à sa transformation. Si je suis à tes côtés, tu sais que je ne te laisserai jamais t'égarer dans des projets vains. Le monde va changer, Solange, la Grande Ourse va lancer une attaque contre l'Occident, ce colosse gigantesque ne va pas s'effondrer comme ça, tout seul, Solange. Il y a quelque chose dans l'air. Une guerre chimique se prépare, une guerre bactériologique, les laboratoires regorgent de ce genre d'arsenal, ça arrivera sûrement. Ça va arriver et toi, au lieu de te préparer à assister au démantèlement de l'ordre de l'Occident, tu vis enfermée dans sa logique en t'abandonnant à ces gens sans scrupules qui t'aliènent de l'existence. Solange, Solange, regarde-moi, ne baisse pas les yeux, lève-les, fais-moi face..." Sa main a exercé une telle pression sur ma mâchoire qu'elle l'a meurtrie. "Excuse-moi", a-t-il dit en arrondissant la main autour de mon visage. "Je t'aime tant, Solange, toi dans une main, le monde dans l'autre, avec les cinq continents et les océans, et je serais incapable de choisir. Mais, heureusement, je n'ai pas besoin de choisir. Toi dans cette main, la Terre dans l'autre, je joins les deux, je les unis et la vie devient cohérente et bonne, et je suis heureux. Solange, dis-moi que tu m'aimes..." Et il m'a tendu ses deux mains nues. Il les a tendues, paumes tournées vers le haut avec les lignes de la vie, de la mort, de la chance, du cœur, de l'intelligence et de la tête, exposées à la lumière. J'aurais aimé lui dire, je ne suis pas là sur ta carte du destin, Murilo, je n'y figure pas. Mais ses mains étaient tellement offertes, si démunies de tout, car elles ne tenaient rien sur leur peau rosée, et qui plus est elles n'avaient rien de ce qu'il était évident qu'il allait perdre, cette terre imaginée par lui, qui se délitait depuis longtemps entre ses doigts, que j'ai été tentée de lui dire que oui, moi aussi je l'aimais. De plus il était si tard et j'avais si froid. Pourquoi ne pas le lui dire? Qu'est-ce que ça me coûtait de le lui dire ? Étais-je par hasard engagée envers quelqu'un d'autre? "Murilo, cher Murilo..." ai-je commencé à lui dire, mais soudain un mot salutaire est venu à mon secours. Engagement. Car n'était-il pas vrai que j'avais contracté un engagement depuis cet après-midi ?

"Murilo, cher Murilo, je me suis engagée. Je suis maintenant le cinquième élément d'un groupe musical, tu le sais. Cinq femmes. Cher Murilo, nous nous sommes promis les unes aux autres de ne pas avoir de lien d'amour d'aucune sorte aussi longtemps que durerait le groupe. Pas même en rêve. Et c'est sacré, sacré. C'est métapsychique. Ce que je ferais ici aurait une répercussion là-bas. D'ailleurs je ne te dirai pas un mot de plus à ce sujet. Je te jure sur le bonheur de mes parents que c'est la vérité."

“Mais c’est complètement stupide, Solange! C’est totalement idiot. Ah, cette salope de Mimi Batista, cette grande morue, exiger ça de vous! Explique donc un peu ce qu’elle veut de toi, explique-moi ça clairement…”

Et ses yeux, d’habitude grands et plutôt rouges, ont rapetissé et se sont emplis d’une larme dure qui devait être de haine. Il fallait lui expliquer: “Non, Murilo, non. Gisela est une femme très forte, très belle, très bien, une femme victorieuse, une meneuse, une personne formidable. J’admire Gisela. Je veux travailler avec elle, écrire pour elle, être avec elle. Je suis corps et âme avec ce projet, je ne veux pas rater cette occasion. Car, la vie, qu’est-ce d’autre qu’une simple occasion? Qu’on en profite ou qu’on n’en profite pas, la vie s’achève. Oui, entre une chose et l’autre il n’y a presque pas de différence, mais je tiens à profiter de cette occasion, Murilo. Elle a de la chance d’être comme elle est, nous avons de la chance de l’avoir rencontrée. Murilo, excuse-moi, mais j’ai pris cet engagement…”

Ni lui ni moi ne mangions notre *snack*. C’était impossible. Murilo avait reçu une lettre importante et avait passé la fin de la journée à rôder autour de l’arrêt d’autobus pour me parler de son contenu, mais maintenant il repliait la feuille timbrée. Elle portait un tampon, c’était une lettre officielle. Elle était déjà pliée, glissée dans la poche de sa veste en cuir. Alors, en revenant à la pension, sans savoir comment et malgré tout, je l’ai laissé m’embrasser. Il m’a embrassé le haut de la tête, m’a gratté la tête, m’a poussée doucement à l’intérieur de ma chambre. Murilo n’est pas entré dans la sienne, il est ressorti. J’ai entendu ses pas se perdre sur le trottoir. Il m’a téléphoné de la rue. Il était deux heures du matin quand le téléphone a sonné dans le couloir. Je suis allée répondre et c’était Murilo qui me disait d’une cabine: “Solange, ils te réduiront en poussière. Mais je vais rentrer à la maison. Si tu es prête à reconsidérer, ne verrouille pas ta porte. Tu m’entends, Solange? Allô, Solange…”

C’est un des moments les plus forts de ma vie. Je suis incapable de me le rappeler. Si j’en avais un souvenir partiel, il me reviendrait entièrement en mémoire. Il me faudrait reproduire les différents incidents de cette nuit-là, les pas de Murilo dans le couloir, le silence étouffant avant qu'il ne tourne la poignée, sa tentative d'ouvrir, de tourner, une fois, deux fois la poignée ancienne et la résistance de la clé. Il secoue encore la porte, il appelle encore mon nom. Ensuite je m'attends à entendre ses pas revenir, mais je ne les entends pas. Pendant un certain temps j'ignore si Murilo est encore devant la porte, s'il n'est déjà plus là. Et après, dans le doute, je reste éveillée jusqu'à l'aube. Je n'ai pas dormi cette nuit-là, occupée à peser les raisons pour lesquelles je n'avais pas laissé Murilo entrer dans ma chambre. Il y avait encore certainement en ce temps-là deux Terres, une sur laquelle vivait Solange de Matos et une autre où vivait Murilo Cardoso.

11

Je me surprends maintenant à penser qu'entre la Nuit parfaite, si éphémère et si proche, et le climat de précipitation dans lequel nous vivions en cette fin de février il y a davantage de ressemblances que de différences. Un même tumulte les unit. À ce stade, le garage de la Casa Paralelo s'était transformé en studio. Le plafond est parsemé de lampes dont certaines sont suspendues à un rail. Cinq projecteurs sont fixes, six orientables, et au lieu d'un magnétophone, il y en a deux. C'est une année bissextile. L'avant-dernier jour du mois sera un dimanche. Ce jour-là, vers quatre heures de l'après-midi, nous avons reçu pour la première fois la visite d'une costumière.

La costumière est une petite femme gaie, chargée d'étoffes et d'accessoires, qui pénètre en sautillant dans le garage. Elle vient étudier nos corps et la couleur de nos peaux. Sans perdre de temps, elle dépose son matériel, sort un coussin et s'agenouille par terre. Le miroir nous reflète à la perfection et la costumière peut nous observer sous tous les angles. Nous sommes là toutes les cinq pour qu'elle nous étudie. La costumière grimpe sur une chaise, prend nos mesures, calcule les différences de taille entre nous, étudie les talons de nos chaussures. Le maestro Capilé lui a demandé de nous mettre toutes à la même hauteur. C'est très difficile. Gisela Batista se détachera toujours du lot, elle sera toujours la tête d'affiche. Elle a un port de reine. La costumière paraît heureuse de tomber sur un corps pareil dans un garage. Ses doigts parcourent avec un amour artistique les épaules de Gisela. "Quelle élégance!" dit la costumière, comme si nous autres n'étions pas présentes.

Nous savons qu'elle peut le dire, encore que pour ma part ce soit seulement ce jour-là que j'en aie vraiment eu la preuve. Bien qu'elle se soit déjà présentée une fois dans un vêtement *flou*, avec un mouvement fluide, c'est ce dimanche-là qu'elle révèle les atouts de son grand corps. Vêtue d'une robe moulante, avec une ceinture haute, un col relevé, Gisela est effectivement une reine. Elle a tout pour être une grande chanteuse. Une indomptable chevelure sombre tombe en cascade dans son dos, elle a un front haut, des yeux clairs, des cils recourbés, des épaules larges, une taille mince, des jambes solides, des chevilles fines. Elle a une façon de fermer les yeux qui n'appartient qu'à elle, une manière de tendre les bras comme Nana Mouskouri et Ella Fitzgerald, une façon large et unique de les offrir à l'espace, une planète bleue éclot chaque fois qu'elle les ouvre. Sauf qu'elle n'a pas de voix. Quand elle chante, sa voix est un filet d'eau éraillé qui a besoin d'être multiplié par deux pour acquérir de l'épaisseur. Nous le savons. Toutefois la costumière n'est pas au courant de ce détail, qui d'ailleurs ne l'intéresse pas. La costumière sortira de ce lieu avec les mesures exactes de Gisela Batista et des mesures approximatives pour les autres figurantes. Elle demande même à Madalena Micaia : "Vous faites aussi partie du groupe ? Pour vous il faudrait peut-être un costume à part..." Ce n'est pas l'indication qu'elle a reçue du maestro Capilé, mais elle interprète la réalité à sa façon. Elle pense avoir tout vu, elle est debout, perchée sur une chaise, elle envisage des costumes rouges pour nous quatre et un costume rose pâle pour Mlle Micaia. Se félicitant de sa sagacité, elle dit qu'elle comprend tout, qu'elle se rend compte que cette fille est indispensable à cause de sa voix. La costumière sait que des voix merveilleuses sont parfois enfermées dans des corps incroyables. Évidemment, ça saute aux yeux. Quelle belle voix doit avoir Mlle Madalena Micaia.

"Comme vous avez de la chance, madame !" dit la costumière.

Oui, Gisela Batista est une femme chanceuse. Elle a tout ou presque tout, et, ce qu'elle n'a pas, elle le cherche et elle le trouve. Lors de cette rencontre supplémentaire du dimanche 29, sa chance est très évidente. Elle a un garage équipé comme un studio de répétition, elle a à sa disposition une voix de soprano léger et une mezzo-soprano, et une voix profonde, jazzistique, veloutée et ronde, rappelant celle de Mahalia Jackson, du temps des premiers *blues*. Elle a un compositeur, un chorégraphe, une costumière, la maquette d'un 33 tours sur le couvercle du piano à queue et la voie ouverte pour des répétitions avec cinq instrumentistes dans le studio Nepomuceno. En outre, ce dimanche-là, elle a une enveloppe dans son sac et l'agite. Nous n'avons pas assisté à la conversation téléphonique, mais nous imaginons comment le montant aura été négocié. Aura-t-elle soufflé de la fumée dans le micro du téléphone ? Ou aura-ce été une conversation dans l'énorme berline avec la petite étoile allemande ? Peu importe. Maintenant l'enveloppe est là. Gisela appelle Madalena Micaia pour lui remettre l'enveloppe et elle lui demande de l'accepter sans discuter. Elle lui a déjà dit qu'un temps plein dans un restaurant du Bairro Alto n'était pas compatible avec le dévouement à la musique qui sera exigé d'elle. Non seulement désormais l'*African Lady* devra arriver à l'heure mais encore devra-t-elle cesser de faire des facéties avec sa voix pour les clients qui aiment l'entendre chanter le week-end : “Mon amie, dorénavant, c'est ici que tu devras être…”

Mais Madalena Micaia pense que son patron ne lui accordera pas un congé pareil, qu'il la flanquera peut-être à la porte et elle avance divers arguments de poids pour ne pas accepter l'enveloppe. Gisela regarde le téléphone noir, posé maintenant sur la table, et elle reste inflexible : “Si tu as des problèmes avec ton patron, donne-moi son numéro de téléphone, je demanderai à M. Simon de l'appeler. Ce n'est pas plus compliqué que ça…” Madalena Micaia hésite encore, elle regarde par-delà la porte du garage, elle est en train de manigancer quelque chose et a même une idée. Une proposition différente. Elle pourrait peut-être convaincre son patron en promettant de compenser le temps perdu après le mois de mai. Ainsi, elle serait absente pendant les prochains mois, mais rattraperait ses absences au cours des mois suivants. Comment ? Gisela Batista est vexée et même offensée : "Après le mois de mai ? Mais tu ne comprends donc pas que tu t'es engagée pour toujours, Madalena Micaia ? Pour toute la vie, Madalena Micaia ?" Et ainsi, belle comme elle est, reine et impératrice, Gisela s'adresse à nous toutes, plus incrédule que vexée : "Comment est-ce possible ? Vous n'avez donc pas encore compris la portée de ce projet ? Vous n'avez pas compris que nous travaillons sous la direction d'une personne qui s'appelle Julião Machado ? Que notre chorégraphe s'appelle João de Lucena ? Qu'une des meilleures costumières de théâtre du Portugal vient de sortir d'ici ? Vous ne comprenez donc rien ? Ma chère Madalena, mets-toi ça dans la tête. Le problème du talent partout dans le monde, c'est que certains ne savent pas l'acheter et que d'autres ne savent pas le vendre. Mon Dieu, mais quel gâchis…"

Et Gisela Batista a fourré l'enveloppe dans la poche de Madalena Micaia.

Ensuite elle a gardé le silence, elle a fixé les yeux sur le bout de ses propres chaussures, sans prononcer un mot, et nous non plus. Elle portait cette robe à la coupe parfaite que nous ne lui avions jamais vue, elle avait pris un cendrier, allumé une cigarette, et se taisait. Nous étions assises toutes les quatre par terre, en demi-cercle autour d'elle. Personne ne parlait. L'atmosphère était irréelle, il ne faisait ni chaud ni froid, ni clair ni sombre, c'était juste la fin d'un dimanche. Si au moins nous parvenions à penser à la cage rouillée que le vent faisait claquer dehors contre la pergola. Mais non, il était impossible de penser à autre chose qu'à ce qui nous entourait. Étions-nous en cire ? En argile ? Étions-nous des ombres sorties des murs et mues par une intelligence lointaine ? Se pouvait-il que nous pensions toutes la même chose ? Oui, nous étions vivantes. Ce fut Maria Luísa, la mezzo-soprano, qui fut la première à apporter une preuve d'existence. Elle a dit : “J’avoue.” Nous avons toutes compris l’importance de ce qu’elle allait dire. “J’étais sur le point de descendre, mais je ne l’ai pas fait. Je suis restée dans la pièce où je me trouvais, immobile, en train de lire. Il n’arrêtait pas d’actionner son klaxon à la porte de l’immeuble. Encore et encore. Je ne suis pas descendue… Tu m’écoutes, Gisela ?” Gisela semblait ne pas entendre. Maria Luísa fut plus explicite : “Je te jure, Mimi, maintenant, rien qu’à imaginer l’odeur d’essence de sa Citroën Pallas, j’ai la nausée…” Devant nous, Gisela gardait les jambes élégamment croisées. Elle ne disait mot. “Je te le jure, Gisela, aussi vrai que je m’appelle Maria Luísa.”

La *maestrina* a déplacé son regard en direction de Nani. Nani a sursauté. Elle n’avait rien à dire. “Si, tu as.” Nani a juré que non. “Si, tu as.” Non. Et elle n’avait rien à dire parce qu’elle avait respecté scrupuleusement ce qui lui avait été demandé. Le type à la Kawasaki se trouvait à des kilomètres de sa vie. Dernièrement, Nani imaginait même les accidents tragiques qui arrivent aux grosses motos et elle voyait des membres arrachés, des têtes sectionnées, des vies moissonnées dans la fleur de l’âge. Des catastrophes qu’elle éviterait sûrement en n’accordant plus aucune attention à cet individu. Le soir précédent, Nani s’était encore amusée à revoir plusieurs arias de Vivaldi. Vivaldi lui suffisait. Sa vie avait pris un autre cours. Maintenant Nani Alcides avait bien autre chose à faire que de rester attelée à des gens qui ne la mèneraient nulle part. La violence démonstrative de Nani était un peu excessive. Gisela a fini par détourner le regard.

Madalena Micaia, avec l’enveloppe encore fourrée dans sa poche, se trouvait à l’extrémité opposée de la file. Au début, l’Africaine ne s’est pas sentie interpellée. Puis elle s’est mise à sourire, à secouer la tête. À rire ouvertement, et elle était la première parmi nous à rire. Elle riait bruyamment, réveillant le local. En l’entendant, on avait aussi envie de rire, on avait envie de profiter des mouvements de son corps pour remuer son propre corps. Quand elle a réussi à parler, elle a dit : “Oh ! Que Dieu me vienne en aide, loué soit le saint nom de Dieu !” Outre cette exclamation, elle n’avait vraiment rien à raconter.

Qu'est-ce que Gisela voulait qu'elle raconte ? Gisela semblait un peu désarçonnée. "Ça va, ça va, *African Lady,* je sais quelle vie tu mènes. Laisse tomber."

La *maestrina* s'est tournée vers moi et a demandé : "Et toi ?"

J'avais attendu ce moment depuis que Gisela s'était engouffrée dans cette espèce de recueillement. J'ai fermé les yeux et j'ai dit : "J'avoue. Jeudi dernier, j'ai fermé à clé la porte de ma chambre, Murilo a essayé de l'ouvrir, ensuite il a tourné la poignée, puis il a introduit la clé, mais la porte n'a pas cédé et moi non plus. J'ai mis ma tête sous la couverture et j'ai attendu qu'il s'en aille, et il a fini par partir. Je le jure par tout ce qu'il y a de plus sacré au monde..." Gisela ne s'attendait sans doute pas à l'histoire que je lui racontais et elle m'a demandé de répéter. J'ai répété mot pour mot, expliquant pour la première fois que j'habitais dans une pension avec plusieurs étudiants, parmi lesquels un étudiant en sociologie qui s'appelait Murilo. Rien de très important ne s'était jamais passé entre Murilo et moi. Nous étions amis. "Tu le jures ?" a-t-elle fini par demander, encore surprise. "Je le jure, Gisela, bien sûr que je le jure..."

Il faisait sombre dehors. Cet hiver-là, à Lisbonne, le jour se transformait en nuit beaucoup trop tôt. Il était étrange d'éprouver une sensation d'obscurité aussi intense dans une ville aussi claire. Tout n'était-il pas complètement élucidé ? Gisela avait fini de fumer sa cigarette, elle écrasait le mégot sur le bord de la coupelle en verre, elle posait le cendrier. Son regard tranquille parcourait nos visages, allait et venait de l'un à l'autre, il était un remerciement. Le moment délicat était passé. Nous en étions conscientes. Nous nous sommes levées du banc, délestées de tout poids. Gisela nous a fait allumer toutes les lampes et nous avons encore répété deux chansons. Le miroir nous renvoyait une image si réelle que parfois, pour nous concentrer sur la coexistence de nos voix, nous avions besoin de nous tourner sur le côté afin de ne plus nous voir. Nous devrions danser sans regarder le miroir. Légères, coordonnées, nous trémoussant ou nous balançant, pédalant sur place, l'image de la marche arrêtée du militaire ivre, dans le jargon de João de Lucena. En mai, quand le concert aurait lieu, il n'y aurait que des spectateurs devant nous, il n'y aurait plus de miroir. Alors, en qui croire?

Il n'y avait qu'une seule réponse: en nous-mêmes.

Quand la répétition du dimanche a pris fin, je n'avais pas envie de partir. J'avais envie de rester sur place, de vivre à l'intérieur de ces quatre longs murs, de plus en plus proches et familiers. Comme c'était impossible, ces quatre longs murs me suivaient et m'accompagnaient dans toute la ville. En cette fin de dimanche, une fois arrivée sur le Campo Pequeno, je suis descendue du bus vide et j'allais me diriger vers un snack-bar sur l'avenue de la République, mais en fait je n'ai pas donné suite à cette intention car sur toute la largeur de l'avenue, au-dessus des immeubles, un mot était écrit: *Afortunada*.

Le mot allait et venait tout seul, il commençait et finissait par la même lettre, il n'avait ni commencement ni fin, il n'était plus qu'un mot devenu réversible. Mais l'idée m'est venue que je pourrais l'oublier. Ça m'était déjà arrivé. C'était la costumière qui me l'avait offert et je l'avais perdu. Maintenant je le retrouvais. Je me suis débarrassée de mon sac, j'en ai sorti un carnet et j'y ai écrit: *Afortunada.* Qu'avait donc dit Julião Machado? Qu'un jour, ni vers ni rimes ne seraient plus nécessaires, un seul mot, à condition d'être bien décliné, suffirait à porter une chanson. Il y avait déjà des dizaines d'exemples. *Cheesecake, cheesecake.* Un son suffirait, l'avenir serait ainsi. Sur place, j'ai écrit sur une feuille de papier une phrase à l'ancienne, encore avec un sujet, un verbe et des compléments. J'ai écrit en toutes lettres – “*Afortunada, afortunada, elle a de la chance et ne désire rien…*” Très à l'ancienne. J'ai froissé la feuille et je l'ai envoyée d'une chiquenaude dans le parterre autour d'un platane.

“*Vous avez de la chance, madame! Les épaules, s'il vous plaît…*” Et si je ne retrouvais plus jamais ce que j'avais découvert? Ça faisait réfléchir. C'était très peu. Dans le monde de la fantaisie des mots, une phrase comme celle-ci n'était littéralement rien et pourtant, même en n'étant rien, elle pourrait se perdre irrémédiablement et alors ce peu qui se perdrait serait beaucoup. Je suis revenue sur mes pas. Le vent froid de la nuit poussait le papier vers la grille des eaux pluviales, encore un instant et il disparaîtrait au fond. Je voulais me souvenir de la phrase que j'avais écrite et je ne me souvenais plus de rien, pas même du mot *Afortunada.* Chanceuse. J'avais pensé que ce qui était écrit n'était peut-être rien et pourtant, une fois perdu, ça me semblerait être un trésor. Je me suis précipitée sur le bout de papier qui n'arrêtait pas de courir en cahotant tout droit vers la grille, mû par une force d'attraction, telle une balle de golf vers le trou. Ma chance s'en allait avec lui. Chanceuse. J'ai rattrapé le bout de papier au dernier instant, je l'ai déplié devant mes yeux et j'ai vu qu'il était intact : *Afortunada, afortunada, elle a de la chance et ne désire rien.* Mais il n'y avait pas que ces mots-là, non, quelqu'un avait écrit : *"Elle a un amour et n'a pas d'amant / Elle a un logis et n'a pas de maison / Elle a de la chance et ne désire rien."* Une main divine avait écrit mon texte divin. Pas moi, pas moi. Je devais juste rendre visible ce qui était écrit de façon invisible. Pour ce faire, il me suffisait de courir à la maison et de taper à la machine le texte qui m'avait été offert. Le bout de papier à la main, bien en sécurité dans l'air, était mon livre sauvé à la nage que je brandissais bien haut au-dessus de mes vagues. Mon Dieu, quelle récompense, après ma course derrière la feuille arrachée à mon bloc. J'entrais dans la maison, j'exultais, si quelqu'un m'avait vue il aurait deviné l'importance de ma trouvaille rien qu'à me voir avec mon petit texte en l'air. Pourtant, ma trouvaille était si minime que jamais je ne la partagerais avec quiconque. Comment pourrais-je jamais avoir un amour, comment pourrais-je jamais partager avec quelqu'un ma manie de vivre en miniature l'univers grandiose des héros graphiques ? J'avais honte de mon univers privé. Ainsi, en arrivant dans ma chambre où aucun Murilo n'entrerait, je pourrais mettre au propre les radieux petits vers insignifiants qui m'avaient été offerts et qui se trouvaient là sur la feuille, lisses, clairs, invisibles. J'ai défroissé le bout de papier sur la table dans ma chambre et j'ai tapé à la machine les vers offerts. Le dieu de la petite poésie entrait dans ma chambre solitaire et faisait des niches avec mes feuilles blanches. Le tout petit dieu, de la taille d'une capsule de bouteille, s'agitait dans l'air et parlait pour moi au petit univers qui existe à côté du grand. Le gredin parlait sans arrêt ni interruption. Il disait *Afortunada, afortunada.* Elle a de l'amour, elle n'a pas d'amant, elle a un logis, elle n'a pas de maison, elle a du courage et n'a pas de renommée. Chanceuse, elle a de l'amour, chanceuse, elle a du courage, elle a le monde et ne désire rien, elle a un logis et n'a pas de maison, chanceuse, elle a un logis, elle a de l'amour, elle a du courage, elle n'a pas de lit, elle n'a pas de renommée, elle n'a pas de barreaux ni de maître. Mais elle a de l'amour, elle a du courage, elle a un logis. Chanceuse, chanceuse. *Il suffirait de la liberté pour en devenir la fiancée.* Ne la suis pas, ne la poursuis pas. La chanceuse inaugure le monde et ne désire rien.

Le dieu des très petites paroles m'avait ainsi rendu visite. Mais à quoi servirait son cadeau ?

12

Le premier jour de mars le garage s'est rempli de monde. Gisela Batista nous a averties qu'il s'agissait de gens avec des sachets d'acide à la place du cœur. Mais elle se sentait calme, elle avait une confiance absolue dans ses œuvres d'art. Sereines et calmes, nous allions inaugurer nos prouesses devant ce public. Maria Luísa avait retiré l'attelle qui protégeait son bras, Madalena Micaia avait perdu deux kilos et demi et ça se voyait surtout sur son visage. Sa peau sombre brillait, ses traits avaient ressuscité d'une forme antérieure qui nous était inconnue. Mais avant que quiconque n'arrive, nous avons parlé de notre chasteté avec un minimum de mots et en nous tenant par la main. Gisela nous avait serrées sur son cœur. Toutes les cinq enlacées au milieu du garage. Nous nous apercevions dans le miroir. Nous étions étirées, distillées, la musique s'était diffusée dans nos corps et le mouvement de nos corps s'était diffusé dans la musique. Très calmes, comme ceux qui ont reçu les stigmates. On pourrait nous crever les yeux, nous ne sentirions rien. C'était du moins ce que nous pensions. Nous ne savions pas pourquoi toute cette brochette de têtes était là, mais ça n'avait pas d'importance. "Avancez !" a dit Capilé en secouant ses cheveux graisseux. Nous avons avancé. Pendant une heure et demie, nous avons chanté, bougé, nous nous sommes enroulées, déroulées. Nous avons touché nos genoux avec la bouche et le sol avec les genoux, nous avons balancé nos hanches comme si nous voulions les décrocher de notre taille et nos bras ont décrit des cercles de-ci de-là, en dessinant des nœuds dans l'air. Et nous avons chanté, plus comme nous le savions que comme nous le voulions, Madalena Micaia soutenant les basses et les sœurs Alcides dans les mélodies fines. Les spectateurs se taisaient, ironiques, avec un regard cruel. En tout, une douzaine de personnes, dont certaines nous étaient inconnues. À la fin quelqu'un a dit: "Il manque un de ces numéros à vous faire tomber à la renverse. Vous comprenez? Un numéro à faire tomber les fans sur le cul. On attend, on attend, et ce numéro n'arrive jamais. Vrai ou pas vrai?"

C'était naturellement Julião Machado qui parlait, l'oracle, l'homme condamné à dire la vérité. Dans le tourbillon des commentaires, certains préféraient même les paroles de *Check-in* à celles, doucereuses, de *Jusqu'au bout du monde*, qui les remplaçaient. Car qui avait écrit ça? "*Lune, ultime lune*"? La musique était horrible, la composition de Capilé. Mais João de Lucena n'était pas de cet avis. Selon le chorégraphe, il y avait un élan lyrique dans les paroles qui contrebalançait la musique de cabaret qui leur succédait. En revanche, ce que Lucena ne supportait pas, c'était un *Check-in* sur un rythme de tango argentin. Il fallait avoir une grande patience latine pour supporter pareille hybridation. Là, dans ce garage, personne ne faisait de cadeau. Mais nous résisterions. Nous étions unies autour de Gisela, écoutant, remplissant notre rôle. Muettes, résistant. Car il manquait un thème bien rond s'articulant autour de l'œil d'un mot unique. Le son d'un mot qui entrerait, avancerait, s'enroulerait dans le cœur des fans pour ne plus jamais en ressortir. C'était encore Julião qui parlait. J'ai senti mon cœur battre à se rompre. Un mot était gravé dans ma tête depuis dimanche soir, des paroles que j'avais découvertes. Et si j'allais chercher mon carnet et si j'en retirais la feuille pliée sur laquelle j'avais tapé à la machine la jaculatoire *Afortunada*? Si je la montrais, si j'avais ce courage? Je n'avais rien à perdre. J'ai regardé autour de moi et j'ai vu les visages fermés de tous ces gens durs et hargneux. J'ai extrait la feuille de sa cachette. Émettre des jugements sur les actes d'autrui, sous prétexte de les aider, permet des exercices extrêmement sadiques. J'étais prête à faire front à l'attaque. Ces hommes sages discutaient de détails et de dates avec l'idée qu'il manquait une chanson à tomber sur le cul, comme disait le grossier personnage. Je me suis mise à regarder les présents, l'un après l'autre. Soudain j'ai remarqué des fils d'argent sur les tempes de João de Lucena. Je n'avais que dix-neuf ans et j'ai vu des fils de cette couleur parsemer les cheveux de Lucena. C'était incroyable. Il avait été si souvent près de nous, surtout quand il entretenait parmi nous un climat de séduction, et pourtant je n'avais jamais remarqué que la fourmi du temps avait commencé à faire des ravages dans les cheveux de João de Lucena. Ma main s'est mise à trembler. Il a regardé ma main : "Mais qu'as-tu là ? Fais voir..." Chansonnette était le mot utilisé pour dénigrer une chanson. C'est celui que j'ai employé. C'est ainsi que je lui ai tendu *Afortunada.*

L'a-t-il lue sur-le-champ ? Oui, le chorégraphe l'a lue. Mais il n'a pas compris ce que je lui proposais. En réalité, je ne lui proposais rien. Ces paroles m'avaient été offertes par le dieu de la toute petite poésie, elles venaient d'un bout de papier qui avait failli disparaître dans une bouche d'égout. Qu'est-ce que je recherchais ? Gisela était au fond du local. J'ai vu João de Lucena, qui finalement avait des cheveux blancs sur les tempes, prendre mon papier entre ses doigts et le tendre à Capilé. Capilé l'a remis à Saldanha, lequel l'a transmis à Julião, et Julião s'est dirigé vers Gisela Batista. Julião a lissé la feuille sur le couvercle du piano et l'a aplatie de sa paume. Francisco Capilé s'est assis au piano. Et moi je me suis dirigée vers le lavabo.

Je dois omettre ce qui s'est passé ensuite autour du piano. Je n'ai pas les mots qu'il faut pour en parler. Le bonheur est un corps qui ne se décompose pas en éléments, il se nomme mais ne se décrit pas et c'est pourquoi il y a si peu de récits consacrés à cet état d'âme. J'étais une petite fille et ils composaient collectivement un mouvement au service de mes paroles dictées par le dieu des capsules, des vaches et du fumier. Voilà tout.

João de Lucena a demandé : "Où vas-tu ? Au Campo Pequeno ? C'est amusant, nous aussi on y va."

Il y avait trois voitures, et pas deux. J'aurais pu monter dans n'importe laquelle. Finalement tous leurs occupants habitaient du côté du Campo Pequeno et nous ne nous en étions jamais rendu compte. Ils ne m'avaient pas remarquée, je ne les avais pas remarqués, et le monde était si petit et le Campo Pequeno encore plus. Une rue ici, une autre là-bas, et tout était si près. Le Monumental si proche, le Galeto à côté, l'Apolo 70 à deux pas, l'Université nouvelle était vraiment près de tout le monde et la Gulbenkian ? Mon Dieu, le parc de la Gulbenkian se voyait de tous les balcons et les jardins de ces gens dans les voitures. Ils allaient à l'étranger, en revenaient et retrouvaient tout absolument pareil, si proche, si immobile, un petit village, avec les cloches de l'église de Fatima qui faisaient ding dong, réveillant tout le monde à la même heure, le matin. Quelqu'un savait-il ce qu'on mangeait maintenant au Versailles ? Franchement, je ne savais pas qui étaient ceux qui disaient ça, mais ils le disaient indéniablement, et soudain la ville à travers laquelle nous volions dans le convoi formé par les trois voitures rapides, comme s'il n'y avait pas d'embouteillages, n'était pas la ville que je connaissais, vue à travers les vitres sales du 49. Et donc, quand nous sommes arrivés devant les arènes pour les courses de taureaux et qu'ils m'ont invitée à dîner, j'ai refusé, je n'aurais pas su quoi dire aux amis des amis de João de Lucena. Et encore moins à João de Lucena. Il est sorti de la voiture et m'a dit en levant le bras : "Si tu changes d'avis, nous sommes là-bas…"

La situation ne s'est précipitée que deux jours plus tard.

J'apprends ces jours-là ce que tout le monde apprend, mais que tout le monde ne sait pas. Que seul le néant, et dans son abstraction, est statique. La vie humaine est errante, les relations entre nous tous sont erratiques. Lutter contre cette errance c'est comme tenter d'arrêter le vent avec un chapeau de paille. L'amour est ce chapeau de paille. Tout a commencé ainsi. João de Lucena en ce jour du 5 mars viendrait nous faire répéter la chorégraphie d'*Afortunada*. Il est entré, a discuté son projet avec Gisela et s'est assis ensuite à côté de moi et m'a parlé de son plan de chorégraphie. Puis, quand nous nous sommes placées sur une ligne, il s'est attardé près de moi.

De ces premiers moments, je me souviens de ses mains noueuses sur mes épaules et sur mon cou qu'il souhaitait plus étiré quand il prononcerait le mot *afortunada*, tous les mouvements plus rapides dans les passages sur ma gauche. Et la taille ? Il voulait la taille plus mobile. Les problèmes de taille, ce jour-là, semblaient n'exister que pour moi et pour Madalena Micaia. Mais Madalena était placée à la pointe avancée et moi j'étais toujours au milieu de la formation, car mon corps, tout comme ma voix, était une sorte de plus petit dénominateur commun, une transition par rapport aux autres. Rien en moi n'était prononcé, rien trop haut, rien trop bas, rien trop volumineux, même mes cheveux étaient à la bonne hauteur, pour les faire pousser ou pour les couper, en cas de besoin. Nani avait déjà dit que j'étais un être en pâte à modeler, qu'on pouvait façonner à sa guise. Neutre. C'était peut-être pourquoi il n'y avait jamais eu de lutte au corps à corps avec João de Lucena comme ç'avait été le cas avec mes compagnes, quand il nous avait démontré l'utilité de la sensation de voler. Maintenant, soudain, je semblais présenter un intérêt pour João de Lucena. Pendant cette répétition, je me suis même sentie perdue, ce sentiment d'étourdissement n'a disparu qu'en fin de séance, quand j'ai vu le chorégraphe disparaître sans dire au revoir. Finalement, rien d'important ne s'était passé, ai-je pensé mi-déçue, mi-soulagée. Toutefois, en approchant de l'arrêt d'autobus, la grande automobile conduite par José Alexandre s'est arrêtée au bord du trottoir et j'ai entendu la voix de João de Lucena me héler : "Solange, viens par là !"

Comme ça, *Solange, viens par là*.

J'ai avancé précautionneusement, je sentais les pierres en losange du trottoir devenir sphériques et je roulais dessus. J'ai marché très lentement, posant soigneusement un pied après l'autre pour ne pas glisser, et en arrivant près de la voiture je suis entrée, je ne pouvais pas ne pas entrer. José Alexandre et la jeune fille avec des doigts bruns à force de fumer étaient à l'intérieur. Une autre personne que je n'avais jamais vue et João de Lucena lui-même étaient assis à l'arrière. Ils parlaient anglais dans la voiture et je ne comprenais pas pourquoi. Une fois à Saldanha, la fille à l'arrière est descendue, a dit au revoir en anglais et nous nous sommes mis à parler portugais. João de Lucena a expliqué : "Elle a été ma camarade à la Juilliard School, elle danse maintenant dans la Compagnie nationale, c'est moi qui l'ai présentée, je l'ai emmenée avec moi, c'est une Américaine dépressive. Un genre très répandu." Quand la voiture s'est approchée du Campo Pequeno, Lucena a dit : "Arrête, arrête un peu plus loin." José Alexandre a obliqué vers la droite, nous a déposés et a redémarré.

Lucena lui a adressé un signe : "Il s'en va avec Ana Foggy, une autre emmerdeuse. Ce n'est pas ton cas..." Et nous nous sommes dirigés vers l'Ideal das Avenidas. Il avait trente-quatre ans et j'en avais dix-neuf. Il avait été danseur et était maintenant chorégraphe, j'étais étudiante. Il avait un nom, j'étais une fille qui séchait les cours. João de Lucena semblait lire dans mes pensées. Il a dit que nous avions tout le temps de faire connaissance. Autour de nous la conversation était gaie, interrompue par des gens qui entraient et sortaient, des personnes qui obligeaient João de Lucena à se lever de son siège pour lui dire ceci ou cela et il me souriait comme si j'étais son amie depuis le berceau : "Je te présente Solange, elle est très jeune, elle n'a que dix-neuf ans. Une petite fille, mais vous n'imaginez pas ce qu'il y a dans sa tête..."

J'avais la sensation que ce qui se passait autour de moi n'était pas réel, que je n'étais pas la personne dont parlait le chorégraphe. João de Lucena ne s'adressait pas à Solange de Matos, mais à une vague ombre portant par hasard mon nom. Ce soir-là, j'ai douté de mon existence. J'ai même pensé que j'étais morte et que c'était une âme portant mon nom qui se trouvait au centre de l'attention à cette petite table près de la fenêtre de l'Ideal das Avenidas. Soudain, João de Lucena a été abordé par un couple d'un certain âge, tous deux riaient, enchantés de l'avoir reconnu, et tous les trois m'ont raccompagnée chez moi. Ils parlaient du ballet Bolchoï, prophétisant une catastrophe, deux, trois catastrophes, ce qui ne les empêchait nullement de rire. Ils semblaient parler de tragédies réelles comme si c'était du théâtre. Ils riaient beaucoup. Lucena m'a dit avec simplicité : "Donne-moi ton numéro de téléphone." Comme si nous nous connaissions depuis l'enfance, que nous venions de déménager et que nous mettions nos adresses à jour. Il a attendu que j'ouvre la porte de mon immeuble et a regardé à l'intérieur. "Tu habites dans une maison en bien meilleur état que celle de ma mère. Si tu voyais la maison de ma mère..." Devant le couple rieur qui parlait de la ruine guettant le Bolchoï, João de Lucena m'a attirée contre son épaule et m'a demandé : "À la répétition de mardi ou avant ?"

J'étais incapable de répondre.

"Laisse. Je t'appelle demain."

L'amour. Celui qui n'a pas vécu cette expérience de l'ordre de l'absolu ne saura jamais comment naissent les fleurs. Je me souviens de cette première soirée où je fus visitée par l'appel de l'amour. Je suis entrée et suis restée plaquée contre la porte, la refermant avec mon dos, incapable de bouger. Tout ce que j'avais lu et jamais éprouvé, je le ressentais depuis quelques heures. C'était un tumulte semblable à l'effet d'une frayeur. Mais était-ce vrai ? N'étais-je pas assaillie par l'imagination typique de l'ombre fuyante, l'hallucination provoquée par le désir qui pousse les amants absents à frapper à des portes et les fiancées mortes à apparaître devant des soldats sur des champs gelés ? Non, ce n'était pas comme ça. João de Lucena a téléphoné le lendemain et sa voix était réelle. Et la voiture de José Alexandre s'est arrêtée à la porte de l'immeuble, transportant le mystère tel que je l'avais rêvé. José Alexandre et la fille qui fumait sans discontinuer étaient assis devant et nous deux derrière, écartant la fumée avec les mains. João de Lucena disait : “Chère Ana Foggy, il n’y a même pas eu de fumée comme ça autour des usines de la Wheeling-Pittsburgh Corporation dans les années 60…” Et il a soufflé sur la colonne blanche. Très vite, mes mains se sont trouvées dans les mains noueuses de João de Lucena, et tout son corps devait être noueux car, lorsqu’il m’attirait contre sa poitrine, je sentais une carapace de muscles. En forme d’armure romaine. Quand le mardi suivant est arrivé, nous étions à la veille de devenir intimes.

Mais pas encore.

L’hiver continuait, rigoureux. Dans le garage, le chauffage ne parvenait pas à combattre l’humidité. Nous étions fatiguées, nous toussions beaucoup et, un jour sur deux, l’angine menaçait et nous empêchait de chanter. Quelqu’un s’occupait de la circulation de l’air. Quand nous arrivions, du café avait été préparé sur un plateau et l’eau pour le thé bouillait sur des petites lampes continuellement allumées. Un mardi, sans que cela nous ait même été suggéré, nous sommes arrivées dans le local avec une bonne demi-heure d’avance et Gisela, au lieu de nous conduire à la balance, nous a demandé de nous asseoir autour du piano. Ce changement dans la routine m’a fait sursauter. Était-ce moi qu’elle regardait ? Que répondrais-je, si par hasard elle m’interpellait ? En tout cas, elle ne me prendrait pas au dépourvu. Ma décision sur ce sujet avait déjà été prise et maintenant, dans l’imminence d’un interrogatoire par Gisela, elle se renforçait – je ne dirais pas un mot.

Je me tairais. J’avais pris cette décision ces derniers jours. Mon raisonnement était linéaire. Je n’avais fait de mal à personne, je n’avais offensé personne, ma vie avait juste pris un nouveau cours et je n’effleurerais jamais un sujet tellement intouchable que moi-même je ne lui avais pas trouvé de nom adéquat. La *maestrina*, qui avait repris ses survêtements blancs, se tenait devant nous. De peur de parler, j’ai serré les lèvres, j’ai regardé par terre. Mais pour l’instant mes craintes étaient infondées. Ce n’était pas moi que Gisela Batista voulait interroger. Alors, qui était-ce ?

Gisela s'était remise à fumer. Elle reconnaissait qu'une chanteuse ne devrait jamais fumer, mais dans certaines circonstances elle fumait, et sans demander l'autorisation. Entre ses aspirations bruyantes, j'entendais le nom de mes compagnes l'un après l'autre. J'entendais les questions et j'entendais les réponses. J'entendais Nani dire qu'elle avait envie de reprendre ses cours, qu'elle avait l'intention de recommencer à étudier, profitant de tous les moments libres. Elle disait qu'elle avait soudain envie de suivre au moins un cours, maintenant qu'elle en avait le temps. "Je me sens libre. Maintenant que je me suis libérée et que je sais ce qu'est la liberté..." Je me tassais sur le banc. Nani parlait, parlait, mais de moi la *maestrina* n'arracherait pas un seul mot. Et Maria Luísa? La voix de Maria Luísa semblait celle d'une enfant sans défense. La mezzo s'était mise à expliquer qu'elle s'était trouvée face à face avec Eugénio et qu'elle ne lui avait même pas dit bonjour. Qu'en passant devant les Jerónimos, elle l'avait reconnu à son ombre, mais qu'elle avait relevé la tête et regardé ostensiblement sur le côté. Maria Luísa a expliqué: "J'ai indiqué de la main que je ne voulais même plus voir la trace de son ombre près de moi..."

Bref, les deux sœurs avaient une vie plus lisse que le couvercle du piano et la racontaient. Mais je restais ferme, quoi qu'il arrive je ne révélerais pas le moindre petit détail concernant mon union avec João de Lucena. J'étais convaincue que Gisela aborderait ce sujet, mais qu'elle faisait tous ces détours intentionnellement avant d'arriver à moi. "Et toi, Madalena Micaia?" ai-je entendu Gisela demander. La jeune fille venue des plages de l'océan Indien et qui était allée de pays en pays le long des côtes d'Afrique jusqu'à arriver à Lisbonne il y avait dix ans, en a profité pour dire qu'elle se rendait à peine compte de sa vie: "Moi, grand Dieu? Mais quelle question..." Et elle énumérait sur ses doigts: tout compte fait, elle habitait à Amadora, arrivait au restaurant à onze heures, partait à deux heures et demie, allait aux répétitions, en sortait aux heures que toutes connaissaient, et le week-end elle retournait au restaurant et n'en sortait qu'à trois heures du matin. Elle n'allait même plus chanter des *gospels* à l'association de son quartier. Avait-elle le temps de penser à des chenapans ? En outre Madalena Micaia était préoccupée car elle n'avait pas encore discuté le nouvel horaire avec son patron, et pour être franche elle n'avait même pas encore ouvert l'enveloppe offerte par Gisela. Si Gisela voulait l'enveloppe, elle l'avait avec elle. Si elle la lui montrait, Gisela verrait qu'elle était telle qu'elle la lui avait remise. Mais ce sujet n'intéressait pas la *maestrina.*

Serait-ce mon tour à présent ? Oui, je serais la dernière. Je me suis préparée. Mais quand je pensais que la *maestrina* allait aborder mon cas et que j'allais résister en ne disant pas un mot, elle est revenue à Nani : "Écoute, Nani, maintenant que toutes ont parlé, tu ne voudrais pas ajouter quelque chose ?"

A-t-elle demandé, comme si je n'existais pas. Toute l'attention se concentrait sur Nani Alcides. D'innombrables questions pleuvaient sur la soprano. Voilà ce qui se passait : elle, Gisela Batista, ne croyait pas à ce que disait la cadette des sœurs, car quelqu'un l'avait vue, non pas avec le gars de la Kawasaki, le tonitruant, mais avec le silencieux, le piéton. Ils étaient allés se promener de long en large au bord du fleuve et ils s'étaient étendus dans l'herbe, malgré le froid qu'il faisait. Dans l'herbe souillée par les chiens des alentours. Le piéton et elle se vautrant, la tête enfouie dans un anorak, s'embrassant et se contorsionnant indécemment sur le gazon humide où les chiens faisaient de même. Était-ce ou non la vérité ? Était-ce ou non la vérité, Nani ?

"Dis la vérité !"

Nani n'a pas baissé les yeux, mais elle a rougi. Sans détourner les yeux, Gisela lui a ordonné de répéter ce qu'elle allait dire. Placée entre elles deux, j'ai commencé à trembler. Abstraction faite des circonstances, ces questions s'adressaient à moi. Je prenais la place de Nani. "Répète, Nani..." a dit Gisela. Et ensuite j'ai entendu des mots isolés, difficiles à reproduire. Nous étions en plein jeu de colin-maillard. Nous avions en main le pouvoir du feu et nous l'ignorions. J'entendais dire, ou croyais entendre dire : si je mens, mon remords sera tel que je me repentirai à chaque instant. J'entendais dire clairement : "Répète..." Je me concentrerai nuit et jour sur mon rôle car je ne pense qu'au moment où je donnerai tout de moi-même... "Répète..." Oui, Gisela, garde ton calme, je répète, ça ne s'est pas passé ainsi. La soprano répétait. Le moment où j'affronterai la foule, pour l'enchanter, la séduire et la vaincre... "Répète encore une fois..." Et Gisela parlait, parlait, et Nani répétait, semant les mots derrière elle. Gisela répétait plus lentement et Nani répétait ce que Gisela répétait. Car je vaincrai, j'annihilerai tous ceux qui s'opposeront, car je suis dotée d'une force qui n'est pas seulement mienne, mais celle qui me la donne exige en échange toute ma concentration, ma détermination, mon abstinence... "Répète..." Et Nani répétait. Mon abstinence, ma chasteté, ma discrétion, ma patience, ma détermination... "Répète, Nani, répète..." Nani a répété le mot répète et s'est perdue. Les deux sœurs se sont enlacées et Maria Luísa a jailli des bras de sa sœur et a crié : "Arrête, Mimi, ma sœur s'est bornée à s'étendre dans l'herbe avec une connaissance, et même si leurs membres se sont emmêlés, pourquoi la punis-tu de cette façon ? Je connais ma sœur. Elle ne mérite pas ce supplice..."

Gisela a dit : "Répète, toi aussi."

Elles se sont affrontées. Maria Luísa s'est levée, a fait un pas en avant, puis a hésité et ensuite, titubant, a obéi elle aussi. On entendait des paroles prononcées les unes après les autres. J'étais à côté. Mes mains tremblaient dans les manches du survêtement où je les avais glissées. Celles de Nani et de Maria Luísa tremblaient aussi. Nous étions concentrées, immobiles, assises en demi-cercle, attachées les unes aux autres. Nous étions incapables de sortir de ce lieu.

Heureusement que nous avons commencé à entendre le bruit des voitures amenant João de Lucena. Nous avons entendu des portières claquer et des voix crier. Étourdies, nous nous sommes levées, nous avons secoué le cendrier, nous avons couru à nos places, nous nous sommes préparées pour son arrivée. Plus rien n'était nécessaire. Même Madalena Micaia a renoncé à son exercice spectaculaire d'échauffement. Je m'en souviens parfaitement. Nous nous sentions si efficaces après ce qui venait de se passer que j'ai pensé que nous pourrions très bientôt nous faufiler vers ce point de non-retour. Nous pourrions ouvrir la main et lâcher le feu. Mais c'était là des pensées idiotes.

Pour l'instant, le projet de João de Lucena était tellement facile à exécuter et nous avons dansé avec tant de détermination que le parquet secoué sous nos coups de pied semblait tressauter. Nous avons si bien chanté, l'exécution avait été si fluide cet après-midi-là, pendant que les arbres de l'hiver agitaient leurs branches dépouillées contre les vitres, et le thé de Gisela, le café de Gisela, les biscuits de Gisela avaient si bon goût pendant les pauses que j'ai compris qu'il était possible d'atteindre le ciel par des sentiers traversant des champs où des arbres solitaires marcheraient en parlant. Seules certaines personnes avaient accès à pareils chemins. C'était du moins ce que je pensais en cette fin de journée, tout en attendant le 49 à la vingtième place dans une longue queue.

Mais je n'ai pas attendu longtemps.

Très vite, la voiture de José Alexandre a surgi et a stoppé au ras de la file d'attente, près de là où je me trouvais. José Alexandre était accompagné de la fille cheminée, assise à sa droite, et l'ample espace de la banquette arrière était occupé par João de Lucena. Quand je suis montée dans la voiture, Lucena, absorbé par une conversation animée, ne paraissait pas avoir remarqué que je m'étais assise à côté de lui. Mais plusieurs feux de circulation plus loin, j'ai compris que c'était à sa demande qu'ils m'avaient attendue pendant plus d'une demi-heure. C'est Foggy, que Lucena surnommait aussi Ana l'Enfumée, qui l'a révélé. À partir de là, des cloches annonçant la réalité ont tinté. Les subterfuges parlaient comme des phrases toutes faites. Le long de l'avenue du 24 Juillet je faisais mes comptes. – Il s'agit donc d'un amour déclaré. Lucena avait parlé confidentiellement de notre histoire à José Alexandre, tous deux avaient estimé qu'il ne fallait pas mélanger les plans, tous deux avaient décidé d'attendre la fiancée de Lucena loin du garage, tout ça pour protéger la fiancée de João de Lucena et j'ai du mal à le croire, mais la fiancée c'est moi. “Moi, Solange de Matos…”

Voilà le bonheur. Je le dis aux réverbères, aux feux de circulation, aux enfilades de portes de plusieurs mètres de haut donnant accès à des palais lugubres près desquels je dépose ma fête. Et ils parlent, ils parlent de gens que je ne connais pas, mais qui sont sûrement connus de tous. José Alexandre parle de son oncle Alexandre et d'une foule d'autres personnes dont j'ai entendu les noms quelque part mais dont j'ignore qui elles sont. En haut de l'avenue de la Liberté, João de Lucena prend ma main dans sa main noueuse, pour me faire sentir qu'il parle d'un monde où je n'ai pas encore pénétré, mais où je suis sur le point d'entrer. C'est décidé, je ne dirai pas un seul mot sur nous à Gisela Batista. Quoi qu'il arrive dans ce garage. Pas un mot de ma part.

13

Je devrais penser à la Nuit parfaite, à sa lumière intense, à sa nature éphémère, aux minuscules yeux gigantesques qui nous regardaient. Mais au lieu de m'en tenir à ce refuge proche et séduisant, cohérent, l'imperfection de la vie, telle qu'elle a été, s'élève sans bruit, me rejoint et me parle de relativité. Que puis-je faire contre ça ? Ces jours-là, la notion de proportion s'était modifiée autour de moi.

Celui qui a eu un jour l'occasion de contempler un décor en miniature, du genre de ceux qui prêtent leurs dimensions commodes aux réalisateurs de cinéma aux prises avec des scènes de vastes proportions et qui a constaté qu'un petit gland peut se transformer en puissant missile, comprendra le problème d'échelle auquel mon univers s'était réduit en ce temps-là. Deux mots suffisent à résumer. Tout ce qui concernait João de Lucena prenait des proportions gigantesques, tout ce qui ne passait pas par lui n'avait aucune importance.

La partie de l'Afrique d'où je venais et les champs de Sobradinho, ou des pays d'Europe comme la France et l'Italie que j'avais traversés en train, contrairement à ce qui se passait avant, prenaient dans mon imagination des dimensions de miniatures, et même Lisbonne s'était transformée en paysage lilliputien. L'université se trouvait dans cette dimension de quasi-inexistence, de même que Murilo, et même ma pension devenait un décor minuscule. D'ailleurs, d'un instant à l'autre Murilo avait cessé d'exister. Nous nous croisions et nous ne nous adressions pas la parole. L'étudiant en sociologie s'arrêtait, je sentais qu'il attendait que je brise le silence. Je ne le faisais pas. Murilo était devenu deux mains cramponnées à la ridelle d'un camion à plateforme. Le monde en miniature était plein de mains, celles de Murilo n'étaient que deux de plus. Et j'entendais encore mon père dire, quand il se remémorait notre fuite, que n'ayant qu'une vie, nous n'apporterons jamais de réponse à ceux qui exigent que nous nous divisions en parties indivisibles. Nous ne pouvons pas appartenir à deux mondes. Voilà ce que me disait l'image de mon père, machette brandie, prêt à trancher les mains de son élève préféré. Une affaire insoluble qui réapparaissait pour résoudre le cas de Murilo. Il se dirigeait vers l'avenue de Berne, portant son lourd cartable bourré de papiers, et j'avais l'impression que le facteur du monde continuait à distribuer de la correspondance partout, mais qu'il n'existait déjà plus dans ma vie. Je le voyais sans chagrin, sans passion. Gisela Batista m'avait conquise. Dans le combat entre eux deux, elle avait remporté la victoire. Elle savait comment s'y prendre.

Et elle continuait à le savoir. Elle agissait à la perfection.

À l'heure de cette espèce de confession à haute voix à laquelle elle nous soumettait avant chaque répétition, Gisela me sautait sans m'interroger. Je pensais parfois que non seulement elle ne remarquait pas ma relation avec João de Lucena, mais aussi qu'elle avait pris Murilo pour une pure invention. Pourtant, la *maestrina* maintenait non seulement une certaine proximité avec moi, faite de petites préférences et d'un partage de sous-entendus, mais encore elle exerçait son contrôle vigilant sur les sœurs Alcides et pas sur moi. Pour ce qui était de Madalena Micaia, qui arrivait de plus en plus tard, précisément à un moment où elle avait cessé de travailler dans le restaurant, la situation était différente. Gisela était préoccupée : "Qu'est-ce qui se passe, *African Lady* ? Tu ne sens pas le calendrier avancer ? Regarde bien ce papier et lis ce que tu as sous les yeux. Tu crois que nous avons encore du temps à perdre ? En plein mois de mars ?"

Gisela avait posé un calendrier à côté de la machine à café et elle annonçait maintenant les dates, l'une après l'autre :

moins un jour, moins un jour. Madalena Micaia, enveloppée dans son survêtement sombre, dédaignait le calendrier. “Oh là là, encore un calendrier ! On en a déjà un chacune au fond du cœur. À quoi bon encore un autre ? Si j'arrive en retard c'est à cause de ma famille, père, mère, tous démunis après ce raz-de-marée qui leur a enlevé leur maison sur la côte de São Tomé. Et maintenant même mon frère est arrivé à Lisbonne et lui aussi est sans logis. Je m'occupe de lui. Qu'est-ce que je peux faire ?”

Mais Madalena Micaia posait ses affaires derrière la tenture au fond, elle se mettait à entonner son *Alléluiahh ! Alléluiahh, I zee God*, elle nous rejoignait, nous commencions à chanter et c'était sa voix qui embrasait le studio. Il y avait surtout un solo au début de *Où irons-nous habiter*, dans lequel elle élevait le chant avec un balancement si bien modulé que nous-mêmes la trouvions perdue dans l'interprétation de cet ensemble de musiques que très souvent, avec la délicatesse qu'on lui connaissait, Julião qualifiait de ringardes. Un solo magnifique. Et quand elle chantait le refrain d'*Afortunada*, le timbre de sa voix se détachait de l'ensemble des autres, quelque chose que son souffle puissant commençait à faire monter, à enrouler, à dérouler, et qu'elle laissait ensuite mourir avec un filet d'air si maîtrisé et puisé au fond de la poitrine que nous nous taisions. Ce passage avait été écrit au piano exprès pour sa gorge. D'ailleurs, Capilé avait pensé que l'*African Lady* devrait rester avec le micro d'un côté, la capitaine de l'autre, et qu'au moment où *Afortunada, afortunada* sortirait de la bouche puissante de Madalena Micaia, elle-même devrait indiquer de la main la silhouette de Gisela Batista, devant, à droite de la scène, et nous trois resterions derrière, à frétiller de la queue, selon le langage châtié de Julião Machado. Bref, Madalena Micaia arrivait en retard, mais elle offrait une compensation.

Oui, en cette fin d'hiver, chaque jour et à chaque heure, le moindre événement revêtait une intensité de bataille. À la mi-mars, nous avions déjà répété deux fois avec instruments dans le studio Nepomuceno. João de Lucena travaillait déjà les mouvements d'enchaînement et Gisela avait allégé la pression sur nous. La costumière apparaissait en sautillant, sortait le coussin de son sac et commençait par Gisela, se jetant à ses pieds : "Quelle élégance, mon Dieu ! Quelle élégance ! Ça vous pique, les épingles ?"

Quoique la costumière pratiquât des coupes excessivement classiques. La patronne des ciseaux imaginait des décolletés délicats, des fentes de haut en bas d'où les jambes de Gisela apparaîtraient sculptées comme des colonnes gothiques. Julião voulait des jupes ultra courtes, du bouffant, des paillettes sur les manches, des lignes fluides pour que le corps puisse onduler, et il avait même laissé un papier sur le piano où on pouvait lire – *S'il vous plaît, laissez-leur les guibolles à l'air !* Ce jour-là, la costumière a actionné ses ciseaux, a fait tomber devant le miroir de larges pans de tissu qu'elle a entassés à nos pieds, assez contrariée, comme si elle avait donné de grands coups de ciseaux dans son bon goût et dans sa propre âme. Elle trouvait que la grossièreté imprégnait désormais toutes les activités sur terre. Et elle brandissait les chutes d'étoffe en l'air. Ensuite elle s'est consacrée entièrement aux costumes de Gisela et a passé un temps infini à murmurer dans son oreille en roulant des yeux. Perdues dans le ravissement de l'entente, toutes deux se tenaient devant le miroir. La costumière avait même entraîné Gisela au fond du garage et n'arrêtait pas de lui parler. Comme si la couturière voulait faire l'amour avec elle. D'ailleurs, nous étions bien entraînées, capables d'onduler des hanches en synchronie parfaite et quant à notre ligne nous avions atteint les mensurations prévues.

Mais le 26 mars Gisela s'est souvenue de la balance.

Pourquoi devrions-nous grimper de nouveau sur la balance ?

La veille, les costumes nous allaient à la perfection, nous avions passé beaucoup de temps debout devant le miroir, et maintenant ce nouveau caprice. "Pesez-vous !" a ordonné Gisela sans nous regarder, comme toujours quand elle soupçonnait que nous pourrions désobéir. “Pesez-vous !” J’ai posé les deux pieds sur la balance et j’ai fait un bond en arrière. Le caprice de la reine était satisfait. Les sœurs Alcides m’ont succédé. Pour chacune, un bond en arrière, comme dans une classe de gymnastique. Madalena Micaia ne semblait pas avoir très envie de monter sur la balance. “Pèse-toi !” Au lieu de se peser, l’*African Lady* s’est dirigée vers le calendrier au mur et s’est mise à compter les jours. Elle les comptait et les recomptait à voix haute en nous tournant le dos, les groupant en semaines. Elle ne se pesait pas. Jusqu’au moment où Gisela a dit : “Je commence à me faire du souci, Madalena Micaia. Tu ne m’aurais pas menée en bateau, par hasard ?” Comme la jeune fille ne bougeait pas, Gisela a haussé le ton, sa voix s’étranglait, devenait menaçante : “Madalena Micaia, Madalena Micaia, tu m’as joué un sale tour !”

Comme si elle était myope, *The African Lady* a mis le nez sur le calendrier, elle s’est remise à compter les jours avant l’enregistrement et le concert en live. Comptant et recomptant les semaines et les quinzaines. Et elle restait près du mur, parlant tout haut, comme si le calendrier lui envoyait des signes subliminaux visibles d’elle seule. Gisela a lâché un cri douloureux : “Madalena, dis-moi la vérité, tu n’as pas tenu tes promesses ! Tu m’as trahie, tu as couché avec des hommes, Madalena…”

Tout en continuant à nous tourner le dos, Madalena a répondu : “Du calme, il n’y a pas péril en la demeure, Mimi. C’est prévu pour quinze jours avant, mais ça se passera peut-être plus tôt, à cause de la pleine lune…”

De la pleine lune ? Mais de quelle pleine lune ? De quelles dates parlait donc cette fille ? De quels quinze jours ? Les paroles de Madalena Micaia semblaient n’avoir aucun sens. Elle parlait, visage collé au calendrier, et bredouillait des phrases où la lune apparaissait toujours. La pluie de mars qui tombait dehors avait commencé à tomber à l’intérieur. Personne ne comprenait cette invasion. Un silence d’eau se multipliait dans le miroir. Quelque chose se liquéfiait sous nos yeux que nous ne parvenions pas à arrêter.

"Mon Dieu ! Alors, tout sera fichu ?" a demandé quelqu'un.
"Tout est déjà fichu, mes chéries."

Et Gisela s'est assise au piano, a placé la tête entre ses mains et est restée un long moment à sangloter.

Des larmes coulaient sur le couvercle du Yamaha, de grosses gouttes que Gisela essuyait avec sa manche. Alors la *maestrina* s'est dirigée vers le calendrier sur lequel Madalena Micaia semblait encore quêter une donnée lunaire capable d'inverser la coïncidence des dates et la tension a grimpé dans l'espace et nous a prises à la gorge. Personne ne parvenait à parler. Madalena a encore dit : "Ce n'est pas grave, Mimi. Il naîtra à ce moment-là et je serai de retour trois jours plus tard. Vous verrez que ça ne fera rien..." Toutefois, Gisela a tourné la tête noire, bien sombre, de l'*African Lady* vers elle, elle l'a regardée dans les yeux et l'a giflée. Le visage de Madalena Micaia oscillait devant nous d'un côté à l'autre comme un pendule impossible à arrêter. Gisela criait à tue-tête : "Espèce de sauvage, ne remets plus les pieds ici. Tu as menti, tu t'es foutue de moi, tu as joué la comédie, tu n'es qu'une traîtresse et une dévergondée. Tu as dit que tu arrivais en retard à cause de ton patron, à cause de ton père et de ta mère, et tout ça était faux. Tu as juré que tu disais la vérité et c'était un tissu de mensonges. Tu, tu..." Et elle s'est emparée des affaires de Madalena, le sac, le parapluie, la gabardine, les bottes hautes couvertes de boue, elle a empoigné tout cet attirail comme s'il s'agissait d'une brassée de bois ou d'un sac de crottin, et elle est allée le déposer à la porte du garage. "Non, non, ne remets plus jamais les pieds ici !" Et, poussant un volume devant elle que personne parmi nous n'avait remarqué jusqu'alors, Madalena est sortie dans la rue, chassée par l'effet destructeur de ces hurlements : "Ne remets plus jamais les pieds ici !"
"Plus jamais, plus jamais !"
Assises par terre, nous avions l'impression qu'une planète instable aux dimensions incalculables avait fait irruption dans le garage. Comment réagir dans une situation aussi

surprenante ? Comment lui trouver un remède ? La catastrophe avait un visage et nous tutoyait. Une réunion de crise s'imposait avant la tombée de la nuit. J'allais sortir, je voulais m'éloigner, je sentais un poids sur ma poitrine, c'était comme si une partie de cet incident terrible était de ma faute. Les sopranos devaient éprouver quelque chose d'analogue car elles ont à peine assisté aux premiers coups de téléphone et se sont dirigées vers la porte. Mais Gisela nous a demandé de rester. Elle a dit qu'elle se sentait seule et perdue comme jamais auparavant, et qu'elle trouvait que nous étions les seules à pouvoir témoigner de l'hypocrisie dont elle avait été la victime. Nous sommes restées.

Je m'en souviens comme si ça se passait aujourd'hui.

La pluie fouettait les vitres, quand la porte du garage s'ouvrait elle renvoyait l'image d'un rideau d'eau tombant obliquement. Vers sept heures du soir, les hommes ont commencé à arriver. Julião Machado et Francisco Capilé en même temps, puis Saldanha, très contrarié, et en dernier João de Lucena émergeant d'un taxi. Le moment était si tendu que je ne regardais même pas Lucena.

Mais en dépit de la tension Gisela gardait l'esprit pratique. Elle a fait asseoir les présents autour du piano et a résumé en quelques mots ce qui s'était passé dans l'après-midi. Maintenant la question était simple et directe : que pouvions-nous faire sans Madalena Micaia ? Et elle a parlé des dates présentées par la jeune Africaine. Toutefois Gisela reconnaissait que tout ce que celle-ci prévoyait avec une certaine avance pouvait très bien avoir lieu beaucoup plus tard. En écoutant cet exposé, les quatre hommes assis là semblaient outrés par la teneur du sujet. De plus, dans ce contexte, la question des lunes leur semblait un élément aussi aléatoire que l'effet d'une pratique de sorcellerie sur des décisions d'État. Comment pouvions-nous vivre au rythme des primitifs ? Ils se regardaient les uns les autres sans savoir que dire. La grande question n'avait toujours pas de réponse. Jusqu'à ce que Gisela se fasse tranchante : "Creusez-vous donc un peu la cervelle, nous ne franchirons pas cette porte ce soir sans avoir une solution. Une réaction partagée."

Les sœurs Alcides et moi ne faisions pas partie de ce comité de décision, nous étions là pour témoigner, si nécessaire, mais l'endroit où je m'étais assise était suffisamment proche pour constater que Gisela, en dépit de son excellente présentation de la situation, était toujours livide, décontenancée, réduite à quêter dans les yeux d'autrui un courage qu'elle seule possédait jusqu'alors. Elle était inconsolable. Madalena Micaia s'était finalement révélée une hypocrite déloyale. Pourquoi cette fille lui avait-elle menti ? Pourquoi ne l'avait-elle pas avertie, elle qui avait été présente lors des changements de dates, tout comme les autres chanteuses ici ? Mais pourquoi ? De plus, elle avait trompé tout le monde avec ces détails à propos de sa famille, une effronterie sournoise, un culot indigne, une brutalité déguisée sous des sourires et de grands éclats de rire. Rien que de la traîtrise et des mensonges. Oui, Gisela avouait qu'elle avait perdu la tête et s'en était prise au visage de la fille, mais à quoi servaient quelques bonnes claques, sinon à consoler la personne qui les administrait et à humilier celle qui les recevait ? Quant à l'effet pratique, en réalité il était nul.

L'atmosphère de la soirée pluvieuse était pesante là-dedans. On entendait la pluie battre contre les vitres des petites fenêtres. Nous étions huit personnes assises autour du piano et la fumée était épaisse. Il fallait soudain chasser la fumée avec la main pour se voir les uns les autres et ce climat renforçait la solennité. Saldanha s'est mis à enfoncer un cure-dent dans le cul d'un cigare, selon le langage châtié du directeur artistique à côté. Par pure nervosité. En ce qui concerne l'argent, quelqu'un avait-il déjà calculé le coût ? Alors, le maestro Capilé a émis une opinion sereine : "Pourquoi ne pas croire que cette fille puisse accoucher à la date prévue ? Entre le 28 avril et le 27 mai ? C'est simple. La fille accouche après l'enregistrement et aura donc sûrement déjà accouché avant le spectacle. N'oubliez pas qu'entre l'enregistrement et le spectacle il y a pratiquement un mois…" Ce soir-là, les cheveux du compositeur étaient propres et son discours était clair. L'espace d'un instant, trente jours ont semblé un délai raisonnable. Car que ne pourrait-il pas arriver en un mois? En trente jours, la face du monde pouvait changer.

Mais, naturellement, Julião Machado se sentait pessimiste. Le connaisseur d'art voit toujours plus loin que celui qui le pratique, et c'était son cas, il le savait. Il présumait que Madalena Micaia n'était sûre de rien. C'était une Africaine et lui, personnellement, avait la pire impression du sens de l'engagement chez les Africains. Son opinion se fondait sur son expérience de la vie. Les Africains pouvaient passer leur jeunesse sur les bancs des universités, ils pouvaient devenir des personnages éminents et d'une grande compétence dans tel ou tel domaine, mais pour ce qui était du respect du temps réel, ils continuaient à être des primitifs où qu'ils se trouvent, ils continuaient à faire du lever et du coucher du soleil, du zénith et des pleines lunes leurs véritables agendas de poche. Puisque tous étaient ainsi, comment faire confiance aux calculs d'une Africaine travaillant dans un restaurant de seconde zone, une cuisinière qui chantait pour des entrepreneurs s'imaginant être dans une sorte de *Cotton Club* à la Nouvelle-Orléans où ils allaient l'entendre imiter Mahalia et Ella le samedi soir? À son avis à lui, qui était chargé d'établir les comptes qui seraient présentés à Saldanha, assis à côté de lui, ou bien on se dépêchait de chercher quelqu'un d'autre, ou bien on préparait le groupe à affronter le 28 avril et le 27 mai dans une configuration de quatre chanteuses.

"Ou alors on remet à plus tard", a dit João de Lucena. "Partout dans le monde on reporte des spectacles et le ciel ne vous tombe pas sur la tête pour autant."

"Reporter? Mais pourquoi reporter?" a demandé Capilé. "Faites donc confiance aux gens, bon sang. Si elle affirme que ça se passera comme elle dit, croyez-la. L'enfant naît quinze jours avant le concert, elle confie le marmot à la famille, à une grand-mère ou à une tante, et on est bons. Il y a des liens inexplicables entre les Africains. Fils et neveux coexistent comme s'ils étaient nés du même père. À mon avis il faut laisser la fille pondre son gosse et quelqu'un s'occupera du résultat de cette ponte. Mais comment ça se fait que vous n'ayez rien remarqué, même pas la couturière ?"

Gisela ne savait comment l'expliquer.

"Eh bien, c'est justement la costumière qui l'a remarqué. Elle dissimulait ça au creux de ses hanches et elle continuait même à perdre du poids. Vous comprenez ça, vous ? C'est justement elle qui m'a prise à part hier et qui m'a dit à brûle-pourpoint : '*Madame*, il se passe quelque chose dans le corps de cette femme, là-bas…' Mais il m'a fallu un jour tout entier pour admettre que ce que la costumière s'efforçait de me faire voir était peut-être vrai. Il m'a fallu un après-midi, une nuit et un jour entier pour comprendre ce que j'entendais. Et même en entendant les paroles sorties de sa bouche, je refusais d'y croire…" Gisela, perplexe et angoissée comme jamais auparavant, continuait à être livide devant la menace de devoir reporter le projet. João de Lucena et les sœurs Alcides étaient pour le report et moi je pensais ce que pensait João de Lucena. Mais Saldanha, qui devait se rendre à un dîner où son argent serait aussi en cause, a réfléchi, réfléchi, il a enroulé le moignon de son cigare dans du papier d'argent et a décidé : "On ne reporte rien du tout. Commencez par m'enregistrer ce fichu vinyle. Maintenant ce qu'il faut faire absolument, c'est l'enregistrer. Avoir un objet concret, palpable. Après on verra…" Cela dit, Saldanha a attendu et tous les regards se sont portés sur Gisela. La main droite de Francisco Capilé tapotait sur le couvercle du piano, mais son geste caché était autre. Son pouce comptait l'argent. J'étais certaine que Gisela allait se diriger vers le téléphone noir. Elle était déjà à côté de l'appareil. Tous se sont levés et ont commencé à déambuler dans le local où parvenait le bruit d'une sacrée averse.

Gisela était déjà à côté du téléphone. On a entendu distinctement le crissement du cadran, puis une pause et le silence. L'appel a duré de longues minutes, on n'a pas entendu un seul mot, on voyait seulement la fumée de la cigarette onduler.

Au fond, déjà près de la porte, Julião Machado tentait de dissuader Saldanha de son plan qu'il jugeait irresponsable. “Vous avez vu le rythme qu'il va falloir imposer dans ce studio pour obtenir que le spectacle soit prêt dans un délai aussi serré ? Même le diable n'y arriverait pas. Ça sera comme tirer à l'aveuglette…”

Les trois incarnations des vices humains étaient en train de bavarder près de la porte, attendant. Gisela a traversé le garage. La cigarette tremblait encore dans sa main, mais son visage était tranquille ou du moins semblait apaisé. Elle continuait à parler de trahison. Elle ne pouvait s'empêcher de qualifier la conduite de Madalena Micaia de répugnante, mais elle le faisait à présent d'une façon moins dramatique. Et, pendant leur conversation sur le seuil de la porte du garage, on sentait la tranquillité dans sa voix se diffuser autour d'elle et gagner tous les présents. Ce qui voulait dire qu'au bout de la chaîne de commandement il y avait Saldanha et il y avait Gisela. Et derrière eux, actionnant le commutateur décisif, il y avait M. Simon. C'était de lui, de cet homme qui portait un chapeau comme un monsieur des années 40, qu'émanait la paix qui nous unissait. Et c'était de lui aussi que provenait le véhicule de la Simon&Associés qui me conduirait ce soir-là jusqu'au Campo Pequeno. Il continuait à pleuvoir, l'hiver refusait de prendre congé, mais je ne le remarquais même pas. J'ai juste constaté que la pluie revenait parce que ce fut à travers la vitre embuée de la voiture d'entreprise de M. Simon que j'ai adressé un signe à João de Lucena. Nous étions encore devant la Casa Paralelo. Nous nous comportions comme si nous ne nous connaissions pas. João de Lucena suivait dans un taxi. Nous avons traversé la ville dans des voitures différentes. Une fois nos véhicules renvoyés, nous nous sommes étreints sous la pluie à la porte de la pension. Nous étions heureux.

Cet épisode a-t-il eu une influence sur ma liaison avec Lucena ? – Il n'a eu aucune importance.

Pour nous deux, ce n'était même pas une circonstance, encore moins un épisode. À l'époque, l'histoire de Madalena Micaia n'était qu'un incident, avec une part de comique et un je ne sais quoi d'irrévérencieux. La preuve, c'est que les jours suivants je courais dans les avenues en tenant João de Lucena par la main, sans me soucier que la *maestrina* nous découvre. À la fin de la soirée, quand mon amoureux me raccompagnait chez moi, avant d'ouvrir la porte il me disait au revoir en m'embrassant sur les lèvres. Il entrelaçait ses bras aux miens, se dressait sur la pointe des pieds et m'élevait contre lui comme si nous allions prendre notre envol. J'imaginais que c'était des mouvements de ballet datant du temps où il avait travaillé avec Micha Barychnikov. Puis il se balançait en me tenant dans ses bras, sur le trottoir, à la vue de n'importe qui, je voyais des fils d'argent pointer ici et là dans ses cheveux châtains et ma vie était une harpe incandescente. Il s'éloignait pour me regarder et disait que ma bouche devenait vermeille quand il m'embrassait. Il recommençait à m'embrasser.

N'aurais-je pas dû retourner dans le garage et raconter à Gisela Batista ce qui se passait ? Mon devoir n'était-il pas de lui parler de notre entente ? D'éviter une calamité semblable à celle de Madalena Micaia ? Et si soudain João de Lucena et moi couchions ensemble n'importe où ? Mon devoir n'était-il pas de la mettre au courant d'avance ? Sans compter que j'avais déjà aperçu Nani à califourchon sur la Kawasaki, et ni elle ni le conducteur ne portaient de casque. Ils roulaient ainsi, intrépides, tête découverte, collés l'un à l'autre, on aurait dit un étendard. Qu'est-ce que ça voulait dire ? Ce que je soupçonnais déjà – que la traîtrise était aussi fréquente que la survie. Je me disais à moi-même : "Nous devrions lui raconter, il le faudrait..." L'autre partie de moi répondait : "N'y songe même pas, n'y songe pas..."

Et Madalena Micaia ?

Je pense à Madalena Micaia et, dans mon souvenir, la pluie de fin mars tombe encore au-dehors et le garage est éclairé même pendant la journée. J'ai gardé l'habitude d'arriver longtemps en avance et de rester adossée au mur de la Casa Paralelo, à regarder le Tage et l'Histoire dans sa version lilliputienne, et j'assiste donc plusieurs fois à l'arrivée de Gisela. Parfois, elle descend de la camionnette Simon&Associés, d'autres fois elle sort de la Mercedes noire conduite par le chauffeur. Comme avant. Maria Luísa arrive à pied, parapluie ouvert, suivie de la Citroën Pallas, elle n'est pas encore montée dans cette voiture où son bras avait été écrasé, mais elle y montera. La voiture d'Eugénio frôle sa jupe jusqu'en haut de la rue Duarte Pacheco Pereira. Et Nani arrive dans le garage complètement trempée. Inutile de dire quoi que ce soit. Je sais pourquoi la cadette descend en courant depuis la rue d'Alcolena. Au loin, on entend encore les pétarades pompeuses de la moto noire qui fait un tour triomphant. Je suis venue par le 49, j'ai déjà bu deux cafés et fumé une Marlboro à forte teneur en nicotine. Nous nous dirigeons toutes vers le même but. Toutes, sans exception. Ce jour-là, à la porte, sacs à la main et capuche en plastique sur la tête, il y a aussi *The African Lady*. Elle est revenue sans qu'on l'appelle, elle est revenue en riant. Qu'allons-nous faire ? Comment réagira notre *maestrina* ? Était-ce Gisela qui l'avait appelée ? La vérité, c'est que Gisela ouvre la porte et dit : "Entre." Elle agit comme si elle ignorait tout ce qui s'était passé. Elle obéit probablement à la stratégie élaborée ce soir-là. Simplement, je ne sais pas si le fait d'avoir changé sa façon de nous traiter participe aussi de cette stratégie.

D'abord, ces derniers jours, Gisela Batista a cessé d'exiger de nous une confession détaillée. Maintenant nous entrons, nous nous préparons, nous nous asseyons sur le parquet, nous joignons les mains et nous commençons la séance en silence. Comme s'il ne se passait rien, Gisela nous demande, parfois explicitement, d'autres fois de façon plus voilée, de la suivre et nous disons oui, les yeux baissés, mais elle garde le silence et nous aussi. Elle ne dit rien, pas un mot, mais il est facile d'en déduire qu'elle voudrait que nous prononcions avec elle certaines paroles, même si nous ne le faisons pas. Elle nous demande d'affermir notre force dans l'adversité, elle dit que nous devons doubler d'acier notre persévérance pour ne pas faiblir, elle nous demande de rester unies par nos mains et par nos pas, par la pensée, par l'objectif poursuivi, c'est-à-dire unies dans la pensée du triomphe de la soirée qui nous attend très bientôt, union sans laquelle il n'y aura pas de triomphe. Gisela tente certainement d'éviter un gaspillage de nos forces en encourageant notre abstinence, en nous demandant de lutter contre un amollissement de notre intelligence, contre un étiolement de notre volonté, un alanguissement de notre corps, un appel de nos sens. Maintenant que Madalena Micaia nous a mises dans une situation ridicule, elle ne prononce plus les mots, mais nous les entendons et nous les reconnaissons. Je donne raison à Gisela, je suis avec elle, je la comprends, même si je la trahis. Je la trahis irrémédiablement. Mais en échange je fais tout ce qu'elle demande et suggère, je devine ses pensées. Gisela abandonne vite son évasion muette et, quand elle émerge de ce voyage que nous connaissons bien et qui relève du domaine de la supplication, elle nous indique la balance. Maintenant nous ne le prononçons plus à haute voix car l'exemple de Madalena Micaia l'interdit, mais nous savons que nous faisons le serment de garder notre concentration en enfermant notre libido dans un sac bien fermé de façon à consacrer comme prévu cette force explosive à nos chansons *pop-swing*. Car ce jour-là nous écraserons tout le monde. Nous balayerons tout. Regardez haut, regardez loin, voyez même à distance un raz-de-marée à Tokyo, un autre à New York. Elle s'exprimait ainsi il y a quelques jours et maintenant elle disait la même chose sans l'exprimer. Nous savons que Gisela dit ça, convaincue qu'il ne s'agit pas simplement de formuler un espoir, mais surtout d'exposer une méthode. Le silence pendant lequel tout ça est dit dure presque cinq minutes infinies. Infinies, parce que la pensée est légère et les paroles pesantes. Malgré cette distance, Madalena Micaia participe elle aussi, avec patience, comme si de rien n'était. Et nous participons aussi toutes, en silence, nous aussi, comme si de rien n'était. À la fin, Gisela Batista me fait de la peine, j'ai envie de pleurer, elle vient de connaître une déception et sait déjà que nous la décevrons toutes. Et, surtout, elle croit tout savoir de toutes, or de moi elle ne sait rien. Gisela ne sait pas combien ni comment j'aime João de Lucena. Si elle savait que j'aime celui qui entre par la porte de son garage pour nous faire danser, magnifique comme un dieu, turbulent comme un faune. Celui dont toutes les chanteuses, y compris Gisela, se sont énamourées au début. Ah! Quelle coïncidence! Si elle savait. Pourquoi je ne me jette pas à ses pieds pour lui raconter ce qui se passe? Pourquoi? Je ne le fais pas parce que je ne le peux pas. Ça n'en vaudrait pas la peine. Il y aura toujours deux mains cramponnées à la ridelle d'un camion conduit par un chauffeur fuyant la guerre. J'ai déjà compris que vivre c'est trahir. Survivre implique la trahison. Je dois apprendre auprès de Madalena Micaia. Évidemment, ce n'est pas simple et le doute me tourmente même quand nous entrons dans le studio Nepomuceno pour répéter avec les musiciens et que quelque chose de décisif semble s'annoncer. Même là, au milieu de la frénésie des instruments, le doute engendre une douleur. Et j'aime tellement João de Lucena que je ne trouve pas légitime de l'effleurer avec la moindre représentation douloureuse. Je n'ai que dix-neuf ans, je ne veux pas associer le visage de l'amour à une idée ou à une image ayant un rapport quelconque avec la souffrance. Je m'y refuse. Après quelques moments de silence, les répétitions commencent enfin.

Ces jours-là, nous répétons presque tous les après-midi, car l'absence de Madalena Micaia est imminente.

Madalena Micaia peut devoir s'absenter d'un moment à l'autre. Elle est de plus en plus lourde. Mais dans *Cette nuit, ce délice,* un des thèmes retors de Capilé, écrit exprès pour vous secouer les puces, dans le langage élégant de Julião Machado, la chanteuse jazzistique se surpasse. Elle n'est pas incommodée par sa grossesse. Elle exécute tous les mouvements avec une sensualité tropicale, elle ondule des hanches aussi bien que nous, elle donne à sa voix une sorte de timbre ouvert, au lieu d'étendre un manteau de velours sur lequel nos voix s'effaceraient, elle crée un filet lâche sur lequel nos voix s'étendent. Ce jour-là, nous répétons seulement la partie vocale, nous sommes en forme, comme si de rien n'était. Nous sommes épuisées d'avoir tellement dansé *Cette nuit, ce délice*, de nous être tellement tortillées à gauche et à droite, voltes en arrière, courses en avant. Tournoiements. Nous sommes de plus en plus maigres. Nous nous tenons devant le miroir dans le garage, sans chorégraphe, sans directeur artistique, sans impresario, sans compositeur, sans costumière, nous seules, nos corps en sueur, nos voix unies. Toutes les cinq. Notre entente parfaite. Durant cette pause silencieuse, un nouveau silence se crée. Seule la pluie, comme sur une carte postale, continue à tomber sur la ramure des arbres. Nous sommes assises par terre, appuyées contre le mur, ping ping, là dehors. Nous nous reposons, yeux fermés, comme l'exige notre *maestrina*. Soudain un soupir, et c'est Madalena Micaia qui somnole, assise par terre, appuyée contre le mur. *The African Lady* dort et soupire.

C'est un moment étrange, un moment solennel.

Gisela en profite pour nous demander si nous savons par hasard qui est le père de l'enfant de Madalena Micaia. Nous ne sommes pas au courant, nous en savons autant qu'elle. Pourquoi ne le demande-t-on pas à la femme enceinte? On entend la respiration de la femme enceinte qui somnole. Nani parle à voix basse: “Si ça se trouve l'enfant n'a pas de père. Qui sait?” Gisela elle aussi est adossée, elle étire ses jambes: “Il n'a pas de père? Tu veux dire qu'elle s'est fait faire une insémination artificielle? Ou tu veux dire que le père s'est évanoui dans la nature?” Nous parlons en sourdine et nous écoutons le bruit du sommeil de la chanteuse noire. Que penser? Que dire? Nani est celle d'entre nous qui avance des arguments. Nani dit: “Je pense que quelqu'un lui a fait un gosse et a fichu le camp. Et je parie qu'elle est si folle qu'elle n'a même pas cherché à retrouver le père. Si ça se trouve, le père ne sait même pas qu'il est père…"

Il pleut au-dehors, l'eau coule le long des petites fenêtres. L'atmosphère est humide, la température a grimpé. Pendant les pauses nous sommes prises de l'envie de dormir. Cette envie atteint surtout les femmes enceintes. Voilà pourquoi Madalena Micaia dort bruyamment à quatre heures de l'après-midi. Désirant se libérer d'un poids, Gisela a relevé ses cheveux sur la nuque. Elle dit : "Je vois déjà la vie future de cette femme. Je la vois très bien. Elle s'est fourrée dans un fichu pétrin." "Mais elle finira peut-être par avoir une bonne vie, Gisela, c'est tout à fait possible…" dit Nani en élevant la voix. Gisela avait les yeux rivés sur l'énorme volume qui d'un jour à l'autre s'était mis à remplir le ventre de Madalena Micaia. Ce volume sur lequel reposaient ses mains et au-dessus duquel sa tête dégoulinante de sueur et de sommeil pendait. "Grand Dieu ! Une bonne vie…"

Notre *maestrina* a secoué la tête, ses cheveux ont dégringolé, ils roulaient de part et d'autre de ses épaules en signe de dénégation. La vie de Madalena Micaia devait lui sembler un affront à l'intelligence humaine. "Une bonne vie ! Comment peux-tu parler de bonne vie ?" a dit Gisela d'une voix forte, pleine de ressentiment. "Mes chéries, vous croyez vraiment qu'on peut parler d'une bonne vie ?" Gisela a joint les mains et s'est mise à réciter sur un ton de prière – "Salut, Madalena, pleine de disgrâce, personne n'est avec toi, tu seras malheureuse entre toutes les femmes et le fruit de tes entrailles ne sera pas béni, il ne s'appellera même pas Jésus. Fils de personne, agent de violence, qu'attendre d'autre…" Gisela s'est interrompue. "Et maintenant, amen." On entendait le ping ping de l'eau dehors.

Nous étions assises par terre, appuyées contre le mur. Nani s'en est détachée. Elle s'est levée d'un bond : "Répète un peu, si tu oses ! Répète, Gisela…" Madalena Micaia s'était réveillée, elle regardait Nani en écarquillant les yeux. Gisela a répété encore plus fort : "Et maintenant, amen. Nous apprenons tous avec le même abécédaire, n'est-ce pas ?"

Nani aussi s'est mise à brailler : "Ce que tu fais à Madalena est dégueulasse. Tu récites l'Ave Maria à l'envers et tu crois qu'on ne le remarque pas. Tu sais ce que c'est, ça ? Tu sais comment ça s'appelle ? Une énorme saloperie. Un blasphème. C'en est trop, tu exagères. Que celle qui veut prenne ma place…" Et Nani est devenue très rouge et a fondu en larmes. Elle s'est dirigée lestement vers la porte, puis elle s'est calmée et elle est retournée s'asseoir à côté de sa sœur. On sentait qu'une nouvelle tension pouvait exploser là-dedans. Nous l'avions déjà compris. Nous habitions à l'intérieur d'une grenade. Nous étions une bombe à retardement faite de nitrates, de clous, de verre, d'acide, de chair humaine, de tout ça, attendant le moment d'exploser. La détonation serait-elle déclenchée par le conflit qui couvait dans le garage ?

Non, la détonation n'aurait pas lieu. Madalena Micaia s'était levée, secouée, complètement réveillée, et elle rassemblait maintenant ses affaires pour s'en aller, sans faire de commentaire, comme si cette dispute ne la concernait pas. C'était horrible de finir ainsi.

"Répétons juste une fois *Où irons-nous habiter* ?"

"Juste une fois", a dit Madalena Micaia.

Et la jeune Africaine a chanté son solo : "*Qui sait, qui sait où nous irons habiter / Dans l'amour, dans la mer.*"

14

Madalena Micaia.

Avec l'image de Madalena Micaia à l'esprit, j'ai couru vers l'Ideal das Avenidas et je me suis précipitée vers la porte vitrée en pensant à João de Lucena. Nous devions nous retrouver là en fin d'après-midi. Nous y passions une heure ou deux, goûtant au lieu de dîner. Puis, main dans la main, nous nous dirigions vers les spectacles à l'affiche à Lisbonne. João de Lucena semblait connaître tout le monde et devoir raconter à tous ce qu'il avait fait et pourquoi il était revenu de New York. À l'Ideal das Avenidas, en ce temps-là, on se grandissait immédiatement en prononçant le nom de New York. Certains disaient : "Tu as bien fait, les Portugais sont comme ça, nous approchons du XXIe siècle et nous ne savons encore pas déplacer une chaise sur une scène. Tu as très bien fait de revenir apporter ta contribution. Nous vivons vraiment dans un état d'arriération…" Et les gens s'étonnaient beaucoup qu'il ne soit pas revenu avec un accent. Certains arboraient un accent sans avoir jamais vécu là-bas. En fin d'après-midi chacun prenait l'accent qui lui convenait le mieux. Une fois les spectacles terminés, ainsi que les soupers qui s'ensuivaient, nous revenions en métro ou dans la voiture de José Alexandre, parfois avec Ana Foggy, parfois sans elle. À la fin, João de Lucena m'accompagnait jusqu'à la porte de chez moi et, en nous quittant, nous nous embrassions comme si personne ne nous voyait. Mais une coïncidence s'était produite. Dans une ville connue pour ne pas avoir d'hiver il continuait à pleuvoir. C'était une fin d'après-midi, déjà en avril, et pendant que j'attendais João de Lucena, j'ai remarqué que Murilo se trouvait à une table tout au fond.

Était-ce vraiment Murilo Cardoso ?

J'aurais dû prendre alors mon parapluie et sortir, disparaissant le long de l'avenue. Ce geste aurait été à mon honneur. J'aurais dû éviter que les deux hommes se rencontrent. J'aurais vraiment dû l'éviter. Ou du moins aurais-je pu détourner le regard, c'était le minimum exigé par la prudence, mais au lieu de cette réaction décente, dans un accès de triomphe et de pure irresponsabilité, j'ai quitté précipitamment ma place, j'ai abandonné mes affaires sur ma chaise et je me suis dirigée vers Murilo : "Salut Murilo ! C'est moi."

Murilo était en train de parler à son compagnon de table et n'a pas bougé, c'est son camarade qui m'a invitée à m'asseoir. Ce qu'il y a de répugnant dans le bonheur, c'est la rapidité avec laquelle cet état transforme les gens qui sont touchés par lui en îles de triomphe. Je me suis assise et j'ai commencé à bavarder, je ne me souviens plus de quoi, probablement des paroles des chansons avec la simplicité des triomphateurs, de l'enregistrement imminent, de la pochette du disque sur laquelle quelqu'un tracerait mon nom, et tout ça a dû créer autour de moi une atmosphère de vantardise démesurée, car je me souviens du visage impassible de Murilo fixant le mur et du regard surpris de son camarade. Je me souviens surtout qu'une leçon de discrétion et de modération m'était donnée et que je ne m'apercevais même pas qu'elle s'adressait à moi. L'ami de Murilo avait trois tasses de café sur la table et me disait : "Là-bas, de l'autre côté, les gens sont réservés. On les dit mélancoliques mais ce n'est pas vrai. Ils sont stoïques, intimes, discrets. Ils lisent tous les grands maîtres, mais personne ne s'en vante. Ils font tous de la musique, mais personne ne le proclame. Tout comme dans les rues personne ne demande l'aumône, personne ne meurt à la belle étoile, la santé est pour tout le monde, de même que l'école et les loisirs. Cependant, personne ne s'en vante sur un ton triomphaliste..."

J'avais déjà entendu ce discours de la bouche de Murilo et c'était curieux comme tous deux utilisaient les mêmes termes. Pourquoi le copain répétait-il les mêmes mots ? Et pourquoi en ajoutait-il d'autres qui tous me semblaient sévères ? Cette animosité était-elle dirigée contre moi ? Contre moi qui attendais João de Lucena et dont le nom allait figurer sur la pochette d'un album et la voix être enregistrée sur un rond de vinyle ? Le compagnon de table donnait un exemple : "Ce monde-là a une logique différente. Par exemple, si tu arrives à Budapest et si tu n'as pas d'hôtel, il s'en trouvera toujours un pour toi. Si tu ne t'énerves pas à cause de l'attente, très vite quelqu'un t'indiquera un lit où dormir. Tu peux être sans le sou, mais tu bénéficieras toujours d'un repas frugal et de deux draps propres entre lesquels tu étendras ton corps et passeras une nuit en paix. Là-bas, tu peux tituber, mais personne ne te laissera tomber. Là-bas !"

Le compagnon de table était plus âgé que Murilo, mais sa façon de s'exprimer le faisait paraître plus jeune. Il me regardait et expliquait que là-bas il n'était pas nécessaire de mettre des vases sur les meubles, des bouteilles de boissons rafraîchissantes en tenaient lieu. Une fleur champêtre dans le goulot d'une bouteille, quelle merveille, quel symbole fantastique contre le gaspillage. "Écoutez, jeune fille…" m'a-t-il dit sans me connaître. "Si tout ça prenait fin, la plus belle utopie qui ait jamais existé sur la face de la terre disparaîtrait. Si tout ça prenait fin. Mais ça ne finira pas, du moins aussi longtemps qu'il y restera des gens éclairés comme votre ami Murilo. Vous connaissez le courage de votre ami Murilo ? Vous imaginez ?"

Oui, il devait me connaître à travers des confidences de Murilo. Le compagnon de table s'est levé et dirigé vers son ami, lui a frappé l'épaule et administré plusieurs tapes retentissantes sur sa veste en cuir, faisant claquer le cuir tout en disant : "Ce gars-là n'est pas un imbécile, il a découvert une nouvelle bactérie qui est en train de se multiplier dans les journaux et il lui a donné un nom, vous savez ? *Imposturococo Pandémico*, dont vous ne savez même pas ce qu'elle est, mais un jour vous le saurez. Il a découvert la bactérie, l'a isolée, a vu sa tête pour la première fois, mais son antidote a déjà été découvert depuis longtemps, vous savez ? Un remède infaillible. Et il ira l'appliquer là-bas, c'est nécessaire car l'*imposturo* a des ailes, pond des œufs et est déjà là-bas. Et il est déjà là-bas car, contrairement à ce que vous pensez, la terre ne peut pas être ronde, la terre doit être divisée en deux calottes qui ne peuvent pas se rencontrer. Il faut séparer les eaux, séparer le sol, il faut prolonger le Mur de Berlin tout autour de la terre. Sinon, ma petite, dans deux ou trois décennies tout ça sautera en l'air. Et c'est pour éviter que la planète n'explose bientôt que l'ami Murilo ici présent, comme un vrai soldat de la paix, s'en va là-bas, de l'autre côté, pour empêcher que ne s'effondre un rêve menacé par un grave danger. Il va aider à empêcher ça. Vous rendez-vous compte par hasard de ce qui se passe dans le monde ? Non, vous ne vous en rendez pas compte. Eh bien, voyez votre ami ici…"

Et le camarade de Murilo lui a asséné une autre claque sur l'épaule et je n'ai pas reconnu Murilo. Qu'est-ce que je faisais là ? Assise entre ces deux personnes qui m'étaient inconnues, je ne faisais rien. J'aurais donc dû sortir de la pâtisserie et aller à la rencontre de João de Lucena afin que les trois hommes ne se rencontrent pas. Mais au moment même où j'allais les quitter, j'ai éprouvé une envie immense que mon amoureux surgisse et que les deux prêcheurs puissent le voir. Et voilà que le dieu de la vanité est venu à la rencontre de mon désir. Je n'ai même pas eu le temps de me lever.

Mon amoureux franchissait déjà la porte, apercevait déjà la chaise sur laquelle j'avais abandonné mes affaires, il les reconnaissait, regardait vers la table où j'étais assise et il ne me restait plus qu'à l'appeler : "João ! Viens donc faire la connaissance de Murilo !" Et dans mon inconscience, j'ai présenté João de Lucena, j'ai déversé sur la tête de ces deux hommes toutes les données biographiques exaltant le chorégraphe, dont la référence à New York, où Manhattan occupait le sommet des sommets, et des noms comme Martha Graham, Barychnikov et Gelsey Kirkland apparaissaient dans mon discours, comme autrefois dans les sermons on invoquait saint Jacques et saint François. Ce fut un des spectacles les plus insolites de ma vie dont je fus l'interprète. Moi, très contente, très à l'aise, expliquant que nous nous étions connus aux répétitions, fournissant des détails personnels avec une insensibilité criminelle. Les deux amis, assis, regardaient dans le vide.

Lucena alla jusqu'à dire : "Venez, les amis, nous sommes toujours ici en fin de journée. Tenez-nous compagnie. Notre table préférée est celle-là, là-bas…" Il m'a prise par le cou, m'a embrassé la nuque et m'a conduite jusqu'à notre place. Pendant que Murilo restait assis à sa table, ruminant des malheurs avec son compagnon d'exil. Son cartable pansu, bourré de libelles contre les mensonges, occupait la chaise où je m'étais assise. Pourquoi Murilo Cardoso ne savait-il pas être un homme heureux ?

Moi, je savais être heureuse.

Ce fut ce même soir pluvieux, devant José Alexandre et Ana Foggy, que j'ai écrit *Une maisonnette à New York*, plus la chansonnette qui finirait par remplacer le thème *Cette nuit, ce délice*. João montrait des photos ordinaires de ses déambulations dans Manhattan et, se moquant de la perspective à vol d'oiseau, il montrait comment ces avenues, vues à vol d'être humain, ressemblaient à celles de partout, mais sur les photos prises d'en haut, on voyait comme tout était différent, incomparable. Ah, vus à vol d'aigle, comme les *buildings* étaient hauts, inexpugnables, des murailles de dentelle, à nulle autre pareilles. De la dentelle en ciment et en acier inoxydable, indestructible. Le visage inviolable du pouvoir des sociétés modernes résidait là. Sauf que moi je pensais aux voyages que nous ferions entre ici et là-bas, et j'imaginais une maisonnette portugaise à New York pour créer une atmosphère d'ironie. Un contraste très vif. La maisonnette portugaise dont nous nous moquions tellement, celle du fado des bonnes gens, de l'hirondelle en porcelaine et du pain dur sur la table, transportée là-bas. Là-bas, de l'autre côté. João de Lucena regardait Ana Foggy et disait : "Une maisonnette portugaise, un bourricot et une charrette, là-bas. La cheminée portugaise, là-bas. Deux bras t'attendant là-bas. Une invasion à rebours… Tu n'aurais pas une idée pour aider Solange ?"

Non, Ana Foggy n'avait pas la moindre idée, José Alexandre en avait deux, lui, mais ne voulait pas les dire. Toutefois, leurs deux présences suffisaient pour que les choses coulent de source : N'a pas qui veut, a qui peut, une maisonnette portugaise à New York. *Oh ! N'a pas, n'a pas !* Pour remplacer *Cette nuit, ce délice*. Et je pensais à ces paroles rimées, parce que j'étais pleine de triomphe, d'insensibilité, de vantardise jetée sur les épaules courbées de Murilo, sur sa tristesse et aussi sa fuite. À l'époque, je ne savais pas que la moitié de la beauté, même quand elle est au second degré, est indifférente au mal et au bien, indifférente à la compassion de qui que ce soit. La règle veut que les histoires à l'origine des poèmes d'amour omettent d'habitude ce qu'elles soustraient à l'amour. Le soir où j'ai composé ces paroles, je me croyais Whitman, Kavafy, Pessoa, ma forfanterie transparaissait dans mon rire. Pour incroyable que cela paraisse, en entendant ces paroles vingt et un ans plus tard, rien ne se remarque. À peine cinq ans passent, un an, six mois, et rien ne se remarque. Une inscription atemporelle, comme une épitaphe, cent ans après la mort. Mais à l'époque nous ne le savions pas et voilà pourquoi nous riions à gorge déployée.

D'ailleurs, Murilo et son camarade sont passés près de notre table pendant que nous riions et nous ne nous sommes même pas regardés. Assise sur le char du triomphe, je gribouillais sur une serviette de table comme les génies qui, selon la légende, écrivent toujours sur des serviettes. J'écrivais : *"Cette maison dont / Un jour tu as rêvé / Sentant la rose, le café et la marée / Elle existe, elle existe."* J'écrivais vite, regardant une hypoténuse tracée entre Ana Foggy et José Alexandre. J'écrivais. *"Tu as emporté là-bas la maison portugaise / Et tu l'as placée au milieu de l'avenue / Où tu vis, où tu dors / Où tu exerces ton art, où tu ressuscites et meurs / Tous les jours."* À ce moment-là, Murilo était encore à la porte, parapluie ouvert, protégeant son camarade, et je ne regardais même pas dans sa direction, pour ne pas à avoir à lui dire au revoir. Je ne regardais pas non plus João de Lucena, qui attendait les fruits de mon habileté à composer, et j'obéissais à sa volonté. J'écrivais sur une autre serviette: *"Ah, comme j'aimerais avoir / Cette maisonnette américaine / En terre portugaise / Pour que mon café bouille sur ta table."* Et dans un élan d'inspiration, Ana Foggy a dit: "Ou alors, *Ah comme j'aimerais avoir / Cette maisonnette américaine / Et que ta rose éclose dans mon lit.*" J'ai répondu par un "Non!" sans appel. Tous à table ont compris que j'avais raison. "Non, Ana, non…"

Si loin de l'amour, n'est-ce pas, élève versificatrice?

Mais tout n'était pas que poèmes.

Même enveloppée de légèreté ces jours-là, l'élève versificatrice pensait au grand volume de Madalena Micaia et elle pensait aussi à l'histoire qui existait par-delà ce qu'il nous était donné de connaître. Je pensais qu'il serait sympathique de lui téléphoner, de lui dire bonjour. Sa situation m'attirait et m'effrayait à la fois. Madalena avait-elle chez elle un téléphone où on puisse l'appeler? C'était bien là le problème, elle n'en avait pas. Elle n'avait même pas une cabine publique en état de fonctionnement près de chez elle. Celle qui existait, d'après ce qu'elle racontait, était malheureusement très souvent en panne. Si elle fonctionnait le matin, elle ne marchait déjà plus l'après-midi. Madalena ne pouvait presque jamais être contactée, comme la plupart des gens à l'époque. Bien qu'il y eût le restaurant où elle passait encore presque tous les jours. D'ailleurs, à quoi bon l'appeler?

Oui, à quoi bon, puisque la grossesse de Madalena Micaia se déroulait parfaitement bien. Elle n'avait ni aigreurs d'estomac, ni nausées, ni tristesse, elle s'inquiétait seulement à cause du groupe qu'elle continuait à appeler *AprésCalipso*. Le mot lui plaisait. Mais le calendrier continuait à être serré. Nous avons enregistré dans le studio Valentim de Carvalho les 27 et 28 avril. L'enregistrement s'était passé sans incident. La seule tension venait de l'attente. Le spectacle pour le lancement du disque aurait lieu le 27 mai, la salle était retenue. Pour que tout se passe bien, il faudrait que l'enfant naisse entre le 10 et le 15. Nos calculs ressemblaient à ceux de la NASA. Mais même les vols du va-et-vient spatial sont soumis aux effets de la météorologie. Heureusement. Car le jour où nous cesserons d'être assujettis à ces impondérables, soit nous serons des dieux, soit nous serons devenus des animaux, et la tendance est plutôt à la deuxième hypothèse qu'à la première. De grandes philosophes. Nous philosophions pour tranquilliser la *maestrina*. Je m'en souviens comme si c'était aujourd'hui. Nous sommes dans le garage et nous nous livrons à nos calculs devant le miroir. Il est entendu que Madalena Micaia ne répétera pas dans le studio Nepomuceno tant que le bébé ne sera pas né. Des ordres de Gisela, qui seront respectés. Tout comme a été respecté l'ordre de ne pas nous photographier en dessous des épaules pendant l'enregistrement ni de révéler que *la voix* du groupe est enceinte avant le premier concert, avant le début de la tournée, avant quoi que ce soit. Et maintenant, effectivement, le 7 mai est arrivé et *The African Lady* n'est pas là.

The African Lady est en retard.

"En retard?" demande Gisela Batista. "L'enfant est peut-être déjà arrivé?" Mais comment saurons-nous s'il est arrivé ou non? "Mon Dieu, si ça se trouve il est déjà arrivé..." Toutes les quatre, à la queue leu leu, nous sommes montées sur le banc et nous avons regardé par les petites fenêtres du garage. Le vent souffle sur la côte du Restelo. Cela fait deux jours qu'il y a du vent à Lisbonne. La ville est pleine de détritus et de papiers qui volent dans l'air. Nous restons toutes les quatre à admirer l'évolution des détritus arrêtés au pied des arbres. Des feuilles entières de journaux s'ouvrent comme des ailes et s'enroulent autour des troncs. Gisela dit d'une voix sonore, pleine d'espoir: "Samedi 7 mai et elle n'arrive pas. Elle est allée accoucher, elle a peut-être accouché et nous ne sommes pas au courant..."

Mais la silhouette de Madalena Micaia surgit près du portail de la Casa Paralelo, au milieu des papiers et des feuilles qui volettent dans l'air en un mouvement de navette. Sa silhouette déjà lourde, bien plantée par terre sur deux jambes fortes, dans l'attitude du colosse de Rhodes, deux jambes bien épaisses, bien écartées. Les détritus passent autour d'elle, le vent les dépose et les emporte de nouveau. Madalena est souriante à l'entrée du garage pour nous surprendre, mais Gisela Batista qui lui ouvre la porte ne sourit pas, elle est surprise. La *maestrina* doit surmonter sa déception. Elle avait nourri pendant une demi-heure un espoir qui s'était mué en certitude et maintenant l'espoir se dissipe.

Gisela a levé le bras et celui-ci est plus éloquent que les paroles qu'elle crie, plus fort que le changement de ton avec lequel elle s'adresse à Madalena. Elle n'est plus que déception et indignation : "Comment ça se fait ? De nouveau ? Qu'est-ce que tu fais ici ? Écoute, tu es venue, mais tu ne vas pas chanter. Tu ne peux pas. Tu as déjà commencé le travail de l'accouchement. S'il n'a pas commencé hier, il va commencer aujourd'hui, s'il n'a pas commencé, il va commencer. On est le 7 mai, tu comprends ? Assieds-toi là-bas…"

Et la *maestrina* s'est approchée d'un sac dont elle a retiré un autre sac dont elle a extrait un portefeuille duquel elle a sorti une poignée de billets de banque qu'elle a comptés dans l'air, l'un après l'autre, et qu'elle a fourrés dans une enveloppe sur laquelle elle a écrit plusieurs mots, puis elle a tendu l'enveloppe à Madalena Micaia : "Écoute bien. Tu as ici une adresse. Tu vas prendre un taxi, aller à cette adresse et emporter cet argent avec toi. Tu entres par la porte indiquée. Tu trouveras là-bas une personne qui s'appelle la doctoresse Aguiar. Tu demandes la doctoresse Aguiar et tu lui dis que tu viens de ma part et elle saura déjà à ce moment-là que tu dois commencer le travail de l'accouchement. Ne me regarde pas comme ça, *African Lady*. Tu as pris un engagement, tu n'as absolument pas besoin d'attendre la pleine lune. D'ailleurs, elle est déjà passée. Tu me fais confiance, n'est-ce pas ? Ce sera bon pour toi, bon pour moi et bon pour toutes tes camarades qui attendent ici. Immobilisées ici, à t'attendre. Tu sais ce que peut coûter un retard hypothétique de ta part ? Ce qui est en jeu ? Tu ne t'en rends pas compte, tu ne le sais pas…"

"Du calme, créature de Dieu. Demain on n'est que le 8 mai, on a encore deux semaines devant nous", a dit Madalena Micaia en s'asseyant sur une chaise.

"Non, on n'a plus aucune semaine. Sois donc un peu attentive, tu ne comprends pas. Ce qui est en jeu, c'est notre volonté de changer la musique dans ce pays, et bien plus, beaucoup plus. Nous voulons faire oublier tout ce qui est derrière nous, conditionner tout ce qui est devant nous. Tout est prêt pour qu'il en soit ainsi et beaucoup d'argent a été investi. Il y a des gens qui ne font rien d'autre que travailler à ça depuis des mois. Il ne viendrait à l'esprit de personne, mais de personne, de tomber enceinte de façon à accoucher le jour où nous allons présenter notre travail au monde. Et toi, qu'est-ce que tu fais ce jour-là, *African Lady* ? Tu accouches."

Gisela Batista a agité l'enveloppe. "Tu as ici le double de ce qui serait nécessaire dans une situation normale. Et voilà pour le taxi. Va et reviens chez toi en taxi après ce qui va t'arriver. Mais ne te montre plus ici dans cet état. Allez, va. Tu iras là-bas demain matin. Tu as un médecin ? Tu en as un, ou tu n'en as pas ? Peu importe. Va là-bas, respecte ton engagement. Tu veux que je t'emmène ? Tu veux que quelqu'un t'accompagne ? Tu ne veux pas ? Ce n'est pas nécessaire ? Tu te contentes de secouer la tête ? Tu ne parles pas, tu ne réponds pas. Le chat a avalé ta langue ? Si tu veux, dis-le. Tu as mon téléphone, celui d'ici, du garage, et celui de la maison, tu n'as qu'à dire si tu veux de la compagnie. Si tu en as besoin, tu l'as. Mais, maintenant, file. Aujourd'hui, il n'y a pas de répétition pour toi. Il n'y aura plus de répétition avec toi tant que nous ne saurons pas que ça a eu lieu…"

Et notre commandante, notre *maestrina*, a pris Madalena Micaia par les épaules et l'a conduite jusqu'à la porte du garage, puis elle l'a accompagnée jusqu'au portail, lui prenant ses sacs, rajustant la femme enceinte, l'aidant à traverser les détritus qui volaient dans l'air, des objets légers sans nom, qui sortaient des poubelles de Lisbonne, encore sans couvercle et sans numéro à l'époque. Elle l'a accompagnée jusqu'à un moyen de transport, après lui avoir dit qu'elle avait l'intention de téléphoner à l'endroit où se trouverait la doctoresse Aguiar, heure après heure, qu'elle l'avait à l'œil et à l'oreille, elle, la Mahalia Jackson d'Amadora. Elle allait la suivre de près pendant les jours à venir.

Il était difficile de gérer une embarcation de cette taille. Très difficile. Mon admiration pour Gisela était sans bornes. Les sœurs Alcides se sont rendues elles aussi. Nous entourions Gisela toutes les trois et nous lui demandions ce que nous pouvions faire pour l'aider à surmonter les difficultés du moment. “Mes amies, asseyez-vous par terre. Nous avons juste besoin d'un peu de silence maintenant.”

Et ici, en évoquant le silence dans le garage, j'aimerais revenir à la Nuit parfaite, à cette nuit instantanée qui a englouti ces données, qui les a effacées de la carte de notre histoire, et je ne le peux pas. Je n'ai pas ce pouvoir.

15

Entre-temps, j'aimerais nommer tous ceux qui conduisaient ou qui se contentaient de voyager dans les trois voitures qui amenaient et ramenaient João de Lucena entre une destination et une autre en passant par le garage de la Casa Paralelo. À l'époque, je parvenais à les identifier un par un rien qu'à leur voix, comme si nous étions les membres d'une même équipe. Mais à présent je ne me souviens presque plus de leur nom, en dehors de ceux qui resteront à tout jamais – José Alexandre et Ana Foggy, ou Ana l'Enfumée, comme certains l'appelaient quand elle allumait la trentième cigarette de la journée et que ses deux doigts bruns comme deux brindilles restaient exposés.

Il y avait aussi une Natividade, un João, un Paulo et un Marco António. À cette distance cependant, je serais incapable d'associer leurs prénoms à des noms de famille. J'ajoute que tous conduisaient et occupaient indifféremment les trois automobiles et je vois une jolie bande jouissant à pleins poumons des avantages d'une vie grégaire. Ce qu'ils faisaient était vague. Je sais qu'ils disposaient de beaucoup de temps libre et de pas mal d'argent. João de Lucena en avait parfois assez de toute cette agitation et les traitait de dilettantes. Le jour où Madalena Micaia fut incitée à se débarrasser de son état en emportant une enveloppe dans sa poche, les trois voitures décrivaient des cercles à proximité de l'arrêt du 49 pour me conduire à l'Ideal das Avenidas où, plus tard, disaient-ils, João de Lucena les rejoindrait. C'était de leur part une attention si visible qu'elle transcendait ma personne. Mais j'étais déjà si installée dans cette espèce de privilège offert que j'acceptais leur proposition comme allant de soi. Le convoi des trois voitures se mettait en branle, escaladant les rues, passant à travers les embouteillages, les feux de circulation, jusqu'au moment où il s'arrêtait devant la pâtisserie. Si dans le garage nous vivions dans l'urgence, quand nous pénétrions dans l'Ideal das Avenidas l'atmosphère devenait celle d'un banquet royal.

Les dilettantes.

Je vois encore aujourd'hui les trois voitures garées en épi sur l'avenue de la République ainsi que la brochette de dilettantes autour de plusieurs tables que nous réunissions près de la fenêtre. Notre occupation des lieux était bruyante. En ce temps-là certains disposaient déjà de grands téléphones portables et appelaient très haut leurs interlocuteurs comme s'il s'agissait d'un *walkie-talkie*. Certains utilisaient déjà le fax et avaient cessé de communiquer par tout autre moyen moins aseptique. Certains avaient des répondeurs téléphoniques et parlaient de la sensation fantastique qu'ils éprouvaient en rentrant chez eux en fin de journée et en entendant les messages en direct, comme si leur appartement était occupé par une foule éthérée. Et nous pensions que les portables et les enregistreurs d'appels n'étaient pas simplement des appareils commodes, mais qu'ils annonçaient un changement s'avançant vers nous telle une masse d'air impossible à arrêter. Tous ceux à notre table ce jour-là attendaient ce changement.

Ils l'attendaient en leur qualité de destinataires légitimes, sans qu'eux-mêmes aient besoin de remuer le petit doigt. Ils se contenteraient d'en jouir. Le changement adviendrait tout seul. Je me souviens plus particulièrement d'un dilettante qui s'était rasé la tête, il s'appelait Marco António. Ce nom légendaire lui permettait de pratiquer une rhétorique s'adressant à un *tu* de majesté très impressionnant. Tout comme son crâne brillant comme un oignon. En cette fin de journée, tandis que nous attendions Lucena, Marco António a parlé du changement qui se produit *sans toi*. Il a dit que le changement adviendrait tranquillement pour moi et pour toi, que tu le veuilles ou non. Qu'il avançait pendant que tu dormais. Et qui en était l'artisan ? Demandait-il. Nous ne devions pas nous préoccuper, car quelqu'un qui n'avait pas besoin d'être nommé était déjà chargé de cette tâche. Ce qui devait être adviendrait tout seul. Pas besoin de te déranger, disait-il. Quand tout ça changera, quand on pourra traverser la terre de bout en bout, quand la liberté de se déplacer sera totale, la seule carte qu'il faudra montrer sera la carte bancaire. D'ailleurs, personne n'aura besoin de t'identifier. Chaque citoyen pourra rester anonyme s'il le désire. Dans ces conditions, tu entreras dans un pays et tu sortiras dans un autre aussi facilement que tu te déplaces à bicyclette sur une piste cyclable sans que personne ne te demande d'où tu viens ni où tu vas, et ce sera ça la liberté, disait-il. Et dans son discours stimulant, la liberté prenait la forme d'une bicyclette immatérielle sur laquelle il se déplaçait de pays en pays comme un index sur une carte géographique.

D'ailleurs, non seulement ce Marco António, mais plusieurs autres dilettantes de l'Ideal das Avenidas, en ce 7 mai, pensaient que dans très peu d'années tous les territoires seraient internationaux, que très bientôt il n'y aurait plus de distinction entre les nations ni entre les drapeaux, car les drapeaux nationaux n'étaient finalement que des étoffes dégoulinant de sang devant lesquelles on débitait des louanges et dégainait des épées. Des reliquats du temps des frontières. Or, d'après les dilettantes de l'Ideal das Avenidas, l'avenir s'apprêtait à abolir les frontières. C'était là quelques-unes des prophéties énoncées par les amis de João de Lucena autour des tables réunies et que je buvais avidement comme si elles étaient des vérités, tout en pensant au visage triste de Murilo. Et pourquoi Murilo ?

Mon cœur sursautait. Pour la simple raison que là, à quelque deux mètres de la table où avait été assis l'étudiant en sociologie, muet, résistant dans sa veste en cuir, était installée à présent cette belle frise de visages entre vingt et trente ans, dissertant sur un avenir de plus en plus munificent sur le plan du bien-être. Ana Foggy et moi nous chargions d'éclairer l'espace avec nos cheminées de fumée bleutée. Je pensais à des vers imprononçables, du genre *Véloce sera / Le futur oiselet / Sur un continent ses œufs / Sur un autre son nid*, et je me sentais si confiante parmi les confiants que si je ne disais pas mes vers à voix haute c'était parce que João de Lucena venait de franchir la porte de l'Ideal, aussi intense, aussi libéré, aussi solaire que le monde imaginé par les dilettantes. "Voilà Lucena qui arrive !" disaient-ils. Le chorégraphe était enfin arrivé, il jetait son sac au milieu de la table et illustrait ce que les membres de cette bande venaient de dire : "Mes amis, je viens de faire danser ensemble trente personnes. Un sacré boulot. Une scène magnifique !" Quelqu'un demandait, écrasé par l'idée d'une maîtrise permettant de gérer un nombre pareil : "Trente ? Comment tu réussis à forcer trente types à lever les bras et les jambes en même temps ? Comment tu fais ?"

L'activité de João de Lucena intéressait tous les membres du groupe. Tous voulaient savoir où, comment, avec qui, sur quelle scène. L'aura d'enchantement émanant du chorégraphe confirmait le bien-être annoncé, conduit par la main de l'Art. Dans cet élan d'admiration, je me sentais moi aussi une dilettante, je participais moi aussi à cette euphorie. "*Il sera si heureux / Le futur oiselet.*" Je regardais João de Lucena, contemplant les fils d'argent mêlés à ses cheveux châtains presque clairs, quand il a dit : "Solange, demain, nous irons enfin dans la maison de Sete Rios. Mais je te demanderai de ne pas fumer tant que nous serons là-bas. Ma mère a horreur des cigarettes. Ma mère est assommante. On ira là-bas, Solange ? Tu es prête ? Demain ?"

Pareille demande devant les dilettantes fait office d'annonce d'union officielle. Des applaudissements fusent à la table constituée par la réunion de plusieurs tables. Soudain, les scénarios pour l'avenir se referment et tous reviennent au présent. En cette minute nous sommes tous les deux le centre de ce présent. "Embrassez-vous donc !" dit quelqu'un, lui aussi sans cheveux, mais qui ne s'appelle pas Marco António. Mon cœur est un cheval. Nous irons donc dans la maison de ta mère ? Demain ? Et à quelle heure ? Les amis de Lucena sont si excités par l'idée qu'un couple rende visite à la mère, avec tout l'apparat que pareille cérémonie renferme, qu'ils s'offrent à nous conduire en automobile. Cependant, Lucena sait ce qu'il fait. Il a annoncé son intention au groupe, mais il souhaite que notre visite ait lieu en privé. "Nous voulons y aller seuls", déclare João de Lucena.

"Ils veulent y aller seuls..." entend-on autour des tables.

Nous sommes partis le lendemain.

Je m'emplis de solennité et de crainte révérencielle pour aller rencontrer cette mère tellement annoncée. Je me suis livrée à des exercices d'anticipation à partir de ce que je connais et, en réalité, la personne qui nous attend dans la maison ancienne donnant sur Sete Rios a le visage de João de Lucena en version féminine.

Nous sommes arrivés, nous sommes entrés. La mère est une dame distinguée qui ne me paraît pas vieille. Je n'avais encore appris à évaluer l'âge que par ses signes les plus visibles, pourtant la personne qui s'extrait du fond d'un canapé en velours bleu turquoise me semble plus âgée que ma mère et arbore un maintien grave. J'aperçois de loin ses mains soignées où brillent des ongles roses sur le canapé. Tout dans la pièce me paraît élégant, acheté il y a longtemps. Une autre femme, bien plus âgée, entre alors dans le salon, c'est la grand-mère, et bien qu'elle soit dure d'oreille, les deux femmes se parlent à voix très basse. João de Lucena lui-même leur parle très bas. Elles aussi ont un téléphone bien en vue dans la maison, mais il est petit et blanc. La grand-mère se dirige vers le téléphone et compose lentement un numéro en disant aussitôt d'une voix sonore: "Clarisse, viens ici, João a amené une petite jeune fille avec lui. Oui, il est ici, au salon..." Et la grand-mère me demande de m'asseoir devant elle et m'inspecte en silence, pendant que sa fille parle tout bas avec son petit-fils, João de Lucena.

Clarisse ne tarde pas à arriver, mais elle est accompagnée de trois autres personnes de l'âge de la grand-mère. Un discret affairement domestique s'établit. Nous goûtons chez la mère de João de Lucena. Sont assises à table, devant un énorme gâteau et un thé interminable, deux femmes de cinquante ans et quatre qui en ont près de quatre-vingts, toutes les quatre avec des cheveux blancs bleutés, et qui me dévisagent. J'ai déjà précisé que je m'appelle Solange de Matos, João de Lucena m'appelle aussi par mon nom, mais elles m'appellent la petite jeune fille. Vous voulez encore du gâteau, jeune fille ? Vous prenez votre thé avec du lait ou du citron ? Et la jeune fille, elle habite où ? Elle vient d'Afrique ? Ah ! Mon mari a fait la campagne d'Afrique. Et au mur il y a autant de photos d'hommes que de femmes, mais tous sont déjà morts. L'un d'eux, coiffé d'un képi de la marine, grandeur nature, est le père de João de Lucena. C'est curieux. J'ai l'impression qu'il n'y a pas de différence entre nous qui goûtons et les photographiés, que nous sommes tous dans le même état, et qu'être dans cette indéfinition, entre les morts et les vivants, est source de sérénité et de plaisir. Ces femmes aux cheveux bleus me mènent vers un lieu de rêve que je n'avais encore jamais connu. Des limbes où le temps s'efface, où l'énergie est une forme rémanente par-delà le fait d'ouvrir et de fermer les yeux. Je regarde Lucena et j'ai l'impression que nous ne sommes pas vivants et qu'il est très agréable de ne plus l'être. Je ne sens plus l'envie de l'embrasser ni de m'abandonner à son corps, comme je le désire tant, chaque jour plus intensément. Mais pas maintenant, pendant que sa mère, sa tante, sa grand-mère et ses grands-tantes sont assises autour de la table, en train de siroter lentement leur thé, du bout des lèvres, vers où convergent des milliers de rides. Je remarque que João de Lucena n'est pas très bavard, d'ailleurs parfois il ne répond même pas aux questions attentionnées de sa mère : "Tu manges bien, mon fils ? Où manges-tu ? Attention. Dans ta profession, il ne faut ni alcool, ni tabac, ni graisses, ni drogues..." João ne lui répond pas. Comme il est naturel – à l'époque je ne savais pas encore interpréter ces liens – je suis étonnée par l'espèce d'arrogance de João de Lucena vis-à-vis de ces femmes. Sa mère me demande soudain s'il est vrai que j'écris des paroles de chansons et me prie d'en réciter en les appelant poèmes. Je commence à réciter, consciente du ridicule qu'il y a à reproduire des paroles sans musique, mais ces femmes prennent plaisir à m'entendre. "Elle en a du talent, cette jeune fille!" dit la grand-mère, à qui je dois répéter très fort le refrain de la chanson.

"Quel joli poème, vraiment joli!"

Pourtant la mère de Lucena souffre pour son fils, elle trouve qu'il s'est égaré à New York. C'est là qu'il a commencé à être un artiste hybride, à abandonner le ballet classique. João aurait dû s'en tenir à la danse classique. Elle était allée voir Barychnikov dans *Giselle* et avait été très réconfortée que son fils ait été associé à cet immense succès. Maintenant, toutefois, il chorégraphiait des tangos et mettait en scène des zarzuelas, organisait des sauteries, des *forros* électriques, elle ne sait même pas de quoi il s'agit. N'est-ce pas vrai? João de Lucena ne répond pas, il demande seulement à sa mère, quand elle parle de sa vie, de ne rien exagérer, de ne rien minimiser, de dire la vérité. Clarisse n'est pas d'accord, la jeune tante veut que son neveu soit surtout libre de choisir. Les tantes âgées et la grand-mère m'interpellent en même temps. "Vous reviendrez ici, jeune fille? Et quand? Venez, jeune fille, venez..." dit une des grands-tantes en me regardant d'un air attendri. Soudain, j'aurais envie de rester pour toujours dans cette maison. Les tantes rient beaucoup. Mais c'est la mère de João et la tante Clarisse, plus lestes, qui me raccompagnent jusqu'à la porte et qui me souhaitent de grands succès dans ma vie artistique.

"Vous travaillez ensemble pour un spectacle? N'est-ce pas?" demande encore la mère près du porte-manteau dans l'entrée, pour vérifier les liens qui nous unissent. Et João de Lucena m'attire contre sa poitrine et dit: "Mère, mettez-vous bien ça dans la tête, c'est beaucoup plus que ça..."

Nous sortons de la maison enlacés, mais nous ne nous retournons pas. Nous avons la certitude qu'au moins la mère et la tante nous suivent du regard.

Il pense que je suis choquée par ce traitement et il me dit quand nous sommes déjà loin: "Excuse ma mère. Elle est sotte, sotte. Elles sont toutes très sottes, tu sais? Excuse mes paroles dures..."

Mais je ne les tiens pas pour telles. Une série d'événements est en train de creuser des fondations inexplicables dans ma nouvelle âme. Sobradinho, le temps des vaches, de l'étable, des merles, ne sont plus qu'un lointain ciment au bout de certaines routes. L'Afrique, le mont Namuli et ses sentiers, un monde en miniature qui s'efface. Maintenant, ma vie a changé. De retour dans ma pension, je décide qu'il est urgent de prévenir Gisela Batista. Je la préviendrai demain matin, demain soir ou peut-être encore ce soir même.

Pendant que j'hésitais, Gisela m'a devancée.

Elle m'a téléphoné à la pension, en me demandant de me présenter au garage une demi-heure plus tôt que d'habitude. J'étais furieuse contre moi. Pourquoi n'avais-je pas pris cette initiative moi-même? Pourquoi avais-je lanterné? Sa voix semblait lisse au téléphone, mais je n'ai pu m'empêcher de lire dans ce ton neutre une menace déguisée. Je me suis préparée au combat. À mon avis, la *maestrina* savait ce qui se passait et elle allait purement et simplement me confronter aux faits. En tout cas je me sentais très soulagée à l'idée de pouvoir enfin tomber à ses pieds pour lui révéler ce que tant de gens savaient. Mais ce ne fut pas à cette confrontation que je me suis heurtée en entrant dans notre local.

Francisco Capilé avait répété avec Maria Luísa en remplacement de Madalena Micaia. Des robes étaient éparpillées sur les chaises et le miroir multipliait un garage bourré de lampes, de caisses, d'étuis, de vêtements divers. Il y avait même une batterie avec grosse caisse et cymbales. Beaucoup de gens avaient dû passer par là, mais maintenant, à part Gisela, il n'y avait plus personne dans le local. C'était la première fois depuis Noël que nous étions seules et pourtant, curieusement, rien n'avait changé entre nous. La porte s'est refermée, Gisela s'est assise sur la banquette du piano, nous nous sommes regardées et j'ai senti que nous continuions à être aussi proches que deux sœurs jumelles, unies par une raison qui nous dépassait. Gisela semblait de nouveau défigurée. Si la maigreur donnait de la légèreté à son corps, en contrepartie elle volait quelque chose de fondamental à son âme et cela se voyait dans ses yeux. Pensais-je. J'avais de la peine pour Gisela Batista, car moi aussi je lui causais du chagrin et son abattement trouvait en partie une de ses causes en moi. J'ai réussi à balbutier une phrase. J'ai réussi à prononcer le nom de João de Lucena. Mais finalement elle voulait avoir une conversation avec moi sur un sujet apparemment très différent. "Assieds-toi", m'a-t-elle demandé. Je me suis assise.

Alors, quand nous avons été assises toutes les deux, celle que nous appelions la *maestrina* a commencé par me dire qu'il serait naturel que je n'accepte pas ce qu'elle avait à me proposer. Voilà de quoi il s'agissait. Bien qu'il lui en coûtât beaucoup, je ne pourrais pas signer tous ces textes. Capilé les avait écrits avant moi et il s'attendait à ce que son nom figure non seulement pour la composition de la musique, mais aussi pour la création des paroles. Un amour-propre d'auteur qu'elle ne saurait contrarier. Pour faire bref, elle me proposait de ne signer que trois chansons. Capilé signerait toutes celles qui avaient été retouchées, mais dont la structure avait été maintenue, et quant aux autres, je choisirais un pseudonyme pour ne pas offenser Capilé. Trois seraient à mon nom. Il était évident que Gisela avait pensé à tous les détails. Elle a pris mes mains entre les siennes et m'a dit : "Pardonne-moi."

Mais les exigences ne s'arrêtaient pas là. Gisela m'a aussi demandé d'utiliser des noms d'homme pour les textes que je ne signerais pas. Elle pensait que puisque nous étions un groupe de cinq femmes, nous aurions besoin d'avoir derrière nous un fort soutien masculin. En vérité la population humaine n'était pas épicène, elle se divisait en deux genres, mais Gisela ne pensait pas que les gens aient confiance dans la capacité des femmes. Même si elle se trompait, il faudrait d'abord prouver que ce n'était plus le cas. Or, dans le doute, elle remettrait ces preuves à plus tard et, cette fois du moins, elle ne prendrait pas de risques. Cinq femmes en scène, une armée d'hommes derrière, et que cette proportion soit bien mise en exergue. Il en était de même pour les paroles des chansons. Alors, si j'étais d'accord, elle me laisserait choisir. Gisela m'a tendu la maquette : "Lesquelles tu choisis, Solange ?"

Je suis restée immobile devant la liste, treize titres alignés sur la maquette de l'album. Je ne savais pas encore bien si j'agissais correctement, j'avais juste l'impression d'être la victime contre mon gré d'un vol à main armée, mais en dépit de ma gorge nouée qui m'empêchait de parler, j'ai choisi paisiblement trois titres. Gisela a précipité les événements : "Et quels noms vas-tu inventer pour les auteurs des six autres ?"

Des noms ? Oui, quels noms ?

J'étais debout, la liste était toujours alignée sur la feuille posée sur le couvercle du piano et j'étais incapable d'inventer des noms pour moi-même. Aucun nom acceptable ne me venait à l'esprit. Toutefois, je comprenais Gisela Batista, je comprenais le bien-fondé de tout ce qu'elle me demandait. À y regarder de plus près, chaque texte de chanson avait été un hasard, ces textes m'avaient été donnés par le dieu des capsules de bouteille, des herbes et des vaches, mais c'était moi qui les avais écrits. Alors, à quel auteur imaginaire attribuer les paroles qui m'avaient été offertes ? Il ne m'était jamais venu à l'esprit qu'on puisse un jour exiger de moi pareille chose. Mais je ne devais pas trop me creuser les méninges, Gisela avait déjà réfléchi à la question et pouvait m'aider. Elle a dit : "Par exemple João Nunes et João Vaz. Je trouve ces deux noms intéressants et ils ne coïncident pas avec des noms de personnalités de ce milieu. Te voilà maintenant avec trois noms, Solange de Matos, João Nunes et João Vaz. Francisco Capilé signe la musique des autres chansons. Il y en a quatre pour lui. Qu'en penses-tu ?" m'a demandé Gisela.

Il m'en restait trois. Ça m'a paru bien. J'avais réussi à conserver *Il était un port, il était une gare*, *Une maisonnette à New York* et surtout *Afortunada*. Ni Capilé, ni Vaz, ni Nunes, du moins jusqu'alors, ne m'avaient volé ces trois chansons.

Je me disais que ça pourrait encore arriver, que ces trois fantômes pourraient surgir pour me déposséder de celles que j'aimais le plus, mais heureusement Gisela m'a attirée à elle et m'a enfermée entre ses bras. Elle était consciente de ce qu'elle me demandait et me le montrait de cette façon. Et j'ai eu la certitude qu'il y avait encore d'autres sous-entendus. Elle savait sûrement que je vivais un amour avec son chorégraphe et feignait de l'ignorer pour m'épargner. Je ne savais pas pourquoi, mais tout au long de cette conversation, comme s'il y avait une information parasite qui m'était fournie en cachette, je comprenais peu à peu qu'elle savait très bien que la seule chose que je n'avais pas encore faite c'était coucher avec mon amoureux, car tout le reste avait eu lieu, ça se lisait sur mon visage. Peut-être ne voulait-elle pas, en échange du silence sur ce sujet, convoquer encore un autre fantôme qui m'enlèverait les trois dernières chansons ? À vrai dire, en cet instant, pour ne pas avoir à lui parler de ma relation avec João de Lucena, je lui aurais offert aussi ces trois-là. Mais j'avais l'impression que ça ne serait pas nécessaire. Je voyais notre étreinte reflétée dans le miroir et j'entendais notre *maestrina* soupirer de soulagement, et c'était ce qui importait. Non, ça n'avait pas été un mauvais accord pour Gisela Batista, ni pour moi non plus. Puis Gisela a dit : "Nous nous ressemblons tellement ! Dieu nous épargne d'avoir jamais à lutter pour le même bout de viande…" Voilà comment parlait Gisela. Ignorant l'avenir, je l'ai rassurée : "Chère Gisela, ça n'arrivera jamais."

Maintenant, oui, Gisela poussait un soupir de soulagement.

Chère Gisela.

Ce même jour, dans le studio Nepomuceno, je l'ai aussi entendue soupirer de soulagement au milieu des instruments que les musiciens accordaient et cela parce que aussi bien Julião que Capilé étaient arrivés à la conclusion que, si Madalena Micaia ne revenait pas à temps, l'harmonie des quatre ne provoquerait pas de scandale. Ce serait une perte grave, mais pas une catastrophe. Maria Luísa appliquait finalement sa formation de mezzo-soprano pour exécuter les solos et elle réussissait presque à se défaire de sa vibration classique. Elle ne s'en tirait pas mal. Il manquait encore onze jours, nous avions encore le temps d'apporter certaines précisions, certaines améliorations. Le rythme s'accélérait maintenant, il ne pouvait en être autrement, et les choses adviendraient d'elles-mêmes. Selon Julião Machado, les filles étaient correctement fringuées, les parties dénudées agréables à l'œil, elles se trémoussaient très bien, elles bougeaient avec une belle coordination, les tableaux étaient gracieux, le tapage des instruments comme il fallait, que pouvait-on souhaiter de plus ? Toutefois, Gisela insistait : "La vérité c'est que Madalena Micaia manque. Elle devrait être déjà là et elle ne revient pas."

Julião a secoué la grosse tête d'où jaillissaient habituellement des mots délicats : "D'un point de vue visuel, elle ne manque pas du tout. Elle détonne même, elle représente un accident anthropologique parfaitement inutile. Avec vous seules, le spectacle est bien plus harmonieux pour l'œil. N'oublie pas que la musique est surtout quelque chose de visuel, de la musique à regarder..." Et il a dessiné des volumes sur son anatomie à l'endroit où les femmes ont des seins. Il a arrondi ces volumes avec les mains.

Gisela était trop maigre, trop vulnérable, elle s'est énervée, les combats étaient trop nombreux. Perdant patience, la *maestrina* a crié en plein studio Nepomuceno : "Espèce de goujat. Eh bien, moi, je suis d'un avis contraire. Je trouve que l'accident anthropologique nous manque. Tu sais, je n'ai pas seulement de l'ambition, j'ai aussi une vision, j'ai un rapport solide avec la réalité. C'est vrai, Julião. J'ai tout ça et, toi, tu n'as rien. Je vois très bien et beaucoup plus loin que toi. L'accident anthropologique dont tu parles sera très bientôt à la mode et deviendra vite la norme. Très bientôt, l'accident anthropologique ce sera d'être tous de la même couleur sur une scène. Fourre-toi bien ça dans le crâne. Tu es borné et brutal. Pas moi. Moi, je suis une femme intelligente, une personne à l'esprit pratique..." Ils ont discuté fiévreusement.

Toutefois, ça ne valait pas la peine de discuter, surtout pas dans la fièvre, puisque le lendemain se chargerait d'apporter une décision définitive.

Je veux parler de Madalena Micaia.

16

C'est arrivé le 17 mai. Contrairement à la Nuit parfaite et à son récit, cohérent comme un ouvrage bien fignolé, je pense à la matinée du 17 mai de cette année-là, quand tout était encore à venir. Je retourne à ce matin-là et je crois même qu'il y a eu un moment où la vie n'était plus qu'expectative. Le monde nous attendait, nous attendions le monde, et pour que le futur puisse débuter il ne manquait qu'une seule personne. Mais cette personne que nous attendions si ardemment est aussi descendue d'un taxi à la porte du studio Nepomuceno, il était dix heures un quart. Elle arrivait.

Madalena Micaia surgissait après dix jours d'absence et elle revenait en triomphe. Elle avait eu son enfant, un petit garçon. C'était la première fois qu'elle le laissait avec quelqu'un et il lui en coûtait beaucoup, mais elle revenait parce qu'elle l'avait promis et n'était pas femme à manquer à sa parole. Comme convenu la veille, elle était là. Leur avait-elle manqué ? Pas du tout. Elles se passaient très bien d'elle, mais puisqu'elle avait promis, elle tenait sa promesse, ne serait-ce que parce que Gisela l'entretenait maintenant si généreusement. Billet après billet, dans l'enveloppe blanche. Pendant tous ces jours-là elle n'avait pas fait un seul pas à pied et elle avait acheté ce qu'il y avait de mieux pour son petit garçon. Maintenant elle était là, pleine d'allant, prête à donner tout ce qu'elle avait à donner. Madalena Micaia a posé son sac par terre, elle a tendu les bras, serré les poings et s'est mise à danser comme si elle boxait avec la brise du matin. "Nous voici, les filles ! Hé, les nanas, je suis revenue !"

Elle parlait aux sœurs Alcides et à moi qui étions allées l'attendre. Quand Gisela Batista, au milieu des instruments, nous a aperçues à la porte, elle nous a saluées avec effusion, elle et nous : "Alors, *African Lady, at last you're here!*"

"Maintenant, on va voir ce qu'on va voir, les filles!" a répondu Madalena Micaia.

Il était dix heures un quart du matin, nous étions déjà arrivées, comme le maestro Capilé, et Julião Machado ferait lui aussi un saut plus tard, mais il n'y avait pas l'ombre d'un instrumentiste. On aurait dit qu'ils s'étaient donné le mot. Le temps a commencé à passer et nous étions bloquées. Madalena a déclaré qu'elle n'avait pas tout le temps du monde à sa disposition, elle avait laissé le bébé très loin de chez elle et ne disposait donc pas de toute la journée, contrairement à ce qu'on pouvait imaginer. Alors, nous nous sommes approchées des micros et nous avons commencé à revoir plusieurs phrases qui avaient besoin d'être peaufinées, en particulier le passage sur le ver de la nostalgie qui devait être mieux swingué, et nous avons passé deux bonnes minutes à répéter avec beaucoup de succès le passage sur la mort du ver. C'était un enchantement. Ça faisait plus de dix jours que *The African Lady* ne chantait pas. Maintenant elle était de retour et, effectivement, quand sa voix entrait dans le concert des voix, tout semblait différent. Malgré l'application des sopranos, toutes les quatre nous n'étions guère plus qu'une sorte de chœur dansant, qui chantait pour accompagner Madalena Micaia. Le problème, c'était son corps. D'après Gisela, ce corps exigeait que la dame africaine lui accorde tous ses soins. Elle était encore assez enflée, son visage était tuméfié, et elle était devenue soudain trop lourde. Comment allait-elle pouvoir danser ? : "On va répéter les chorégraphies en attendant l'arrivée des autres. On y va ?"

Madalena Micaia a commencé à se dandiner devant son micro et elle se trémoussait bien, elle se contorsionnait avec dextérité, bien qu'empêtrée par le volume qu'elle avait pris. Elle balançait en volume ce que les sœurs balançaient avec agilité. Nous aussi. Tout à coup Madalena a réclamé une pause de cinq minutes. "Je grignoterais bien quelque chose..." Gisela a été indignée. “On recommence tout à zéro ? Toi, tu continues à vouloir manger et ces mecs, un, deux, trois, quatre, cinq musiciens sont absents et il est onze heures et demie du matin. Qu'est-ce qu'on fait ?” Le batteur est alors arrivé sans mot dire. Il a chevauché sa selle et s'est mis à tambouriner sur ses tam-tam. Les cymbales et la grosse caisse devant lui semblaient prises de folie. Gisela a demandé : “Capilé, c'est quoi, ça ?”

“Laissez travailler les gens, ma chère, n'essayez pas de tout contrôler.”

“Mais je ne contrôle rien.”

“Bien sûr que si, vous contrôlez, vous êtes toujours en train de contrôler.”

Quand Gisela s'est retournée, Madalena Micaia dévorait une banane. Gisela lui a retiré de la main le morceau de banane qui restait.

“Gisela, tu ne vois donc pas que je suis en train de fabriquer du lait ?”

“Ce que je vois, c'est que tu es en train de fabriquer du gras.”

Le gars de la guitare est entré à ce moment-là et s'est dirigé vers son siège. Mais il n'a même pas touché à son instrument, il paraissait absent. Il avait un œil légèrement enflé. Il manquait le saxo, le bassiste et le pianiste, bien que Capilé le remplaçât au piano. Il était midi et aucun d'eux n'était arrivé. Soudain, Nani a crié : “Madalena, ta blouse est toute mouillée !” *The African Lady* s'est regardée et elle a dit : “Ce n'est rien, c'est du lait.” Pendant que son corps oscillait, les taches de lait sur la blouse bleue en tricot allaient s'élargissant et quelque chose de blanchâtre s'est mis soudain à gicler. “Mais tu ne sens donc rien. Il y a quelque chose qui cloche avec ta blouse...”

Gisela a demandé : “Madalena, peux-tu faire quelque chose pour arrêter ça ?”

“J'ai une pompe dans mon sac, je vais aller dehors tirer du lait que je mettrai dans un biberon. Ça soulagera la pression et je le garderai pour mon petit quand je ne suis pas là. Je peux sortir ?”

Les autres musiciens n'étaient toujours pas arrivés, seul le batteur était pris de furie de temps en temps et attaquait la grosse caisse en la rossant, il lançait ses baguettes contre les cymbales comme s'il voulait les faire exploser, puis il attendait. Nous nous étions dispersées. Maria Luísa en a profité pour aller à la porte, et Nani ailleurs. À ce moment-là le saxophoniste et le contrebassiste sont arrivés ensemble, débordant d'énergie, se déplaçant avec une grande agilité. L'un d'eux, qui voulait attaquer immédiatement, a demandé à Capilé : "Où sont-elles ?" Julião, qui était arrivé, a dit d'une voix forte : "Il y en a une dans la salle de bains, en train de se traire, et les autres la regardent !"

J'étais assise au bord de l'estrade à côté de Gisela et je sentais son anxiété bien qu'elle restât immobile. Gisela regardait sa montre quand elle a crié très fort : "Mes quatre chanteuses et moi, ainsi que Capilé, nous étions là à dix heures tapantes. Le batteur est arrivé à onze heures, le guitariste à onze heures vingt, vous venez d'entrer par cette porte à midi un quart, le pianiste n'est pas encore arrivé, et vous insultez tout le monde. Pourquoi ? Je dirai tout le mal que je pense de vous, je vais vous détruire..."

Le pianiste arrivait, il ne savait pas quelle était la raison de cette altercation, mais il n'avait jamais rien vu de pareil de sa vie. Il arrivait avec deux heures vingt de retard et ne savait donc pas ce qui se passait. Gisela a dit : "Notre concert est dans dix jours, mais nous allons quand même vous abandonner. Ce n'est pas Julião qui vous paie, c'est moi, n'est-ce pas ? À partir d'aujourd'hui, vous n'aurez plus un traître sou. *Ciao*..."

Gisela nous a conduites vers la porte et nous avons appelé des taxis en agitant le bras. Une fois dans les taxis, nous irions au garage, et Gisela elle-même commanderait en chemin des repas convenant à notre état, puis nous allions réfléchir paisiblement à nos affaires. C'était décidé. Ou bien ces types s'excusaient d'ici demain, ou alors elle leur chercherait des remplaçants, même s'il fallait aller les dénicher en Espagne ou au Brésil. Elle en avait assez de lutter contre l'inertie, l'imbécillité, la tyrannie de ceux qui détenaient un savoir, si minable soit-il, sur ceux qui avaient besoin de ce savoir.

"Et moi ?" a demandé Madalena Micaia.

"Tu as été absente pendant dix jours. Soit tu es avec nous, soit tu ne l'es pas. Tu as laissé du lait à ton enfant pour combien de temps ?"

"Deux biberons comme ça, mais je ne sais pas s'il les boit."

"Il les boit, il les boit. Celui qui a faim boit toujours."

Quand Madalena Micaia s'est de nouveau dirigée vers la salle de bains, Maria Luísa a parlé de sa répugnance : "Écoute, Gisela. La maternité devrait être comme ce que nous chantons, quand nous entonnons le *Magnificat*, comme Solange a dit un jour. Des mots, des mots, des mots chantés. Mais il est évident que ce n'est pas comme ça, la maternité c'est pas des cantiques, Madalena empeste le lait et le sang. Cette fille pue. On ne peut pas rester à côté d'elle…"

Cela, nous l'avions déjà toutes remarqué, simplement il y avait un sujet qui se superposait à celui-là et qui était bien plus pressant. Question hygiène, Madalena rentrait chez elle, elle se lavait et ça y était, elle sentait de nouveau bon. La deuxième question était beaucoup plus compliquée. Ces types allaient-ils téléphoner pour se dédire ou non ? Allions-nous continuer à travailler avec eux ou non ? Gisela regardait le téléphone, posé tout près, attendant, et il s'est mis à sonner. La *maestrina* s'est précipitée sur l'appareil et c'était Saldanha qui avait été informé de ce qui s'était passé. Tous s'excusaient, ils n'avaient pas de mots assez éloquents. Oui, il reconnaissait que les gars s'étaient montrés très grossiers, mais c'étaient les meilleurs musiciens sur la place. Alors, désormais, ils auraient répétition toute la journée, ils répéteraient jusqu'à la veille, il s'y engageait, il ne comprenait pas ce je-m'en-foutisme. Ça ne se reproduirait plus jamais. Il y engageait son nom de Saldanha da Cunha.

Gisela était contente, elle avait bien fait de rembarrer ces voyous qui se conduisaient mal et se foutaient ensuite de votre gueule et utilisaient des mots inconvenants en se référant à Madalena Micaia. Il fallait voir ça. Et, à propos, *The African Lady* n'avait-elle pas envie de prendre une douche par hasard ? Comment ? Madalena Micaia n'avait pas encore remarqué qu'il y avait une douche, là-bas au fond, derrière le meuble où on rangeait les vêtements ? Et qu'au milieu du sol carrelé il y avait un trou pour l'écoulement de l'eau ? Et qu'il y avait là toutes sortes d'échantillons miniatures de produits de toilette ? Ce garage était une vraie boîte à surprises, on y trouvait tout ce dont on pouvait avoir besoin. Évidemment, il était deux heures et demie de l'après-midi, Madalena prendrait une douche chaude ou tiède, au choix, puis, une fois bien sèche, elle se joindrait à nous, lavée, parfumée, bien proprette. Si le bébé disposait de deux biberons de lait, elle pourrait rester jusqu'à la fin de la répétition, car ce jour-là elles devaient revoir l'intégralité du répertoire. Il le fallait absolument. Et si elle voulait extraire plus de lait et le conserver dans une bouteille, de façon à pouvoir en disposer dans deux jours, quand elles répéteraient selon les règles dans le studio Nepomuceno, elle pouvait aussi le faire. Ce qu'elle ne pouvait pas faire, en revanche, c'était rester tout l'après-midi dans le réduit là-bas au fond, à se laver. En attendant, si Nani, Maria Luísa et Solange voulaient aller fumer dehors, ou regarder fumer une cigarette, c'était également possible. Sans abuser, mais elles le pouvaient. A dit Gisela Batista, et je suis allée fumer sous les arbres, pendant que les sopranos se promenaient sur le gazon sauvage de la Casa Paralelo et, quand nous sommes rentrées, nous avons répété à côté de Madalena Micaia qui chantait divinement et qui se déplaçait même avec plus d'agilité après sa douche. Elle avait aussi enlevé cette blouse bleue et en avait enfilé une autre qui appartenait à Gisela, un vêtement déformé, fruit d'un lavage erroné, qui était resté au fond d'un sac dans un coin du garage. Quand nous aurions terminé, Madalena Micaia rentrerait chez elle en taxi. Nous pourrions donc continuer jusque vers six heures et demie, sept heures. Il y avait l'enchaînement dans la dernière chanson, *Une maisonnette à New York*, dans laquelle la musique changeait en déménageant dans une autre ville. N'est-ce pas ? Demandait Gisela. Madalena riait : "Elle déménage sur un autre continent, ma reine, ça c'est sûr…" Et Madalena a haussé sa voix puissante et chanté d'un ton swingué : "*Ne l'a pas qui veut, mais qui peut…*" Un solo qui n'était pas de sa responsabilité, c'était seulement pour montrer que sa voix déménageait sur un autre continent.

Mais, à six heures, personne n'en pouvait plus.

Gisela s'est dirigée vers le téléphone et nous nous sommes assises toutes les trois contre le mur, nous avons fermé les yeux. Puis nous nous sommes allongées par terre et avons fait des étirements. Nous avions envie de dormir. *The African Lady* ne sortait plus de la salle d'eau, elle s'y attardait et était de nouveau là-dedans. Je me souviens que Gisela était encore au téléphone et parlait à voix basse. Nous étions toutes tellement fatiguées que la *maestrina* ne pouvait pas être une exception, Gisela aussi devait être très lasse. Le fil de sa voix se dévidait là-bas au fond et nous autres étions allongées par terre et nous nous reposions. Mais sous le rideau gris du vestiaire j'ai aperçu quelque chose d'inattendu. Quelque chose de sombre, d'épais sur le sol, qui augmentait de volume. Et des gouttes rouges tombaient à côté. Les gouttes faisaient ping, ping et formaient une sorte de flaque. J'ai mis du temps à m'apercevoir qu'il s'agissait de quelque chose qui n'aurait pas dû être là, mais j'avais du mal à comprendre ce que mes yeux voyaient, on aurait dit une tache de Rorschach que le hasard me montrait pour que j'en déchiffre le sens. Quand j'ai interpellé Maria Luísa Alcides, elle a reconnu qu'elle voyait la même chose que moi. Nous sommes restées toutes les trois, Nani, Maria Luísa et moi couchées par terre à nous regarder, déconcertées, jusqu'au moment où l'une de nous s'est relevée, est allée là-bas et n'est pas revenue. Alors, nous nous sommes toutes approchées et c'était vrai – un bras sous la tête, l'autre pendant à côté, Madalena était étendue sur le banc du vestiaire, un vieux canapé paillé, et tous ces liquides sortaient de son corps. Corps qui était chaud et qui remuait quand nous le touchions. Nous avons essayé de la réveiller, de la rappeler à elle avant d'aller voir Gisela, mais notre patronne s'était approchée sans bruit : "Qu'est-ce qui se passe ici ?" a-t-elle demandé en se penchant sur Madalena Micaia.

En fait il ne se passait rien. Pas le moindre souffle ne traversait sa bouche. C'était tout simplement horrible et inconcevable.

Une planète inconnue venait de faire irruption dans notre vie. Personne ne savait comment s'y mouvoir. Nous savions juste que son sol était une absurdité. Si nous regardions en arrière, la journée tout entière ressemblait à une créature anthropomorphe masquée, elle n'avait été qu'un grand éclat de rire que nous n'avions pas entendu. Depuis le matin, nous avions été incapables de déchiffrer le sens de nos pas. Gisela déplaçait les mains de Madalena, elle lui tâtait le pouls, nous implorait de rester calmes, appelait Madalena par son nom, la secouait. Toutefois, la tête de Gisela s'était mise à fonctionner bien plus vite que la nôtre, nous étions paralysées par la panique. Elle aussi finirait par être prise de panique, mais plus graduellement, pas à pas, insensiblement, pénétrant lentement dans le mystère de cette *terra incognita* qu'est la terreur dans laquelle nous avions déjà sombré. Toujours efficace, Gisela a crié : "Première chose, il faut téléphoner à la doctoresse Aguiar." Nous étions debout, fascinées, regardant tour à tour son visage et celui de Madalena Micaia, pensant qu'une solution quelconque sortirait de ce coup de téléphone. Nous n'entendions rien. Soudain nous avons juste entendu Gisela raccrocher et déclarer : "C'est incroyable, là-bas ils refusent de s'occuper de cette histoire. C'est incroyable, ils disent que l'enfant n'est pas né il y a dix jours, mais trois. Ils disent qu'elle n'a pas voulu provoquer l'accouchement. Ils prétendent que c'est moi qui l'ai tuée. Mes chéries, ils disent que c'est ma faute. Tout ça est inimaginable…"

J'ai demandé : "Mais tu n'as jamais téléphoné à cette dame qui s'appelle Aguiar ?"

"Non, je ne lui ai pas téléphoné, j'avais donné à Madalena une grosse somme, après c'est elle qui a téléphoné pour dire que l'enfant était né. Mais ce n'était pas vrai, il est né il y a seulement trois jours. Finalement elle m'a menti pour ne pas avoir à provoquer l'accouchement, finalement elle est venue nous rejoindre alors qu'elle n'aurait pas dû et finalement…"

Nous repensions à la journée que nous venions de vivre et nous n'entendions que des éclats de rire autour de nous. Le jour avait surgi dans des teintes rouges pleines de gaieté, tous nos gestes nous semblaient différents comme si, à notre insu, nous les avions exécutés alors que nous étions nues, nos parties honteuses exposées en pleine place publique. La vérité était que Madalena Micaia était étendue, recouverte par le cardigan d'une des sœurs Alcides, et nous ne savions que faire.

"Le restaurant, Gisela, s'il te plaît, téléphone là-bas, Gisela, ils auront peut-être une idée…"

Mais Gisela m'a dit: "Tu vas voir, Solange, que le hasard est de mèche. Tu vas voir qu'ils me diront que ça fait un bon bout de temps qu'ils n'ont aucune nouvelle d'elle. Ils me diront peut-être même que *The African Lady* est une invention à moi, qu'ils n'ont rien à voir avec ça. Tu paries?" La *maestrina* a composé le numéro, elle a parlé, dit qu'elle voulait juste savoir où habitait Madalena Micaia, car nous n'avions pas son adresse et nous voulions contacter d'urgence un membre de sa famille. Nous entendions ce qui se disait comme si nous avions chacune des écouteurs sur les oreilles. À l'autre bout du fil, une voix d'homme répondait: "Vous parlez du spectacle? Il aura lieu quand? Vous savez si vous partirez en tournée à l'étranger après?" Cette conversation n'avait ni queue ni tête. Non, au restaurant ils n'étaient au courant de rien. C'était le restaurant où se trouvait une photo de Madalena Micaia, celle qui lui avait valu le surnom de *The African Lady*, épithète inscrite sous son nom, mais aujourd'hui personne ne savait rien. Le patron demandait dans quelle salle elles se produiraient. Ça intéressait de nombreux clients du restaurant. Abasourdie, Gisela répétait pour que nous entendions, elle a fini par raccrocher. Une dalle de pierre tombait à nos pieds. Le corps de Madalena Micaia était entré absurdement en nous et avait annihilé notre faculté de jugement. Seul subsistait l'instinct de conservation qui déclenchait en nous un réflexe d'autodéfense. Nous devenions des chasseresses en même temps que des proies. Déchirées par cet instinct de survie, il nous fallait secouer la paralysie qui nous envahissait. Les sœurs Alcides ne s'éloignaient pas de Madalena toujours étendue, j'ai quand même eu l'idée d'aller chercher un seau d'eau. Et maintenant ? Gisela s'est approchée de moi et je suis allée vers elle. Nous nous sommes rejointes. Je savais maintenant quelle serait notre troisième démarche. Elle aurait probablement dû être la première, la seule. Gisela a appelé les numéros dont je connaissais la cadence par cœur et elle a parlé. Elle a peu parlé. Elle a raccroché. Sa troisième démarche aurait dû être la première. Vingt minutes plus tard, M. Simon entrait dans le garage. Gisela a couru vers lui et est restée un long moment pelotonnée contre son épaule. Si longtemps que soudain le chapeau de M. Simon est tombé et une épaisse tignasse sombre a montré qu'un homme plus jeune existait en lui. Une marque dans les cheveux signalait l'endroit où le bord de la calotte du chapeau adhérait à la tête. La grande main de M. Simon consolait les côtes tremblantes de Gisela Batista. Mais j'avais envie de me punir pour avoir remarqué ça. À deux pas, derrière un rideau, quelqu'un avait cessé de vivre. Une de nos compagnes. Comment mes yeux pouvaient-ils s'égarer en un moment pareil dans une observation aussi précise et détaillée? Pourquoi m'adonnais-je à cette scène de chasse ?

"Une chaise !" a demandé M. Simon.

L'avocat est arrivé ensuite, il n'a pas voulu voir le corps, il s'est seulement intéressé au sac de Madalena Micaia, qu'il nous a demandé de vider, et il a étudié ses documents. Chaque objet a été examiné, soupesé individuellement, exposé l'un après l'autre sur le long banc comme s'ils avaient été confisqués par la police judiciaire. La situation a été analysée. Avec le plus grand sang-froid, l'avocat a déclaré que nous étions dans la mélasse, une sacrée mélasse. Et, après de longues minutes et plusieurs coups de téléphone sur son portable, il a parlé d'une solution.

Quand l'avocat a disparu, M. Simon a posé son chapeau sur le piano et nous a rassurées. Oui, la situation était indéniablement délicate. Oui, il irait voir lui-même la famille de la chanteuse. Oui, il parlerait seulement après à la police. Oui, il fallait surtout ne donner aucune publicité à cette affaire. Oui, il convenait de ne pas souffler mot de cette histoire. Il ferait en sorte que la famille se charge de ce problème. La famille saurait comment procéder. Les familles africaines savent très bien comment procéder avec les morts. Avec les vivants aussi. Quant à nous, il nous comprenait. Nous étions trop jeunes pour voir mourir quelqu'un, une compagne, et de cette façon-là. Il parlait comme un émigrant qui avait sillonné des terres lointaines et glané des mots ici et là. Un Portugais de plantation de café, un émigrant en Afrique du Sud, un émigrant au Brésil et ensuite au Canada français. Des mots déformés, un d'ici, un autre de là-bas. Peu importait dans une situation pareille, il était seulement celui qui venait à notre rescousse, nous renvoyant chez nous avant qu'il ne soit trop tard, avant que nos familles ne s'aperçoivent de notre absence. Oui, disait M. Simon, il ne nous voulait pas dans ses pattes. Des jeunes aussi jeunes ne devaient pas être mêlées à une situation aussi compliquée. Est-ce que nous comprenions par hasard dans quelle mélasse nous nous étions fourrées ? Il fallait être très prudent. Très, très prudent, surtout. Il était venu avec sa voiture et allait accompagner les sœurs Alcides jusque chez leurs tantes, puis il reviendrait chercher Solange de Matos pour la conduire au Campo Pequeno. Il regrettait de faire notre connaissance dans des circonstances pareilles, mais on n'y pouvait rien. Même au sein de notre famille, motus et bouche cousue, motus et bouche cousue, bouche absolument cousue. À moins que nous ne tenions pas à notre propre peau ni au projet qui nous réunissait. Livides, collées au mur, les sœurs promettaient d'être muettes. Moi de même. Et la morte pareillement. Les objets épars, classés, de même. Le miroir lui-même, aussi. Le silence était à couper au couteau. Cet homme n'avait pas besoin de répéter encore une fois ses consignes, nous avions toutes compris. Mais, à partir d'ici, il faut omettre ce qui suit.

L'omettre, comme ce serait le cas vingt et un ans plus tard, tout au long de la Nuit parfaite. L'omettre, jusqu'à ce que la réalité se mue en une surface lisse, semblable à une feuille blanche.

Il faut omettre la promptitude avec laquelle M. Simon avait reconduit les sœurs Alcides chez elles pour revenir auprès de Gisela qui m'avait demandé de ne pas la quitter. Elle serrait ma main dans la sienne. Il faut oublier la nuit inoubliable. Nous deux dans le garage, ou plutôt nous trois, car Madalena Micaia était toujours derrière le rideau. L'avocat et M. Simon allaient et venaient, il leur faudrait travailler toute la nuit sur cette affaire. Ils recevaient et passaient des appels sur des portables de la taille de canons. Car comment faire autrement ? Comment tout pourrait-il être prêt pour le lendemain ? Ils se rendaient compte qu'il faudrait attendre les horaires habituels de travail. Ce qu'ils firent. Huit heures du matin. Un véhicule utilitaire est arrivé, avec juste le chauffeur et un assistant. Tous deux avaient l'air parfaitement normal. Ils ont commencé par charger dans un grand affairement les sièges, puis les calorifères et plusieurs bancs. Ensuite ils ont tenté d'emporter la tenture rouge contenant Madalena Micaia. Mais l'étoffe était fragile, elle n'enveloppait pas l'objet comme il fallait, les formes de l'objet restaient visibles. Il a fallu enfermer ce volume dans le tapis, enrouler le tapis, le transporter précautionneusement à l'intérieur de la fourgonnette de la Simon&Associés. Quand il a franchi la porte, le tapis enroulé avec l'objet à l'intérieur ressemblait à un boa gonflé par la proie engloutie. Et d'autres images du même genre me sont passées par la tête. Voilà pourquoi je dois oublier la grande fourgonnette dévalant la rue, oublier Gisela devant le réfrigérateur ouvert, avec un biberon de lait jaunâtre à l'intérieur sur la tablette du haut, après le déménagement du mobilier. Oublier Gisela et me boucher les oreilles, car j'entendais un bébé de trois jours pleurer de faim pour ce lait. Soudain, les détails les plus simples et les plus banals prenaient des proportions extraordinaires. Il fallait les oublier. Racontés, ils sont pathétiques. Vécus, ils sont inoubliables. Bref, ils sont inracontables. Comme la Nuit parfaite. Tout doit prendre fin vite, ne pas laisser de traces. Bien que dans mon souvenir de ce qui s'était passé il y avait vingt et un ans, ces détails tournent inlassablement en rond. Gisela s'est assise devant le miroir, regardant son image reflétée, elle ne voulait pas sortir du garage.

Gisela a annulé le spectacle au Coliseu seulement deux jours plus tard.

Ce sont les sœurs Alcides qui ont insisté pour que Gisela en personne aille dire au téléphone que, puisque Madalena Micaia demandait un report, nous reportions le spectacle à cause d'elle. Et il y avait quelque chose de vrai dans cette manière de présenter le mensonge. C'était une façon de prolonger le désir qu'avait toujours eu Madalena de nous tenir compagnie. Une manière de la garder en vie. Mais les sœurs Alcides n'ont jamais eu accès à la vérité de ce qui s'était passé tout au long de cette nuit-là. Désorientées elles-mêmes, elles ne se sont jamais interrogées sur l'absence des meubles ni sur les traces du chamboulement qui avait eu lieu dans le garage. Elles ont cru que toute cette parentèle africaine, expulsée par la vague du raz-de-marée, était auprès de Madalena. Et Madalena auprès de sa parentèle. Gisela savait que ce n'était pas le cas. Je le savais moi aussi.

Pourquoi cette famille ne nous a-t-elle jamais contactées ?

Pourquoi quelqu'un avec un bébé ne s'est-il jamais présenté à la porte du garage pour nous accuser ? Pourquoi un mandat d'amener n'a-t-il jamais été émis à l'encontre de

Gisela Batista ? Pourquoi, dans les premiers jours d'octobre, le disque a-t-il été lancé et le concert a-t-il eu lieu au Coliseu, et le disque était meilleur que nous, et Gisela dirait que Madalena Micaia, *la voix* qui se détachait si bien dans les solos, s'était fatiguée de nous ? Qu'elle avait renoncé à nous accompagner ? Et tout le monde avait trouvé ça naturel, personne n'avait jamais demandé où vivait Madalena Micaia, *The African Lady* du restaurant dans le Bairro Alto ? Pourquoi personne ne s'était jamais présenté pour dire – Mesdames, il faut revoir cette histoire. Elle a été fort mal racontée. Pourquoi ? Parce que finalement les gens n'ont aucune valeur, ils ne sont rien. Même après une vie intense, et avec une belle voix, quelqu'un peut disparaître du jour au lendemain sans laisser de traces. Ou laisser une trace que personne ne veut voir. Ça arrive à n'importe qui, même à ceux qui s'efforcent de sculpter cette trace. Mais je ne m'en suis rendu compte que bien des années plus tard.

17

Si j'insiste sur le problème de l'oubli, c'est peut-être parce qu'aucune autre question n'a été aussi importante que celle-ci, ou peut-être même parce qu'il n'y en a pas d'autre. En fait, je pense aux jours qui suivirent l'épisode survenu dans le garage de la Casa Paralelo, et je crois que, compte tenu de cette terrible négligence, suivie d'un détournement de cadavre, il ne subsiste pas la moindre raison susceptible de nous mener à conclure en sens contraire.

Mais ce qui me déroute le plus au bout de vingt et un ans, c'est que nous ayons tous frôlé de si près les mêmes faits, et que chacun de nous ait eu accès à des informations différentes à leur sujet et que celles-ci ne se soient jamais recoupées. Déjà à l'époque, cette préoccupation absorbait toutes mes journées. Gisela savait que le corps était sorti du garage emballé dans un tapis, cet emballage avait été fourré dans une camionnette et coincé entre divers meubles comme s'il s'agissait d'un déménagement, que les affaires personnelles de Madalena Micaia avaient été placées dans un sac en plastique dont les bords avaient été agrafés, que la portière de la fourgonnette avait ensuite claqué, afin que ce claquement se confonde avec les bruits caractéristiques du matin. Je le savais parce que j'avais été présente. Toutefois, à partir de ce point-là, il ne restait plus que des interrogations.

Ce colis tubulaire avait été livré à qui, déposé où, dans quelles conditions ? J'entrevoyais plusieurs scénarios, tous extravagants et incompatibles avec ce qu'on peut souhaiter pour le genre humain. D'ailleurs, tout ce que Gisela prétendait ignorer, moi je l'ignorais réellement. Les sopranos pensaient que Madalena Micaia avait été rendue à sa famille, bien qu'elles aient été obligées de dire, pour la commodité de tous, que la chanteuse de blues s'était désistée, participant ainsi à une autre forme de mensonge. À son tour, Gisela avait expliqué à Saldanha, en lui demandant de répandre la nouvelle comme il l'entendrait, que la chanteuse nous avait quittées pour des raisons liées à sa famille, qui était constituée d'une mère, d'un père, de nombreux frères et, dernièrement, d'un fils. Saldanha finirait par dire: "Julião avait de bonnes raisons d'avoir des doutes sur cette fille..." Le maestro avait été pris de fureur, il avait lancé des coups de poing dans l'air devant le piano. Il n'aurait rien fallu remettre à plus tard. João de Lucena n'en avait pas su davantage que Saldanha ou Capilé. Mais il avait appris par moi, l'ayant lu dans mes yeux, qu'il y avait quelque chose de plus que je ne voulais pas dire. D'ailleurs, tandis que nous marchions main dans la main sur l'avenue de la République, il avait estimé que nous avions bien fait de reporter. Partout dans le monde des spectacles étaient reportés et le ciel ne vous tombait pas pour autant sur la tête.

Ainsi prenait fin la ronde des informations sur les faits.

Toutefois, nous connaissions toutes les quatre l'essentiel, la circonstance et le corps de la catastrophe, nous tournions autour, attirées par le danger que cela représentait, et donc nous ne sortions presque pas du garage. Et à force de dissimuler une situation aussi scabreuse, nous avons fini par échanger entre nous plusieurs informations qui jusque-là avaient paru insignifiantes ou absurdes. Ce fut seulement alors, par exemple, que j'avais enfin compris que le nom de la maison était une référence au Dixième Parallèle, en hommage aux terres de Cuanza-Sul. Les plantations de café arabica, qui avaient fait la prospérité de leur propriétaire dans les années 50, étaient traversées par ce cercle géographique. La Simon&Associés était chargée de la restauration de ce bâtiment, comme je l'avais subodoré. Et comme toujours dans la vie, ce qui était dispersé et aléatoire se refermait en un cercle auquel avec un peu de discernement il serait possible de donner un sens. Ainsi, tout au long de ces jours-là, cette question aléatoire ainsi que d'autres ont commencé à être évoquées à tort et à travers. Tandis que nous étions enfermées dans le garage en attendant que surgisse une information susceptible d'éclairer ce qui s'était passé, j'ai parlé des mains de l'élève de mon père cramponnées aux ridelles du camion, là-bas, à Gurué, le matin de la fuite, et de la machette, une arme qu'on se serait attendu à voir dans les mains de l'élève et non dans celles de mon père. Au bout de tout ce temps, stupidement, je ressentais une compassion immense aussi bien pour mon père que pour l'élève qui ne savait pas lire le *x* et, au lieu de pleurer sur Madalena Micaia, je sanglotais sur mon père. Ma seule consolation était la *Ballade du cultivateur de thé*, que j'ai chantée près du piano dans un moment de faiblesse. Mes larmes sont même tombées sur le vernis très noir de la caisse de l'instrument, et ce geste consolateur était ce qu'on appelle faire son deuil.

En guise de réponse, les sœurs Alcides ont raconté comment elles avaient fui dans une jeep sur la route de Lobito en 1975, emportant avec elles juste quelques vêtements et un sac de nourriture. Elles ont raconté comment la cuisinière, à la demande de leur mère, avait fourré une belle poignée de petites pierres sombres à l'intérieur d'un pain de farine de blé et elles avaient passé ainsi les barrages établis par les Indépendandistes tout le long de la route. Comment elles étaient revenues à Luanda avec ce pain qui avait durci et comment cet aliment avait sauvé la famille. Nani se souvenait d'avoir coupé le pain dans une pension à Luanda et que le tranchant du couteau avait buté sur la résistance des pierres. Elle se souvenait du cri de stupéfaction de sa mère qui n'avait pas cru que la cuisinière les mettrait dans le pain. Son père, le docteur Alcides, n'était pas sûr qu'il faille toucher aux diamants. Nani a dit qu'elle espérait que quelqu'un composerait un jour un opéra intitulé *Pain fourré aux diamants*, dont elles seraient toutes deux les interprètes légitimes, et où le personnage secourable serait cette cuisinière engloutie par la distance. Nani avait la nostalgie de cette femme avec une grosse voix et un ventre rond qui lui tendait deux pains dans un sac en toile. Si sa sœur et elle avaient pu étudier au conservatoire et se trouvaient là, c'était grâce à cette cuisinière, disait-elle. Dix ans plus tard, son père et sa mère finiraient par avoir un accident sur cette même route quand, stupidement, par nostalgie, ils étaient allés revoir leurs anciens lieux, une caméra vidéo à l'épaule. Pourquoi étaient-ils retournés là-bas ? Pour que tout le monde puisse dire maintenant que le docteur Alcides et sa femme étaient allés chercher des diamants ? La réalité n'était jamais une sphère, c'était parfois une mare. Les deux sœurs pleuraient elles aussi sur leur propre vie au lieu de pleurer sur une cause plus proche. Ou alors c'était le contraire : "Oui, notre histoire devrait s'appeler *Pain fourré aux diamants*..."

"Pourquoi pas ?"

Et l'espace d'un instant les deux sœurs ont éprouvé de la joie. Maria Luísa se souvenait d'avoir lu quelque part que tout finit par des chansons. La fin naturelle de tous les épisodes collectifs, joyeux ou tragiques, ce sont des chansons. Mais les sœurs Alcides sont vite retombées dans la dépression. Pendant ce temps, Gisela, atterrée, assise au piano, avait du mal à parler. Après un silence prolongé, la *maestrina* s'est contentée de raconter comment sa mère avait rencontré M. Simon, quand elles avaient décidé de quitter Cuanza pour l'Afrique du Sud. Car son père, l'homme qui avait pris cette photo quand elle était petite, était resté étendu à quelques mètres du terrain sur lequel l'ombre du palmier se projetait. Et Gisela indiquait la photo qui tapissait une partie du mur au fond. Ah ! Le passé, le passé qui se tait et qui jamais n'est muet.

Comment allions-nous sortir de là ?

C'était la fin du mois de mai, le printemps surgissait, radieux, illuminant la ville, et enfermées dans le garage pendant les jours qui avaient suivi nous déterrions le passé à propos de Madalena Micaia. Gisela était si maigre qu'elle semblait avoir rapetissé. En parlant de l'affaire, elle balbutiait : "C'est très injuste. Nous avons tous fait la paix les uns avec les autres depuis si longtemps que ce qui nous est arrivé ici, dans ce garage, ressemble plutôt à un fantôme sorti de l'avenir. Mais je parie que si certains apprenaient cette tragédie, il y aurait encore des gens pour dire que c'était une histoire de vengeance entre colons et colonisés. Tout finit par des chansons ? Non, malheureusement, tout finit par des clichés. Vous êtes témoins que ce fut juste une histoire humaine, l'histoire d'un groupe victime d'une femme stupide et sans scrupules, et cette femme c'est moi…" Et Gisela voulait se punir, en se souvenant des exigences qu'elle avait imposées à Madalena Micaia. La balance, placée sous la photo, pointait vers elle un doigt venimeux, une aiguille pointue visait la *maestrina*. "Mais qui attendons-nous ?" demandais-je parfois, imaginant João de Lucena sur l'avenue de la République plus bas, et moi cloîtrée ici. "Ne vaudrait-il pas mieux que chacune de nous retourne chez elle et réfléchisse à sa propre vie ?" Mes compagnes étaient de mon avis et pourtant elles ne bougeaient pas, attendant de découvrir un sens à ce qui nous était arrivé. Le climat devenait malsain. Le sens ne venait pas à notre secours, j'ai laissé le sens en paix, j'avais envie de respirer de l'air pur.

J'ai réagi, je voulais de nouveau vivre. Je voulais m'assurer qu'un monde existait là-bas, à l'extérieur. Peut-être que le monde en miniature n'aurait pas complètement disparu à force d'être oublié ? Je suis sortie du garage, je suis retournée à la pension, le monde était toujours là.

Deux jours plus tard, j'ai regardé ma montre et le calendrier m'a attirée derrière la vitrine, me persuadant qu'il y avait une autre vie, là-bas, à deux pas. À l'université, c'était l'époque où on mesurait le savoir accumulé au fil des mois par des examens qui n'étaient que la répétition de la pensée d'autrui, des exercices qui n'étaient que la copie de ce qui avait été écrit il y a longtemps. J'y suis allée. J'ai fait un tour dans la cour, celle-là même où les sœurs Alcides m'avaient contactée huit mois plus tôt, et j'ai senti que ce territoire n'était plus ma patrie.

Comment aurais-je pu évoquer sur ces feuilles quadrillées une histoire aussi vivante que celle de Gisela Batista ? Comment aurais-je pu écrire les mots nécessaires pour rappeler Madalena Micaia à la vie sur les feuilles qu'on me tendait et qui étaient destinées à exhiber mes connaissances ? Mes connaissances, en cette fin de mai, étaient d'un ordre très différent. Ainsi, quand le professeur Castilho s'est approché de ma table, j'étais en train de penser à la poitrine de mon bien-aimé et à la chemise blanche qu'il portait ouverte, où je plongeais maintenant le nez pour pleurnicher doucement à cause de l'ajournement. Au même instant, João de Lucena me disait à l'oreille : "Plus on ajourne, moins la vie en souffre. Qu'est-ce que ça fait de reporter un spectacle ? Pas grand-chose..." Et je lui répondais en enfouissant encore davantage le nez dans sa poitrine. Le professeur m'a demandé : "Vous n'écrivez rien ?"

"Heu ! Ma vie, professeur !"

"Je vois, je vois. Ça fait combien de temps que vous n'avez pas mis les pieds ici ? Écrire la moindre petite ligne serait offensant..."

Je me suis excusée, m'attendant à sa sévérité. Il m'a payé de retour. Il a reçu la feuille où j'avais écrit *je renonce* et a feint d'être distrait en la rangeant dans sa serviette. C'était comme s'il me disait : Effectivement, tu n'appartiens déjà plus à cette patrie, tu es devenue une étrangère. Mon nez se trouvait sur la poitrine de mon bien-aimé. Quand je suis sortie dans la cour, j'ai vu Murilo Cardoso venir dans ma direction. Il marchait en lisant un papier d'un air très intéressé, il avançait à grandes enjambées très lentes, il marchait, s'arrêtait, repartait, il est passé près de moi sans lever les yeux, mais j'étais persuadée qu'il avait remarqué ma présence. Son indifférence était délibérée. Quand j'ai franchi la grande porte, il était encore immobile au milieu de la cour, en train de déchiffrer quelque chose, et l'ombre courte de quatre heures de l'après-midi dessinait une auréole graphique autour de son grand corps duquel continuait à pendre un cartable. Sa silhouette efflanquée devenait plus dense, plus solide, plus accrochée au sol. Je l'ai vu comme le facteur du monde, un homme avec deux sacoches, transportant dans l'une les libelles contre les mensonges, dans l'autre la correspondance destinée à avertir des dangers, et j'ai couru le long de l'avenue de Berne à la recherche d'un coin où m'asseoir. Mais la vie s'obstinait à être une maîtresse d'école prodigue en explications, elle me montrait une chose surprenante, un ordre parfaitement visible, car João de Lucena était assis sur la chaise vers laquelle je me dirigeais.

Il était clair, logique, algébrique comme une racine carrée, qu'un nombre magique me poussait vers João de Lucena. J'ai poussé un cri si exagéré à la porte du café que mon amoureux s'est levé de sa chaise et est venu me prendre dans ses bras. Je l'entendais me dire: "Je vois que le report t'a bouleversée, mais ce n'est rien. Reporter, c'est simplement une occasion de perfectionner. Tu verras. Prends ça, bois ça, assieds-toi bien droite, regarde-moi. D'où viens-tu? J'attends ici José Alexandre pour aller prendre son oncle. Quelle heureuse coïncidence. C'est comme si nous avions pris rendez-vous..."

"Oui, une heureuse coïncidence."

Et là, j'ai vraiment posé ma tête sur sa poitrine et j'ai fourré le nez dans l'échancrure de sa chemise d'où provenait la douce odeur de sa peau et de ses poils, et de ses muscles durs, une odeur intense, un parfum de foin humain mêlé au mystère des forêts. Quel bouton, quelle étamine, quelle noix y avait-il en João de Lucena pour que je sois tellement enivrée? En quel endroit de son corps était enfermée cette substance émanant de lui qui m'appelait de si loin, avec une force telle qu'elle m'obligeait à passer par l'université, à entrer dans une salle d'examen, à renoncer à passer l'examen, à rencontrer mon ancien soupirant de manière à nous quitter définitivement, puis à entrer dans le café où lui-même et cet aimant puissant étaient assis, m'attendant? Tout cela s'enchaînant exprès, afin que nous nous rencontrions? Était-ce une force analogue qui orientait les pôles de la terre? Faite de l'attraction qui maintient l'inclinaison Nord-Sud? Mais arrête, arrête, Solange, ai-je pensé. Relève-toi de sa poitrine, lève le nez de l'étoffe de sa chemise et raconte-lui ce qui s'est passé.

Raconte-le-lui.

Il a continué à dire : "Quelle heureuse coïncidence ! Nous allons rester ici, à attendre José Alexandre. Cet homme est incapable de faire un pas tout seul et aujourd'hui Ana l'Enfumée lui a fait faux bond. Alors, c'est moi qui vais l'accompagner. José Alexandre a tout. Il a des hôtels, des cafés, des boutiques dans la rue du Carmo, des voitures, des maisons, des comptes bancaires grassement alimentés dont le montant augmente chaque jour, et maintenant il a une grande ferme qu'il va transformer en auberge. Ce n'est pas à lui, mais à son oncle, qui a fait de lui son fils. Et, comme on a coutume de dire, à ton neveu tu feras ce que tu ne donneras pas à ton fils. Nous devions y aller tous les trois, comme ça nous irons tous les quatre. Qu'en dis-tu ?" Mon visage est appuyé contre sa poitrine et je lui réponds évidemment oui.

Car, comment pourrais-je refuser ? Ma vie est un intervalle que je veux remplir de la matière le plus lumineuse qui existe dans ce monde. L'amour. À une centaine de pas se tient un examen sur les effets des amours d'un certain Pétrarque sur la population de l'Occident et le sortilège du cadre de quatorze vers dans lequel cet homme a emprisonné ses extases et ses soupirs, mais moi je connais un autre amour, un amour vivant, car je n'ai pas encore écrit et je ne suis pas encore morte, j'existe encore. Je peux remplir cet intervalle avec l'amour, celui qui s'inscrit dans le temps et se touche du doigt, qu'on allume, sur lequel on souffle, on se brûle, une flamme. Je lui réponds oui, évidemment. Car qu'aurais-je pu dire ? Mais je n'ai pas encore ouvert la bouche que déjà la grande automobile de José Alexandre s'arrête au bord du trottoir, João de Lucena jette une poignée d'escudos sur la table du café et nous courons tous les deux vers la voiture à l'arrêt avec ses feux de position qui clignotent. Nous nous précipitons aussi à l'intérieur et cette fois je suis seule à l'arrière, car Ana l'Enfumée n'est pas venue. Avant même que nous ne démarrions, je m'enquière de Foggy. José Alexandre répond : “Elle ne vient pas, une tante à elle est malade. Elle est allée lui donner un coup de main.”

“Foggy nous manque”, dit João de Lucena. “Sa fumée nous manque.”

“Et son mauvais caractère aussi. Parfois, cette fille est impossible. Un de ces jours, chacun de nous retournera chez sa propre maman. Elle est très anxieuse. Vous avez vu ses doigts ? Complètement noircis ? Je fume, tu fumes, il fume, mais elle, elle brûle, c'est vraiment exagéré…”

Je m'en souviens comme si c'était aujourd'hui.

La longue voiture avance lentement au milieu de véhicules lents, mais elle démarre à grande vitesse dès qu'elle a quelques mètres devant elle, démarrant et stoppant sans le moindre soubresaut. João de Lucena a placé une main derrière sa tête et m'adresse des signes. Je sais ce qu'il veut dire – des propos de millionnaire. Je me sens bien. Je pense à la résurrection impossible de Madalena Micaia, au regard faussement indifférent du professeur Castilho. Mais qu'est donc tout cela, comparé à la main osseuse, faite de nerfs robustes, qui se tourne vers moi et serre la mienne ? Ce n'est rien. Je ne suis pas née pour cela. Je suis née pour ceci, dit mon âme en état d'ébullition. Si bien que je ne m'aperçois même pas que nous sommes devant un grand hôtel sur l'avenue de la Liberté, en train d'attendre l'arrivée de l'oncle. L'oncle de José Alexandre est assommant, il donne des rendez-vous et ensuite n'est pas là. Alors, la grande automobile va de l'hôtel sur l'avenue de la Liberté à celui qui donne sur le Tage et ensuite d'appartement en appartement, et l'oncle n'est nulle part. Le lourd téléphone portable se colle à l'oreille de José Alexandre pour tenter de localiser l'oncle, sans obtenir de réponse. En ce qui me concerne, nous pouvons continuer, je suis indifférente à la ville, devenue lilliputienne pour moi depuis longtemps. Qu'ils continuent donc à parler. Cette personne qu'ils appellent l'oncle s'est mis en tête de présenter au monde une propriété rurale avec une superbe maison de maître qu'il veut transformer en auberge, il s'est mis d'accord avec son neveu pour aller avec lui vérifier les travaux, et maintenant il ne répond pas ? Tant pis pour lui. Pendant ces déambulations, moi je ne pense qu'au droit incontestable qu'aurait Madalena Micaia de ressusciter. Encore atterrée, encore stupéfaite par ce qui était arrivé, je pense que personne ne devrait mourir en abandonnant un fils de trois jours. Un crime, un crime du grand Ordonnateur. Un crime sans pardon possible. Pourquoi devrions-nous dire que seuls les hommes commettent des crimes ? Le désordre dans lequel nous sommes plongés n'est-il pas le fruit d'une négligence équivalant à un crime ? Je pense à tout ça et en même temps je demande pardon pour ma pensée sacrilège. Pourquoi est-ce que je ne parviens pas à chasser l'image de Madalena Micaia ? Au fond, toutes les conditions sont réunies pour que je ne continue pas à être obsédée par ce qui s'est passé dans le garage, car j'ai auprès de moi mon bien-aimé, et les amis de mon bien-aimé, or je ne réussis pas à éloigner l'épisode auquel nous avons été mêlées. Mais je devrais m'y employer. José Alexandre est en train de m'adresser des compliments, dénigrant de façon plutôt inappropriée Ana l'Enfumée, énumérant ses défauts avec un réel manque de tact, faisant état de sa paresse, de son arrogance, de sa manie de fumer sans cesse pour attirer l'attention sur elle. Il me donne comme un exemple de discrétion, même en matière de tabagie. Ana Foggy aurait besoin d'être secouée, ils devraient même se séparer pendant quelque temps. La solution serait que chacun s'en retourne auprès de sa maman : “Tu as vingt ans, Solange ?”

“Je les aurai en août.”

“Ah ! Août, le mois des vainqueurs. Tu auras vingt ans et moi quarante et un.”

Foggy fête son anniversaire quel mois ? José Alexandre essaie de s'en souvenir mais il se rappelle seulement les anniversaires de ses petites amies précédentes. João de Lucena me connaît, il a déjà placé la main derrière ma tête et me l'offre. Je pose mon visage contre sa main et je ne me rends même pas compte que nous approchons de la pension sur le Campo Pequeno. J'aimerais pouvoir raconter à João de Lucena ce qui s'est passé dans le garage, mais c'est impossible. Il me dit : "Tant de jugeote dans cette tête, tant de jugeote..." Lucena m'encourage, aimable, paternel, comprenant que j'ai un autre chagrin que le report à plus tard : "Qu'est-ce que tu as ?" Je ne parle pas de ce qui s'est passé, non seulement parce que je ne le dois pas, mais aussi parce que je ne veux pas que deux réalités opposées se mêlent dans ma pensée : la mort qui a emporté Madalena dans une fourgonnette et la vie irradiant de quelqu'un qui s'appelle João de Lucena. Je refuse de les associer même à l'intérieur d'une phrase. Si j'écris Madalena Micaia sur une ligne, je devrai écrire João de Lucena sur une autre ligne d'une autre page. Voilà peut-être pourquoi j'ai bondi de joie quand João de Lucena a annoncé : "Solange, demain je viendrai te chercher pour aller à Sete Rios. D'accord ?" Et mon amoureux annonce que ce ne sera pas drôle car il faudra aider à une tâche très concrète, un enfantillage symbolique qui, dans le monde de sa mère se transforme en un des douze travaux d'Atlas. Bref, une histoire de jardin, une bêtise. Oui, oui, d'accord.

Il ne peut imaginer la dimension de ma joie.

Nous nous sommes mis en route. Lucena n'avait pas averti et c'est la révolution. Seule la mère est habillée et arrangée, pas la grand-mère, il est trois heures de l'après-midi et elle erre encore en robe de chambre dans le jardin de la maison. Nous nous en rendons compte immédiatement car c'est précisément vers le jardin que nous nous dirigeons et dont nous chassons la grand-mère, surprise dans ce laisser-aller. Mais João de Lucena est plutôt pressé. Le jardin est sombre, le mur à l'arrière où s'accrochent des gerbes de plantes grimpantes et des touffes de rosiers emmêlés est haut. Et c'est ça le problème qui tracasse sa mère. Cela fait longtemps que son fils ne se trouve pas au Portugal au printemps, depuis *Giselle* avec Barychnikov, pense-t-elle, mais maintenant qu'il est à Lisbonne elle voudrait lui demander de faire le nécessaire, de tailler ces rosiers.

“Mère, ce n’est pas possible, ils sont en fleur.”

“Taille-les quand même, mon fils, taille-les en coupant comme ça, comme ça…”

“Je ne les taillerai pas, mère, tu ne peux plus rien m’apprendre dans la vie, mère…”

Je les entends discuter, et bien que tout se passe à voix très basse, je me rends compte combien ils sont semblables, combien ils sont obstinés. Heureusement que je suis venue. Munie d’un râteau et d’un panier pour les feuilles, je m’apprête à nettoyer le jardin et je me sens heureuse. J’aimerais assister à cette discussion toute ma vie durant, à cette bataille entre la mère et le fils. Une bataille si belle. Le treillis a été vert jadis, mais aujourd’hui il est brun et des feuilles mortes sont accrochées dans l’entrecroisement des lattes. Un escabeau apparaît entre les mains de João de Lucena, plus deux sécateurs, et nous entreprenons de retirer les feuilles mortes. Il est difficile de décrire cette tâche domestique, il est impossible de décrire ma joie, celle de la mère en voyant les vieilles branches tomber, en voyant rassemblés les rameaux des roses pompon qui sentent bon le printemps, c’est le jour le plus heureux de ma vie. Je connais des odes, j’en lisais certaines en guise d’exercice et, si j’ai bonne mémoire, dans leur ensemble toutes finissaient par enjoindre de cueillir le jour. Cueille le jour, cueille cet après-midi. La grand-mère est maintenant en bas, cramponnée à sa canne, et elle me regarde grimper et descendre. Quand je passe près d’elle, dans l’effervescence de la taille, elle me dévisage comme si ma tête était une aiguille dans laquelle elle voulait enfiler un fil. Quand je grimpe, elle me scrute en fermant les yeux, comme si elle contemplait des bateaux sur une plage. Tout à coup, quand je descends, elle passe une main sur mes jambes. Lucena perd patience et crie : “Grand-mère ! C’en est trop, vous exagérez. Vous abusez.”

La mère de João de Lucena éloigne doucement sa mère en direction de la table en fer qui fut naguère blanche et qui est fixée au sol au milieu du jardin. Elle dispose des chaises autour de la table. La grand-mère a téléphoné et sa fille Clarisse ne va pas tarder à arriver avec les tantes. Bientôt la sœur de la mère et les trois sœurs de la grand-mère surgissent à la porte du jardin et prennent place autour de la table. Une frise de cheveux bleus est exposée au soleil de l'après-midi. La grand-mère exhibe notre œuvre. "Je ne t'ai pas dit, Clarisse, que la jeune fille était ici ? Vous ne vouliez pas me croire. Eh bien, voyez. Regardez le travail qu'elle a abattu. Vous ne savez pas ? La jeune fille a été paysanne…"

"Ça suffit comme ça, arrêtez, grand-mère !" crie mon bien-aimé.

Les six femmes se penchent sur la table où se trouvent à présent une carafe de limonade et des gâteaux de riz entourés de papier. Plusieurs voix disent en même temps : "Ah, pardon." Et le silence règne. Mon amoureux est en colère, il me regarde comme s'il voulait me sortir d'une léproserie. C'est évident. Il exerce une tyrannie sur ces femmes, lesquelles exercent leur tyrannie sur lui, mais cette relation vivace me plaît. Elle est juste et aimable, elle chante quelque chose qui me fait penser à un défilé familial dans une marche nuptiale. J'aimerais rester enfermée à tout jamais dans ce jardin où les moisissures vertes de l'hiver prennent des teintes grises et où les roses resplendissent sur les treillis, à entendre les voix de ces femmes me présenter leur prince. Je pose mes doigts sur les lèvres de mon bien-aimé qui accepte que j'apaise sa colère. Il ferme les yeux. La grand-mère ne se contient plus en nous voyant dans cette intimité. Elle bat des mains comme une enfant et n'arrête que parce que sa canne roule de la table et tombe par terre.

"Boum !" fait la canne de la grand-mère.

Alors, la grand-mère dit à ses sœurs : "Sœurettes, racontez donc l'incident à la jeune fille."

"Jeune fille, vous voyez là-bas cette fenêtre au premier étage ? Les pompiers sont venus nous sortir de là il y a déjà presque trente ans…"

"Ah oui ?"

"Oui ! Venez, nous allons vous montrer…"

Les trois tantes me conduisent par l'escalier et les couloirs jusqu'à la chambre en question et là elles commencent à expliquer, comme si elles se trouvaient devant un champ de bataille dont il fallait désigner l'une après l'autre les différentes composantes : "Quand nous avons perdu nos maris, nous avons commencé à venir ici, à Sete Rios, chez notre sœur. Nous arrivions le samedi, nous repartions le lundi. Moi, je dormais ici. Elle là, mon autre sœur là-bas, toutes les trois dans cette chambre. Un lundi, nous nous sommes réveillées et nous étions enfermées de l'extérieur, nous ne pouvions pas sortir de la chambre. La clé n'était nulle part. Moi ici, elle là, ma sœur là-bas. Nous avons attendu trois heures, enfermées ici, jusqu'à ce que les pompiers arrivent et nous sortent par la fenêtre. Nous avons raté le train. Vous savez où était la clé ? João l'avait prise, il l'avait emportée avec lui à l'école pour qu'on ne puisse pas partir. Je le vois encore, tout menu, plonger sa menotte dans sa poche et montrer la clé. 'La clé est ici !' Pourquoi as-tu fait ça, João, pourquoi as-tu emporté la clé des grands-tantes ? Lui a demandé son père. Et il a répondu : 'Parce que j'aime beaucoup mes tantes…'"

"Moi, je dormais ici, toi là et elle là-bas…"

"Descendez, retournez en bas, jeune fille, João n'aime pas qu'on lui rappelle son passé…"

Mais, avant que nous ne descendions, les vieilles femmes veulent me demander quelque chose de très particulier. Elles m'entourent, me touchent, l'une d'elles me demande : "Combien d'enfants voulez-vous avoir ?" Nous sommes coincées toutes les quatre entre deux portes et elles insistent en baissant la voix, agissant clandestinement. Une question entre les dents : "Deux ? Trois ? Mais pas plus de trois. Les enfants donnent beaucoup de travail, aujourd'hui les enfants coûtent énormément d'argent. Hou là là !…" Leurs trois visages me regardent fixement, un a même un air sévère, deux ont une expression ravie, tous sont suspendus à mes paroles. Les lèvres d'une des tantes tremblent : "Vous n'avez pas encore parlé de ce sujet?" Pendant que je leur réponds à voix basse, elles se calment, elles répètent ce que je leur dis, elles préparent leur canne pour descendre l'escalier, elles avancent tout doucement. "Très bien!" L'une d'elles raconte à la jeune fille: "Il y a quelques mois, une Américaine est venue le poursuivre jusqu'ici, même qu'elle dansait avec lui dans la Compagnie nationale de danse, elle ne le quittait pas d'une semelle, mais il n'a pas voulu d'elle..." En bas, dans le hall, quelqu'un se méfie de tous ces chuchotements. Que se passe-t-il donc là-haut? La tante Clarisse est postée au pied de l'escalier et me tend un paquet avec le reste des gâteaux. La mère de João se tient à côté de la porte avec le grand bouquet de roses que nous avions cueillies pour ses vases, mais elle insiste pour ne garder que quelques tiges: "Emportez-les! Allez, prenez-les..." Comme si nous allions dormir sous le même toit.

Il est encore si tôt et nous devons déjà partir?

Je n'ai pas envie de m'en aller. Pourquoi devons-nous partir? Dans la maison de Sete Rios, nous étions tous les deux sous le même toit. Là, la maison était si grande, avec tant de chambres, les draps avaient tant de dentelles avec des monogrammes brodés, il y avait de la porcelaine pour toutes les occasions, des canapés, des sièges géminés, il y avait tous ces yeux fixés sur nous, certains avec des taches blanches sur l'iris, nous envoyant d'innombrables messages d'amour. Pourquoi ne restions-nous pas là, pourquoi n'allions-nous pas dormir dans le lit de sa mère et de son père? Qui était abandonné, intact, comme un trône immobile, au milieu d'une pièce tapissée de papier à fleurs? Mais pourquoi? Pourquoi, Solange? Pourquoi ne se décide-t-il pas? Je porte un jeans et un corsage à rayures, mais ce n'est pas vrai. Je suis étendue par terre, nue, déchaussée, entourée de bandelettes comme la jeune fille photographiée par Manuel Álvarez Bravo, *La Bonne Renommée endormie* depuis 1938. Il y a exactement un demi-siècle. J'attends João de Lucena. J'ai les mains derrière la tête, je ferme les yeux.

Mais João de Lucena est désespéré en présence de sa mère et de sa tante, il en a assez de la maison de Sete Rios, il a besoin de marcher, de courir. Chaque fois qu'il part de là, il se dit qu'il n'y reviendra plus jamais. En cet instant, il aimerait aller vivre dans la ville la plus peuplée de la terre et aussi la plus éloignée de Sete Rios. Comme Tokyo, Hong-Kong, Oulan-Bator, des villes plus lointaines et plus étranges que New York, rien que pour ne plus entendre sa mère et sa grand-mère. Et il insiste sur le mot *assommantes* en lui donnant le pouvoir explosif d'une grenade. Assommantes, assommantes, il n'en peut plus. Toutefois, pendant que nous marchons, la colère de João de Lucena se dissipe, il se met à rire de tout ça. Elles sont comme elles sont. Il oublie. João de Lucena se concentre sur ce qui l'entoure, il dit que la marche est le meilleur exercice qui existe pour l'esprit et le corps. Là où il a habité, les gens emportaient leurs chaussures de tennis au travail, suspendues à l'épaule, de façon à pouvoir changer de souliers à la fin de la journée et parcourir plusieurs kilomètres en rentrant chez eux le soir. Tout le long de la Neuvième avenue.

"Vraiment ?"

La langue de João de Lucena est savoureuse et apparemment nous devons être agréables à voir. Nous parcourons les avenues en cette fin de journée et les passants que nous croisons ralentissent le pas pour nous regarder. Nous avons avec nous la brassée de roses de sa mère et c'est João qui la porte. Vers huit heures nous passons à côté des embouteillages sur le Campo Grande. Nous contournons les voitures et marchons à quelque trente centimètres du sol. Nous avons l'habitude, nos pieds ne touchent pas le sol.

Ce jour-là, plus que jamais, j'ai un mal fou à me séparer de cet homme. Pourquoi ne suis-je pas franche, pourquoi ne lui dis-je pas la vérité ? Que j'ai un sac tout prêt, que j'attends qu'il m'appelle ? Je l'entends me dire : Ma chérie, aujourd'hui même, ce matin, ce soir, veux-tu que nous partions tous les deux, rien que nous deux, pour passer la journée à tel ou tel endroit ? Loin des dilettantes, loin des trois voitures, loin de tout le monde ? En attendant que cela arrive, j'ai placé dans un sac les objets que je crois utiles pour une escapade de cette nature. *La Bonne Renommée endormie* m'a donné d'excellentes idées. Mais me vêtirai-je de blanc en dessous et de noir au-dessus ? Ou dois-je faire le contraire ? M'habiller de noir en dessous et de blanc au-dessus ? Parfois, je regrette de ne pas m'habiller en blanc au-dessus et en dessous comme les promises d'antan. Je regrette de devoir porter quelques vêtements, je regrette de ne pas être nue. Dans la réalité, nous nous disons au revoir devant la pension et il me tend ce grand bouquet de roses : "Prends, elles sont pour toi, tu les mettras dans ta chambre." J'ai l'impression que nous sommes sur une scène de théâtre et que toutes les improvisations sont permises.

"Mais où habites-tu ?"

Je lui pose la question à brûle-pourpoint, comme ça, sans préavis.

Je suis surprise moi-même, car non seulement je ne le lui ai jamais demandé, mais encore ça ne m'a jamais intéressée de savoir où habitait João de Lucena. Celui qui aime ne voit que l'essentiel et l'essentiel se passe de détails vulgaires comme l'endroit où couche la personne aimée. D'ailleurs, la personne que nous aimons ne se couche pas, elle passe juste quelque temps à dormir. Et, maintenant, la stupide question que je n'aurais pas dû poser l'avait été, avec sa suggestion de commérage et d'anxiété mal déguisée. Il m'a attrapé le bras avec vigueur. À sa façon de m'agripper j'ai compris que João de Lucena souffrait : "Tu te rends compte, Solange, on ne me paie pas à la Compagnie nationale de danse, ni au théâtre San Luis, ni nulle part. Un pays d'arnaqueurs, un pays de mendiants et de gens sans vergogne. Sans Gisela, je serais déjà retourné sur l'Upper West Side, là-bas, dans mon coin. Une fieffée bande d'escrocs…" João de Lucena était très fâché. Indigné, il marche de long en large devant la pension. Et moi, pourquoi lui avais-je posé pareille question ? Comment se pouvait-il que j'aie soudain cédé abruptement, à la fin de cette journée-là, à ma vilaine curiosité ? Excuse-moi, João, excuse-moi. Nous étions devant la porte entrouverte et je ne parvenais pas à me séparer de cet homme, à entrer : "Ne t'excuse pas, ma chérie. En ce qui me concerne, tu es excusée depuis que je te connais. Mais, si tu veux savoir, j'habite avec Ana Foggy et José Alexandre. Et ces deux-là me rendent dingue…" J'étais contente qu'il me l'ait dit. Je n'avais pas besoin de le savoir mais, puisqu'il me l'avait dit, j'étais au courant. Et c'était comme s'il ne me l'avait pas dit. Mon bien-aimé vit en moi, il n'habite nulle part. J'ai fermé la porte tout doucement, une fente étroite par laquelle j'ai vu son bras m'adresser un signe.

J'aimais João de Lucena.

18

Pendant la nuit, je restais nue, entourée de bandelettes, couchée par terre et à attendre, ce qui n'empêchait pas le lendemain d'arriver. Maintenant, quand le téléphone dans l'entrée sonnait, ce n'était plus Murilo Cardoso qui venait m'appeler en me tendant l'appareil. J'allais répondre moi-même, dévêtue, nue, couchée par terre, attendant, pensant que c'était João de Lucena. Mais cette fois-là, ce n'était pas lui au téléphone, c'était Maria Luísa Alcides. Il faut regarder la réalité en face.

C'est la mezzo-soprano qui est à l'autre bout du fil, me donnant rendez-vous dans le garage pour dans deux jours et voulant savoir si je serais présente ou non. La question est justifiée car Nani continue à se sentir paniquée et elle-même, Maria Luísa, ne s'est pas encore réconciliée non plus avec les faits. Pas plus que moi je ne les ai acceptés, nous avons passé beaucoup de temps à échanger des propos vagues, lourds d'omissions et de silences. Là, au téléphone, je ne peux pas le dire, mais je continue à revoir toutes les étapes de ce soir-là et de ce 17 mai, comme dans un film en projection permanente, et j'aboutis toujours à la conclusion que j'aurais procédé moi-même comme l'avait fait Gisela Batista – à sa place, j'aurais retiré la banane de la main de Madalena Micaia, je l'aurais flanquée à la poubelle, je lui aurais servi un repas frugal à l'heure du déjeuner, je lui aurais demandé de se consacrer corps et âme au chant, j'aurais exigé qu'elle prenne cette longue douche pour son confort et le nôtre. Oui, j'aurais fait de même. Et donc, si Gisela se sent coupable, moi aussi je me sens coupable, moi aussi je peux crier que je l'ai tuée, moi aussi je peux avoir envie d'appeler la police et demander qu'on élève une potence pour mon cou devant le garage. Il n'est pas étonnant que le lendemain j'éprouve une tristesse infinie en me dirigeant vers la Casa Paralelo, et je ne suis pas la seule. En entrant dans le garage, j'ai trouvé Gisela et les sœurs Alcides en larmes. J'ai éteint ma cigarette. Je me suis agenouillée et jointe au chœur des pleureuses. Mes paroles se sont jointes aux leurs. Gisela, surtout Gisela, était inconsolable, disant qu'elle pleurait Madalena Micaia depuis huit jours consécutifs. "Elle est partie dormir pendant deux cents millions d'années, elle est partie dormir à tout jamais." Disait Gisela, complètement anéantie. Nani a levé les yeux et eux aussi étaient rouges : "C'est justement ce *à tout jamais* qui est inacceptable. S'il y avait au moins quelque chose qui interrompe cette éternité..." Nous avions toutes la voix rauque, y compris Nani. Le silence s'est emparé de nous.

Un peu plus tard, on a entendu dire dans le garage : "Il doit sûrement exister quelque chose qui ait le pouvoir d'interrompre l'éternité. Du moins, si on le désire très fort, ça doit exister. Sinon, comment justifier notre désir..." C'était Gisela, en pleurs, cherchant des mouchoirs dans les poches de sa blouse et les poignets de ses manches. Puis la *maestrina* s'est mouchée, nous avons fait de même, elle s'est passé une lingette sur le visage, nous aussi et, défigurées, nous nous sommes regardées. Et maintenant, qu'est-ce qui nous attend ? Nous sommes-nous demandé à mi-voix.

Gisela a repris courage.

Elle s'est ressaisie. Nous étions assises en face du piano et nos corps étaient reflétés dans le miroir. En nous voyant ainsi multipliées par deux, notre sentiment de culpabilité lui aussi était multiplié par deux. Le miroir était un instrument de torture. Gisela a fait appel à la force de la raison, à sa capacité de cohérence, de discernement, et elle nous a demandé de l'imiter. Une de nous avait disparu et nous devrions peut-être nous placer maintenant dans cette perspective de transfiguration pour tenter de mieux comprendre notre propre vie.

C'était peut-être là le meilleur hommage que nous puissions rendre à Madalena Micaia, d'essayer de voir le monde à travers son regard éclairé par la désincarnation.

"Mais comment, comment ?" a demandé Nani.

Gisela ne savait pas comment, elle supposait malgré tout que, si nous nous concentrions, nous parviendrions peut-être à y voir plus clair. Elle a dit : "Procédons par étapes. Si nous réfléchissons avec lucidité, que pourrons-nous conclure ? Que l'une de nous est morte et que nous nous sentons toutes un peu mortes avec elle, alors elle est encore vivante pour nous et pour cette raison elle ressent un peu les choses comme nous et elle veut un peu ce que nous voulons. Mais nous sommes encore dans la confusion, nous ne savons pas encore bien ce que nous voulons. Elle, la partie d'elle en nous qui n'est pas morte, sait. Notre compagne disparue nous dit que quelqu'un qui a été capable de se consacrer à un rêve de façon aussi exclusive qu'elle n'a pu le faire que parce qu'elle croyait en elle et en nous, et parce que notre musique était devenue sa cause. Elle nous dit que nous ne pouvons pas continuer à rester les bras croisés."

Nous avons relevé la tête, nous nous sommes regardées.

Oui, ce que disait Gisela était très beau et en même temps bien confus. Il semblait qu'une partie de la disparue était en nous et qu'une partie de nous était en elle, comme si c'était chose possible. Elle était décédée ici, dans cette pièce, son corps était parti et nous, nous étions restées, parce que nous n'étions pas elle. C'était difficile à comprendre. J'ai demandé : "Pour l'amour de Dieu, Mimi, qu'est-ce que tu veux dire avec ça ?"

La *maestrina* n'a pas répondu tout de suite, elle se mouchait. "J'essaie simplement de suggérer que, si nous nous plaçons dans la perspective de Madalena Micaia, ou plutôt si nous nous imaginions à côté d'elle, nous l'entendrions nous dire de ne pas baisser les bras, de continuer, de ne pas prolonger cette pause. C'est ça que son image, là-bas, dans cet autre lieu, nous dit…" Gisela était abattue, elle venait d'avoir trente et un ans, mais en cet instant elle paraissait bien plus âgée, on se rendait compte que sa souffrance était aussi authentique que sa décision. Car la décision qu'elle attribuait à la disparue était sa décision à elle et c'était sa façon de nous convoquer et de nous faire réagir. Gisela était une femme admirable. La tristesse l'abattait, mais comme toujours elle ne l'empêchait pas d'être intelligente. Nous, en fusion avec notre compagne disparue et elle présente en nous, constituions une belle métaphore.

"C'est si compliqué…" a dit Nani.

"C'est si simple." a rétorqué Gisela. "Ce que je veux dire, c'est que notre compagne est partout et elle dit : 'Quoi ? Vous n'avez pas encore recommencé. Alors, à quoi a servi ma vie ?' Et son ombre s'approche de nous et nous demande des explications. Pour ma part, je suis prête à lui dire : 'Nous avons pris un peu de retard, *African Lady*, mais nous revoilà ici.' Et je vais sourire au mur d'où sort sa voix et je vais lever ma tasse à la hauteur de mes yeux pour que son ombre se retrouve dans notre joie et devienne lumineuse. Et nous devrions nous sourire en son nom. Mais je comprends que vous puissiez ne pas ressentir la même chose que moi. Nous sommes différentes et la différence se remarque bien plus aux heures de tristesse qu'à celles de la joie. Je le sais très bien."

Maria Luísa s'est remise à pleurer. "Moi aussi, j'ai envie de dire la même chose. Moi aussi, je veux recommencer et me montrer courageuse. J'avais mis de côté le cardigan avec lequel nous l'avions recouverte, mais je vais de nouveau l'utiliser. Si vous me confiez ses solos, je ferai de mon mieux, je vous l'assure. Car elle est ici, en train de nous regarder toutes…"

Tout allait très vite. Nous n'avions avec nous aucune boisson alcoolisée ni aucun verre approprié, mais nous avons fait un geste de libation et nous étions joyeuses à force d'être tristes. Nos yeux larmoyants étaient derrière des gobelets imaginaires, ceux de Gisela étaient rouges et démesurément grands. Vu les circonstances, je n'aurais pas voulu observer ces détails, mais je ne pouvais m'empêcher de constater qu'elle avait perdu des cils, et ceux qui lui restaient, bien que fournis, étaient maintenant plus longs et plus fins. Comme s'ils avaient été étirés et collés les uns aux autres par le sel des larmes. Elle avait l'aspect de quelqu'un dont les couleurs de la jeunesse avaient pâli, de façon à se préserver pendant un temps indéfini. Sa fulgurance corporelle était dans une sorte d'état d'hibernation. Toutefois, j'étais convaincue que, par contraste, sa force d'âme s'en trouvait magnifiée. Mon regard errait et je découvrais des signes de cet affermissement dans plusieurs endroits du garage.

Oui, il y avait plusieurs signes.

Ce qui voulait dire que sa réanimation n'avait pas lieu en cet instant, elle remontait déjà à deux ou trois jours, car les tentures rouges avaient été raccrochées et des fruits exhalaient leur parfum dans la corbeille à l'entrée. Même la cafetière, toujours entourée de marc de café, avait été astiquée et nettoyée, et elle avait l'air neuve. Les meubles partis avec le tapis boa étaient tous revenus, à l'exception du tapis. Bref, Gisela avait pris ses précautions. Y compris ces paroles dans lesquelles l'invasion du corps transfiguré faisait apparaître une nouvelle logique et qui avaient sûrement été préparées. Mon admiration pour Gisela Batista, qui avait toujours été immense, grandissait encore. Je regardais la photo imprimée au fond, sur laquelle Gisela surgissait en petite fille, juste pour essayer de voir si je détectais chez elle les traits embryonnaires de la gagnante et je les discernais. Je les apercevais dans le petit visage large, souriant sous le bord du chapeau qui la protégeait du soleil frappant le mur blanc. Je les voyais dans la grande bouche charnue annonçant une relation intense avec le monde. Sa force résidait là et se manifestait une fois de plus. Non, non. Gisela était endeuillée mais ne semblait pas affaiblie, et encore moins vaincue.

La preuve était qu'elle nous tendait des tasses de thé, au milieu desquelles surgissait un objet de forme rectangulaire revêtu de carton. Il surgissait ainsi, sans annonce ni ostentation. Celle que nous appelions la *maestrina*, et il n'y avait pas de meilleure désignation, a retiré ce qu'il y avait dans cette enveloppe encore provisoire et elle nous a conduites jusqu'au *pick-up*. Nous avons compris de quoi il s'agissait. Oui, c'était bien ça. Nous étions devant une des premières copies de notre disque dont la pochette n'était pas encore fabriquée. Nous sommes restées muettes, accablées par la solennité et la peur de cette confrontation avec la réalité. Assises devant la boîte à musique, nous nous sommes écoutées en silence. Le silence, la circonstance, la tragédie dont ce local avait été le témoin nous laissaient sans voix, mais au fond nous étions surtout émues par notre travail et notre propre talent. Nous nous sommes prises par la main, assises par terre devant l'appareil au couvercle soulevé. "Écoutez", a dit Gisela. "Écoutez ce qui suit..."

Gisela attirait notre attention sur la voix de Madalena Micaia chantant en solo *Il était un port, il était une gare*, et sur la mise en évidence du refrain chanté sur un rythme syncopé, bien swingué dans *Je veux que le ver / De la nostalgie / Ait une mort heureuse,* et ainsi de suite, jusqu'à arriver au thème que nous appelions *Afortunada.* Renforcé par les manipulations électroniques, le texte s'avérait être bon, l'orchestration translucide, son et paroles ne faisaient qu'un, avec la simplicité d'un filet d'eau si souvent prônée et si rarement atteinte, et, évidemment, bien qu'étant à mi-chemin seulement, nous savions déjà que nous ne pourrions plus nous arrêter là. Celle que nous appelions la Mahalia Jackson d'Amadora l'exigeait dans cette chanson plus que dans toute autre phrase de tout autre thème. Sa présence, l'espace d'un instant, fut omnipotente. Gisela a ouvert ses longs bras et a demandé, en s'adressant à nous comme à des enfants : "Elle est partie, pour l'une de vous ?"

"Non !"

"Pour l'une de vous *The African Lady* va revenir ?"

"Elle revient sans cesse, elle n'est pas partie."

"Alors, demain, à trois heures, ici même."

Bien sûr qu'elle n'était pas partie. Plusieurs autres traces évidentes attestaient qu'elle n'était pas partie. Dans le vestiaire, à l'endroit même où j'avais tenté d'effacer la preuve de notre délit à l'aide d'une serpillière, et les seaux d'eau d'un brun rougeâtre avaient été nombreux, la costumière était venue suspendre nos costumes. Glissés dans des housses en plastique, ils ont dansé sur les cintres quand nous avons écarté le rideau gris. Sans doute Madalena Micaia voulait-elle qu'il en soit ainsi. C'était certain, logique, comme deux et deux font quatre. Alors, quand les costumes pendus nous ont renvoyé une étrange image de carnaval, Nani a eu un sursaut, elle a demandé si ce qui se produisait était juste, si nous n'étions pas par hasard en train de vampiriser ce qui subsistait de Madalena, si profiter d'un message supposé de la disparue pour poursuivre comme si de rien n'était, ne serait pas abusif. Soudain Nani a dit que nous marchions allègrement sur un cadavre et que ça ne nous faisait rien, elle a demandé comment avait réagi la famille africaine et où se trouvait le bébé. Elle a même évoqué des détails incongrus, comme exiger de savoir quel lait buvait le bébé, où il dormait et où il habitait. Cette Nani était incroyable. Quand la situation était sur le point de s'apaiser, Nani disait : "J'exige une explication, je veux aller là-bas, voir de mes propres yeux…" Et elle semblait s'exciter avec ses propres doutes, comme si elle avait soudain tourné un robinet dramatique jusqu'alors interdit. Cette girouette se mettait à avoir des velléités d'enquête, émettant même l'idée extravagante qu'elle pourrait se mettre à bavarder indûment, à déclarer publiquement que Madalena n'était pas retournée dans son pays, mais était morte au sortir d'une douche interminable dans les lavabos du garage.

Nous étions atterrées par la mutinerie de Nani. Après toutes ces conversations à voix basse, toutes ces larmes, tout ce thé, toute cette musique chantée par nous-mêmes, après tout ça, Nani, l'inconstante, celle à qui on ne pouvait pas faire confiance, alors que nous étions presque au bout de nos peines, s'attachait à renverser la paix obtenue. En cette fin d'un jour de juin, le miroir lisse et brillant, telle la surface d'un lac, multipliait notre appréhension. Maria Luísa Alcides disait : "Ma sœur, retiens ta langue, fais attention à ce que tu dis…" Mais Gisela Batista, temporairement vieillie, n'avait pas besoin de davantage d'arguments que ceux qu'elle connaissait déjà. Elle a saisi la commande, a appuyé dessus et la porte a commencé à glisser. Elle s'est ouverte entièrement. Le bel après-midi de juin a pénétré à l'intérieur. La rue était une peinture dans un cadre, une peinture avec des arbres. La porte était grande ouverte sur la rue. Celle qui avait envie de sortir n'avait qu'à faire un pas, tourner le dos et partir. Gisela ne disait rien, mais c'était comme si elle déclarait : Ici personne n'est prisonnier. Celles qui souhaitent rester connaissent les règles. Celles qui ne donnent pas tout ne donnent rien. Celles qui gardent pour elles une part de ce qu'elles devraient donner, se volent elles-mêmes. Et ainsi de suite. Je le savais, je connaissais Gisela Batista. Elle se tenait là, debout, dans l'espace du tableau peint par les arbres, et elle exigeait de nous que nous nous engagions de nouveau. Gisela parlait, parlait à l'intention de Nani.

Je me demandais simplement où Gisela allait chercher des discours aussi solides. Dans quels collèges avait-elle étudié ? Était-ce une formation acquise en Afrique du Sud ? Dans un collège à Montréal où l'on enseignait la technique oratoire ? Le raisonnement qu'elle venait de tenir devant la porte ouverte du garage nous paraissait aussi indestructible qu'une émanation radioactive. Personne ne réussirait à le détruire, pas même à l'aide d'une compression de plusieurs milliers de tonnes. Même Nani est restée. Elle n'a pas bougé. La porte s'est refermée devant les arbres, notre monde dupliqué par le miroir s'est reconstitué et nous avons été reprises par un sentiment d'urgence. À la fin, quelqu'un a dit : "Chère Giselle, heureusement que nous nous sommes remises au travail. Ouf ! Il était temps."

Ce quelqu'un, c'était moi.

Alors, le rideau a commencé à tomber sur Madalena Micaia.

Le deuil pour notre compagne à la voix de jazz est devenu beaucoup plus une question de panique à cause du mensonge dans lequel nous enveloppions sa disparition qu'un deuil dû à son absence. La hâte de lui découvrir une remplaçante a occupé l'espace réservé à son image. Très vite nous avons été mobilisées par l'angoisse de cette substitution et même Lucena, qui ignorait ce qui s'était passé dans les lavabos du garage, sera présent lors de l'audition d'une nouvelle chanteuse et l'approuvera.

La remplaçante est une fille forte, de petite taille, qui vient du conservatoire mais qui désire elle aussi fuir l'écho de ses corridors sombres. En l'écoutant, on ne pourra s'empêcher de penser qu'elle est une remplaçante acceptable quand Gisela tendra le bras et dira qu'elle est là en remplacement de Madalena Micaia. Toutefois, Lucena modifiera la chorégraphie pendant le mois de juin, car la nouvelle composition du groupe révèle une morphologie des corps différente et oblige à des réajustements sérieux. Lucena et le maestro Capilé sont d'accord. La grande nouveauté, c'est que Gisela, le corps de Gisela, la posture plus mûre de Gisela, feront que la *maestrina* se détachera en tant que personnage principal sur la scène. Nous serons toutes d'accord, nous avons sept mois de répétitions ensemble, nous sommes déjà la vieille garde, ce qui est en question c'est ce qu'on attend du nouvel élément issu d'une formation classique et qui n'aime pas non plus les corridors sombres, mais qui récuse aussi l'appellation de chanteuse. Toutefois, comme elle a du mal à bouger et n'a pas appris à se déplacer à trente centimètres du sol, ni à voler dans le garage avant de danser, contrairement à nous, elle a fini par accepter la place qui lui est proposée. Derrière, dans la rangée du chœur.

Nous sommes dans le studio Nepomuceno, je me souviens de l'enthousiasme qui règne parmi les instrumentistes, tous concluent que finalement nous avons bien fait de reporter, même le remplacement d'une *African Lady* par le nouvel élément contribuera au succès qu'ils espèrent remporter. Ce jour-là, il y a une bonne nouvelle pour l'élève parolière. Julião Machado prévoit que la pochette de l'album s'inspirera de la chanson *Afortunada* et mon cœur battra la chamade. Des informations variées continueront à circuler parmi les différents membres du groupe à propos de ce qui s'est passé dans le garage le 17 mai. Bref, en moins de quinze jours, ce qui était extrêmement complexe commence à devenir linéairement simple. La mort et l'oubli marchent main dans la main, même quand il s'agit d'une mort comme celle de Madalena Micaia. Maintenant, quand nous chantons dans le studio Nepomuceno, le tintamarre, comme l'appelle Julião, est écoutable, et le troupeau, comme Julião désigne notre groupe, exécute correctement les numéros. Nous accélérons, décélérons, transpirons, nous nous épongeons le visage avec des lingettes et nous sommes à l'aise, nous nous sentons libres, la paix est descendue sur le troupeau. Même Gisela a abandonné sa vigilance draconienne. Pendant l'été, cette espèce de confession a disparu, de même que l'acte de contrition qui la suivait, et aussi l'exhortation. Seule est restée la pesée, mais à titre volontaire. J'ajouterai aussi que tout le monde avait remarqué mon entente avec João de Lucena. Tous nous avaient déjà surpris enlacés dans le coin d'une salle. Naturellement, Gisela aussi est au courant. Un jour de juin je lui avais dit : "Gisela, João de Lucena et moi…" Gisela m'avait regardée, sereine, souriante. Tout cela ne dure qu'un instant. Surprises, les sœurs Alcides me regardent.

Gisela dit : "Chut !", en mettant un doigt sur sa bouche. Et je me tais. Je m'en souviens parfaitement.

Dehors les arbres sont touffus, sous chaque feuille il semble y avoir un moineau tant le pépiement est intense. Et soudain, "Chut !" Nous sommes assises par terre, elle se penche vers moi et me caresse la tête. Merci, Gisela, je comprends. Je comprends tout. Mon exaltation amoureuse est acclamée par les autres. Notre amour est si clair, si évident, si pur, que tous s'en rendent compte et en restent muets. Nous provoquons à la fois l'admiration et la retenue, comme *Le Baiser* de Rodin.

Le Baiser de Rodin.

Dans les déambulations en groupe auxquelles nous nous livrons dans le Bairro Alto en ces soirées d'été, je sens que nous devenons une espèce d'objet culte. Nous formons un couple respectable. Là où se trouvent Lucena et sa fiancée, il y a quelqu'un qu'on apprécie, à qui demander opinion et conseil, pour savoir s'il faut remonter ou descendre la rue, entrer au Trindade ou au São Carlos. Un jour, un photographe nous surprend à la sortie de la Taberna do Galego, il parle en anglais avec João de Lucena pendant une quinzaine de minutes et une semaine plus tard notre photo illustre l'idée du bonheur dans les nuits de Lisbonne, cette ville qu'on qualifie de triste. C'est justement le titre – *Artistes vivant ensemble dans la ville triste du fado*. Le bref reportage n'est pas élogieux pour la ville et cependant nous y figurons tous les deux, souriant ouvertement, visage contre visage. Nos têtes réunies, nos larges sourires. La différence d'âge donne de nous une image idéale, sur laquelle l'homme assume esthétiquement ses pouvoirs paternels. José Alexandre achète la revue à l'aéroport et elle reste ouverte ensuite sur les tables de l'Ideal das Avenidas, à la disposition de qui aurait envie de la feuilleter. Nos amis en ont plusieurs exemplaires sous le bras, ils se sentent bien représentés. Bon sang ! Dans la grisaille d'une ville triste, voilà quelqu'un qui rit franchement. Des rires comme ça valent de l'or, dans un pays de gens renfrognés. Surtout la fille, très jeune, qui rit en fermant presque les yeux. Elle, surtout, mérite tout.

Je me demande en rentrant chez moi : "Suis-je bien cette fille-là ?"

Oui, je suis cette fille-là, mais je le suis parce que João de Lucena m'a tendu sa belle main osseuse et m'a sortie à dix-neuf ans de la vie anonyme, ce que je trouve alors aussi important qu'être baptisée, et je ne sais comment l'en remercier. Je n'exige rien, je ne demande rien, je ne veux ni offenser ni soupçonner, tout ce qu'il me dira de faire je le ferai, je comprends à présent ce que signifie être une servante, cette expression qui m'avait toujours paru injurieuse. Voici la servante du

Seigneur, l'humble servante du Seigneur, comme chantait ma mère dans le chœur de l'église à Sobradinho. Je sais que là-bas, devant l'autel avec ses anges d'or, la servitude est autre, mais quelle qu'elle soit, le mot est le même, et maintenant je comprends parfaitement la grandeur à laquelle la *servante* peut accéder concrètement. Qui n'a pas aimé comme j'aime João de Lucena ne peut comprendre ce que je suis en train de dire en entrant dans ma chambre sur le Campo Pequeno et en m'y enfermant. Réussirai-je à dormir une demi-heure ? Il faut que je téléphone à mes parents, j'ai besoin de les entendre. Ça fait des mois et des mois que je ne suis pas allée voir les pâturages et l'étable, que je ne passe pas la main sur le pelage blanc et noir de ces corps préhistoriques qui donnent du lait, que je n'écoute pas le silence des herbes, que je n'observe pas leur lente croissance, brin après brin. Il y a surtout longtemps que je ne traverse pas la cour de la maison où mes parents passent l'après-midi. Je téléphone, j'attends : "Père ? Appelle maman. Non, non, maman ! Je suis si heureuse, si heureuse, excusez-moi de ne pas aller à la maison, mais je suis tellement prise par la vie. C'est le bonheur…"

Mon père a remplacé ma mère au téléphone : "Ma fille, ne te laisse pas éblouir, sois honnête et reste à ta place…"

Ma mère reprend le téléphone : "Ma fille, nous avons lu la revue. Ne te laisse pas éblouir, rappelle-toi que nous ne sommes rien dans cette vie. Nous sommes seulement le bien que nous faisons aux autres, le reste n'a aucune valeur…"

Mon père parle de nouveau : "De quoi as-tu besoin ? Dis-nous de quoi tu as besoin, ne te déshonore jamais parce que tu aurais besoin de quelque chose. N'accepte rien que tu n'aies mérité, ma fille, dis-toi bien qu'une offre trop généreuse doit susciter le soupçon…"

Oui, mère, oui, père. "Vous êtes là ?"

Ils ont peur. Mais peur de quoi ? "N'ayez pas peur… Mère, père, vous avez déjà compris que j'ai perdu mon année d'études ?"

"Oui, nous l'avons compris. Mais que faire ? Avec tant d'événements qui se bousculent dans ta vie, il était inévitable que quelque chose prenne du retard. Va, ça ne fait rien. Ne te perds pas toi-même, le reste n'a aucune importance."

Je pose le combiné sur le socle du téléphone noir.

Le lendemain, deux valises et un sac sont alignés à la porte de la chambre de Murilo Cardoso qui est en train de sortir avec son cartable. Il va partir et je voudrais dire au revoir à l'étudiant en sociologie, mais il refuse de me regarder. Ça ne fait rien, à l'avenir l'Europe, l'Afrique, le Moyen-Orient, les Carpates, les États-Unis d'Amérique et la Russie m'enverront des nouvelles de lui. Tous les jours, je saurai ce que Murilo devient par les journaux télévisés, je connaîtrai ses vicissitudes et son humeur. Il y a des personnes comme ça, elles sont nées pour se disperser dans le monde et c'est par leur intermédiaire que le message particulier du monde nous parvient. C'est sa rétribution de facteur du monde. Il s'en va entre ses valises. Il m'oppose son refus, il ne tourne pas la tête. Comme pour les adieux de la jeunesse, quelqu'un dit *Adieu, Murilo*, et des années plus tard seulement notre main tressaille et envoie un signe.

19

Je suis devant une fenêtre ouverte donnant sur les arbres d'une place. La table doit être propre, la pile de feuilles petite, la main droite parcourue de veines gonflées. Le doute s'est assis sur la chaise à côté. Dois-je reculer ou non jusqu'à la fin de la semaine, le 9 et le 10 juillet 1988 ? Ne vaudrait-il pas mieux en rester à ce moment de la Nuit parfaite, vingt et un ans plus tard, quand, déjà hors du programme convenu, une pluie de noms et un ruban d'étoiles s'étaient mis à tomber sur les bretelles de ma blouse et le dos de ma veste. Ne serait-ce pas là que je devrais rester, tournoyant dans le corridor du ciné-théâtre ? Combien de rois sont morts sans avoir jamais joui d'un seul moment comme celui-là, combien de princesses dormant dans des sépulcres chargés d'inscriptions gravées au ciseau n'auraient pas offert une partie de leur dot pour vivre comme moi ce moment exceptionnel ? Pourtant, je recule jusqu'au matin de ce samedi, j'entre dans la pâtisserie Ideal das Avenidas et sur la table que nous occupons d'habitude j'aperçois des pages de journal ouvertes et deux hommes enfouis dessous. João de Lucena et José Alexandre éloignent le visage de ces pages et sourient. "Salut !" Voilà donc la vie sereine, commune, banale. Et c'est là qu'intervient mon doute. Dois-je reculer ou avancer vers la Nuit parfaite ?

Le samedi, João de Lucena avait l'habitude d'arriver au petit-déjeuner avec des cheveux encore dégoulinant d'eau. Ce matin-là, seuls les cheveux de José Alexandre dégoulinaient. Ceux de Lucena, très lisses, avec quelques mèches blondes et des fils argentés, étaient parfaitement secs et brillaient dans la lumière du matin comme ceux d'un enfant nordique. L'ami de Lucena fut le premier à parler : "Regarde un peu ce qui arrive, nous devions aller tous les quatre à l'auberge de mon oncle et cette crétine de Foggy a inventé une excuse pour ne pas venir. Dernièrement, au moment de partir, elle nous sert invariablement une contrariété. Une migraine, une tante malade, une tique énorme sur la patte d'un de ses chiens. Bref, n'importe quoi sert d'excuse. Mais je l'ai prévenue : 'Tu ne viens pas, mais moi j'irai quand même, ne serait-ce que parce que je me suis engagé envers Solange et Lucena…'"

"Tu ne t'es pas engagé envers moi."

"Je l'ai fait avec Lucena, ça revient au même. Et puisque c'est comme ça, prends quelque chose et on s'en va. Que veux-tu boire ?"

Je me suis inspectée et j'étais prête à tout. J'étais habillée, chaussée, j'avais mon sac avec mes affaires à l'épaule. Personne ne m'avait prévenue, mais j'irai quand même. Je n'avais pas besoin de passer par ma pension. J'étais là. Ma disponibilité était totale. Nous nous sommes mis en route. Nous avons vite atteint la voiture garée quelques mètres plus loin. José Alexandre continuait à pester. "Avec Ana Foggy on n'est jamais sûr de rien. Cette fois c'est une tique dans la patte du labrador, demain ce sera la puce dans l'oreille du chat persan. On ne peut jamais compter sur cette nana. Mais maintenant, voilà ce qu'on va faire. Vous allez vous asseoir tous les deux derrière et moi je voyagerai seul, comme si Ana était à côté de moi." Avant même d'entrer dans la voiture, une lutte s'est déclenchée parce que João de Lucena pensait qu'il fallait faire le contraire, moi j'irai devant et lui resterait seul derrière. La dispute n'était qu'un amusement, un jeu de salon transposé dans une voiture. Nous avons donc commencé le voyage ainsi, José Alexandre devant et nous deux derrière. Mais avant d'arriver au Marquês de Pombal, João de Lucena s'est mis à protester – "Mais c'est absurde, arrête, arrête-toi…"

La voiture s'est arrêtée et João de Lucena m'a prise par le bras et m'a conduite vers le siège avant. Assis à l'arrière, mon amoureux s'est mis à rire et à parler très fort. De temps en temps, il me caressait la tête pendant que José Alexandre parlait d'Ana l'Enfumée avec son effronterie habituelle. Quel pacte y avait-il donc entre ces deux-là pour qu'ils s'agressent autant et s'entendent si bien ? José Alexandre disait : "Ana a vingt-neuf ans, mais toi tu n'en as que dix-neuf. C'est elle qui devrait avoir plus de jugeote..." Et parfois lui aussi me passait la main sur la tête et la laissait posée sur mes cheveux. Mais où allions-nous donc ? Allions-nous enfin inspecter les travaux dans l'auberge de l'oncle ?

Non, cette phase était déjà dépassée. L'oncle Alexandre avait décidé d'ouvrir sa propriété rurale à une centaine de personnes, comme pour célébrer une fête particulière, juste pour montrer sa dernière trouvaille précieuse à ses amis les plus proches. Un caprice. Et il lui avait fallu pour ça dépenser une somme rondelette. Il y aurait un buffet et un dîner pour ceux qui voudraient rester. Et il serait possible de dormir sur place. En une semaine, seule la maison de maître pouvait recevoir une bonne vingtaine de personnes. Le bâtiment central et les annexes étaient restés fermés pendant quatorze ans. Il fallait voir ça. L'oncle était généreux, la réception à la bonne franquette, et cette folle de Foggy qui était restée chez elle. José Alexandre n'arrêtait pas de parler. Assis derrière, João faisait de même, mais ça ne l'empêchait pas de me tenir la main et je laissais la mienne dans la sienne, car de temps en temps, pour souligner son discours, le conducteur me touchait le bras. Des contacts qui ne duraient pas une seconde, mais qui unissaient les peaux. João de Lucena a demandé : "Comment ton oncle est-il devenu aussi riche ?" La main qui pendait derrière a été agitée d'un léger mouvement et João m'a immobilisé le poignet. Notre entente était si parfaite, si totale. Nous ne nous étions jamais disputés, nous ignorions la ronde incitatrice de la bouderie, de la jalousie et du dépit, pensais-je pendant qu'ils bavardaient dans cette voiture.

José Alexandre a expliqué : "Les pires sottises circulent sur la fortune de mon oncle. Il paraît que dans le temps il aurait engendré un enfant mongoloïde qu'il aurait étranglé de ses propres mains à sa naissance. Qu'il aurait ensuite divorcé et ne se serait plus jamais remarié et n'aurait jamais eu d'enfants. Tout ça est faux, c'est un tissu de mensonges. Mon oncle a simplement travaillé. Malheur à celui qui est en avance sur son temps dans cette ville. Celui qui est en avance est persécuté pour certaines raisons par celui qui traîne derrière et pour d'autres par celui qui progresse…"

"Et comment explique-t-on sa préférence pour toi ?"

"Je ne sais pas ce qu'on raconte sur moi et ça ne m'intéresse pas, mais la vraie raison est simple. C'est la même pour laquelle, dans ta branche, on te préfère, toi qui as dansé à la Juilliard et chez Martha Graham, à des baladins qui sautillent à droite et à gauche. Bref, pour une raison de compétence. Même Ana Foggy ne comprend pas bien ça, parfois. Ana et moi sommes ainsi. Je pense parfois que nous devrions rentrer chacun chez notre maman respective…" La voiture a freiné bruyamment. João de Lucena me souriait, comme pour dire, ce sont là des caprices de dilettante. "On y va, ou quoi ?" a demandé Lucena. "On y va." Alors, en moins de rien la voiture a escaladé des routes droites, puis des sinueuses, puis des étroites et nous sommes enfin arrivés devant un portail grand ouvert et nous sommes entrés dans un espace rempli d'arbres.

On voyait partout des signes des travaux récents et au fond surgissait dans un climat de fête un édifice des années 30, loin d'être en ruine. À mesure que nous approchions, nous apercevions des potiches contenant des banderoles de bienvenue et d'immenses automobiles garées à l'ombre des arbres, au milieu desquelles une Jaguar étirait sa silhouette de lévrier sur le sol en imposant un respect millionnaire. Des gens en costume d'été erraient dans les jardins, de vastes parasols posaient des ombres même là où il s'en trouvait déjà. Dans une construction qui devait avoir été un four, quelqu'un surveillait un feu de charbon de bois d'où s'élevait une fumée bleutée. Une femme et un homme coiffés de bonnets identiques l'attisaient. En descendant de voiture, ni José Alexandre ni nous deux n'avons reconnu qui que ce soit. L'oncle était invisible. "Mon oncle a de ces idées ! Quel troupeau ! Il n'a pas voulu que j'intervienne. Et voilà le résultat…" Effectivement, les gens qui se baladaient par là n'avaient sûrement aucun lien entre eux. Il aurait fallu que quelqu'un en établisse un. Ou alors l'oncle avait opté pour la liberté de mouvement de ses visiteurs et la règle était précisément celle-ci, chacun visitait de son côté les recoins où les effets du temps s'étaient accumulés. Et nous trois étions un peu isolés. Des plats remplis de poissons dont les visiteurs se servaient et qu'ils allaient déguster à l'ombre sortaient de cette espèce de four d'où s'échappaient des relents de graisse brûlée. Cela a duré jusqu'au milieu de l'après-midi quand quelqu'un a lancé un ordre.

Qu'on a entendu partout: "Tous nus à la piscine!"

Tout le monde a dressé l'oreille. Où donc se trouvait la piscine? "Là-bas!" a dit quelqu'un. C'était ça la piscine? C'était effectivement ça.

À une trentaine de mètres de distance de la maison de maître, terne au milieu des couleurs environnantes, se trouvait un grand bassin rectangulaire avec un haut dosseret où un masque de pierre à la bouche ouverte et aux lèvres tombantes crachait de l'eau. Le bassin était entouré de ronces. Tous ont commencé à se diriger vers ce bassin, mais tous étaient habillés. Tous riaient de cette blague. Ah! Personne n'était nu. C'était très drôle. Qui donc avait lancé cette rumeur? D'ailleurs la piscine était même remplie d'eau, mais le fond était d'un vert d'algues. Il était visible que quelqu'un avait essayé récemment de nettoyer les bords sans atteindre le fond. Quatorze ans étaient passés, les branches des arbres avaient atteint le périmètre du grand bassin et n'avaient pas encore été élaguées et maintenant la surface de l'eau les reflétait dans son acier immobile. Les ombres des invités se profilaient sur ce miroir. Mais si on regardait attentivement, des larves à l'intérieur n'arrêtaient pas de tournoyer dans leur danse minuscule et il y en avait des milliers, des millions qui se déplaçaient, colonisant la piscine devenue mare stagnante. Les commentaires ont commencé à fuser. Quelqu'un a dit: "Celui qui entrera là-dedans va se choper une mycose!"

Autour du bassin rectangulaire, on a entendu des éclats de rire: "Hé! Hé! Écoutez donc la voix sacrée du médecin. Là où il y a un médecin, il y a un prophète de malheur. Moi, je ne crois pas du tout qu'entrer là-dedans et en sortir suffirait à flanquer une mycose. Bien sûr que non…" Si, si, disaient d'autres, et les visages penchés sur l'eau formaient une frise qui se reflétait dans le miroir vert. Si quelqu'un plongeait la main là-dedans et la flairait, il constaterait qu'elle sent même bon. Ni eau de Javel ni chlore. La vie végétale et l'eau, dans leur relation primitive et pure. Quand donc nous étions-nous séparés de la Nature ? Quand ? Les larves minuscules naviguent dans l'eau immobile comme les bonnes bactéries dans l'eau que nous buvons. Soudain, on a entendu un cri : "Hé ! Écartez-vous de là devant !"

"Éloignez-vous. Éloignez-vous !" Tous se sont écartés, la surface de l'eau a oscillé. Un petit homme lourd a réuni ses mains, a chargé comme un taureau, a bondi et s'est enfoncé dans l'eau pour aller surgir plus loin en s'ébrouant et en crachant un jet puissant. "Formidable !" a-t-il crié. "Épatante ! Chaude et salutaire ! Regardez !" Et l'homme qui avait abandonné ses vêtements et ses sandales sur les ronces a fait quelques brasses.

Alors on a entendu un autre cri : "Écartez-vous !" Et un autre homme, grand et ventru, s'est jeté lui aussi à l'eau dans un grand vacarme et au milieu d'éclaboussures vertes ressemblant à de l'huile. Il est remonté à la surface et a poussé des cris lui aussi : "Elle est pleine de bestioles. Il y en a des milliers, des millions. Si on plonge, elles vont nous entrer dans les yeux." Mais il continuait à nager avec un grand enthousiasme, indiquant l'endroit où s'accumulaient les colonies les plus populeuses. Et une femme d'un certain âge, très élégante, s'est déshabillée, a enroulé sa longue chevelure dans un lourd chignon et a sauté elle aussi dans l'eau. Elle est entrée d'un côté et est ressortie de l'autre. "Merveilleux ! Magnifique ! Comme la nature est belle ! Allez, vous autres, venez, venez !"

Autour, sur les ronces, on voyait des vêtements et des sandales éparpillés, les gens entraient et ressortaient dans un brouhaha joyeux. Une femme volumineuse soulevait du fond de la piscine un objet bizarre, mais ça n'avait pas d'importance, il n'était pas coupant, une fois les algues secouées, c'était un morceau de pneu. Et une ombre blanche s'est déplacée en direction du masque de pierre et, quand elle a surgi dans la main d'une autre femme, c'était un linge. "Un linge, là-dedans!" Et elle a déplié la toile. J'avais placé ma main autour de la taille de João de Lucena et je ne parlais pas, je ne savais pas quoi dire. Lucena non plus n'était pas très expansif, il semblait ne pas s'être encore formé d'idée sur cette scène d'entraînement propre à une armée de *rangers*. Lucena observait. Mais soudain José Alexandre est arrivé et l'a exhorté: "On y va? Courage!" "Allons-y!" A répondu Lucena. Et tous deux se sont débarrassés de leurs vêtements, pantalons et chemises, et se sont lancés à l'eau tels quels. Le slip de José Alexandre était sombre, mais celui de João était clair, et quand il sautait et nageait c'était comme s'il était nu, de même que plusieurs hommes et femmes qui s'étaient précipités dans ce qui me semblait être une mare. Lucena était moins corpulent que José Alexandre, mais tous deux ressemblaient à des poissons glissant dans cet aquarium. Quelqu'un a demandé: "Ce type, là-bas, ce n'est pas João de Lucena?" Et quelqu'un à côté a confirmé que c'était bien lui, tandis que José Alexandre criait du haut bout de la piscine: "Solange, viens donc, déshabille-toi et jette-toi à l'eau!"

Non, je ne m'y jetterai pas, je ne pouvais pas, je ne voulais pas. "Viens, Solange, viens!" appelait João de Lucena.

Je ressentais une répugnance indescriptible pour cette eau verdâtre et bien que les mêmes personnes qui avaient grillé les poissons soient maintenant en train de manier des tuyaux d'arrosage et de lancer de puissants jets d'eau propre sur les baigneurs de cette inexplicable piscine vers laquelle le masque de pierre laissait couler son flux de bave intermittente, je n'avais aucune envie de participer à semblable bain lustral. Pas moi. "Alors quoi, Solange, tu ne te lances pas?" Non, non, je ne peux pas, me suis-je obstinée, quand mes deux compagnons sont venus me tendre la main pour que j'entre dans l'eau. À côté, j'ai entendu quelqu'un dire: "Si vous avez honte de vous déshabiller, plongez comme vous êtes, vous sécherez très vite, vous verrez." Mais je ne pouvais pas, malgré leurs exhortations. Plusieurs personnes se sont mises à crier : "Saute, Solange ! Saute..." Je ne les connaissais pas et elles m'appelaient par mon prénom. J'étais de plus en plus tendue, plus grave, plus déterminée, sur le rebord de pierre par-dessus lequel se penchaient les ronces, et je risquais de devenir un cas embarrassant. João de Lucena s'en est aperçu, il a grimpé sur le bord de la piscine et est venu me récupérer. Il s'est couvert avec un grand naturel d'une serviette apparue par là. Mon amoureux m'a dit à l'oreille : "Il faut que tu surmontes certaines inhibitions, Solange, ma chérie. Écoute, va dans la maison, au salon, là-bas. J'y ai laissé mes journaux sur un canapé, celui dans le coin. Ça te permettra de passer le temps. Ne t'en fais pas. Il y a des gens sans-gêne partout." Et lui-même, serviette nouée autour de la taille, m'a accompagnée jusqu'à la porte et est retourné s'amuser avec les deux eaux, la verte, pleine de larves et de pneus, et celle des tuyaux d'arrosage, de grands jets devant lesquels ces gens s'esclaffaient éperdument. João de Lucena et José Alexandre eux aussi.

Oui, je suis entrée dans la grande maison. Qui l'aurait dit ?

J'y suis entrée et là, à deux pas, le monde était différent. Je me suis assise avec l'intention de faire ce que João de Lucena m'avait suggéré, mais dans ce coin sombre, contrairement à la lumière qui régnait au-dehors, il y avait un cône de pénombre qui n'incitait pas à lire. L'idée que tout ça venait de sortir de quatorze années de silence et de poussière mettait tous mes sens en alerte. Au lieu de me plonger dans la lecture, je balayais du regard les recoins de ce salon spacieux, peuplé de canapés et de tables. Et de groupes de gens assis, de gens plus âgés. C'était peut-être ça le problème, peut-être ces criailleries autour de l'eau stagnante n'étaient-elles qu'un divertissement de gens d'un autre âge, de gens qui avaient eu un passé difficile, comme mes parents, et qui s'efforçaient à présent d'apporter la preuve de leur ancien courage, face à des obstacles qui ne le méritaient pas. À ce moment-là je n'avais pas d'autre explication à ce qui se passait autour de la piscine. Je ne disposais pas d'autres informations. Je suis donc restée un certain temps sans bouger, ne pensant qu'à regarder autour de moi. Dehors, des cris de plaisir retentissaient entre eau et soleil, ici, à l'intérieur, deux femmes et un homme jouaient au poker et me regardaient de temps en temps. Ils me plaisaient parce qu'ils ne s'étaient pas immergés dans ce bassin et en cet instant, pour moi, c'était là l'unique critère permettant de différencier les convives. Je ressentais aussi de la sympathie pour cet autre homme qui entrait et que j'avais toujours vu dans une chemise indienne et qui ne s'était pas précipité dans l'eau répugnante. Celui-là et les autres faisaient partie de mon *équipe* et donc, s'ils m'appelaient, comme tout semblait l'indiquer, car de temps à autre ils regardaient dans ma direction, j'irais me joindre à leur groupe.

Cela n'a guère tardé. Soudain, j'ai entendu : “Solange, venez ici !” C'était justement l'homme en chemise indienne qui m'appelait comme s'il me connaissait depuis longtemps. “Asseyez-vous ici.” Je me suis approchée et me suis assise, me sentant incluse, peut-être reconnue, peut-être estimée. En fait, les yeux du groupe se sont posés sur moi pendant un moment, si bien que j'ai dû détourner les miens. Et ce n'était pas désagréable, au contraire. J'étais contente qu'ils m'aient appelée. Et quelqu'un me tendait même un verre. Mais une des femmes autour de la table a admonesté l'homme qui m'avait appelée : “Tu ne vas pas poser ce genre de questions à cette jeune fille, j'espère ? Je parie que tu ne le feras pas !” Et elle lui a retiré le verre des mains. Alors, la conversation s'est précipitée. L'homme qui m'avait appelée s'est adossé contre sa chaise et a pris un air offensé. Il a parlé d'une voix très forte : “Calme-toi, le pari que je veux faire ne te concerne pas, mon amie, il la concerne elle. Et tu n'auras pas à attendre la réponse, car la question je vais la poser immédiatement pour que tu en aies le cœur net. D'accord ?”

“Ne la pose pas !”

“Si, je vais la poser.” Et se concentrant sur moi, l'homme à la chemise indienne a demandé d'une voix très basse : “Je parie ma tête que je connais la réponse, mais c'est vous-même qui allez répondre. Vous êtes une femme ou une jeune fille ?"

"Tu es un grossier personnage!" a dit la femme en lui restituant son verre.

Je me sentais très lente, je crois qu'à cet instant j'inspectais encore les meubles en y quêtant des traces de poussière et je ne comprenais pas ce que cet homme me demandait. Pareille différence ne faisait pas partie des codes de ma génération, à moins qu'il ne se soit agi d'une métaphore, et c'était sans doute le cas, car si je descendais au niveau des sous-entendus et vu la réticence manifestée par la femme et comme les présents avaient les yeux fixés sur moi, j'ai commencé à saisir la portée de cette distinction et j'ai balbutié quelque chose de sûrement inintelligible. Mais aussi bien lui que la femme indignée paraissaient attendre que je prononce des mots audibles. J'ai fini par dire que je ne révélerai rien sur ce sujet car je ne le connaissais, lui, cet homme, ni d'Ève ni d'Adam.

L'homme qui m'interpellait semblait attendre ma réponse pour agir en conséquence. Il a répondu du tac au tac : "Nous ne sommes pas si éloignés que ça. Nous avons même déjà parcouru les mêmes couloirs, ma fille..." Et il m'a prise par le bras. En éclatant de rire. "Je parie que vous avez déjà rendu visite aux sept mères. Avouez-le." Les quatre personnes autour de la table ont ri à l'unisson, y compris la femme qui apparemment s'opposait à lui. Tous riaient, mais l'homme à la chemise indienne était celui qui riait le plus.

Sept mères ? Qu'est-ce que ça voulait dire ? J'avais l'esprit de plus en plus vide mais, si j'attendais un peu, une partie de moi-même produirait la lumière qui éclairerait mon entendement. L'étincelle venait de jaillir, accompagnée d'une fulgurance incandescente. L'étincelle éclairait mon cerveau et déclenchait des associations extravagantes, traçait dans l'obscurité des équations du troisième degré qui parlaient toutes seules : "Sept mères ?" Je venais d'avoir une idée. "Vous vous trompez. Elles ne sont pas sept, mais six. Commencez par bien compter, s'il vous plaît..."

L'homme en chemise indienne s'est mis à compter, comme s'il s'agissait d'un problème de calcul complexe, et il a fini par éclater de rire : "Oui, bien sûr qu'elles sont six. Vous savez ce qui s'est passé ? J'ai confondu avec Sete Rios..." Il a cessé de rire pour me dire : "Mais vous non plus vous n'avez pas bien compté. Si on ajoute le garçon à la famille, vous verrez que la somme est différente..."

La femme s'est de nouveau indignée : "C'en est vraiment trop. Tu es parfois drôle, mais là, vraiment, tu es très très vulgaire. On ne se conduit comme ça avec personne..." Elle s'est levée impulsivement et elle est sortie, suivie par deux autres occupants de la table qui riaient. Moi aussi j'aurais voulu les suivre, mais j'étais collée à mon siège, les yeux fixés sur cet homme qui envoyait de lents éclairs dans mon cerveau. C'était bizarre, j'étais devant lui, il m'avait foudroyée, j'étais incapable de réunir les miettes en quoi il m'avait réduite et je n'avais mal nulle part. L'homme a senti mon trouble. Nous étions restés seuls. Le mot que je cherchais dans mon vocabulaire n'existait pas sous les torchères blanches peu éclairantes, mais il surgissait tout à coup et c'était lubrique. *Lubrique.* J'étais en train de penser à la sonorité de ce mot quand l'homme m'a tendu son propre verre en disant : "Du *limoncello*, Naples, vous ne connaissez pas, n'est-ce pas ?" Et il y a fourré le bout de sa langue rouge, lapant devant moi comme un matou. Puis il a ajouté : "Regardez autour de vous et réfléchissez. Il y a malgré tout encore ici cinq ou six types qui ont sous leurs vêtements ce qu'il faut pour résoudre votre problème. Ils ne sont pas si nombreux et je suis l'un d'eux. Je vous le jure. Réfléchissez..."

Je réfléchissais. Je n'étais plus que réflexion. L'homme continuait à parler et je l'écoutais. Je ne pouvais pas rester là plus longtemps. Mais je ne parvenais pas non plus à me lever.

Que devais-je faire ?

Il était préférable d'aller dehors pour voir le dénouement de l'invasion de la piscine et me mettre à chercher un mot rimant avec *lubrique*. C'était urgent. Devant la cour, entourée de regards, une femme qui avait encore l'air jeune offrait sa longue chevelure aux éclaboussures du tuyau d'arrosage et mon amoureux se trouvait plus loin, sur le bord de la piscine. Il me tournait le dos, dans son vêtement succinct et pourtant vêtu d'opprobre. Voilà le mot que je cherchais. *Opprobre. Lubrique et opprobre.* Comment trouver les mots adéquats? J'étais prête à jurer qu'il n'y avait pas de rimes riches qui aillent avec ces deux-là. Mon *bien-aimé*, mots que je n'avais jamais prononcés à voix haute, mon bien-aimé était là. Pratiquement nu, au bord de la piscine.

Il disait quelque chose et s'était mis à marcher, impatient, de long en large, sur le bord en pierre, parmi les ronces. Mais quand José Alexandre a surgi d'un bond, Lucena lui a tourné le dos et a commencé à se diriger vers l'endroit où je me trouvais. Mon bien-aimé s'approchait. Quelle surprise. Qu'avait-il sur le corps? De la boue? Des crachats? Des os de poulet transperçant ses lèvres? De la suie des fours crématoires sur le front? Entre-temps il approchait et au son de sa voix mon corps frissonnait car tout était intact. C'était étrange, il était mon premier amour. "Solange, réponds..." Il existe. La preuve, c'est que je lui parle sans avoir besoin qu'il me réponde. À l'instant même je vais lui dire, pensais-je. Tu es ici, dans la lumière de l'après-midi, au milieu des gens, et je te regarde pour la première fois. N'as-tu donc pas besoin d'un bain, toi dont le seul vêtement qui te sépare de la nudité est plein de filaments verts et de taches noires? Des filaments? Ne sont-ce pas plutôt des larves qui te collent à la peau? Des têtards noirs venus mourir sur tes épaules? João de Lucena? Tes lèvres ont le goût de cette eau verte où tu as plongé la tête, pensais-je. On s'en va d'ici? On s'en va immédiatement? Intacts? Et le regard de l'élève parolière parcourait le dictionnaire des rimes et ne trouvait que *sobre* pour *opprobre* et *cubique* pour *lubrique*. Ne me parle pas maintenant, João de Lucena. Mais João de Lucena me parle, il veut savoir si je désire ou non passer la nuit ici, pour aller tous le lendemain jusqu'à la mer en une bande joyeuse. Ce n'était pas prévu, mais nous allons rester ici cette nuit, ici même, dans le bâtiment principal. Tu acceptes ? Il parle bien, il parle avec exactement la voix avec laquelle dans mon imagination il m'a demandé tout au long de ces derniers mois : "On part tous les deux ? Tu as pris ton sac ?" Et j'irais chercher le sac, *La Bonne Renommée endormie,* et nous prendrions le métro ou un taxi et nous irions dans un lieu où il y aurait un verger à la fin du jour. Ce n'est pas ça qui est en train de se passer, évidemment. En cet instant, nous sommes entourés de gens, José Alexandre est arrivé lui aussi en lançant des éclaboussures d'eau. Et c'est José Alexandre qui dit : "Écoute, petite, il y a deux chambres là-bas au fond, ce sont les nôtres. Si tu veux aller là-bas, c'est le moment. Si tu ne veux pas encore le faire, nous irons nous, car nous avons besoin d'un bain avec du savon, tout ça ne part pas avec un simple jet. Qu'en penses-tu ?"

Je dis : "Eh bien, allez-y."

José Alexandre insiste : "Et toi, Solange, quand tu voudras, va là-bas et pose tes affaires dans la chambre. D'ailleurs, donne-les-moi, je vais les porter là-bas. Il n'y a que ton sac et les journaux de Lucena ? Ce n'est pas grand-chose. Alors, on y va. Tu viens, Lucena ?" Tous deux ont disparu par la porte vitrée menant aux chambres. Mes montagnes se sont effondrées sur le désert et je n'ai pas encore compris comment se ferait la traversée. Peut-être que les seuls chameaux qui m'offriront leur dos seront les mots. Je regarde au loin et je cherche. Pour le moment, pour *lubrique*, je ne trouve que *public, unique, cubique*. J'ai beau me creuser la cervelle. Près de la porte d'où je dois constamment m'écarter, parce que des gens que je ne connais pas ne cessent d'entrer et de sortir, aucune autre idée ne me vient, j'ai épuisé ma liste. De même pour *opprobre*. Seulement des rimes pauvres : *sobre, octobre, pénombre*. Je réfléchis. Dans la cour, sous les parasols, il y a des seaux de glace et des verres renversés. De loin, l'homme à la chemise indienne fait le geste de me remplir un verre, mais je refuse. *Sobre, octobre, pénombre* ? Je m'assois dans le coin, si je ne trouve pas les mots, je ne suis personne. Deux femmes qui se parlent à l'oreille m'appellent et je les rejoins. *Public, unique, cubique*. Je remarque que de là on voit merveilleusement bien le soleil couchant et qu'un ruban rouge ferme la ligne d'horizon derrière les arbres. Une brillance rosée baigne tout alentour. Heureusement que je suis venue. Un sentiment d'euphorie s'empare de moi. Les invités se promènent en couple, à cette heure de coucher de soleil. Le paradis est peut-être ainsi.

"Solange de quoi ?" demande une des personnes plus âgées en me tendant le bras. Elle me dit son nom, que j'ai déjà entendu, et je connais son visage. "Moi, Maria Lucarno, j'ai chanté jadis, mais vous n'étiez pas encore née, vous savez ? Solange de quoi ?"

"De Matos", et pour étoffer une chose aussi mince, j'ajoute une formule calquée sur les textes du passé. "Pour vous servir..."

"Ah ! Pour me servir, comme c'est amusant, ma fille, comme c'est amusant. Cette amie à moi s'appelle Bete. Bernadete. Elle aussi aimerait beaucoup vous connaître. J'ai entendu dire que vous écriviez des paroles pour Mimi Batista. C'est vrai ?"

"Absolument."

"Et que vous alliez sortir un disque, et que le groupe s'appelle *Apocalipse*. C'est vrai ?"

"Il semblerait que oui."

"Ma fille, asseyez-vous ici. Si j'étais vous, je ne m'approcherais pas d'elle. Vous savez qu'elle couche avec son père ?"

"Avec son père ? Avec M. Simon ? Pas du tout. M. Simon n'est pas son père, il est le mari de sa mère et Gisela ne couche pas avec lui."

"Elle couche avec lui. Elle l'a volé à sa mère et elle couchait avec lui bien avant que sa mère ne meure. Nabokov s'est inspiré de cette histoire pour *Lolita*, mais..." Maria Lucarno a serré ses lèvres entre ses doigts. "Elle croit que tout ça est secret, mais ce n'est pas vrai. Vous ne le saviez pas ? Maintenant, vous le savez. Tout ça s'est passé il y a pas mal d'années, quand ils étaient en Amérique, ils couchaient tous les deux dans une pension et Nabokov a fait leur connaissance. Lui un vieux, elle une gamine. C'est de notoriété publique. Vous avez écrit des paroles pour elle et vous ne le saviez pas ?"

En effet, je ne le savais pas. À côté de ces dames, je savais si peu de choses. J'étais vraiment une ignorante, j'imaginais même que l'histoire de *Lolita* avait été inventée avant que Gisela ne voie le jour, mais peut-être me trompais-je, elle était probablement née un jour et le lendemain elle avait déjà treize ans, ou alors elle était si perverse qu'elle avait trouvé le moyen de renverser le temps, tout était possible, tout pouvait arriver, mesdames. Et les États-Unis n'ont-ils pas une frontière commune avec le Canada ? Tout est égal à tout, tout est tellement égal. N'était-il pas vrai, par exemple, que mes deux amis s'attardaient là-bas à l'intérieur, que je ne savais pas encore avec lequel des deux j'allais dormir et malgré tout n'étais-je pas ici en train d'entendre les gémissements et les chuchotements de Mme Maria Lucarno et de Mme Bete, toutes deux m'attrapant par les poignets, comme si j'étais une brebis et les dames, mes propriétaires ?

"Oh, elle n'a sorti que deux tout petits disques, deux mini-disques de merde, et le prochain ne sera pas meilleur, et vous êtes impliquée là-dedans, libérez-vous de ça, de cette punition..."

Je vais être sauvée, ai-je pensé. Un verre plein de liquide va venir à ma rencontre et celui qui me le tend en cet instant est muet.

Tout comme prévu.

Finalement, l'homme à la chemise indienne m'a demandé : "Soda ou tonique ? Si la réponse est tonique, voici." Il m'a tendu son propre verre. Et j'ai pris ce grand verre et je suis allée regarder monter un appareil pour lequel il fallait une estrade. Des gens erraient devant l'édifice qui allait devenir une auberge. Maintenant les invités se partageaient entre ceux qui s'amusaient à charrier des draps et des savonnettes entre les annexes individuelles semi-abandonnées où il serait possible de passer la nuit tant bien que mal et les autres qui s'approchaient de l'estrade pour assister à l'installation du télescope. Car quelqu'un était allé chercher un télescope pour pouvoir regarder la pluie d'étoiles prévue pour cette nuit-là. Des météorites allaient déchirer le ciel. Mais nous ne lisions donc pas les journaux ? Ne savions-nous pas que le pays allait passer la nuit à la belle étoile pour regarder l'assaut des météores contre le dos de l'atmosphère et, crac, regarder chaque trait stellaire illuminer le ciel ? Crac, crac ? Deux ingénieurs géographes, deux frères fanatiques des astres, se trouvaient parmi les invités et étaient en train de monter leurs appareils qu'ils avaient transportés dans de grands véhicules.

"Il y a des fanatiques de tout, eux sont des fanatiques des astres. Celui qui cherche dans l'espace, c'est parce qu'il ne trouve pas son plaisir sur la terre. Les pauvres..." a dit José Alexandre à João de Lucena. Mais José Alexandre a dit à moi seule, quand João a commencé à tournicoter autour des géographes : "Tu es prête ? Cette nuit tu ne dormiras pas une seule seconde."

"Je vois bien que non."

"Tu me comprends très bien, Solange. Ne fais pas l'idiote."

Lubrique, *cubique, public*, évidemment, j'allais et venais, et maintenant je regardais même le ciel noir, la nuit sombre, nuit qui devait être pleine d'étoiles, et rien, rien, aucun autre mot rimant avec public ou cubique, de façon à former un arc de circonférence dans le monde des mots. Alors, Dieu existait-il ? Oui, j'étais prête. Raconté, tout ça est d'un ridicule merdique, vécu, c'est déterminant comme la marque d'un fer sur le dos d'un mammifère. Quelqu'un a-t-il déjà vu marquer un animal ? Mon père anesthésiait toujours le bétail, disant qu'un fer chauffé au rouge n'atteignait pas le poil, mais l'âme. Mon père croyait que tous les animaux ont une âme et il n'avait jamais lu Aristote. Il est des savoirs qui passent directement de la surface de la terre à notre âme à travers la plante de nos pieds et nous croyons qu'ils sont transmis par la philosophie et la science. Ce n'est pas vrai. Cette connaissance n'appartenait qu'à lui. À mon père. João de Lucena est passé près de moi en courant : "Chère Solange, si nous allions voir les étoiles, là-bas sur la colline, plus loin. Derrière les acacias, il y a une colline…"

Certains invités qui formaient un cercle autour du télescope estimaient que ç'avait été une erreur d'illuminer la cour avec des lampes et qu'il fallait couper l'électricité pour pouvoir apercevoir les étoiles. Celui qui avait été le premier à entrer dans la piscine était aussi maintenant le premier à avoir une idée brillante. – Que chacun fasse ce qu'il veut. Que les uns restent ici. Que les autres aillent sur la colline. Il n'était pas nécessaire d'être tous les uns sur les autres. À deux heures du matin, la pluie de diamants n'avait pas encore commencé. Des gens munis de couvertures attendaient de contempler l'infini jusqu'à l'aube. João de Lucena se trouvait parmi eux.

"Et toi, Solange, tu attends ?"

"Je vais attendre, je vais aller là-bas, à l'intérieur, ici j'ai trop chaud."

"Mais il ne fait pas chaud."

"Mais moi j'ai chaud, João, j'ai chaud."

"Alors, rentre, je viendrai bientôt."

Mais comment pouvait-on savoir d'avance le jour et l'heure où des météorites pleuvraient ? Le cosmos envoyait-il des messages à quelqu'un ? Quels calculs fallait-il faire pour arriver à prévoir ça ?

L'homme à la chemise indienne n'était pas indien, il était portugais, très brun comme beaucoup de Portugais, et peut-être qu'en plus il était bronzé par quelque plage chargée d'iode ou quelque solarium privé très performant. En outre, il avait les mêmes goûts que moi. Il ne s'était pas plongé dans l'eau malpropre et n'était pas non plus disposé à passer une nuit dehors dans l'attente d'étoiles qui pleuvraient ou non. Deux attitudes opposées ? Non, deux attitudes prudentes. C'est vrai ou pas, Solange ? Je suis devenue furieuse : "Mais dites-moi un peu pourquoi vous faites tellement attention à moi ? La maison est pleine de gens et c'est moi que vous harcelez. Pourquoi donc ? Pourquoi me suivez-vous d'un côté et de l'autre ? Fichez-moi la paix…"

"C'est comme vous dites, je vous harcèle pour une question de conscience. Vous ne connaissez pas la problématique de l'évolution des espèces. Vous n'avez jamais lu Darwin dans l'original, vous n'en avez pas encore eu le temps. Si vous l'aviez lu, vous en auriez déduit que nous sommes face à un gros problème. Réfléchissez un peu, Solange. De mon temps, n'importe quel gamin de treize ans résolvait le problème de sa cousine en vitesse, dans un renfoncement sous l'escalier, pendant que la famille s'apprêtait à aller à la messe. Maintenant il faut deux hommes de trente ans pour s'occuper d'une jeune personne qui n'est pas encore femme. Mais ne vous y trompez pas, ils n'ont pas besoin de vous, ils vous veulent juste pour s'exciter. Je vous ai déjà dit ce que j'avais à vous dire…" L'homme ne plaisantait pas, il parlait très sérieusement. Quelques minutes plus tard, l'homme m'a donné un conseil. "N'allez pas là-bas, allez plutôt dans cette direction-ci. Ma chambre est la troisième porte au fond, mais de ce côté-ci, pas de l'autre. Ne vous trompez pas." J'ai commencé à desserrer mes sandales. *Lubrique, unique, pornographique.* Oui, j'irai. Je promets que j'irai.

La chemise indienne, très blanche, avait des nervures et était longue, elle arrivait à mi-mollet de la jambe nue de l'homme qui la portait. C'était une très belle chemise. Roulée en boule dans le poing, elle se transformait en une écharpe fine. Les nervures étaient en soie. Comment les Indiens brodaient-ils une nervure avec autant d'habileté ? Et sans qu'on remarque le moindre point à l'envers. Comment les Indiens parfumaient-ils les vêtements de cette façon ? Que sentaient donc leurs étoffes blanches ? Le piment, la cannelle, la crotte d'éléphant ? Le whisky écossais ? La glace, la sueur, la cire d'oreille ? Le suif des cheveux ? Comment les Indiens fixaient-ils cette odeur dans les vêtements ? Et la douceur de ce tissu entre mes dents ? Où allaient-ils chercher ce fil si fin, ce coton sans poids aucun ? Ce faisceau de tissu que je tenais dans ma main ? C'était très stupide, mais par la fenêtre de la vaste chambre du fond tout au fond, les vraies étoiles entraient à ciel ouvert.

Et le début de l'aube entrait aussi. Le soleil éclairait déjà toute l'Europe avec sa boule de feu et n'envoyait encore que quelques rayons sur la côte portugaise. Tout était illusion, c'était la terre qui fuyait dans le sens contraire aux aiguilles de la montre et qui offrait en alternance au soleil tantôt une face, tantôt une autre. La leçon de l'élève parolière. La fenêtre était juste entrouverte, mais l'aurore étendue sur son char doré était déjà en chemin. J'aimais les mots. Et maintenant quelqu'un s'approchait aussi de notre chambre dans le couloir et frappait à la porte. – Pan! Pan! Puis frappait plus fort et après on entendait quelqu'un dire à quelqu'un d'autre: “Je parie que Solange est là-dedans.”

Un bruit de voix. Ce qu'ils disaient était très net et celui qui parlait ainsi voulait être entendu.

José Alexandre a braillé: “Tu es bête ou quoi? Tu ne vois pas que mon oncle s'est entiché de Solange et qu'ils sont là-dedans tous les deux, en train de baiser?”

“Ouvre cette porte, oncle! Sinon je l'enfonce.”

Et il l'a enfoncée. Ou plutôt, la maison était restée fermée pendant quatorze années et la serrure avait cédé à la première poussée. Sur le seuil de la porte qui s'est ouverte avec un claquement ont surgi João de Lucena et José Alexandre, l'œil exorbité, surpris.

Mais qu'est-ce que José Alexandre voulait que j'explique? Il n'y avait rien à dire. Nous étions nus les uns devant les autres, et c'était tout. Ce jour, hors du temps et de l'espace, était le 10 juillet 1988.

20

Nous faisons le voyage de retour en silence. Tout ce que nous avions dit à l'aller prenait des allures de comédie au retour. Assieds-toi devant, moi je m'assois derrière. Et comment ton oncle s'est-il enrichi ? Et comment se justifie sa préférence pour toi ? Ah ! Cette crétine de Foggy qui n'est pas venue, la maladie de sa tante, la puce dans l'oreille de son chat persan. Un jour plus tard, le masque était tombé et, par-dessous, la réalité était une silhouette dansante qui se moquait de nous. Nous revenions humiliés. Quand nous sommes arrivés rue António Serpa, José Alexandre a voulu garer sa voiture, João de Lucena voulait sortir du véhicule, moi aussi, et je n'avais envie de parler ni à José Alexandre ni à João de Lucena. Pour moi, nous devions nous séparer ainsi. Il n'y avait rien à expliquer. Nous étions enveloppés tous les trois dans une chape de lâcheté qui nous clouait au sol.

Pourquoi ne reconnaissions-nous pas la vérité ?

Ce qui s'était passé n'était pas très important pour aucun de nous, ç'avait été simplement un épisode latéral qui ne remettait nullement en question l'axe principal de la vie de qui que ce soit. Personnellement, rien de tout ça ne me touchait très profondément. Car quelle différence cela faisait-il que Solange de Matos ait passé la nuit dans la chambre du fond, du côté du soleil levant, ou dans une des chambres du côté opposé ? Puisque la différence n'était que de quelques mètres, pourquoi tout ce charivari ? Simplement parce que j'avais couché avec le *docteur* Alexandre, l'oncle, au lieu d'avoir passé la nuit entre João de Lucena et le *docteur* José Alexandre, le neveu ? D'ailleurs, jusqu'au moment où avait eu lieu cette invasion de la chambre de l'oncle par le neveu, je ne savais même pas qui était l'homme à la chemise indienne. Ni s'il était *docteur* ni s'il était Alexandre. Je ne l'ai appris qu'ensuite, lorsque oncle et neveu s'étaient mis à brailler, l'un face à l'autre, et que le neveu avait traité l'oncle de libertin. Ce n'est qu'à ce moment-là que j'avais compris qui était qui.

Mais cette identification était-elle d'un intérêt quelconque dans une affaire semblable ? Ma propre identité intéressait-elle quelqu'un ? Mon nom ? Les paroles que j'écrivais ? Ce que je traînais après moi de plus important n'était-il pas finalement l'image de mon père brandissant l'arme de l'ennemi contre son ami ? Une machette étrangère dans sa main, prête à trancher les doigts de son élève préféré ? Cette image menaçante que je tempérais avec le son paisible de la *Ballade du cultivateur de thé*, équilibrant le monde avec les deux ? Et, cependant, cette trace corporelle qui m'identifiait, mon véritable gène, transparaissait-elle par hasard dans un trait quelconque de mon visage ? Je ne sais pas quand j'avais appris à me méfier de la certitude, à accepter le peu, le pauvre, le partiel, le petit, le latéral, le douteux, l'humble, les restes. Tout cela m'identifiait. João de Lucena le savait, dans la mesure où quelqu'un peut savoir quoi que ce soit sur quelqu'un d'autre. Lorsque nous parlions, nous ne nous qualifions pas, mais nous décrivions les circonstances et ça suffisait à nous identifier. Pour quelle raison, alors que j'étais encore assise sur le canapé dans ce salon, en train d'enfiler la boucle de mes sandales, João de Lucena m'avait-il dit : "Arrête, ne sois pas cynique, arrête, arrête. Tu paraissais si solide, Solange. Qu'est-ce qui t'a pris ?" Puis, s'adressant à José Alexandre : "Je veux que tu nous ramènes !" C'était Lucena qui parlait à son ami amphitryon, lequel allait et venait dans le grand salon en exhalant sa haine contre son oncle, alors que le soleil d'été émergeait à l'horizon. "Ou bien tu nous ramènes, José Alexandre, ou bien j'appelle une voiture et je retourne avec elle à Lisbonne."

L'amour de Lucena était ainsi, je le voyais au travers de ces mots brefs *nous* et *avec elle*. Alors, s'il en était ainsi, à quoi bon cette algarade, rien n'était gagné, rien n'était perdu.

Inutile aussi de crier maintenant des mots en fonction d'une grammaire supposée qui finalement n'était la norme pour aucun de nous. Que serait-il arrivé si j'étais entrée dans la chambre de João de Lucena et y avais trouvé José Alexandre au lieu de João de Lucena ? Et s'ils avaient été tous les deux dans la même chambre ? Et s'ils avaient été dans la même chambre et que je n'aie pas été là ? Et si ç'avait été Ana Foggy qui s'était trouvée là ? Et si Ana n'avait pas été là ? Et si moi, cette nuit-là, j'avais remplacé Ana Foggy, comme tout portait à le croire ? Et si j'avais refusé de jouer le rôle d'Ana Foggy ? Et si João de Lucena l'avait voulu, et moi pas ? Et si José Alexandre n'avait voulu que Lucena ? Et si Lucena avait voulu seulement José Alexandre et Ana Foggy ? Toutes les combinaisons étaient possibles et pour moi cette expérience aurait pu être bien plus désagréable qu'elle ne l'avait été en réalité. Car je m'étais juste préparée à prendre mon sac *La Bonne Renommée endormie,* plus le romantisme qui l'accompagnait, mêlé à du parfum et des bandelettes blanches. Cela en revanche aurait été parfaitement insupportable.

Insupportable si j'avais révélé mon côté pâturage, étable, Sobradinho, autels de Notre-Dame, *Magnificat Deo.* Mais à l'opposé de toute cette combinatoire possible avait surgi l'élément salvateur imprévu – l'oncle. Ç'avait été l'oncle qui était venu provoquer tout ce tohu-bohu amplement révélateur. L'oncle, le brave oncle, le généreux, le révélateur, celui qui avait permis un rétablissement de l'ordre. De mon côté tout allait bien. Il est vrai que la veille encore j'avais seulement dix-neuf ans et que, vingt-quatre heures plus tard, j'en avais cent. Comme le temps passe ! Quelle différence. Encore pendant l'après-midi du jour précédent, j'avais souffert en voyant mon bien-aimé vilipendé en public et ça m'avait fait l'effet d'une tragédie grecque, d'un coup plus rude que si j'avais été reine et avais perdu un fils roi, une armée ou un État. Mais ç'avait été rude aussi longtemps que j'avais eu dix-neuf ans. Entre cette nuit-là et le lendemain, à onze heures trois quarts du matin, j'avais commencé à avoir un siècle. Nous changeons d'ère en une nuit, nous modifions la séquence des faits, nous transformons la notion de vérité, la relation entre les genres. Nous remanions le concept de genre. Désormais, chaque personne est un genre humain. Pour ne pas parler de l'amour. Dans ce domaine aussi nous avons changé. Chaque époque a ses interdits. Cette nuit-là, le 10 juillet, nous avons modifié l'interdit, nous devons donc en édifier un autre. Une nouvelle muraille dans les mœurs qui dise aux assaillants que, s'ils la franchissent, ce sera un effondrement, il n'y aura plus ni père ni mère, comme dans le pire passage de l'Apocalypse. S'il vous plaît, un nouvel interdit. Ma question donc, à l'Ideal das Avenidas, était la suivante : pourquoi ne s'en allaient-ils pas ? Pourquoi n'allaient-ils pas se garer sur une autre avenue ? Pourquoi João de Lucena s'obstinait-il à me traiter de cynique ? Pourquoi restaient-ils tous les deux, José Alexandre et João de Lucena, installés à une table ronde, regardant chacun de son côté ? Pourquoi s'obstinaient-ils à feuilleter des revues tout en traitant l'oncle de dissolu ? J'allais bien, le chorégraphe allait bien, l'oncle était dans une forme éclatante, je ne comprends pas cette attitude. C'est vrai. Assise à la table, je composais des vers avec le naturel avec lequel d'autres fument la pipe. Au commencement était le vers, me disais-je.

Mais ce même jour, le jour où nous sommes rentrés tous les trois de la grande propriété rurale de l'oncle, l'élève parolière était aussi capable de décrire la réalité sans versifier. Le 10 juillet ne pouvait pas finir ainsi.

En ce début d'après-midi dominical, le bus à deux étages oscillait, vide, le long du Tage, mais il m'a laissée à l'arrêt voulu. Heureusement. J'ai commencé à gravir la rue Duarte Pacheco Pereira sans me presser excessivement, dans l'espoir de pouvoir rencontrer Gisela Batista. Les faits ne m'ont pas déçue. En arrivant en haut de la côte, j'ai découvert plusieurs voitures garées devant la Casa Paralelo.

J'ai sonné. La porte s'est ouverte. Je suis entrée. Tout était en ordre. Gisela essayait une robe devant le miroir et la costumière était à ses pieds, des masses d'épingles entre les lèvres. Plusieurs robes étaient étalées sur des bancs et des chaises, chacune accompagnée d'une paire de chaussures. Capilé revoyait les maquettes de l'album et du livret à l'intérieur, il posait des questions à haute voix, impliquant tous les présents. Et le plus extraordinaire de tout était que deux coiffeurs étaient en train de discuter de la coiffure de Gisela Batista. Ça ne s'était jamais produit. Quand elle m'a vue, elle a voulu se libérer de toutes ces mains, mais ça n'a pas été facile. Elle a fini par m'emmener dans un coin du garage et m'a fait asseoir. Elle m'a tendu une cigarette déjà allumée. Elle s'est assurée que nous étions à l'abri de tous ces artistes qui se disputaient des certitudes et elle s'est rendu compte que c'était bien le cas, nous étions même à l'abri du miroir lui-même. Nous n'avions pas de témoins, nous étions seules. Le sujet ne concernait que nous seules. Gisela a attendu. J'étais fermement convaincue que Gisela attendait ce moment depuis des mois. Mais je n'allais pas lui dire le moindre mot à ce sujet. Je comprenais qu'elle attendait car elle m'interrogeait, mais elle avait beau insister et imaginer des scénarios afin que je les confirme – et elle en imaginait même de très détaillés –, je ne confirmais pas. "Pourquoi ne dis-tu rien, Solange ?" Je ne confirmais ni ne prononçais les mots qu'elle aurait aimé entendre. Elle a perdu patience. "Alors qu'es-tu venue faire, je ne t'ai pas appelée ?" J'étais là parce que je voulais la voir. C'est tout. Tant de rencontres, tant de conversations, et je ne connaissais pas Gisela Batista. Car maintenant je venais seulement m'assurer que tout avait un autre visage. Gisela aussi.

"Tu ne dis rien ?"

Non, je ne disais rien. En ce qui nous concernait toutes les deux, Gisela avait participé à un silence dont je n'évaluais la portée que maintenant, mais ses sous-entendus ne pourraient jamais coïncider avec les explications qu'elle me donnerait. Elle nous avait vus faire des pirouettes sur le fil de fer, deux acrobates sans filet, et elle nous avait abandonnés. Elle n'était pas intervenue, elle n'avait pas ouvert la bouche, et même à l'heure de ces confessions profanes elle n'avait pas prononcé un traître mot sur notre histoire. Contrairement à la vigilance de fer qu'elle exerçait sur mes compagnes, elle ne m'avait jamais interrogée. Pourquoi ? Dans un premier temps, les raisons que j'avais trouvées pour expliquer ce silence étaient toutes sans intérêt. Une fois le premier impact passé, je m'efforçais de formuler une ou deux hypothèses qui ne le soient pas. Par respect pour moi et pour João de Lucena ? Par respect pour notre histoire publique ou à cause de la conscience de notre stérilité privée ? Et comment demander tout ça à Gisela Batista ? Comment pourrais-je avoir la certitude qu'il s'était agi d'une stratégie de générosité et non de méchanceté ? Toute question que je pourrais formuler serait incomplète, toute réponse qu'elle me donnerait serait suspecte. C'était un moment de confrontation muette. "Parle, parle !" Je ne disais mot. J'étais juste venue confirmer qu'elle avait un autre visage. Maintenant, je regardais Gisela Batista, assise à un demi-mètre de distance, et je voyais son visage à la fois de face, de profil et de derrière. Devant le miroir, les artistes de la coiffure et du vêtement continuaient à attendre le corps de Gisela et j'entendais sa pensée dire : quelle coïncidence stupide ! Toi, ou eux ? Toi, ou eux ?

Eux, naturellement. Tous ces créateurs étaient là par grande déférence, car outre le fait que c'était un dimanche, c'était aussi l'été et j'avais débarqué à l'improviste, contrariée et muette, semant la pagaille. Pourquoi es-tu venue ? Une autre cigarette ? Un verre d'eau fraîche ? Alors, quoi, mon Dieu, quoi ? Mes mains étaient toujours entre les siennes. Ses yeux dévoraient mon visage. Sa voix avait simultanément une intonation précise de professeur et une trace de pitié : Tu comprends, ma chérie, il ne m'appartenait pas de t'enseigner ce que tu devais apprendre. Dans ce genre d'état d'âme, personne n'a le droit d'intervenir. Tout compte dans cet état d'âme, minute après minute, seconde après seconde. Plus tu emplis ton sac, plus tu auras de quoi te nourrir par la suite. Dis-toi bien que ça n'arrive pas deux fois. Et la vie n'a d'intérêt qu'aussi longtemps que dure cette aventure, ou pendant que tu l'attends, ou pendant que tu t'en souviens. Je n'ai pas voulu te voler une seule seconde de cette provision. Dommage que ce soit fini. Vraiment dommage. Un jour, tu comprendras que je t'ai beaucoup aimée. Toi, ou eux ? Et je pensais que Gisela allait dire : J'en ai assez, je les choisis eux. Mais ce n'est pas ce qui s'est produit. Gisela a tranché la situation en se dirigeant vers le téléphone et en appelant la voiture de l'entreprise. La Mercedes grise avec les petites étoiles d'argent ne tarderait pas à arriver. Ce jour-là, Gisela a dit : "Tu ne peux pas rentrer seule. Aujourd'hui je t'accompagne." Seul quelqu'un connaissant la *maestrina* pouvait se rendre compte de ce que signifiait renvoyer dans ces circonstances la costumière, le compositeur et les deux coiffeurs.

Pendant les mois qui ont suivi, ma relation avec Lucena n'a pas changé non plus.

Je dirais même qu'elle s'était consolidée en public. Nous allions partout ensemble, nous nous embrassions n'importe où et le bruit courait, selon les conventions de l'époque, que nous étions fiancés. Nous étions les enfants de cette décennie et j'insulterais quiconque parlerait d'hypocrisie. Nous n'étions pas hypocrites, nous étions simplement des enfants muets à qui le pouvoir du feu avait été donné et nous ne savions pas l'utiliser sans brûler ce que nous ne devions pas, d'après les paroles mêmes de João de Lucena. Ce fut une époque parfaite. J'allais l'attendre rue Vítor Cordon, il m'attendait devant la pension sur le Campo Pequeno, nous nous retrouvions dans la pâtisserie sur l'avenue de la République et nous entrions partout enlacés.

Lors d'un de ces jours de septembre, le feuillage des platanes était encore splendide, les dilettantes, revenus de vacances pendant lesquelles ils avaient acquis une peau bronzée et des dents de nacre, se sont mis soudain à discuter de la place de Dieu à l'avenir en se partageant en deux groupes. Marco António estimait que bientôt, puisque toute la population de la terre vivait dans l'abondance, le personnage qu'était Dieu deviendrait superflu. D'après le dilettante à la tête rasée, l'idée de Dieu était née d'un sentiment de danger ou d'états prolongés de pénurie. Une fois tous deux supprimés grâce au progrès, la notion de divinité deviendrait superfétatoire. "Celui qui consomme deux cents grammes de protéines par jour n'a pas besoin de prier", disait la tête pelée. Mais la jeune dilettante portant le nom de Natividade était persuadée du contraire. Selon cette fille, quand tous disposeraient du nécessaire, les gens auraient du temps libre et deviendraient même disponibles pour regarder les étoiles. D'après elle, l'idée de Dieu était liée au temps libre qui permettait de réfléchir. Du temps pour les loisirs, du temps pour l'art, du temps pour la quête de la totalité.

Ils discutaient et devenaient furieux. Une des tables rondes a dansé sur son pied. João de Lucena a calmé ses amis en déclarant que la reconnaissance de l'existence de Dieu ne pouvait se fonder sur des circonstances aussi aléatoires. João de Lucena était debout, il a placé les deux mains sur mes épaules et a déclaré : "Mes amis, pour moi, cette jeune fille est la preuve de l'existence de Dieu. Ma fiancée existe..."

La phrase est devenue célèbre parmi les membres du groupe pendant une huitaine de jours en cet automne déjà si lointain et ce qui est curieux, c'est que João de Lucena ne voulait pas qu'on la prenne pour une boutade. Alors, comment voulait-il qu'on la prenne ?

Par ailleurs, ce fut aussi une période amusante.

José Alexandre, Ana Foggy et João de Lucena, émergeant tous les trois de la même voiture, apparaissaient toujours vers la fin de l'après-midi. Un soir que le chorégraphe n'avait ni spectacle ni répétition, nous avons fait le diable à quatre dans cette pâtisserie. Un des dilettantes avait composé un son, comme ils appelaient succinctement la musique, et ils voulaient que je compose des paroles. Ils m'ont tendu plusieurs serviettes en papier. Je les inutilisais les unes après les autres et je fourrais les résidus dans les tasses. Soudain, j'avais écrit sur un des papiers : "*Au temps où le monde était un / Et l'après-midi était un oiselet / J'avais seulement / J'avais seulement / La raison, ma patrie, une chanson / J'avais seulement...* " Nous avons lu les paroles à voix haute, le dilettante a appliqué les paroles au son et ça fonctionnait. Alors, Ana Foggy a eu une idée. Et si on ajoutait, *Une patrie, une chanson / Mais maintenant une ligne de lumière / Une ligne / Traverse mon cœur*?

Plusieurs voix se sont abattues sur Ana Foggy : "Oh ! Foggy, quelle barbe, tu ne vois donc pas que c'est impossible ?" Même José Alexandre s'est rallié au chœur.

Mais j'ai volé au secours d'Ana Foggy, au secours de ses paroles, je défendais bec et ongles la fiancée de José Alexandre. Ma sympathie lui était entièrement acquise, quoi qu'elle suggérât. Ses paroles étaient tout à fait utilisables, elles s'adaptaient parfaitement au son que les dilettantes m'avaient fourni. Nous étions en consonance, je partageais avec elle le champ de la création. Nous étions de vieilles camarades et nous l'ignorions. Les paroles n'avaient pas grand-sens, mais ça n'avait aucune importance. Depuis quand des paroles devaient-elles avoir un sens ? Nous sommes restés là, autour de ce son, jusqu'à ce que le dernier employé de l'Ideal nous envoie chanter dans la rue. Et nous sommes sortis en chantant, enlacés les uns aux autres.

Automne 1988.

Je suis allée encore deux fois dans la maison de Sete Rios. Je me souviens de la première de ces visites. La mère était exubérante comme jamais auparavant, bien que toutes ces dames aient continué à parler d'une voix si basse qu'il leur fallait répéter toutes les fins de phrases, comme s'il était obligatoire de créer un écho. La mère a demandé à João de Lucena : "Mais alors tu ne retournes plus dans ton appartement dans le Ansonia Building ? Dans le Ansonia Building ? Que se passe-t-il donc ?" Nous avons goûté comme il se devait dans la salle à manger, maintenant moins lumineuse, car on était en train de construire en face une muraille de douze étages et le béton était encore à l'état brut. L'ombre grise du ciment pénétrait à l'intérieur et se transformait en une lumière verdâtre. João de Lucena a répondu: "Pourquoi je n'y retourne pas? Parce que le loyer est impossible..."

La grand-mère demandait: "Qu'as-tu dit?" Toutes parlant très bas, alors que presque toutes ces dames âgées étaient dures d'oreille. "Il a dit *impossible,* mère..." Et la mère de João de Lucena a dit à son fils: "Mais alors, dis-moi, mon fils. Tu vas participer au *Don Quichotte* avec Barychnikov et tu ne peux pas te payer ce loyer?" João de Lucena lui aussi parlait bas, mais il évitait de répéter les phrases. Sa mère insistait: "Ne me dis pas que le soir tu vas te produire dans la salle la plus prestigieuse d'Amérique et que le jour tu vas faire le larbin au service des autres..." Ce jour-là João de Lucena avait une patience sans borne. Il explique: "Mère, là-bas, c'est presque comme ici. Très souvent, pour danser ou faire danser sur une scène, il faut servir en même temps dans les écuries et avoir une force de cheval. Comprenez donc, mère..." Les quatre dames plus âgées entendent un mot ancien, *écuries*, elles sont toutes contentes et veulent des détails. La mère fournit l'explication: "C'est comme ça, mes tantes. Là-bas, João sera responsable de l'enchaînement des mouvements des danseurs sur la scène, mais pour ce qui est du financement il ne pourra survivre que s'il est majordome. C'est intolérable..."

"Majordome?" Nous sommes en train de goûter au gâteau le plus délectable que j'aie jamais vu sur un plateau et de boire le thé le plus aromatique que j'aie jamais vu couler du bec d'une théière. Une des tantes veut que João de Lucena raconte ce qui s'est passé quand il était majordome et avait parlé à Edward Kennedy, le survivant. Que disait-il? Pourquoi affirmait-il que son frère John avait été assassiné? Il disait que ce n'était pas pour une raison politique, mais pour une histoire d'amour, n'est-ce pas? John Kennedy abattu par une balle tirée par cette arme et à partir de cette fenêtre, mais pour une histoire passionnelle? D'ailleurs, si ça se trouve, la balle n'était pas pour lui, mais pour Jacqueline. Selon qui avait commandité l'assassinat, un homme, une femme. Le plus triste, c'est qu'on ne le saura jamais. Les balles connaissent l'histoire, elles, mais ne parlent pas. La mère sollicite un commentaire: "Oui, raconte exactement comme a raconté Edward, quand tu lui as parlé..."

Je n'avais jamais trouvé les six dames aussi en verve, aussi gaies, aussi confiantes. Le spectacle de João de Lucena avait été très bien reçu à Lisbonne, il était venu accomplir son devoir de citoyen, il avait payé son tribut à son humble patrie et maintenant il partait à New York pour d'autres envols plus prestigieux, et elles étaient heureuses et parlaient à voix basse, sauf au téléphone. Je me rendais compte que João de Lucena pouvait perdre patience et se mettre à pousser un cri au milieu de ces voix douces, mais il gardait le silence. C'était sa façon de prendre congé, discrètement, en hommage à l'oubli annoncé par l'avenir. Il s'est contenté de dire: "J'ai entendu cette conversation, mère, pendant que je me promenais avec une coupe de glace en l'air, c'est-à-dire pendant que je servais, car lui était un invité dans la maison où je servais à l'époque. Ne dites pas ce qui n'est pas vrai, mère. Je n'ai jamais eu de conversation avec lui..."

"Ah! Une coupe, une coupe? Autour de Ted Kennedy?"

Tout ça dit d'une voix très basse.

Je m'en souviens comme si ça se passait à présent, comme si le téléphone blanc sonnait en cet instant même et que la mère de Lucena allait répondre. La mère a parlé haut, au téléphone la mère semblait une autre personne, tant elle était contente. Quand elle est revenue, João de Lucena lui aussi a parlé haut, pas trop, mais avec fermeté: "Mère, je vous en prie, ne racontez pas à vos amies ce qui n'est pas vrai. Mettez-vous ça dans la tête. Je ne vais pas figurer dans le *Quichotte,* je ne serai pas Basilio, ni même Gamache, je vais juste donner un coup de main et je travaillerai peut-être dans la compagnie du Carvalho Branco, mère..."

La mère et la tante Clarisse sursautent: "Dans la compagnie du Carvalho Branco?"

Mère et fils se font face. João de Lucena détache les syllabes : “Mère, elle s’appellera probablement *White Oak,* suivi d’autres mots. Mais tout ça se traduit, non ?”

La mère pousse un soupir de soulagement. Cet après-midi-là, à la mi-octobre, avec l’immeuble en face qui propulse ses couleurs sombres au-dessus de la table, les photos des hommes et des femmes de la famille regardent de plus loin et la porcelaine de la Compagnie des Indes perd le contour de ses fleurs, la grand-mère réussit encore à calculer les jours du retour. La tante Clarisse pense qu’il faut allumer les quatre bougies du candélabre à cause de l’ombre verte et lance l’idée que son neveu ne devrait revenir que lorsque l’immeuble en construction sera peint pour que les couleurs claires contribuent à éclairer la table. D’ici là, ce sera toujours pareil, une ombre obscure. Mais les tantes âgées pensent qu’il devra venir à Noël. Elles parlent de nouveau à mi-voix : “Ce serait bien qu’il vienne pour Noël et le nouvel an. Mais nous, si nous devons choisir entre les deux dates, nous préférons Noël. Nous voulons Noël. Oui, Noël, quand il viendra, Noël… Et je parie que la petite jeune fille ici veut la même chose que nous.”

“N’est-ce pas, jeune fille ?”

Je ne me souviens de presque rien de ma dernière visite dans la maison de Sete Rios. Je ne me souviens pas des conversations, ni de la table, ni de la façon dont les dames étaient vêtues. Ni si elles étaient dans leurs jours sobres ou dans leurs jours exubérants. Je me souviens seulement du moment où les dames aux cheveux bleus m’ont appelée auprès d’elles et m’ont mis un objet en or dans la main, car João de Lucena, cet oublieux, allait partir à New York sans se souvenir du plus important. João était comme ça, il laissait la jeune fille ici, toute seule, et ne pensait pas à lui offrir un symbole, il n’y pensait même pas. João ne pensait à rien, à rien du tout. João était un écervelé.

Et nous nous sommes séparés ainsi.

ÉPILOGUE
POUR PLUS TARD

Sur la place des Fleurs, les feuilles des platanes ont recommencé à voler dans le bassin vert et l'occupant du rez-de-chaussée vient juste de rentrer chez lui, emmitouflé dans une veste d'hiver et il a fermé sa porte à clé.

Il est entré seul et, quand ça arrive, les mains de Mahler s'élèvent d'habitude de la terre pour incendier de musique le numéro 81 de cette place. Ça ne semble pas être le cas aujourd'hui. À cette heure, il déambule déjà dans le corridor, je l'entends traîner quelque chose par terre, maintenant le robinet de la cuisine crache au-dessus du métal, maintenant une autre porte s'ouvre, elle se referme et les pas disparaissent dans les pièces du fond. Je parle du petit *living* avec des canapés en bambou qui donne sur un simulacre de jardin dans lequel on peut ouvrir un fauteuil inclinable conçu pour un repos prolongé. Il se peut, toutefois, que l'occupant ne s'y attarde pas longtemps. Même enveloppé dans sa grosse veste en astrakan l'occupant a froid à l'air libre. Il est là. La grille s'est ouverte, il est de nouveau rentré, la porte de communication s'est refermée, il vient d'enlever la couverture de l'ottomane, il a ôté ses chaussures et maintenant il est étendu. Aura-t-il allumé la lampe de chevet ?

Aujourd'hui sera peut-être un jour différent.

À cette heure, le chirurgien anglais rentre d'habitude avec l'occupant et alors il est fréquent d'entendre les notes errantes du *jazz* et dans les intervalles la théière fume à plusieurs reprises. Mais la différence sur la carte des bruits s'accentue seulement quand arrive celui qui se qualifie lui-même de nègre pour dire que son âme est expansive et sa peau sombre. Quand celui-là entre, les sons endormis qui existent dans les choses se réveillent et les vitres vibrent d'une autre manière. Parfois elles se brisent. J'estime qu'au long de ces trois mois la douzaine de flûtes à champagne dans l'armoire du fond se trouve déjà réduite à trois ou quatre maigres unités. Dans ces moments-là il crie : "*Sorry, honey!* Ça m'a échappé des mains." Et l'occupant ajoute : "Une de plus ! Tu devras payer, c'est sûr, tu n'y échapperas pas…" Si par hasard ils ont besoin d'un repas en dehors des horaires et que le Brésilien doive monter au premier étage avec un plateau dans les mains, ce destructeur de vaisselle se complaît à raconter à rebours : "Vous voyez, madame ? Ça fait une de moins…" Et il fait semblant de porter à ses lèvres la flûte partie en miettes. La nuit, ils se relaient d'habitude au chevet de l'occupant. Quand tous les trois ou davantage se réunissent – il vient parfois des gens dont je ne connais pas la voix –, ils mettent sur le plateau la *Canção Afortunada,* coincée entre Tchaïkovski, Grieg et l'incontournable Mahler. Ce qui est indubitablement la marque d'une complaisance extraordinaire, surtout une preuve de courtoisie et peut-être un appel. S'il est seul, il peut arriver qu'il utilise la platine pour y faire défiler les treize plages de musique légère, une fois, deux fois, trois fois, jusqu'à ce que je cède et descende. Mais je ne m'attarde jamais très longtemps.

Quand je remonte, il remet en marche la même séquence et j'entends à travers le plancher des thèmes que je connais par cœur. Je n'ai pas besoin d'écouter le deuxième accord pour répéter des paroles qui à l'époque furent si populaires que même des enfants qui savaient à peine lire les chantaient dans les cours de récréation des écoles : "*Ah! Afortunada, afortunada / Voilà pourquoi cette chanson te donne tout / Et n'exige rien…*" D'ailleurs, les paroles de cette chansonnette étaient si banales, si proches du quotidien et de la frivolité des rêves estivaux que les adolescentes elles-mêmes en avaient fait leur devise et se les tatouaient sur les poignets. Il y eut ensuite des adaptations plus ou moins libres. Dans l'une d'elles, une trompette remplaçait la voix humaine, certains dirent qu'ainsi la mélodie se gravait bien plus efficacement dans le cœur. Cependant, dans le disque réédité récemment, ce sont encore simplement nos voix qui chantent comme jadis. Mais tout ça s'est passé il y a très longtemps et maintenant, tout ce que je veux savoir, c'est si quelqu'un d'autre est entré au rez-de-chaussée de cette maison ou si l'occupant se trouve encore seul.

Est-il toujours dans l'obscurité ?

Pour autant que je m'en rende compte, il n'a encore allumé aucune lampe depuis qu'il est rentré du jardinet. Du moins, n'ai-je encore aperçu aucun reflet sur les feuilles de la vigne vierge. Le téléphone sur le secrétaire sonne d'habitude à ce moment-là et alors c'est le chirurgien qui annonce qu'il est en chemin, si par hasard ils ne sont pas rentrés ensemble. Or, aujourd'hui, pour autant que je m'en sois rendu compte, l'Anglais n'a pas téléphoné non plus. Le portable sonne très peu et, quand il sonne, l'occupant ne répond pas toujours, et moi j'aimerais qu'il ne réponde ni à cet appel ni à aucun autre. J'aimerais qu'il ne réponde jamais. J'imagine parfois que les appels téléphoniques du deuxième étage peuvent être entendus en bas et cette seule supposition m'inquiète. Pour être franche, j'ai peur que les téléphones sonnent au rez-de-chaussée, sonnent ici au-dessus, sonnent au troisième étage, sonnent au fond du sac, dans la poche de la gabardine, sonnent quand je sors de la maison, sonnent au bout de la rue, j'ai peur qu'ils sonnent n'importe où dans le monde. Je pense que notre vie devrait de temps en temps connaître le silence des arbres. J'admire ce que je crois être leur sagesse immobile, leur respiration invisible, leur repos silencieux, je l'admire. Pour dire les choses autrement, je crains les coups de téléphone de Gisela Batista. J'ai peur qu'une des lignes qu'elle utilise se trompe de destinataire ou qu'une onde se propage en vertu d'une norme inconnue, traverse la cloison et aboutisse dans le téléphone du rez-de-chaussée. C'est que Gisela poursuit

João de Lucena depuis deux mois, contrairement à ce que ses paroles laissaient entendre à la fin de la nuit instantanée. Gisela affirmait, à la sortie du Ciné-Théâtre, ne pas avoir reconnu João de Lucena.

Moi, je l'avais reconnu.

Au début, je m'étais juste aperçu que le chorégraphe était vêtu de blanc. Si une pièce quelconque de son vêtement n'était pas blanche, elle était sûrement si claire qu'elle semblait être de cette couleur. Les chaussures surtout étaient très blanches, elles lui sortaient des pieds et son vêtement aussi était trop grand, de même que le col et les épaules, tout avait été taillé pour un João de Lucena plus grand que lui-même. Ou bien c'était mon imagination, ou bien les vêtements dans lesquels le chorégraphe avait surgi de façon inopinée avaient été achetés pour quelqu'un d'autre. Entre-temps, la scène avait été envahie et j'étais restée à ma place dans la salle, observant les chaussures des gens qui se croisaient, les jambes s'agiter, les lumières s'allumer et s'éteindre et, au milieu de toute cette effervescence, Lucena était descendu de la scène pour venir me parler. Il m'avait parlé. C'était bien ce que je pensais, ses vêtements dansaient trop librement sur son corps. Le reste est arrivé fortuitement. Sur le moment, je ne me suis pas rendu compte de la blague, mais il se trouve que les étoiles du programme se sont abattues sur notre dos et la longue bande du générique a enfin commencé à défiler, et la dernière voix qui a été entendue était celle du présentateur annonçant que tout ça était enregistré pour le monde entier. Le minuscule monde instantané dans lequel la terre s'était transformée. Ensuite tout s'était éteint. Nous étions arrivés séparément à la porte du Ciné-Théâtre.

Serait-il possible d'affronter le monde, à l'extérieur ?

Doute inutile. La porte de la salle de spectacle qui donnait sur l'avenue de la Liberté permettait les attroupements de passants. C'est alors que Gisela m'a enfoncé un doigt dans la poitrine : "Figure-toi qu'il est venu à mon insu et il est venu pour toi, pas pour moi. C'est toi qu'il a demandée à la production." Aussitôt est apparu un certain Fernando qui disait avoir eu l'idée de téléphoner au Het Musiektheater, et à partir de là ils avaient été mis en contact : "Mais je n'imaginais pas le grand impact que ça aurait…" Gisela a dit en m'embrassant : "Ça a été un grand choc…" Et elle avait volé auprès de son groupe. Elle pouvait voler. Elle avait déjà signé, daté, tamponné le document donnant congé à João de Lucena. Elle a disparu sans regarder derrière elle. Les sœurs Alcides, elles, rôdaient sur le trottoir, les yeux grand ouverts, très rouges, et toutes deux se sont dirigées sans mot dire vers une voiture. Ce n'était pas Eugénio qui était au volant, c'était le gars à la Kawasaki.

Ensuite tout s'est passé de façon linéaire. Les taxis ne partaient pas simplement parce que personne ne réussissait à dénicher l'endroit idéal pour souper. Un des taxis avait été appelé exprès pour Lucena. Le chorégraphe se trouvait déjà à l'intérieur avec deux autres personnes, deux hommes, et tous trois me faisaient signe. La porte du taxi restait ouverte. Je suis montée dedans. L'hôtel était en face, mais ils prenaient un taxi pour faire un tour en ville. Avant de se diriger vers le lieu du souper, il voulait voir si Lisbonne continuait à être un village s'endormant doucement. Et dans la voiture tous trois commentaient ce à quoi ils avaient assisté dans le Ciné-Théâtre. Le chirurgien anglais était déçu. Il continuait à trouver minable la façon dont on avait exhibé Lucena en public. Descendre par un escalier de cirque pour s'élancer dans les bras d'une mère maquerelle habillée en prostituée était exagéré. Mais Lucena lui-même et le Brésilien riaient de bon cœur. Le Brésilien disait : "Ça a été très intéressant, tu as vu beaucoup de tes amis et tu t'es montré à tous en une fois ! Tu devrais avoir davantage d'occasions comme celle-là, *honey*. Pourquoi préserver ton corps ? Pour le livrer à Dieu ? Dieu veut seulement ton esprit et encore, uniquement si tu le lui offres, il ne viendra pas le réclamer, non. Tu étais si mignon en descendant cet escalier. Tu seras connu maintenant dans le monde entier sous le nom d'homme-mystère, mon chou..."

Tous deux riaient tellement dans le taxi que le chauffeur ne savait vers où se diriger. "Solange, sais-tu où le souper a lieu?" Je ne le savais pas. J'étais assise entre João de Lucena et le Brésilien et je ne me souvenais pas de l'adresse du souper. Alors, Lucena a demandé au chauffeur d'aller à Sete Rios et l'Anglais l'en a dissuadé. Je ne les connaissais pas encore, mais l'entrecroisement des langues se faisait de façon joyeuse, avec une destination qui planait au-dessus de tous, une destination si concrète qu'elle illuminait tout à l'entour. Pourquoi Sete Rios? Le chirurgien lui a demandé en anglais s'il voulait retourner là-bas pour souffrir. Tout avait été rasé. Là où se trouvait la maison dans laquelle sa mère habitait, il y avait maintenant un immeuble de douze étages. Lucena n'avait même pas une photo de lui enfant. "Tu veux souffrir? À moins que souffrir ne te fasse du bien, pleurer comme un bébé devant un endroit où se trouvait jadis une maison dans laquelle ta mère avait habité..." disait l'Anglais en anglais.

Le Brésilien a posé une poignée d'euros sur le tableau de bord du taxi et a dit: "Grouille-toi, mon gars, tu ne le regretteras pas..."

Il était trois heures du matin quand nous sommes arrivés sur la place des Fleurs et il y avait encore des gens qui bavardaient, assis autour du petit bassin. Les feuilles des platanes prenaient des teintes d'or dans la lumière des lampes, comme dans les bois du conte du Taureau bleu. Pas une feuille ne frémissait. Le numéro 81 était là en face. Trois étages, dont un inhabité. Le rez-de-chaussée. Lucena avait dit que, s'il avait où habiter à Lisbonne, il resterait. Si Lucena restait, le chirurgien anglais resterait et, si tous deux restaient, le jeune Brésilien resterait lui aussi. L'un d'eux était à la retraite, l'autre n'avait pas d'emploi fixe. Aucun d'eux ne serait obligé de retourner à Amsterdam, la ville parfaite. Ils aimaient cette ville-ci imparfaite, un village qui s'endormait doucement. Car nous étions en face du 81. Nous nous taisions, demeurant tous bouche close. "Savez-vous ce que vous voyez là?" ai-je demandé. Ils ne le savaient pas. "Eh bien, ce ne sont pas douze fenêtres, un toit et une porte, ce sont les journées de labeur de mon père et de ma mère qui se trouvent là, dans ces trois étages. C'est une fabrique de thé et une traversée depuis l'Afrique et ainsi de suite. Leur vie entière..." Pour embellir la chose, j'ai expliqué que cette jolie maison qu'ils regardaient, je ne la méritais pas, je la devais aux vaches, au lait des vaches et à l'étable elle-même. Et toujours pour embellir, je me suis mise à beugler comme un bovin. Meuhhhh! Ai-je fait, et le Brésilien qui me comprenait a fait la sonnaille. Tlim, tlim... Ce fut ainsi que nous sommes entrés au rez-de-chaussée du 81 place des Fleurs. João de Lucena s'est laissé tenter par l'ottomane couverte d'un tissu de soie entre bleu et rouge.

"Et tu dis, Solange, que tu as loué ça à un Belge? Mon Dieu, comme j'envie ce Belge qui va vivre dans ce luxe. Nous devons détourner son avion, mettre une bombe dans ses chaussures. Qu'est-ce que ça peut faire qu'il soit diplomate?" Le Brésilien faisait des pirouettes au milieu du salon. João s'est assis sur l'ottomane et j'ai allumé la lampe qui donnait aux joues un halo rosé. Le Brésilien ne se décollait pas de João de Lucena. "Comme tu es beau, mon chou. Adossé là, avec tes longs cils, une vraie poupée, Lucena, une poupée ravissante, depuis que tu es malade. Cette nuit, comme j'aimerais que tu sois belge. Tu ne retournerais pas à l'hôtel, tu resterais étendu ici, à dormir..." a dit le jeune homme, touchant les objets, les massant, les exprimant. "De jolis verres, de beaux métaux, beaux, beaux à mourir..." disait le jeune Brésilien.

J'avais l'impression que cette nuit-là n'était pas une nuit, mais ce moment circulaire et totalisant dont parlent ceux qui se sont trouvés à l'orée de la mort et qui racontent qu'en une fraction de seconde ils réunissent en un unique paysage tous les moments marquants de leur vie, tout ce qu'ils ont vu et éprouvé, et toutes les personnes qu'ils ont connues se trouvent à égale distance d'un point fixe dans le cœur et courent inexorablement devant le regard et la pensée. Ils disent que le moribond perd la notion de la distance et du temps, que tout devient présent et que cela annonce déjà l'avènement d'une belle éternité. Oui, en entendant l'homme qui parlait et en observant la réserve de l'Anglais, lesquels étrennaient tous les deux mon mobilier avant le diplomate belge, je pensais que tout pourrait s'avérer fort simple. Ce serait simple, si simple. Il suffirait juste d'annuler le contrat avec l'ambassade de Belgique. Simple, si simple. Et cela, qui semblait naturel aussi pour le Brésilien et même pour l'Anglais qui l'accompagnait depuis presque dix ans, cet Anglais si circonspect, si sérieux, devenait un geste improbable pour João de Lucena. Il a commencé par refuser. Il estimait qu'un geste pareil n'était pas de ce monde. Mais alors comment qualifier ce monde s'il n'était pas naturel de prêter une maison à quelqu'un ?

C'est alors que j'ai pensé à Gisela Batista.

La crédulité est un état d'âme qui ne s'acquiert pas et se perd rarement. Quand on est enfermé dans cette espèce de non-prudence, celle-ci se désagrège et se recompose immédiatement, persistant sous la forme d'une nature intrinsèque. Pourrie ainsi de crédulité, je pensais d'après mes calculs que Gisela ne retéléphonerait pas de sitôt après notre séparation sur le trottoir devant le Tivoli. Je pensais qu'elle ne me téléphonerait plus jamais de la vie.

L'ancienne *maestrina* m'avait vue partir avec João de Lucena et elle avait dit : "Quel choc, quel choc !", et elle avait dû sentir que la situation était liquidée du fait qu'il y avait eu un témoin, là-bas, au moment voulu, susceptible d'affirmer que ce n'était pas elle qui avait appelé le chorégraphe. L'exonérant, la libérant de tout engagement, de toute compromission ou de toute simple perte de temps. Je n'irai pas jusqu'à suggérer qu'elle n'avait même pas été incommodée par un mauvais rêve. Non. De temps en temps, Gisela rêvait du fils de Madalena Micaia, devenu un homme, et se réveillait trempée de sueur. Cela étant, je veux imaginer que j'aurais fort bien pu lui apparaître dans l'obscurité de la nuit, cramponnée à son cou pour me libérer des mains d'un intrus dont la tête pourrait avoir le visage amaigri de João de Lucena. J'imagine qu'au cours de ce rêve elle aura réussi à chasser l'intrus, me libérant, se libérant, et que sa catharsis s'en sera probablement tenue là. Mais la réalité fut bien différente.

À la mi-août, Gisela a téléphoné et, comme s'il n'y avait rien d'autre à évoquer, elle a dit qu'elle voulait avoir les coordonnées de João de Lucena. Elle a demandé son numéro de téléphone au milieu d'une longue conversation dominée par le thème de la Nuit parfaite. Selon Gisela, le secret consistait à être authentique, inventif et très rapide si d'aventure on voulait vaincre dans l'empire du royaume instantané, empire pour lequel elle était née sans le savoir. Tous ces voyages, tous ces collèges, toutes ces tentatives et elle avait découvert ça seulement à trente-cinq ans, par hasard. Après l'expérience du garage, M. Simon avait fait transporter là où elle habitait le Yamaha, le miroir, et ce qui était le plus important de tout, il l'avait présentée à la personne appropriée. M. Simon. Et maintenant, abandonnant ce sujet, elle aimerait avoir les coordonnées de João de Lucena. Mais cette fois Solange de Matos n'était pas désarmée. La ruse sait se taire. "Je ne les connais pas", ai-je répondu.

Gisela s'est tue un instant à l'autre bout du fil. "Eh bien, ça n'a pas d'importance", a-t-elle répondu. "Si tu ne les as pas, je chercherai ailleurs."

Cet appel à l'heure du dîner s'est terminé ainsi et j'étais contente d'avoir menti à quelqu'un à qui je n'avais jamais menti. Une toute petite chose. Une espèce de ruade de puce sur l'abdomen cuirassé du pachyderme, et pourtant une cachotterie qui me comblait de satisfaction. Mais, deux jours plus tard, la conversation a été différente. La lauréate de la Nuit parfaite a téléphoné en début de soirée et sa voix laissait transparaître une certaine fatigue. Elle a fini par me dire qu'elle avait besoin de toute urgence de savoir où contacter João de Lucena car elle ne disposait plus que de deux jours pour faire une certaine démarche et j'ai compris alors que venait à ma rencontre un territoire sur lequel nous nous disputerions quelque chose d'égale à égale. C'était juste une adresse, une information, un symbole, elle pourrait l'obtenir d'un moment à l'autre sans mon aide, mais je ne la lui fournirais pas moi-même, je la possédais et j'allais l'enfermer dans mon poing. La ruse sait se taire. "Mais comment te donner ça, puisque j'ignore où il habite?" lui ai-je dit. Puisque Gisela insistait, dans l'hypothèse qu'il me suffirait de lever un doigt pour avoir des nouvelles de João de Lucena – ce qui était plus que vrai car pendant que nous parlions j'entendais la musique du rez-de-chaussée se mêler à des voix, et l'une d'elles était celle de Lucena –, j'ai commencé à jeter mes dés et à annihiler les siens: "As-tu essayé le 860 de la Neuvième avenue? Il est peut-être retourné là-bas, le Roosevelt Hospital est si près de là, n'est-ce pas? Ou l'appartement dans l'Ansonia Building, où il a laissé plusieurs amis. Ou Amsterdam, où je peux te donner plusieurs adresses, depuis celle de sa maison jusqu'à celle du théâtre..." Et Gisela, fatiguée, confirmait qu'elle avait déjà frappé à toutes ces portes, absolument toutes. Jusqu'au moment où la *maestrina* a commencé à jeter ses propres dés pour que je comprenne ce qui était en jeu.

Il s'agissait d'une affaire importante. Elle allait avoir un rôle de premier plan dans une émission magnifique, la fine fleur des émissions, entre dix heures du soir et minuit, et la production voulait avoir non seulement sa collaboration à elle, Gisela Batista, mais aussi celle de João de Lucena lui-même. S'il en était ainsi, même les sœurs Alcides émergeraient de l'intérieur de leurs mariages où elles s'étaient cantonnées pour ressurgir dans le *Duo des Fleurs,* ou quelque chose d'approchant, une chose brève, très rapide, très charmante. Et moi aussi, je serais convoquée, et même l'autre, la grassouillette du conservatoire, maintenant institutrice, vu qu'elle n'était bonne à rien d'autre, même elle viendrait et pendant quelques minutes elle donnerait ce qu'elle avait à donner. Tout ça fort simple, tout le monde à la disposition de la production. Tout le monde, sauf João de Lucena. N'était-ce pas paradoxal ? Justement lui, qui aurait un rôle de premier plan, personne ne parvenait à le trouver. Au rez-de-chaussée, la table était sûrement mise, du moins entendais-je un cliquetis de couverts et d'assiettes, il devait y avoir plus de convives à table que d'habitude en cette fin d'après-midi encore estivale, et moi qui étais assise à la fenêtre du premier étage j'entendais des messages provenant des deux côtés. Tout se passait comme il fallait, tout allait bien, tout était correct.

"Tu comprends ça, Solange ?"

À mesure que la *maestrina* exposait son affaire, je commençais à comprendre. Gisela voulait voir João de Lucena assis à côté d'elle, semaine après semaine, dans le cadre d'une conversation informelle. Une chose simple, générale. Être présent juste pour être présent, ai-je pensé. Puis j'ai posé la question et elle a confirmé. "C'est exact. Ils insistent beaucoup pour que João de Lucena soit présent. Pendant trois mois, entre octobre et janvier, treize séances, une causerie de dix, quinze minutes, ou même sans causerie, rien que lui, rien que sa personne…" Mais son histoire n'avait pas encore été travaillée, ou seulement à distance. Sa présence était d'ores et déjà urgente pour une évaluation détaillée. Un médecin l'observerait. "N'oublie pas que le public, ce juge sans cervelle, est toujours prêt à jouer des sales tours à n'importe qui. Voilà pourquoi on ne peut pas promettre et ne pas honorer ensuite sa promesse…" Et Gisela, qui philosophait à l'heure du dîner, a commencé à s'interroger sur le sens de la vie et sur celui de la mort. Elle a dit que l'idée qu'on disparaisse parmi les morts n'effrayait personne, mais l'idée qu'on puisse disparaître au milieu des vivants était ressentie comme intolérable par celui qui disparaissait ainsi. Au fond, comme tu le sais, Solange, nous sommes l'éternité. Disparaître ainsi, au milieu de ceux qui nous connaissent, comme une bulle de savon, est ce qui semble inacceptable. Partir sans avoir impressionné quiconque est le vrai faire-part de décès. D'ailleurs, nous devrions nous demander à quoi peut servir ce que nous avons de plus certain, notre mort. Une manière d'être utile ne seraitelle pas de la partager, de façon à prolonger notre présence jusqu'à la fin, en l'offrant aux autres ? Elle avait longuement réfléchi à ce sujet. Peut-être pareil prolongement de notre vie était-il un devoir et bien le présenter en public serait une manifestation d'art. "Tu comprends ce que je suis en train de te dire ?" a-t-elle demandé à l'heure du dîner, tandis que les oiseaux dehors faisaient un vacarme qui traversait le feuillage des arbres. C'était très curieux. À écouter Gisela Batista, il semblait que nous étions revenues aux discours du garage. Il y avait quelque chose de patristique dans son discours, une sorte de raisonnement indéfectible tissé sur un présupposé fallacieux. J'étais incapable de répondre. Au même moment, quelqu'un d'autre entrait au rez-de-chaussée et j'entendais distinctement João de Lucena saluer cette personne, puis la voix douce de l'Anglais se superposait. Ils parlaient et se taisaient. De l'eau coulait dans l'évier de la cuisine. J'ai fini par interrompre Gisela : "Je suis désolée, Gisela, je ne sais pas où est João de Lucena. Que puis-je te dire de plus ?"

Gisela s'est enfermée dans un long silence. – "Mais comment se peut-il que tu ne saches pas où il est ? Ne t'ai-je pas vue entrer dans son taxi, cette nuit-là ? Où l'as-tu laissé ? Ne me dis pas que tu as perdu sa trace. Et maintenant ? J'ai vraiment été stupide. Je l'avais près de moi, je l'ai salué, je lui ai tendu la main et je l'ai laissé échapper. Quelle plaie, mais quelle plaie !" Gisela, désespérée : "Solange, s'il te plaît, je te demande de faire quelque chose, je te donne huit jours pour le retrouver. Et moi qui pensais pouvoir organiser un rendez-vous pour aujourd'hui même. Il est très important qu'une équipe de médecins puisse l'examiner. Treize semaines d'affilée. Chère Solange, aujourd'hui même, ne tarde pas. Parle-lui…"

Et le délai s'est prolongé.

Deux mois durant, les coups de téléphone se sont multipliés. Gisela devait avoir l'intuition solide que Lucena n'était pas loin et elle sentait très bien que je pouvais détenir la clé, que la clé elle-même n'était pas loin, mais elle ne parvenait pas à découvrir la façon de s'en emparer. Au début de l'automne elle en était venue à me téléphoner deux ou trois fois par jour. Je mettais le téléphone en mode silencieux, mais vers huit heures du matin l'écran affichait son appel : "Solange ? Tu es réveillée ? Écoute bien ce que je te dis. Nous allons récapituler. Cette nuit-là tu es sortie avec lui, tu es la dernière personne à l'avoir suivi, tout le monde le sait, tout le monde l'a vu. Tu as beau dire, il est incontestable que vous avez disparu tous les quatre dans un taxi. Or, déjà cette nuit-là, il n'a pas dormi à l'hôtel Tivoli. Ses deux accompagnateurs sont venus chercher ses valises à l'aube. Eux sont restés encore trois jours à l'hôtel, mais pas Lucena. Dis-toi bien, Solange, que la production payait ses frais de séjour, or il n'était pas là. Où a-t-il disparu ? Il est avéré que ce matin-là il n'a pas pris d'avion, il n'a donc pas profité du vol qu'il avait réservé. Quel vol a-t-il pris, alors ? Pour où ? La production a perdu sa trace à partir de ce matin-là. Cela étant, dis-moi, Solange, fais un effort, si vous avez pris un taxi le soir précédent pour aller vous balader à Lisbonne, où les as-tu quittés ? À quelle heure ? Qu'ont-ils dit ? Je ne te crois pas. Il t'a sûrement dit quelque chose. Tu ne vas pas me dire que cette nuit-là vous avez parcouru la ville, tous les trois derrière toi, et qu'ils n'avaient pas de langue, qu'ils ne t'ont pas parlé. Tu me jures que tu ne l'as plus revu ? Qu'il ne t'a jamais téléphoné ? Que personne ne t'a donné de ses nouvelles ? Parle plus haut, Solange, je t'en prie…"

Huit heures et demie du matin, Lucena devait dormir dans la petite chambre du fond, je parlais bas, je répondais un minimum. Longue pause. Elle insistait : "Je suis persuadée que tu sais quelque chose sur cette histoire. Tu sais où ils sont partis et tu ne veux pas me le dire. Tu n'as rien à ajouter ? Tu ne penses pas faire quelque chose ?" Mais cette personne qui avait été notre *maestrina* et qui maintenant était une femme qui s'adressait au monde dans l'univers de l'empire instantané, disposait encore d'une autre sorte d'arguments. Comme si nous étions revenues définitivement à la logique du garage, Gisela me demandait: "Pense à lui, Solange, dis-toi qu'il s'agit d'une occasion unique et qu'il va la rater à tout jamais. J'avoue que je le regrette pour lui, il avait une dernière occasion à portée de la main et il l'a laissée s'enfuir d'une façon aussi stupide. Quand il l'apprendra, ce sera trop tard, il ne nous pardonnera pas, ni à toi ni à moi. Et ce sera horrible. Oh! Pauvre João de Lucena, la malchance a frappé à ta porte et il n'y a personne qui veuille te secourir. Mon Dieu..."

Pendant deux mois, Gisela a essayé tous les expédients, elle s'est souvenue de tous les endroits probables où João de Lucena aurait pu être passé, elle s'est adressée à la police, aux services d'émigration, aux agences de voyage, à l'aéroport, mais jamais, jamais, elle n'a eu l'idée de passer au rez-de-chaussée de cette maison, bien qu'elle ait très souvent douté de ma sincérité. Effectivement, l'ancienne élève parolière avait fait de gros efforts de dissimulation. Oui, nous nous disputions enfin la même personne, le même bout de viande, comme elle avait dit elle-même, vingt et un ans plus tôt. Et je le disputais maintenant sérieusement. Je décevrai Gisela Batista. Si elle voulait montrer en direct la désintégration de João de Lucena, elle allait devoir le faire contre la barrière de désinformation que j'élèverais de toutes les façons possibles. Avec prudence, sans beaucoup en faire pour ne pas en faire trop. Laisser avancer, laisser courir, sans agitation ni ostentation. L'ancienne élève versificatrice a vécu pendant plus de deux mois sous le coup de cette menace sourde. Septembre et octobre. Jusqu'à ce que Gisela renonce enfin, jeudi dernier. Huit heures dix du matin. L'écran, la voix: "Je t'ai réveillée? Mais tu vas bien? On peut parler? Écoute..." Gisela a annoncé avec un certain orgueil qu'on lui avait présenté une liste de huit bons candidats pour remplacer João de Lucena. Il avait suffi de claquer des doigts et ils étaient accourus en grappes. Malheureusement aucun d'eux n'avait de biographie. Or, à son avis, il y avait une grande différence entre assister en direct au dépérissement d'une personne ordinaire et assister à la décadence d'une personnalité. Lucena présentait ces conditions uniques et elle l'avait raté : "Alors, adieu, Solange, porte-toi bien."

Nous nous sommes quittées *sine die*, sachant que nous continuerions à vivre à proximité l'une de l'autre. Mais si rien en commun ne nous réunissait à l'avenir, il nous suffirait de savoir que nous étions en vie et en partie très différentes et en partie très semblables, pour ne pas pouvoir nous dire adieu. Mais j'ai ressenti un certain plaisir à imaginer que le dernier contact direct avec Gisela pourrait avoir été la soirée passée à ses côtés dans le Ciné-Théâtre sur l'avenue de la Liberté. La Nuit parfaite, la nuit où le minutage avait accentué mon idée que tout devait être de plus en plus oublié, oublié de plus en plus rapidement, jusqu'à ce que la vie de chacun se transforme en une histoire à raconter en une seule seconde. Puis, en une histoire à ne pas raconter.

Il était amer et doux d'imaginer que nous n'avions pas fixé de date pour nous revoir. C'était en même temps un soulagement de penser qu'elle avait enfin renoncé. La pression était finie, on pouvait maintenant respirer devant les arbres. Pendant toute la journée du samedi, j'ai remarqué les sorties de João de Lucena, remarqué ses retours, ses repos, la musique de plus en plus dirigée par le chirurgien anglais, méticuleux et solennel. Je pensais parfois aux anciens dilettantes et je me demandais si je serais encore capable de reconnaître leurs voix si d'aventure ils venaient lui rendre visite. Peut-être toute l'animation du rez-de-chaussée était-elle le fruit d'un équilibre entre ce qu'ils avaient rêvé à la table de l'Ideal das Avenidas et la réalité environnante. Rien que la question des frontières qu'ils avaient imaginées effacées à tout jamais des cartes aurait pu être un motif de gausserie pendant une nuit entière. Même l'Ideal das Avenidas, la pâtisserie abattue et transformée en cratère au milieu de l'avenue depuis deux décennies, pourrait provoquer un rire qui s'entendrait de loin. Pour ne pas parler de l'Histoire, flèche lancée en direction de l'abondance illimitée. Mais non, les voix se mêlaient et il était rare qu'une se détache des autres, qu'un rire s'isole de façon à offrir instantanément une identification certaine. Encore qu'au fond mes questions soient d'une autre nature.

Comment était João de Lucena en cet instant ?

Était-il assis à table, comme ses invités ? Était-il étendu sur l'ottomane ? Avait-il mis le chauffage au maximum de sa puissance et était-il seulement couvert du tissu de soie pourpre doublé de *drakalon* dont il s'était épris dès le premier moment, quand l'appartement était encore destiné au diplomate belge ? Ou avait-il enfilé la veste en astrakan ? J'avais l'impression, à voir la lumière qui tombait sur les plantes grimpantes, que la fenêtre était ouverte et dans ce cas il aurait enfilé la veste. Tout à coup, ils avaient mis de la musique et j'entendais distinctement nos voix de jeunes filles beugler au-dessus des sillons d'enregistrement, ce *Elle existe, elle existe / Tu as emporté là-bas la maison portugaise / Et tu l'as placée au milieu de l'avenue / Là où tu vis, là où tu dors / Là où tu pratiques ton art, où tu ressuscites, où tu meurs / Tous les jours.* J'entendais, mais ce n'était pas un appel qui m'était adressé. Si ç'avait été le cas, l'Anglais aurait insisté une fois, deux fois, trois fois, et la maison serait redevenue silencieuse. Même s'ils m'avaient appelée expressément, en passant une fois, deux fois, trois fois les mêmes plages, je ne serais pas descendue au milieu du vacarme qui se faisait entendre. Je pensais en cette nuit de samedi que, s'il avait quelque chose d'urgent à me dire, il m'appellerait dans l'après-midi du dimanche, quand les vêtements, la poussière et la vaisselle brisée seraient rangés à leur place. La dernière fois il m'avait dit : "Regarde-moi bien. Tu trouves que ma vie a un sens ? Dis-moi qu'elle n'a pas de sens. Si tu me dis qu'elle n'a pas de sens, ce sera ça son sens. Et c'est toi qui vas me le dire. Peut-être un jour, tu descendras ici et tu me diras : aujourd'hui je n'ai rien à faire, je peux rester. Mais tu n'en as jamais le temps. Tu es fuyante. Pourquoi n'as-tu pas le temps ? Qu'est-ce que tu fais finalement, où travailles-tu ?" avait demandé João de Lucena, et cette rencontre avait été reportée à un jour silencieux. Donc, ce n'était pas le moment et je n'allais pas descendre, même si l'Anglais mettait en marche *Une maisonnette portugaise à New York*, une fois, deux fois, trois fois.

En cette nuit de samedi je ne descendrais pas.

Car j'entendais des amis de Lucena en bas et je pensais à ce que je dirais sur les circonstances de la vie, circonstances si importantes qu'elles s'étaient transformées en verbes, je pensais, je pensais, et je ne parvenais pas à formuler une synthèse pour João de Lucena. Et je me disais que je ne réussirais pas à enchaîner le sens d'un épisode avec celui de l'épisode suivant, je n'arriverais pas à mettre en lumière un lien entre les faits susceptibles de me dire, finalement vous avez parcouru ce chemin dans cette direction-ci. Non, chaque chose avait son éclat particulier, mais elles ne tournoyaient pas ensemble en suivant un quelconque ordre lisible. Ni le miroir du garage, ni l'amour de Murilo, ni la disparition de Madalena Micaia, ni mon sac *La Bonne Renommée endormie,* renversé sur le lit après la visite à la maison de la piscine, ni ma relation prolongée, pendant des années et des années, avec l'oncle Alexandre, jusqu'à ce que l'homme aux chemises indiennes ait un accident grave sur la route, une jeune fille était à ses côtés et elle était morte, tout le monde l'avait su, mais ce n'était pas moi. Je n'ai même pas découvert de sens à ce fait. Pourquoi elle et pas moi ? Pas moi, qui avais abandonné mes parents, qui les avais trompés, qui m'étais éloignée de leur vie pour ne pas avoir à leur raconter la mienne. Alors, que pourrais-je bien dire sur tout ça ? Sur mes parents attristés, sur tant de personnes dispersées ? Tant de gens cachés sous des pierres. Quand il m'appellera une fois, deux fois, trois fois, je me bornerai à dire que je doutais que mon parcours ou le sien puissent être des échantillons de quoi que ce soit de plus élevé ou de plus grave que nous-mêmes. Et j'irai demander pardon à João de Lucena. Mais pas maintenant, non, je ne descendrais pas. Maintenant j'entendais des bruits de fête au rez-de-chaussée, Duke Ellington qui soufflait dans son saxophone, et je pensais à la poussière dont parlait Murilo.

Murilo Cardoso.

Car j'avais parfois envie de voir Murilo, je pensais que lui seul aurait échappé à la fièvre de vivre, et en écoutant les nouvelles sur le désordre du monde dans lequel il nous était échu de vivre, je l'entendais rire car ce désordre me donnait concrètement des nouvelles de lui, comme s'il avait pris un avion et me rendait visite, pour me pardonner et pour me punir : Tu vois ? Ne t'ai-je pas dit ce qui allait se passer ? Me voici, ni triste, ni gai, ni optimiste, ni pessimiste, juste furieux. Furieux. Furieux de perfection, hier, aujourd'hui, demain. Quand tu entendras les informations du soir, tu sauras pourquoi je serai furieux dans vingt ans. Jour après jour, les États et leurs affaires minables te donneront toujours des nouvelles de moi. Car moi, contrairement à vous, petits crétins, je ne vis pas pour moi. Quand je pense que ton fils aurait pu être le mien et me ressembler, mais tu ne l'as pas voulu. Voilà ce que j'imaginais entendre de la part de Murilo, pendant la soirée de samedi. Bien que la seule fois où le facteur du monde m'eût appelée, cela n'avait pas du tout été pour me dire ça. Au contraire. Il m'avait téléphoné pendant l'été 98. Il n'avait pas dit où il se trouvait, mais j'ai senti qu'il me parlait d'un pays lointain. Il m'a dit : "Solange, je veux te décrire un paysage. Je suis devant une plaine, le ciel a la couleur du ciel et la terre a la couleur de la terre. Des oiseaux volent au-dessus, et maintenant je vais te décrire la végétation qui couvre la terre. Rien. Mais si quelqu'un essaie d'aller au-delà du fil de fer, le sol lui offre une pomme de terre. Tu poses le pied dessus et elle explose. Ici, l'apparence du corps humain est en train de changer. Les hommes sont des êtres unijambistes. Parfois ils n'ont pas de jambes. La pomme de terre est en acier. Dans la grande baraque, les types de l'ONU sont ivres morts. Je te souhaite un été agréable sur les plages du Portugal. Es-tu toujours aussi pâle ? Et te souviens-tu de moi ?" Après, j'ai su par le numéro inscrit que Murilo me parlait du Zaïre. Mais il aurait pu parler de vastes territoires de la terre. Pourquoi ai-je la nostalgie des certitudes de Murilo ? Pas du monde de Murilo, mais du triomphe de sa raison. Si certaine, si sûre ? Voilà ce que je pensais en entendant pour la deuxième fois *Une maisonnette portugaise à New York*, le disque remastérisé qui passait sur un appareil destiné à lire la musique favorite d'un diplomate belge.

C'était d'un grand ridicule, ma main droite était enflée et ma pile de papier très basse, le monde lointain m'émouvait et le monde proche, à cinq mètres sous mes pieds, m'émouvait lui aussi. Quand est-ce que tout ça allait finir ? Tout au long de cette soirée, j'en suis venue à penser que, de nouveau, il y avait des mots qui rimaient là où je le voulais le moins et que, si j'avais eu un peu plus de temps libre, je me serais remise à faire des vers. João de Lucena me disait souvent, dans ses mauvais jours, que finalement les vaches, au lieu de me donner des *lyrics*, avaient fini par me donner seulement des maisons. Et il m'incitait à créer des rimes. Je ne l'écoutais pas. Je savais qu'il y avait des changements dans la chimie de son cerveau qui faisaient osciller son humeur en fonction des acides et des amidons qui se guerroyaient ou s'entendaient. Quelque chose devait se passer pendant cette soirée car je n'entendais que des rires. Certains invités sont même partis avant minuit, d'autres parlaient encore devant la porte du 81 à trois heures du matin. Ensuite, ils ont déguerpi. Il était tard quand le Brésilien est sorti. Finalement, le lendemain serait paisible. Si le lendemain il passait *La maisonnette*, une fois, deux fois, trois fois, il me faudrait descendre. D'ailleurs, je descendrais et j'étais prête à dire la vérité, dire que je ne parvenais pas à trouver un sens, mais que j'étais disposée à faire un effort pour me souvenir d'épisodes, les uns après les autres, m'efforçant de trouver entre eux un lien fort comme celui qui exista jadis entre la volonté de Zeus et la colère d'Achille, et en échange de ma sincérité João de Lucena me dirait alors ce qu'il avait à me dire depuis le commencement des temps. Nous parlerions lorsqu'il y aurait de nouveau une bonne nuit de silence.

Les choses ne se passèrent pas ainsi.

Vers huit heures du matin, le petit écran s'est illuminé sur la table de chevet et c'était elle, Gisela Batista. Je réponds ? Je ne réponds pas ? La lâcheté a le bras court, je tends le mien et je parle haut : "Que veux-tu ?" Et elle, à l'autre bout du fil, entonne une cantilène : "*Stabat Mater Dolorosa...*" Et elle se met à rire. À rire au téléphone. Aïe, aïe, aïe. Elle riait et riait, Gisela Batista, mais moi, prudente, je me taisais. La prudence a le pied lourd, la main immobile. Alors ? Alors, Gisela a dit : "*Mater Dolorosa,* très chère *Pietà,* la seule différence entre vous deux, c'est qu'elle tient son fils entre ses bras et que, toi, tu es allée installer le tien sous tes pieds... Alors, comme ça, tu ne savais rien de João de Lucena ? Alors, comme ça, tu as couvé João de Lucena sous ta jupe et tu ne savais rien de lui ? Tu l'as gardé pendant trois mois au rez-de-chaussée de ta maison... Tu as mal agi, Solange... Si tu m'avais donné ton adresse il y a deux mois, la question aurait pu être tranchée immédiatement, car la réponse était ce que tu voulais, c'était non. Et c'était non, avant tout parce que cet Anglais qui coupe la viande en tranches si fines qu'on dirait qu'il veut les suturer plutôt que les manger, cet Anglais ne l'aurait pas laissé faire. Ce pédant d'Anglais du Royal College of Surgeons, et autres vanités supplémentaires, s'y serait opposé formellement. C'est tout, Solange. Tu as perdu ton temps... Pendant deux mois, n'est-ce pas. Ça ne fait rien. Je comprends. Hier, au rez-de-chaussée de ta maison, j'ai tout compris. Finalement, il a été ton seul amant. Le Brésilien était en train de lui couper la pointe des cils, quand il s'en est rendu compte. Il m'a appelée, il m'a demandé de fermer la porte. Il m'a dit : 'Elle t'a dit qu'elle ne savait rien de moi ? Mais pourquoi, puisque j'étais ici ?' Puis, à mesure que la révélation se précisait, que nous échangions des dates et dressions le bilan de ce qui avait été une tentative pleine de bonnes intentions de ma part, malheureusement avortée, tout le petit comité qui vit près de toi a compris qu'il a été ton amant. Ton amant a été si touché qu'il n'a plus voulu qu'on lui coupe les cils. Un œil avec des cils longs, un œil avec des cils courts. Une belle allure, je dois le reconnaître. Nous avons énormément ri. Pas de lui, ni de toi, nous avons simplement ri parce que la vie est belle quand nous avons des nerfs solides pour affronter cette hyène qu'est la vie. Et toi, tu as des nerfs solides. Nous avons chanté deux fois, par-dessus notre thème, le *N'a pas qui veut, a qui peut…* Chère Solange, allons, va, parle, ne raccroche pas, dis quelque chose. Nous allons rester proches quoi qu'il arrive… Toi et moi allons encore faire de grandes choses dans ce monde… Moi, je ne m'arrêterai jamais. Tu m'as porté chance, d'ailleurs tu m'as toujours porté chance. Tu es mon amulette. Crois-moi, je te regarde et je vois ton avenir : des mots, des mots, des mots. Des *lyrics,* ma chérie. Je comprends qu'aujourd'hui tu veuilles raccrocher. Tu peux le faire, je comprends. La prochaine fois, ce sera pour organiser une rencontre face à face. Nous sommes entourées toutes les deux de projets de tous les côtés…"

J'ai posé le téléphone sur la table de chevet sans raccrocher. La voix de Gisela était encore perceptible, puis j'ai éloigné l'appareil et je l'entendais encore de loin, jusqu'à ce que l'objet soit hors de ma portée, mais elle était toujours là. Sa voix parlait à l'espace, ce lieu vers lequel elle voudrait finalement aller. Elle parlait peut-être aux étoiles. C'est là, finalement, notre grande différence. Je sais maintenant que Gisela n'a voulu dominer personne, ni les sœurs Alcides, ni Madalena Micaia, ni M. Simon, ni lui, ni moi, comme je l'ai cru longtemps. Gisela veut atteindre le domaine qui est le sien, connaître le pouvoir, le chemin menant au pouvoir, elle aspire à faire partie de cette force obscure qui va de l'avant seule, comme la pointe d'un diamant aveugle fendant le monde en vue d'un triomphe, quel qu'il soit. C'est pour ça qu'elle est si dangereuse. Elle semble ignorer que tout, qu'il s'agisse des armes ou des effets du pouvoir pour le pouvoir, tout un jour sera oublié. Elle ignore qu'elle est entrée dans l'engrenage qui fait oublier le plus rapidement. Couchée, immobile, à huit heures et demie du matin, je l'ai laissée parler aux étoiles, sa voix vibrant sur la table de chevet. Mais désormais elle ne m'échappera plus, nous pourrons coexister. J'ai appris à la combattre.

Et après ? Après, ça a été ce long jour.

Car c'est dimanche et la nuit est complètement tombée. J'entends les verres posés sur le plateau, les assiettes désempilées. Quelqu'un a cassé un objet en verre. Quelqu'un balaie les morceaux. J'entends des pas, un couvercle s'ouvrir, un couvercle se fermer. Cette place est silencieuse. Et maintenant je regarde dehors et je m'assure que les lampes du salon et du jardin sont allumées, leur reflet jette un duvet blond sur la plante grimpante dehors. Porte-t-il l'étoffe pourpre sur ses épaules ? La traîne-t-il dans l'appartement à la manière d'un roi ? Après cette rencontre avec Gisela la veille au soir, il se peut que João de Lucena ne demande plus au chirurgien de passer son appel favori. Une fois, deux fois, trois fois. S'il voulait juste savoir quel était mon sentiment, il l'a déjà appris par personne interposée. Mais si d'aventure il m'appelle, je pourrai peut-être même descendre, sans rester trop longtemps. Il est certain que l'essentiel a déjà été dit. À moins d'ajouter que nous passons sur la terre et que nous vivons plongés dans le flux du même temps. Peut-être cette coïncidence est-elle la plus grande intimité qu'on puisse avoir dans ce monde. Et celle-là, nous l'avons eue. Finirai-je par lui dire, s'il m'appelle une fois, deux fois, trois fois.

Lisbonne, 23 novembre 2009

BIBLIOTHÈQUE PORTUGAISE
dirigée par Pierre LÉGLISE-COSTA

José Eduardo AGUALUSA
Le Marchand de passés
La Guerre des anges
Les Femmes de mon père
Barroco tropical
Théorie générale de l'oubli

João AGUIAR
Les Mangeurs de perles

Agustina BESSA-LUÍS
La Cour du Nord
Le Confortable Désespoir des femmes
Les Terres du risque
Party
Un chien qui rêve
Le Principe de l'incertitude
La Ronde de nuit

Luis CARDOSO
Une île au loin

Mário CLÁUDIO
La Grande Ourse

Mia COUTO
L'Accordeur de silences
Poisons de Dieu, remèdes du Diable

Jorge DE SENA
Le Physicien prodigieux
Les Grands Capitaines
Au nom du diable

Vergílio FERREIRA
Apparition

Lídia JORGE
Le Rivage des murmures
La Journée des prodiges
La Dernière Femme
Le Jardin sans limites
La Couverture du soldat
Le vent qui siffle dans les grues
Nous combattrons l'ombre
La nuit des femmes qui chantent

Nuno JÚDICE
Traces d'ombre

Maria Gabriela LLANSOL
Les Errances du Mal

Valter Hugo MÃE
L'Apocalypse des travailleurs

Rosa LOBATO DE FARIA
Le Village englouti

Antonio LOBO ANTUNES
Le Cul de Judas

Eduardo LOURENÇO
Pessoa l'étranger absolu
L'Europe introuvable

José RÉGIO
Colin-Maillard

Pedro ROSA-MENDES
Baie des tigres

Rui ZINK
Le Destin du touriste

Cet ouvrage a été composé par
Atlant'Communication
au Bernard (Vendée)

N° d'édition : 24184001 – N° d'impression : 163856
Dépôt légal : septembre 2014

Imprimé en France